오늘 빛
미래

김효숙
평론집

오늘 빛
미래

초판 1쇄 인쇄 · 2024년 8월 8일
초판 1쇄 발행 · 2024년 8월 16일

지은이 · 김효숙
펴낸이 · 한봉숙
펴낸곳 · 푸른사상사

주간 · 맹문재 | 편집 · 지순이 | 교정 · 김수란, 노현정 | 마케팅 · 한정규
등록 · 1999년 7월 8일 제2-2876호
주소 · 경기도 파주시 회동길 337-16 푸른사상사
대표전화 · 031) 955-9111(2) | 팩시밀리 · 031) 955-9114
이메일 · prun21c@hanmail.net
홈페이지 · http://www.prun21c.com

ISBN 979-11-308-2166-5   03800
값 28,000원

평론선

42

오늘 빛
미래

Today · Light · Future

김효숙
평론집

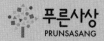푸른사상
PRUNSASANG

어느 날 문화적 인간이라고 느낄 때

　이 책의 제호는 세 개의 명사로 되어 있다. 연결성이 없어 보이는 어휘를 한 줄에 배치하여 소통을 방해하는 듯한 모양새이지만 사실상 여기에는 오늘의 인류에게 그러한 것처럼 미래의 인류에게도 여일하게 작용할 인공 빛의 파장을 사유해보자는 제안을 담았다. 이는 현시대의 문학을 운위하기에 앞서 그 이전 시대의 문학을 경유해야 할 필요와도 맞닿는 발상이다. 1990년대 문학을 하나의 연구 단위로 보는 작금의 문학 생태에서 그 이후의 문학을 이해하려면 다시금 1990년대를 호출해야 하는 상황, 그리고 빛 문명이 일궜고 이후에도 그러할 기상천외한 물성을 상상하거나 비판적으로 읽는 일은 같은 지점에서 발생한다.

　이 책에는 모두 다섯 편의 소설론을 실었다. 1990년대 이후의 작품을 대상으로 과학기술의 진보에 따라 소설 형식도 변화한다는 점을 의제로 다루었다. 역사 중심의 쓰기에서 벗어나 다양한 문화적 실행들로 삶의 리얼리티를 구사하는 이 작품들은 인간과 역사의 관계를 바라보는 관점을 일신할 것을 요청한다. 모두가 이 시대의 탁월한 작가들이다. 그중 백민석의 작품을 가장 비중 있게 다루었다. 전변하는 시대의 문화 감각으로 기호적 글쓰기를 선도한 그는 예리한 감식안으로 기술 진보와 문화적 인간의 관계를 사유한다. 그를 경유해야만 1990년대 이후 소설의 다양한 문화적 인간들이 바로 이 시대의 개인들이고 소설이 그 개인의 문화적 삶을 반영한 것임을 알아채게 된다.

한강 소설에서는 제주의 4·3과 광주의 5월로 이어지는 과거의 현재화 방식인 '기억' 문제를 따라가보았다. 손보미론은 진짜와 가짜의 접경에서 '진실'로 초점을 맞춰가는 작가되기 과정을, 한은형론은 거짓말의 기만과 허위가 조성하는 삶의 속성과 그 진정성이 무엇에 기반하는지를 고민한 결과물이다. 신춘문예 당선 작가 중에서는 문화적 상상력으로 사회의 시스템을 적시하는 신종원·전미경·정무늬를 초대했다. 이 작가들의 작품은 소설의 진보가 소설의 본질로부터의 진보라는 점을 일깨운다. 소설의 본질을 망각한 진보를 소설이 진보한 것으로 볼 수는 없는 일이다.

이 모두가 첨단 전기·전자 기술체들이 당대인의 생활문화 양식을 구성하는 시대의 목소리라는 점에서 1990년대 이후 우리의 문학 형식이 전변해온 양상을 확인하기에 알맞다. 이전의 서사 양식을 따르지 않을 뿐만 아니라 난삽하기 짝이 없는 작품들에서 일의적인 의미를 추출하는 것은 불가능하며 몹시 고단한 일이기도 하다. 리얼리즘이 주도하던 시대의 양식과는 확연히 다른 이 작품들에는 다양한 문화기호들의 텍스트성이 돋보인다. 노래·관현악단·애국가·영화·연극·사진·가짜 책·춤 같은 문화 텍스트, 비디오 테이프·컬러텔레비전·녹음기·워드프로세서·레이저 빔·홀로그램·3D 입체 영상 등의 전기 전자 기술체, 그리고 미적 감각을 중시하는 현대 건축물·패션·음식 문화 등 이 시대인이 별다른 감각 없이 심상하게 누리는 문화요소들이다. 다양한 문화적 실행들로 리얼리티를 구가하는 이 작품들은 역사적 말하기에서 배제되었던 문화적 인간을 등장시켜 그들의 일상을 보여준다. 이들은 예외 없이 실제와 가짜의 구분을 무

6

의미하게 만드는 후기자본 사회의 주역들이다.

백민석론은 박사학위 논문을 일부 수정하여 전달력을 높였다. 백민석의 기호적 글쓰기는 의미 전달 면에서는 결함이 필연이지만 다양한 해석을 이끈다는 점에서 열린 텍스트에 속한다. 작가가 줄곧 다뤄온 문화기호가 전기·전자기술과 연동하고 있기 때문에 그의 작품을 SF로 보는 관점은 성급한 판단일 수가 있다. Si-fi 상상력 이전에 전제되어야 할 것이 전기·전자기술의 진보에 따른 기술체들의 등장과 이것이 어떠한 파장을 지닌 문화기호인가 하는 점이다. 이 같은 사실을 간과한다면 전통 서사와 그 이후의 문학 간 가교를 설정하기 어렵게 된다. 과학기술과 연접하는 문학적 상상력의 의미를 누락하게 되어 진보하는 문학의 내면을 일정 부분 간과할 수가 있다. 백민석 문학의 가교적 특성은 여기에 부합한다. 시대에 따라 과학기술이 진보하듯이 그의 작품은 1990년대 급변기의 문화 감각을 적실히 담아낸다.

그의 작품은 우리에게 '현실'이 과연 역사적 관점에서의 그것이기만 한 건지 묻게 한다. 문화적 인간의 사고가 혼종적이라 해서 역사를 배제하는 것은 결코 아니다. '역사만'을 중시하는 일방향의 사고를 수정할 것을 요청한다는 편이 진실에 더 가깝다. 우리의 문학과 삶의 리얼리티가 '역사선상'이라는 단선 도로를 벗어나기 시작한 것은 1980년대 중반부터다. 지금 우리는 첨단 기술체들이 조성하는 그물망 같은 문명의 터전에서 생존 중이다. 작가들도 자신의 작품에 역사적 인간뿐만이 아니라 다중 정체성을 지닌 문화적 인간들이 뛰어놀도록 마당을 들여놓는다. 이곳에서는 모든 일원적 사고 중심의 역사·정치·철학·과학·종교 개념들이 의심의 대상이 된다. 문학도 예외가 아니어서 그 진정성을 문제 삼을 때 허구와 사실이 교란되고 전복된다.

한강론과 손보미론은 한국문화예술위원회 2022년 상반기 발표지원에 선정된 글이고, 한은형론과 신춘문예 당선 소설론은 계간지에 게재한 바 있다. 이 작품들에서도 후기적 사유를 지원받은 흔적이 엿보이는데 이로 미루어 역사적 상상력은 '퇴조'가 아닌 '변형'으로 작가의 의식을 붙잡고 있음을 알 수 있다. 다양한 문화가 실존의 바탕이 되어주는 문화적 인간의 삶을 말하는 문학이 문화요소를 반영하는 것은 지극히 당연한 일이다.

백민석 텍스트는 난해하지만 이런 점이 곧장 의미 전달의 실패로만 직결되는 것은 아니다. 그 난해함의 이유가 타당하게 여겨질 때가 있다. 침묵을 택하지 않고 발언할 수 있는 최소한의 기호로 말을 함으로써 말의 효능을 극단적으로 실험한 경우가 여기에 속한다. 그 일부나마 읽어낼 수 있어서 다행이라 생각하면서도 해석을 거부하는 후기 텍스트에 해석을 가하는 일은 '좋은' 해석의 이유가 되지 못한다는 것이 또 문제다. 후기구조주의 '더 자세히 읽기' 방식은 사전의 정의에 매인 일대일의 해석과 거리를 두고 인간 삶의 구체성에 밀착하게 해주었다. 백민석 텍스트 읽기는 번번이 일부의 성공과 많은 부분의 실패를 동시에 절감하게 했음에도 작품을 읽어 나가는 동안 문명적 사건을 구체적으로 추출할 수가 있었다. 이는 백민석 소설을 잘 이해하고 싶은 독자의 마음을 가감 없이 드러낸 말이다.

이 모든 일들이 선학의 공로를 빚진 것이다. 특히 백민석 텍스트의 문화기호와 전기(電氣) 상상력을 선구적으로 논의한 김동식 평론가가 없었다면 이 글을 쓰는 일은 불가능했을 것이다. 핵심어 '문화기호'와 '전기'가 김동식 이후 재논의된 경우를 찾아볼 수 없었다는 점이 이 글을 쓰게 된 동기다. 지금은 인공지능을 전기와 다름없는 기술로 보는 제4차 산업혁명 시기다. 일찍이 혜안을 발휘한 김동식 평론가가 백민석 작품을 문화기호로 해석하고자 한 시기는 제3차 산업혁명 시기다. 이후 중단된 백민석 작품의 문화기호 연구를 외형상 내가 이어받은 셈이 되었으나 그 공로를 전적으로 김동식 평론가께 돌린다. 더불어 이렇듯 귀중한 자료가 되리라 예

오늘 빛 미래

상이라도 한 듯 김동식 비평집 『냉소와 매혹』(2002)을 우연히 건네주신 이숭원 선생님의 오거서(五車書)에 실린 마음에 깊이 감사드린다. 우연은 필연이 예비한 우발성이라는 생각을 지울 수 없다.

삶다운 삶의 내막을 제대로 알 턱이 없는 나는 소설을 읽으면서 소설이 그림자처럼 내 옆에 놓여 있음을 알게 된다. 삶의 그림자가 소설이므로 소설은 누군가의 삶을 반영하는 게 필연이다. 하여 소설을 읽은 사람이 누군가의 삶을 읽었다는 말은 틀림없는 진실이다. 나는 소설을 읽으면서 이토록 난해한 삶을 천천히 해석해간다. 상업화의 냉기로 가득 찬 세상을 건너갈 힘을 얻기도 한다. 좋은 문학은 열린 해석을 기다린다. 이 시대의 탁월한 작가들로부터 그 '좋음'의 미학을 누릴 수 있었다. 모든 좋음은 작가들에게, 모든 나쁨은 나의 과오 탓으로 돌린다. 이 책이 태어나기까지 있어온 모든 내외적 영향력들과 수다한 자극들이 더없이 소중하게 여겨진다. 읽어야 할 책과 읽히지 않는 책이 같은 속도로 늘어나는 시대에 출판의 어려움에도 불구하고 출간을 허락해주신 푸른사상사와 맹문재 교수님께 고마움을 전한다.

2024년 8월
김효숙

오늘 빛 미래

제2부 페이소스의 교차와 얽힘

오늘 빛 미래

제1부

문화기호의 의미 작용

: 백민석의 소설

더 자세히 읽기 위하여

1. 형식에 착안하기

1990년대 우리 문학은 미디어 · 디지털 테크놀로지가 조성하는 환경 속에서 급격한 변화를 겪었다. 이 시기는 과학기술의 변화 속도만큼이나 작가의 글쓰기도 변화가 요구되는 시점이었다. 공공의 영역에서 전체성을 조성해온 삶의 방식은 물론이고 이것을 허구화해온 문학 형식에도 거센 변화가 일었다. 1980년대 중반부터 유입된 포스트모더니즘 담론이 뚜렷이 엇갈리면서 한편에서는 문화 자본을 비판했고, 다른 한편에서는 정보화 사회와 현대문명의 파장을 사유하는 작가들이 현실과 가상의 도치를 형상화하던 무렵이다. 특히 개인의 취향과 선택을 중시하는 20~30대 청년층 작가들이 민감하게 반응했고 이전과 다른 차원에서 문학 지형을 고심하면서 자체 존립을 꾀하였다. 문학과 문화의 공속을 요청하는 시대로의 전환이 엄연해진 상황에서, 1980년대 후반부터 퇴조한 리얼리즘 정신과 1990년대부터 뚜렷이 혼란스럽고 분열적인 감수성이 교차하는 문화 분위기를 배제하고서는 그 시대를 운위할 수 없게 된 것이다. 백민석이 등장한 시기는 미디어 · 전기 · 전자 기술의 융합으로 디지털 빅뱅이 일어나면서 그 파고가 문학의 위기설로 나타난 무렵이다.

이 시기의 소설에서 백민석은 독특한 개성을 발휘한다. 이 글은 그의 등단작인 「내가 사랑한 캔디」(1995)에서부터 『죽은 올빼미 농장』(2003)까지에 나타난 문화기호(Cultural Semiotics)를 분석하여 1990년대 백민석 문학의 의의를 확인한다. 등단 후 활발하게 작품 활동을 하다가 『죽은 올빼미 농장』 발표 후 10년간 휴지기를 둔 점을 감안하여 이 시기 이전의 작품을 중점적으로 논의한다. 등단작 「내가 사랑한 캔디」는 『문학과 사회』 1995년 여름호 발표작이다. 문단문학의 공모전이나 신인상 수상 등 제도권의 등단 절차를 거치지 않아 심사평은 찾아볼 수 없다. "원고지 200장짜리 동명 중편을 350장 더 늘린"[1] 경장편으로 다음 해에 출간한 개작 장편의 시간 배경은 1980년대 후반부터 1990년대 초반까지 약 3년간이다. 이 작품과 같은 해에 발간하여 사실상 첫 장편인 『헤이, 우리 소풍 간다』의 시간 배경을 1970~80년대로 설정하여 글쓰기를 사후적으로 한 점만 보더라도 백민석 작품의 1990년대 양식은 과거로의 회귀에 그치지 않고 한층 정밀하게 가동하는 내적인 요청과 동력이 역사와 접맥해 있음을 입증한다. 말 못 함의 기율이 팽만한 현실사회의 폭압 정치를 기호의 암시 효과로 대리 발언하는가 하면, 진보하는 기술문화와 문학의 공속 관계를 청년 세대의 예리한 감각으로 작품화했다는 점에서 그러하다. 등단작에서부터 새로운 감각과 안목으로 이전 시대를 돌아본 작가는 이후에도 문화적 인간의 삶에 시대적 현안을 배치하여 역사의 다양한 국면들을 상호텍스트처럼 기입해 나간다.

한 시대를 반영한 문학작품이 대중문화의 자장에서 생산되었다 할지라도 그간에는 문화기호 중심의 논의가 이뤄지기는 어려웠다. 현대 문학작품일수록 열린 해석을 요구하므로 독자의 참여로 의미가 생성하지만, 문

---

1   손정숙, 「백민석 씨 장편 『내가 사랑한 캔디』」, 『서울신문』, 1996.10.17.

제1부 문화기호의 의미 작용 : 백민석의 소설

화기호와 문학의 수평적 역학은 전통적인 문학의 존립을 훼손하는 일일 것이기에 문학의 윤리로 보기에는 합당치 않은 면이 있었다. 현대세계가 이미지와 기호들로 이뤄져 있고 문학작품에 반영한 세계 또한 그렇다 할지라도 이 기호들의 표면 작용에 치중한 분석만으로는 내포 의미를 해명할 수도 없다. 현대성을 기호의 제국이라는 개념으로 통일하는 문화의 논리로는 문학작품이 담아낸 역사성을 간과하거나 일과성 현상으로 단순화할 수도 있다. 그럴 때 문화는 문학의 대타항에 그칠 뿐 상호 반영해야 할 시대적 현안들을 도외시하게 된다. 전적으로 이 같은 이유만은 아니겠으나 기존의 백민석 소설 연구도 대중문화에 대한 저항을 담아냈느냐 아니냐는 문제에 천착하거나, 포스트모더니즘 담론에서 급부상한 정신 심리분석을 바탕으로 인물 탐구를 하는 경향이 우세하다.

이러한 태도는 문학작품의 독자성을 견지하려는 데서 비롯하지만, 표면화한 문화기호들을 간과함으로써 그 이면의 의미 작용을 추적하기는 어렵게 된다. 문학 중심의 세계관을 공고히 하려는 자세만으로는 작품의 진정한 의미를 파악하기 어렵고, 더욱이 이전 방식으로는 형상화하지 못할 현실 문제를 미학적 변용으로 돌파하고자 한 작가 내면의 요청도 놓치게 된다. 하지만 백민석 작품은 기호를 통한 암시적 발언, 그리고 문화기호들의 표면 작용이 내적인 의미로 연결되는 지점이 결렬된 것처럼 보이는 곳에서 오히려 해석의 가능성이 열린다. 낯설고 이질적인 기호가 범람하는 백민석 소설을 현시점에서 보면 상상적 미래를 일찍이 문학적 리얼리티로 구현한 것이었다. 무한 열린 해석이 가능하면서도 이 같은 작업이 곧장 독해 불능으로 이어진 것도 기호의 암시성 탓이 크다. 그의 작품에서 문화기호는 현대성이 지닌 복합문화의 성격과 그것의 빠른 변화만큼이나 기원이 없는, 낯선 리얼리티를 안긴 것이 사실이다.

문화기호를 바탕으로 작가의 수행적 글쓰기의 의미를 밝히기 위해 이 글은 크게 세 가지 관점으로 작품에 접근한다. 첫째, 낯선 문화기호와 형식 파괴로 새로운 기법을 선보인 작가의 글쓰기 수행과 그 의미를 파악한다. 둘째, 다양한 문화기호와 함께 구동하는 작가의 실천적 글쓰기가 함의하는 역사 비판의식을 확인한다. 이는 이전 시대의 폭압 정치와 역사의 결절 지점을 기호·문화기호로 대체하여 발언한 작가의식을 살피는 것을 의미한다. 셋째, 과학기술의 진보와 동시에 문학 형식도 전변한다는 사실을 밝힌다. 백민석은 문화·역사 속에서 진보하는 과학기술의 문제를 여러 편의 작품에서 변주하고 있어서 이런 점을 관통해야만 작가의 의도를 간파할 수가 있다. 2003년 이전 작품에서 이 같은 문제의 지점이 특히 두드러지는 만큼 1990년대의 문학–문화, 문학–역사, 문학–과학 간 종속 관계가 아닌 수평적 공속성에 관한 작가의식이 어떠한 문학 형식으로 표명되는지는 매우 중요한 문제다. 그렇지만 이러한 갈래짓기로도 백민석 작품은 많은 경우 자명한 의미를 드러내지 않는다. 전변하는 시대의 문화기호에서 특정 시대의 변화상이 드러나면서부터 그 기호의 의미 작용을 간파할 수가 있는데, 특히 거대사나 문명적 사건을 다루는 방식에서 문화기호의 작용점이 한층 막중해진다. 이런 점은 파편적 상황과 기호적 글쓰기, 이해 못 할 행위 동작으로 웃음을 유발하거나 끝내 명석 판명할 수 없는 인물들의 경험, 다양한 방식으로 저속성을 번연히 노출하는 인물들에게서 특히 두드러진다.

이를 위해서는 무엇보다 백민석 작품을 문화기호로 해석하는 이유가 타당해야 할 것이다. 그의 소설을 대중문화에 대한 저항이냐 아니냐는 이분법으로 읽으면서 저항 대상부터 전제한 기존 논의들이 있었기 때문이다. 여기에는 리얼리즘 이후의 문학이 방향성을 잃은 가운데 이질적인 감각을 요구하는 창안물의 등장을 환영하지 못한 데에도 이유가 있으나, 1980년대 후반부터 거세어진 신세대 담론도 큰 몫을 한 것으로 보인다. 백민석은 저널리즘의 세대론에 의해 신(新)신세대로 불렸다. 이 호칭은 그가 등단하기 이전부터 도시적 감수성을 발휘한 신세대의 후속 세대임을 뜻한다. 그를 신세대와 구분함으로써 1971년생 작가의 문단 진입을 환영하면서 대중 효과를 기대하는 분위기도 여기에 가세했다. 그런데도 작가의 문화 감각이 긍정적으로 승인되지 않았던 것은 '문화'라는 기표가 지대했던 탓이 크다. 문단문학은 그간에 문학 중심·엘리트 중심을 공고히 해왔기에 당시 사회에서 '문화'라는 이름으로 집행하는 움직임들을 용인하기 어려웠을 것으로 보인다.

하지만 미디어·디지털 테크놀로지 기술의 급속한 발전 도상에서 문학의 위상을 조망해보면 이해 범위가 달라진다. 문화 안에서 문학의 우세를 공고히 하면서 이것을 유지하고 지속하는 일의 불가능성에 대한 담론이 어제오늘의 일은 아님을 알 수 있다. 1938년에 평론가 이원조가 영화와 문학의 관계를 직시했을 때도 대중매체는 문학의 대립항이었다. 그는 소설이 영화에 항거할 만한 능력을 잃었다고 쓴다. 이것이 "자유경쟁적인 현대"적 현상이며, 시와 소설이 영화에 비해 비현대적이고 낙오된 형식임이 분명하다면서 현대를 '광란한 파도'에 비유한다.[2] 토착문화 위에 혁명적 문명처럼 건립된 근대 이후의 대중문화는 진보하는 방식으로 부단히 현대성을 입증하면서 오늘에 이르렀다고 보아야 한다. 이원조는 영화를 포함한 대중 미디어의 미래를 구체화하지 못했으나 현재 시점으로 보면 영상 기록물인 영화는 여기에 그치지 않고 미디어를 통한 "복제·전파"[3]까지 담당하는 대중매체로 꾸준히 진보해온 것이 사실이다. 정전(canon)을 종이

---

2   이원조, 『이원조 비평선집』, 양재훈 편, 현대문학, 2013, 49~50쪽.
3   신현준, 「20세기의 대중문화 — 기록의 상품화로부터 문화의 재산화까지」, 『문학과 사회』 1999년 가을호, 1091쪽.

책으로 일원화하는 지식인들이 미디어 산업의 상업적 생산 방식을 비판하는 이유도 이와 무관치 않다. 그간에 수행된 백민석 작품 논의 중에는 대중문화에 대한 저항이냐 아니냐로 좁혀놓고 논의하는 경우도 더러 있으나 이러한 측면으로만 재단할 수 없다는 것이 나의 생각이다.

이와 관련하여 1990년대 백민석 작품의 문화요소를 문화산업의 한 측면에서 파악해볼 수도 있다. '대중문화'라는 자본주의 명명법이 대중에게 허황한 꿈을 심어주어 그들을 우매하게 만든다면서 '문화산업'으로 개칭한 아도르노를 필두로 대중문화 저항 담론이 형성되는 와중에 백민석은 등장했다. 아도르노의 문화산업 비판에서도 드러나듯이 문화산업과 미디어 산업은 동의어다. 그 출발부터 전기·전자 산업에 부속된 것이었으며 차츰 미디어를 통해 저작물들을 기록하고 이를 디지털 기기로 복제하여 산업적으로 대량생산하는 체제에 놓이게 된다. 이는 디지털 미디어의 확산력과 파급력을 예견한 발화였으며 후기자본주의 대량생산소비 체제로의 전환에 세계자본이 필연적으로 개입할 것임을 예견하는 측면이 있었다.[4] 이 같은 견해는 벤야민이 현대문화에서 아우라의 고유성은 사라지고 소비를 자극하는 유사품들이 미디어 기술의 발전에 힘입어 확산하는 현상을 열린 사고로 긍정하면서 예술작품 간 장르 이동과 전이를 예견한 것과는 확연히 구별된다.[5] 아도르노가 대량생산소비 체제에 강세를 두면서 포스트모더니즘과 후기자본을 연계한 내면에는 고급과 저급으로 양분된 문화 인식이 있었다. 문화산업은 저급하다는 인식이 그 수용자조차 동일시하는 상황으로 이어진 것이다. 이와 달리 벤야민은 미디어 기술의 진보에 더 주목

---

4   Th.W. 아도르노·M. 호르크하이머, 『계몽의 변증법』, 김유동 역, 문학과지성사, 2016(초판 16쇄) ; 신혜경, 『대중문화의 기만 혹은 해방』, 김영사, 2009 참조.
5   발터 벤야민, 『기술복제 시대의 예술』, 최성만 역, 도서출판길, 2017(제1판 13쇄) 참조.

제1부 문화기호의 의미 작용 : 백민석의 소설

하여 그 현상을 성찰했고 미디어 간 전이가 수평적으로 이뤄질 문학의 미래를 예견하기도 했다. 그간에 대중문화에 대한 부정의 글쓰기냐 긍정의 글쓰기냐로 백민석 작품의 성과를 판별하려는 시도를 할 때에도 이렇듯 상이한 문제의 지점에서 쟁점이 형성되었다고 본다.

작가의 문학 수행이 기술 진보와 접맥한 상상력으로 실행되고 있음을 밝히려는 이 글의 의도는 이런 점에 기인한다. 일찍이 벤야민이 성찰한 기술복제 시대 문학의 자질과 위치, 후기구조주의자들의 사유가 분열적으로 생산되는 연원을 거슬러가다 보면 "과학적 인간은 고도로 발달한 문화의 다종다양성의 증후"[6]라고 한 니체의 통찰을 만나게 되면서 백민석 작품의 의도가 한층 선명해진다. 그런 반면에 아도르노의 관심 대상은 주로 문화상품의 생산과 오락산업의 소비자들이었으며, 그는 문화가 경제에 타협하여 상품화한 것, 즉 문화가 욕망의 경제학으로 몸을 바꿔버린 상품경제를 비판하는 것을 과업으로 알았다. 그러면서 작품의 진정성을 '부정정신'으로 보는 가운데 순수예술 중심으로 관점이 작동한다. 순수예술을 대중화로 조정해가는 문화산업의 힘을 부정한 진지함, 그리고 문화낙관론으로 일관하지 않는 부정정신은 인정한다 치더라도, 대중문화가 조성하는 환경에서 태어나 성장한 백민석 세대에게는 이것이 그대로 현실이라는 점을 아도르노 같은 기성의 엘리트들은 간과하기 쉬운 맹점이 있다. 하나의 문화는 개인이 태어나면서부터 대면하고 경험하면서 정체성을 구성하는 자연스러우면서도 강력한 조건이 된다. 개인이 원한다고 해서 주어지지는 않기 때문에 인간 개체가 문화 속으로 편입되거나 이식되면서 주어진다고 보아야 한다.

이런 점을 1990년대 우리 사회에 비춰볼 때, 백민석 세대의 대중문화 감

6   프리드리히 니체, 『머리맡에 ─ 니체』, 함현규 역, 다른상상, 2018, 79쪽.

각이 경솔하고 천박한 아마추어의 전유물이기만 한 것인지 질문할 수 있고, 기성 질서에 포섭된 당대인의 내면도 헤아려볼 수 있다.[7] 서영채가 양 방향에서 지적한 대로, 세계자본으로 재편된 시장에 저항하지 않는 문학과 오락산업의 산물을 일치시키는 외부의 발상도 그렇지만, 근대예술이 문화상품이 되면서 전통예술의 하인 격에서 탈피할 수 있었음에도 역설적이게도 문화상품이라는 존재 조건에 저항해야만 가치를 지켜낼 수 있는 당대의 문학 내적인 문제도 똑같이 거부할 수 없는 시대였기 때문이다.[8]

1990년대 초반에 신세대 담론이 뜨거워지고 그후 백민석이 등단하던 무렵에 신신세대의 등장을 알리는 데 앞장선 매체는 신문이다. 문화적 경험이 세대 차를 조성하는 내면을 보면 결정적으로 성리학의 유습이 깊게 뿌리내린 탓이 큰 반면에 세대 논쟁은 반드시 물리적 세대 차에 기인하지 않는다. 그 내면을 보면 앞선 세대와 후속 세대 간 문학 형식의 연속성을 운위할 수 없는 시대의 증상이자, 이전 세대와의 정치적·관습적 동일성을 유지하는 일에 의문을 가져야 하는 시대적 앓이였다. 이전 방식의 미메시스를 이탈하여 문화경험-문학 창작-담론 형성의 절차에 낯선 감수성으로 참여한 백민석 작품을 재논의하는 건 이 같은 이유에서다. 특히 1990년대 발표작은 위와 같은 연쇄 고리를 만들면서 유소년기에 머물지 않고 청년 시기의 경험으로까지 이어진다. 성장 연대에 따라 차이 나는 문화경험

---

7 이와 관련하여 작가는 『16믿거나말거나박물지』 출간 후 인터뷰에서 "내가 할 수 있는 것은 우리 시대를 지배하는 주류문화를 공격함으로써 소설적 서사의 공간을 넓히는 것"이기 때문에 "기성세대들이 이해할 수 없는 문화상징들을 의도적으로 썼다"고 밝혔다(박해현, 「신(新)신세대 작가 몰려온다」, 『조선일보』, 1997.9.11). 이는 이전 시대 문학에 대한 의존을 극복하겠다는 의지가 공격적인 언사로 나타난 경우로 볼 수 있다.
8 서영채, 「공생의 윤리와 문학 : 민주화 이후의 한국문학」, 『문학동네』 2008년 봄호, 359~360쪽.

제1부 문화기호의 의미 작용 : 백민석의 소설

을 사적인 언어로 개별화하여 앞선 세대의 진지한 목소리, 삼인칭 주인공을 내세운 객관화가 아닌 일인칭 주관화로 이 세계를 현상적으로 조망하면서 인물들의 순간적 경험을 써 나간다.

수용자층을 자본력으로만 구분하더라도 고급문화의 향유층은 새로운 대중문화에 저항하는 세대일 가능성이 크다. 이 말은 자본력에 따라 향유층이 결정되는 고급문화에서 청년층은 흔히 소외된다는 말과 같다. 그럴 때 백민석의 대중문화 감각이 저급이냐 고급이냐는 논란부터 사안의 본질을 비켜간 것이게 되고, 고급문화 향유층이 재단한 것처럼 젊은 층이 저급문화에 빠져 있다 할지라도 당대 문화의 대중적 성격을 규명하는 데 기여하는 주체는 정작 이들이다. 그의 소설에 등재된 대중문화기호는 그가 등장하기 이전에는 보지 못한 양태로 놓여 있으며 이것 자체만으로도 동시대 소설들과 변별된다.

문화산업의 자본력 아래 재편되어간 측면에서 보면 1990년대 문학은 인접 장르와의 교섭으로 상상력의 교환이 원활해졌다. 이것이 대중문화의 파장이다. 백민석 작품을 다원주의 안에서, 나아가 혼종성으로 파악할 때 부상하는 것은 엄밀하게 말하면 문학 장르이기보다 대중문화다. 문학중심주의 관점에서 보더라도 이것은 엄연한 현실이며 특정 시기의 일과성 현상으로 그치지 않는다. 문학 영역의 뿌리 깊은 전통을 인정한다 치더라도 대중문화의 위력은 세계화 자본을 배경으로 한다는 점에서 1990년대 문학의 위상을 흔들어놓기에 충분했다. 이렇게 막중한 전환기에 등장한 백민석 소설은 그 자체로 새로운 가능성이었다. 따라서 낯선 리얼리티로 독서대중을 경악케 한 상상력이 당대에 호응을 얻지 못한 점을 작가의 불운으로 돌려버린다면 지극히 소극적인 독자의 반응 방식이 아닐까 한다.

문학의 본질에 관한 질문과 답이 1990년대 내내 절실했던 것은 문학 외적인 요소들의 침습으로 문학 중심의 비평조차 방향성을 잃은 데에도 그 이유가 있다. 문학이 문학을 질문하지 않고 철학이 문학을 질문해온 서양 철학 중심의 사고 체계를 해체하려는 시도를 주도한 데리다나 벤야민도 서양의 철학자이고, 더구나 1990년대 우리 문단이 포스트모더니즘과 후기구조주의[9] 해체적 사유의 영향 아래 탈중심 사유를 할 수 있었던 동인도

9 포스트모더니즘은 20세기 후반기의 사회문화적 특성을 복합적으로 포괄하는 개념이다. 이 무렵의 인식 체계인 후기구조주의를 논의할 때 빠트릴 수 없고, 탈근대적 변화를 설명할 만한 이론적 근거를 제시할 때도 필요하다. 인간에게 자기표현의 핵심이 언어라는 측면에서 보면 언어의 생산성을 중시하는 후기적 사유가 백민석에게 영향을 끼치면서 문화 감각을 일깨웠으리라는 추정이 가능하다. 1990년대의 사회문화를 가로지른 에피스테메(바슐라르가 처음 쓴 용어이며, 푸코가 이것을 특정 시기의 인식론과 담론적 실천을 결합하여 여러 관계 간 집합 개념으로 사용했다.)는 매우 복합적이어서 일의적으로 규명할 수 없다. 그러나 모든 언어는 문화의 산물이고, 문화가 인간의 축조물인 한 그 의미를 당대 문화 감각으로 추적하는 것이 가능하다. 백민석 텍스트를 후기구조주의 사유로 접근하면 1990년대에 등장한 신진세대 작가의 인식론적 지평, 나아가 문화구조를 규명하는 긴요한 사유 형식을 발견할 수 있다. 이를 위해 전제되어야 할 개념들—포스트모더니즘·구조주의·후기구조주의·후기산업사회—을 상호 교환하는 힘들로부터 이해할 필요가 있다. 이 개념들의 얽힘과 관련한 주요 논점 몇 개를 정리한다.
포스트모더니즘은 문학·예술·문화를 말할 때 흔히 쓰이고 모더니즘에 대한 비판적·급진적·전위적인 반작용이며, 재현에 회의적이며 관념적이다. 후기구조주의를 포스트모더니즘 철학으로 보기도 하고, 좁게는 데리다, 넓게는 롤랑 바르트·미셸 푸코·자크 라캉·장 프랑수아 리오타르·질 들뢰즈와 펠릭스 가타리 등의 사상을 일컫는다(김욱동, 『전환기의 비평 논리』, 현암사, 1998). 후기구조주의자들은 소쉬르·로만 야콥슨 중심의 구조주의 언어학 활동을 하던 중 연합하여 후기적 사유로 나아갔다. 바르트의 문화론, 라캉의 신프로이트주의, 데리다의 서구 중심의 인식론 해체, 푸코의 권력 이론, 크리스테바의 페미니즘 이론·상호텍스트성을 중심으로 구조 규명의 불가능성을 말하면서도 구조를 찾아가기까지의 과정을 강조한다(윤호병, 『현대문학 이론과 비평』, 소명출판, 2021, 90~92쪽). 프레데릭 제임슨이 포스트모더니즘 문학과 문화 현상을 조망하면서 "다국적 기업에 의한 세계시장의 확대", "자본주의가 한 단계 더 발전한 형태"라면서 돈의 논리를 비판한 경우(이정호, 『영미 시의 포스트모던적 읽기』, 서울대학교출판부, 1994, 4쪽), 지배문화로부터의 급격한 단절과 혁신이 지배문화에 비추어 가늠되는 것으로 보면서 새로운 사회경제적 시점을 매체사회·소비사회·광경사회, 그리고 소

제1부 문화기호의 의미 작용 : 백민석의 소설

서양 철학 안에서 문학이 무엇인지 질문하려는 시도였다. 이전의 사회·정치에 대한 관심을 대중문화에 대한 관심으로 대체하면서 다원주의·해체주의·세계자본·욕망 문제가 부상했고, 다국적 기업·디지털 미디어·정보화·생태주의·페미니즘 등의 담론이 등장했으며, 주요 일간지에서는 신신세대론을 현안으로 다루면서 1990년대 중·후반의 등단 작가를 이전의 신세대와 구분했다.

이 시기의 독서 대중이 백민석 작품에 보인 반응은 세대를 불문하고 양분된다. 이는 그의 작품을 평가할 때 세대 논쟁은 물론이고 이전 시대의 양식인 리얼리즘을 충족시키는 서사성·실천성 등을 추궁하는 독자 의식이 여전했다는 방증이다. 세대를 불문하고 대부분의 문학 엘리트들은 자신의 정신을 지탱하는 근간이 되어준 이념의 지형과 실천성을 이탈하는 것을 불경스럽게 여겼다. 작가라는 고상한 명칭에 구차한 수식이 붙지 않기를 바랐으며, 욕망이 횡단하는 대중적 기호들로 하여 평균 이하의 작가

비조작의 관료사회, 후기산업사회로 부르는 경우(프레데릭 제임슨, 「『포스트모던의 조건』에 관하여」, 장 프랑수아 리오타르, 『포스트모던의 조건』, 유정완 외 역, 민음사, 1994(1판 3쇄), 12쪽)가 있고, 포스트모던을 과학과 서사의 갈등 관계로 직관하기도 한다. 거대서사에 대한 불신과 회의가 과학이 진보한 탓이라면서 미래를 언어 입자들의 화용법에 들어맞는 세계로 예측한다(장 프랑수아 리오타르, 「서론」, 위의 책, 33~34쪽). 포스트모더니즘은 끝난 것이 아닌 항구적으로 생성 중인 모더니즘이며, '뭐든 좋다'는 식의 돈의 리얼리즘이라고 비판하기도 한다(장 프랑수아 리오타르, 「포스트모더니즘이란 무엇인가'의 질문에 답하여」, 위의 책, 172~180쪽). 포스트모더니즘을 고급문화와 대중문화의 경계 지우기로 보는 것은 오해이며, 포스트모던 사유가 유럽의 후기구조주의를 흡수했다는 견해도 있다(성민엽, 「포스트모더니즘 담론과 오해된 포스트모더니즘」, 『문학과 사회』 1998년 겨울호, 1123쪽). 더 진전된 논의로는 1980년대 후반부터 도발적으로 나타나기 시작한 "모더니즘적 유희와 미적 대중주의"를 결합한 일련의 작품들을 '팝 모더니즘'이라고 명명하는 경우가 있다. 황종연, 「팝 모더니즘 시대의 비평 ─ 문학과지성 비평 집단을 보는 한 관점」, 『문학과 사회』 2016년 봄호, 242쪽.

로 균질화하는 것을 차단하고 싶어했다. 그러나 이러한 반응은 그의 작품을 인상적으로 가치 판단한 것이기 쉽고, 이제 막 생성되어가고 형성되어가는 문학 형식에 의미를 부여할 만한 이론 토대를 문학장에서 선뜻 제출하지 못하는 분위기도 여기에 일조하지 않았나 생각된다. 또 다른 측면에서는 작품을 둘러싼 초기의 논의가 주로 신문기사·대담·현장 비평 중심으로 산발적으로 이뤄지다가 연구논문 중심의 평가는 2000년대부터 본격화한 점을 들 수 있다. 작가는 등단 이후 다양한 매체에서 존재감을 드러냈으나 본격적인 작품 연구는 2000년대 이후로 미뤄지면서 작품 평가도 유보되었다. 저널은 문명 편에서, 문학 연구자들은 주로 미학적인 측면에서 평가를 했으며 더구나 전자의 평가가 지속되지 않는 가운데 후자의 평가가 이뤄짐으로써 과학기술의 진보와 연동하는 문학 형식의 진보를 사유하는 계기를 놓쳤다고 볼 수 있다. 게다가 그것이 내용 연구에 치우침으로써 작품의 형식과 기호의 의미 작용을 간과하게 되어 백민석 소설의 형식 파괴가 뜻하는 바를 규명하지 못하였다.

1990년대 현상을 감안하면 백민석 소설의 발생 의미를 초국가적이고 사회문화적인 측면에서 논의할 수 있어야 한다. 그럴 때 작품의 문학사적 위치 지정도 타당성을 확보할 수 있다. 그의 텍스트는 현실인 문화 현상을 기호로 기술하면서 리얼리티를 구현한다는 점에서 개별성을 지닌다. 예술은 어떤 경우에도 작가의 존재 인식 위에 성립하므로 그의 작품을 경험치의 증폭으로 볼 수는 있어도 환상 같은 비경험의 인자로부터 발원한다고 보기는 어렵다. 따라서 그의 작품이 이전 방식의 미메시스를 이탈했다는 이유를 들어 역사와 시대를 몰각한 대중소설로 재단하는 것은 전변하는 시대의 창안물에 내릴 평가는 아니라고 본다. 작가의 대중문화 감각이 대중소설을 쓰는 동력이 되는 경우와 그렇지 않은 경우를 분간할 근거마저 사라진 시대의 디지털 테크놀로지 상상력, 형식 파괴의 글쓰기, 다양한 문화기호로 역사를 패러디하면서 폭압 정치를 우회적으로 비판하는 방식 등은 재평가를 받아야 한다. 급변하는 시대를 체험적 상상력으로 구성한 그의 소설에는 바로 그 시대의 증상은 물론이고 미래적 현상까지도 앞당기는 상상력으로 구축되며, 그중에는 현시대를 특징 짓는 문화 현상도 상당 부분을 차지한다. 작가의식의 근간인 당대 사회문화의 급격한 변화를 전제할 때 백민석 작품은 한층 첨예한 논점을 제공한다. 이 모든 것들이 작가가 지각한 현실에 기반한다는 점, 그리고 그 내용이 비디오 필름 · 영화 · 컬러텔레비전 · 워드프로세서 등의 영상매체, 온라인 네트워크와 결합한 미디어 매체의 파급력, 인류 역사에서 100여 년간 진보해오는 동안 기술 문명을 주도한 전기 · 전자 기술체들의 파장 안에서 생성된 문학 형식이라는 점에서 그의 상상력은 전례가 없는 것이다.

　이 글은 문화기호와 그 작용점의 의미를 짚어내기 위해 문화기호로 포괄이 가능한 미디어 기호 · 디지털 테크놀로지 기호, 그리고 글쓰기 기호를 중심으로 작품을 논의하여 작가의 실천적 문학정치를 규명한다. 이는 작가가 허구로 구성하고 있음에도 가상에 그치지 않는 기술 진보 문제를 미학화하는 방식과 관련한다. 기표로 나타나는 전기 · 전자 현상과 이미지들, 즉 현상적인 '인공 빛'은 물론이고 실물인 비디오 · 컬러텔레비전 · 워드프로세서 등이 당대의 기술을 대표하는 기기에 그치지 않고 빛의 속도로 진보하는 전자기술의 미래를 예고한다는 점에서 백민석 작품은 인류 문명사 중 일정 시기의 문학적 변용으로 의미를 매기기에 모자람이 없다.[10] 그의 전작을 통틀어 기술 문명의 첨단 장치들이 그대로 당대인의 문

10　문명과 문화의 개념을 엄밀히 구분하기는 어렵다. 자연을 이용한 인간의 정신적 · 물질적 제작물을 복합적으로 일컫는 것이 문화이지만 프로이트는 문명과 문화를 굳이 구분하지 않고 상호 포함 원칙하에 사용했다. 일반적으로 문명을 발생의 논리로, 문화를 생

화 생태인 점은 의심의 여지가 없다.

이러한 점을 밝히기 위해 기호·문화기호 중심으로 작품을 분석하며, 기호의 개념은 소쉬르 언어학에서부터 출발한다. 이것은 두 개의 정신적 요소인 기표와 기의가 자의적으로 결합한 언어기호를 이른다. 이때 기표는 청각 영상이지만 "실제 소리가 아닌, 그 소리의 정신적 각인, 즉 그것이 우리의 감각에서 만들어내는 표상"[11]이고, 기의는 우리의 정신 속에서 기표와 분절되어 따로 존재하는 어떤 개념이다. 송효섭에 따르면 이와는 다른 방향에서 언어는 물론이고 자연현상까지도 기호로 보는 퍼스는 인간이 고안한 언어나 그 외 모든 산물들을 발신자의 의도가 어떠하든 문화기호로 본다. 소쉬르와 달리 언어를 문화전달의 틀(도구)로만 보지 않음으로써 언어만으로는 밝힐 수 없는 것이 있다고 본 것이다. 퍼스는 자연과학적 추론에 의한 객관화가 아닌 인간의 추론에 의해 의미를 찾는 일일 때는 자연현상도 문화기호, 즉 텍스트의 범주에 둔다.[12] 이렇게 인간이 만들어낸 문화기호에 어떻게 인간의 정신세계를 담느냐는 것은 중요한 문제이기 때문에 개인의 경험·감정·상황·태도·마음 등에 따라 기호의 해석 방향은 달라진다. 퍼스는 이런 점을 상호 관계성으로 설명하면서 모든 표상체(representamen)의 결과에는 기호로서 표현 조건을 갖춘 기반(ground), 대상(object), 해석 경향(interpretant)이 연결되어 있다고 본다. 그중 기호(sign) 또는 표상체는 진정한 첫 번째 표지, 두 번째는 대상, 세 번째는 해석 경향이라고 쓴다. 기호의 의미는 대상에 대한 해석자의 정신 내용에 따라 해석 경향과 의미화의 과정이 달라진다는 데 그 특수성이 있다는 것이다. 기호학

활양식으로 보기 때문에 이 글에서 이 용어를 사용할 때는 맥락으로 의미를 전달한다.

11 송효섭, 『문화기호학』, 아르케, 2001(2판 2쇄), 55쪽.
12 위의 책, 36쪽.

제1부 문화기호의 의미 작용 : 백민석의 소설

의 규범(legisign)은 기호가 있는 하나의 질서 안에 있으며, 기호는 해석자가 능동적으로 해석에 참여하여 논리(logic)를 구성하는 능력에 의해서만 의미 파악이 가능하게 된다. 기호의 특수성은 그 의미 방식에 있기 때문에 의미의 특수성을 말한다는 것은 기호와 해석자와의 관계를 말하는 것이다. 기호는 해석자가 의미를 주장하든 그렇지 않든 그 자체 의미를 유지하므로 의미화의 과정에서만 특별한 의미를 드러낸다.[13]

백민석 소설의 문화기호를 운위하려면 디지털화한 융합 기술의 이해도 더불어 필요하다. '디지털화'는 모든 정보를 0과 1의 신호로 변환하여 부호화하는 것을 뜻한다. 다양한 기술의 융합으로 정보 가공이 빠른 속도로 이뤄지면서 양방향에서 정보를 원활하게 이용할 수 있는 혁명적 기술이 이를 가능케 한다.[14] 정리하면, 인간 삶의 전방위적 구성이 '문화'일 때 인간 주체가 이것과 관계를 맺도록 매개하는 대상을 문화기호라 할 수 있다. 문화기호는 어떠한 문화를 텍스트화하여 무엇인가를 증후로 나타내기 때문에 수용자가 해석해야만 그 의미를 추정할 수 있다. 하여 디지털화는 전기·전자기술과 미디어 기술 등의 다중 융합 기능을 실현하는 기술에서 그 의미가 명확해지며, 이것이 인간과 관계를 맺는 방식을 의미화하는 방법론을 문화기호 연구라 할 수 있다.

이 글은, 퍼스가 현실성과 실용성을 중심으로 문화기호를 운위한 점, 기

---

13 Charles Sanders Peirce, selected and edited with an itroduction by Justus Buchler, "Logic as Semiotic: The Theory of Signs", *Philosophical Writings of Peirce*, Dover Publications, Inc., New York, 2021, pp.99~104.

14 구니야스 도쿠마루(國保德丸), 『디지털 혁명과 매스미디어』, 김재봉 역, 나남출판, 2000, 69쪽. 이와 관련한 표는 이 책의 121쪽에 제시했다. 문화기호는 아무리 사소할지라도 인간이 만든 모든 문화적 산물을 망라한 명칭이다. 그러나 이 글에서 문화기호는 인간 정신이 구현되는 문화예술적 생산물과 기술력의 산물로 한정한다. 그중 후자는 미디어·디지털 테크놀로지 기호를 의미하며 전기·전자적 특성을 전제한다.

더 자세히 읽기 위하여

호는 해석자의 해석 방향에 따라 논리를 세우면서 그 의미를 파악하게 된다고 한 점을 바탕으로 백민석 텍스트의 문화기호를 해석하여 작가의 글쓰기가 다양한 문화기호를 사유하는 과정에서 이루어지고 있음을 밝힌다. 문화요소를 분리한 문학 중심의 독해 방식에 전적으로 의지하지는 않으면서 기존 연구와 다른 관점에서 백민석 문학의 개별성과 위치를 확인한다. 백민석 작품이 이전 시대의 양식과 구별되는 특성을 입증하기 위하여 작품이 생산되는 당대의 문화요소를 기반으로 해석한다는 점에서 기존 연구와 변별된다. 문학이 문화를 방어하는 양상으로 유지되어온 시대에는 그 기능을 역사적 실천으로 일원화했으나 백민석은 예리한 감식안으로 진보하는 기술문화 시대의 내면과 파장을 전(前)미래화하는 감각을 발휘한다. 디지털 테크놀로지의 진보와 접맥한 그의 작품은 인과론을 중시해온 시대의 서사 양식에는 담아낼 수 없는 세계를 반영한다. 일원화한 세계관으로는 이해 불가의 온갖 기호와 형상들이 난립하면서 혼돈 그 자체를 내보이기 때문에 기이하고 이질적인 세계가 파편으로 존재한다. 이러한 정황에 갈등 요소들은 상호 사유의 항으로 전환되면서 우리에게 이 세계를 다양한 국면으로 조망할 수 있도록 열린 사고를 주문한다.

2. 이전 논의의 성과와 그 틈

작가가 발간한 소설은 모두 15권, 에세이는 6권이다.[15] 첫 작품을 발표

---

15 백민석 작품 중 단행본을 아래에 정리한다. 이후 본문의 작품명은 축약어로 표기한다.

[소설]
중편 「내가 사랑한 캔디」(「캔디」), 『문학과 사회』 1995년 여름호에 발표하면서 작품 활동 시작.

한 후 주로 장편소설이나 작품집 발간에 주력하다가 2017년 이후 여행 에

장편 『헤이, 우리 소풍 간다』(『헤이』), 문학과지성사, 1995.
경장편 『내가 사랑한 캔디』(『캔디』), 김영사, 1996. 등단작을 개작하여 단행본으로 출간.
창작집 『16믿거나말거나박물지』(『16박물지』), 문학과지성사, 1997.
경장편 『불쌍한 꼬마 한스』(『꼬마 한스』) : 1998년 3월부터 6월까지 4개월간 집필하여 『현대문학』 1998년 8월호에 발표. 같은 해에 현대문학사에서 초판본 출간.
장편 『목화밭 엽기전』(『목화밭』), 문학동네, 2000 ; 한겨레출판, 2017(종이책) ; 2018(e북).
창작집 『장원의 심부름꾼 소년』(『심부름꾼 소년』), 문학동네, 2001 ; 한겨레출판, 2015(개정판)
장편 『러셔』, 문학동네, 2003(종이책) ; 한겨레출판, 2019(e북 포함).
장편 『죽은 올빼미 농장』(『올빼미농장』), 작가정신, 2003(종이책) ; 2017(개정판, e북 포함).
장편 『혀끝의 남자』(『혀끝』), 문학과지성사, 2013.
장편 『공포의 세기』, 문학과지성사, 2016(종이책) ; 2017(e북).
연작소설 『수림』, 예담, 2017(e북 포함).
기행소설 『교양과 광기의 일기』(『교양과 광기』), 한겨레출판, 2017(종이책) ; 2018(e북).
『내가 사랑한 캔디/불쌍한 꼬마 한스』, 한겨레출판, 2018(종이책 합본) ; 2019(e북). 1996년판(김영사), 1998년판(현대문학사)을 한데 묶어 재출간.
『해피 아포칼립스!』, arte, 2019(e북 포함).
짧은소설집 『버스킹!』, 창비, 2019(e북 포함).
『플라스틱맨』, 현대문학, 2020(e북 포함).

[에세이]
『리플릿 : 바깥을 향해 읽어라』, 한겨레출판사, 2017.
『아바나의 시민들』, 작가정신, 2017(e북 포함).
『헤밍웨이 : 20세기 최초의 코즈모폴리턴 작가』, arte, 2018(e북 포함).
『러시아의 시민들』, 열린책들, 2020(e북 포함).
미학 에세이 『이해할 수 없는 아름다움』, RHK, 2021(종이책) ; 2022(e북)
『과거는 어째서 자꾸 돌아오는가』, 문학과지성사, 2021(종이책) ; 2022(e북).

백민석의 문학상 수상 내역은 다음과 같다. 21세기문학상 우수작(「이렇게 정원 딸린 저택」, 도서출판SU, 1999), 동인문학상 우수후보작(「이렇게 정원 딸린 저택」, 조선일보사, 1999), 21세기문학상 우수작(「아주 작은 구멍」, 도서출판SU, 2000), 황순원문학상 최종후보작(「수림」, 중앙일보, 2014), 현대문학상 수상후보작(「비와 사무라이」, 현대문학, 2015), 현대문학상 수상후보작(「개나리 산울타리」, 현대문학, 2016). 그 밖에, 올해의 좋은 소설

세이 · 철학 에세이 · 소설창작론 등으로 장르를 다양화했으며, 2020년 장편 『플라스틱맨』 발간 이후의 소설 출간은 확인되지 않는다. 작가가 쓴 대로라면 『헤이』 출간 4년 후에 재판을 찍을 정도로 독자의 관심도가 그다지 높지 않았으나 때마침 전변의 계기가 있었는데 그 이전까지 장난 취급당하던 만화영화 · 한국영화 · 록 음악이 21세기 문화산업의 총아로 진지하게 거론되기 시작하였다.[16]

1995년 『문학과 사회』에 중편 「내가 사랑한 캔디」로 등단하여 같은 해에 발표한 장편 『헤이』의 사정이 그렇다는 것이고 다른 작품들도 대중의 인기를 끌지는 못했다. 이어 1990년대에만 등단작인 중편을 장편으로 개작한 『캔디』(1996), 그리고 『16박물지』(1997), 『꼬마 한스』(1998)를, 2000년대 이후에는 『목화밭』(2000), 『심부름꾼 소년』(2001), 『러셔』(2003), 『올빼미농장』(2003)을 발간한 뒤 10년간 절필했다.

1990년대에는 주로 문예지나 신문에서 평론 · 서평 · 신문기사 · 대담 · 인터뷰 등으로 작가와 작품을 조명했다. 연구논문 중심으로 작품 평가가 이뤄진 것은 2000년대부터다. 그의 작품은 등단과 동시에 평론가들의 지대한 관심을 이끌어냈으나 소재의 대중성에도 불구하고 난해하게 읽혔다. 게다가 텍스트 수용자와 시장의 관점이 달라 이전 시대의 기준으로 그의 작품을 대중소설로 판별할 만한 요건도 마련하기 어려웠다. 작가가 지녀야 할 현실감각이라는 요건조차 사회문화 감각으로 바꿔야 하는 시대의 윤리 속에서 그 '과정'에 놓인 작품의 급진성을 판명할 언어가 부족한 상황이었다.

(「검은 초원의 한켠」, 현대문학, 2000), 올해의 문제소설(「믿거나말거나박물지 둘」, 푸른사상사, 2004), 제4회 김현문학패(2018) 수상자로 선정되었다.

16 백민석, 「그래서 그 책은 하드코어로 갔다」, 『작가세계』 1999년 봄호, 329쪽.

제1부 문화기호의 의미 작용 : 백민석의 소설

그간의 연구 경향을 주제별로 유형화해보면 키치, 엽기, 정신분석, 권력 욕망, 서사 · 글쓰기 · 장르 문제, 근대 개념의 미달자, SF, 문화기호 등으로 분류할 수 있다. 먼저 키치 관련 논의부터 보면, 장정일 · 백민석 작품을 아우르는 논의가 1998년 · 1999년에 평론으로 선행되었다.[17] 연구논문으로는 김남희[18]가 김영하 · 배수아 · 백민석 소설을 분석한 석사학위 논문이 처음이다. 이 논의들은 키치적인 것의 급등 현상과 전통예술 간 갈등, 고급문학과 키치적인 대중문학의 접속이 현실화한 상황을 진단한다. 1990년대에는 『캔디』 『헤이』 『16박물지』 『꼬마 한스』에 젊은 층 논자들이 주로 반응했다.

2000년대에는 『목화밭』에서 세기말의 증후를, 2020년대에는 『러셔』[19]에서 묵시록을 읽어내면서 현실사회를 초과하여 SF와 접맥한 논의를 이어간다. 『목화밭』이 출간되면서 일간지 · 연구논문 · 평론에서 보인 반응은 주로 엽기[20]나 키치 상상력이며, 일간지는 이 작품이 인간의 악마성에 주목하여 "욕망 · 정열 · 권력에 걷잡을 수 없이 매혹된"[21] 상태를 그린 것으로 보

---

17 이성욱, 「문학과 키치」, 『문학과 사회』 1998년 겨울호 ; 이광호, 「키치를 먹고 자라는 문학」(1999), 『움직이는 부재』, 문학과지성사, 2001.

18 김남희, 「키치와 관련한 1990년대 소설 연구」, 강남대학교 대학원 석사학위 논문, 1999.

19 복도훈, 「1990년대 묵시록 서사와 밀레니엄의 상상 — 박상우의 『블랙리포트』와 백민석의 『러셔』를 중심으로」, 『비평문학』 제77호, 한국비평문학회, 2020.

20 엽기는 하위문화이며, 사전적 의미는 기괴한 것을 수집하기, 반인륜적인 범죄라는 관용적 의미를 포괄한다. 이는 1990년대 이후 컴퓨터 통신망으로 확대 보급된 하위문화 양식의 상상력을 대변하는 문화기호다. 김동식, 「프리즘 2000(11) '엽기' 판치는 세상」, 『조선일보』, 2000.4.18.

21 김광일, 「서로의 피를 빨아먹으며 사는 인간들」, 『조선일보』, 2000.3.10. 이는 황종연의 평가다. 이 기사는 작가가 이 작품을 통해 인간이 성취한 문명이 허구라는 사실을 충격적으로 형상화하고 있다고 평가한다.

더 자세히 읽기 위하여

았다. 저널리즘의 특성상 일간지는 반문명적인 창안물로 이 작품을 평가하고 있으나 문학장에서는 이와 다른 방향에서 작품의 미학적 가치를 언급하는 경향이 우세하다. 2000년대 초반까지도 주로 문예지들이 키치나 문화기호 개념으로 작품에 접근했으며, 1990년대에는『문학과 사회』를 중심으로, 2000년대에는『문학동네』로 중심 이동을 하면서 논의를 선도했다.

김화선 · 김근호 · 최애영 · 박진은 정신분석, 충동, 환멸 등의 심리 요소를 분석한다. 김화선[22]은 초기 소설을 중심으로 작가가『꼬마 한스』에서 해설자의 자의식으로 자신을 정신분석하면서 '도서관소년'의 작가되기 고통을 그린다고 본다. 자전 요소를 중심으로 작가의 자기방어 · 합리화 · 자기변명에 주목하여 어른되기의 고통을 죽음 충동과 연관 짓고,『목화밭』의 죽음 이미지를 비이성적인 세계에 대한 조롱과 풍자로 읽는다. 특히 자전소설에 대한 비판의 강도가 높은 이 글은 백민석 작품 초기 연구의 방향을 가늠케 한다.

김근호[23]의 평론은『목화밭』에 나타난 문명과 문학의 실체를 언급하면서 "까놓고 말하고 싶어하는 충동"의 발현으로 작품을 의미 규정한다. 최애영[24]도 백민석 작품을 주로 정신분석의 관점에서 읽는다. 엽기를 정신분석적인 미학 개념으로 세울 수 있을지 논의하면서 이 단어의 변화 과정을 추적한다. 엽기의 미학적 효과 규명에 집중하여 이것을 무의식의 미학으로

---

22 김화선, 「어른/작가되기의 고통, 그 지독한 아픔의 얼룩」,『한국문학이론과 비평』제8권, 한국문학이론과 비평학회, 2000.

23 김근호, 「문명의 변증법과 문학 — 백민석의『목화밭 엽기전』에 비친 문명과 문학의 실체」,『작가세계』2002년 여름호.

24 최애영, 「엽기의 미학적 개념화를 위한 탐색 — 잔혹성과 공포에 대한 정신분석적 접근을 향하여」,『대중서사연구』제20호, 대중서사학회, 2008 ; 최애영, 「공포와 잔혹성의 판타지, 그리고 그 형상화 — 백민석의『목화밭 엽기전』에 대한 정신분석적 독서」,『한국문학이론과 비평』제44집, 한국문학이론과 비평학회, 2009.

보면서 억압된 것의 귀환으로 의미를 규정한다. 또 다른 글[25]에서는 문학 작품 독서가 독자의 내면에 불러일으키는 의미효과에 중점을 두고 『목화밭』을 분석하면서 독자에게 안길 독서 효과를 부정적으로 평가한다. 그 외 몇 편의 논문에서도 엽기의 무의식적 효과를 정신분석 측면에서 시도하면서 억압된 것의 귀환, 엽기 환상의 무의식적 의미를 규명한다.

박진[26]은 『꼬마 한스』와 『교양과 광기』를 정신분석으로 접근한다. 작가의 자기분석적 글쓰기를 놓고 분리된 또 다른 자아와의 전이 관계를 내러티브 자체의 구성 원리로 삼아 작동한다고 평가한다. 전이를 정신분석 담화 치료의 핵심으로 보면서, 작가이자 자신의 글에 대한 독자로서 그의 글쓰기가 전이 공간을 형성하게 되면서 자기분석도 가능해진다는 논리를 펼친다. 이 글은 백민석 글쓰기의 전이적 성격을 분석가와 분석 주체를 오가며 자기분석을 수행하는 과정으로 해명한다.

홍웅기 · 복도훈 · 최성민 · 양준영은 권력 욕망, 폭력 정치 비판에 대해 논의한다. 홍웅기[27]는 권력 욕망에 주목하여 1990년대를 소설이 무엇인지 의문을 제기한 시대, 신세대 작가들이 창안한 인물 · 공간이 그들에게 부재한 것을 채우려는 상상적 · 실험적인 것이라고 본다. 『캔디』『박물지』『러셔』『목화밭』이 증식하는 공간과 체계 바깥의 인물 관계로 제도권 내부를 그려내고 있다면서 이것을 제도권으로 진입하려는 권력 욕망으로 해석한다. 그렇지만 이미 제도권의 질서에 포섭된 자가 그곳을 벗어나

25 최애영, 「'모자이크 처리된' 목화밭의 수수께끼 ─ 공포와 잔학성의 판타지」, 『시학과 언어학』 제17호, 시학과언어학회, 2009. 8.

26 박진, 「백민석 소설의 자기분석적 글쓰기와 전이(transfert) 공간의 서사화」, 『현대문학이론연구』 제73집, 현대문학이론학회, 2018.

27 홍웅기, 「현실을 향한 공허한 시선 ─ 백민석의 '목화밭 엽기전'을 중심으로」, 『문예시학』 제15권, 문예시학회, 2004.

더 자세히 읽기 위하여

려는 욕망이라고 결론을 내림으로써 인물들이 제도권에 포박되어 있음을 강조한다.

복도훈[28]의 평론은 실재(the Real)를 현실 그 자체의 맹점이라고 본다. 현실이 그 자신을 재현하려는 시도를 불가능하게 만드는 거리가 조성되는 가운데 재현의 위기나 승화의 위기가 개재한다는 것이다. 알렌카 주판치치의 "포스트모던 문명의 불만"을 인용하면서 필자가 주목한 것은, 현실은 사실들과 의견들로 분해되어 해석이 분분해지고, 실재는 가상의 차원에서만 섬뜩한 이미지로 출몰한다는 점이다. 작가가 권력 체계와 문명에 내재하는 폭력적인 금지와 망각의 기율을 끈질기게 문제 삼는다면서 『목화밭』 『러셔』 『올빼미농장』을 중심으로 포스트모던 문명의 불만이라는 주제가 집약되는 점을 논의한다.

최성민[29]은 『목화밭』의 그로테스크를 현대사회의 잔혹성과 정치를 상징적으로 구현하는 사례로 본다. 이러한 양태로 현실을 똑바로 직시하게 하면서 문학의 낯섦을 가장 극단적으로 발현한다는 것이다. 백민석 소설의 그로테스크가 그러한 점을 폭로하는 장치로 활용되었다는 견해를 밝힌다. 양준영[30]의 석사학위 논문은 정신분석 담론의 한계를 지적하는 한편으로 백민석 작품의 분열증적 주체들이 한 사회의 중심적인 기표들에 저항한다고 진단한다.

서사 · 민담 · 글쓰기 · 장르 문제를 다루거나 근대 개념의 미달자를 전복

---

28 복도훈, 「포스트모던 문명의 불만, 괴물들의 이상한 가역반응 — 백민석의 『목화밭 엽기전』 『러셔』 『죽은 올빼미 농장』을 중심으로」, 『문학동네』 2005년 겨울호.

29 최성민, 「그로테스크와 엽기의 주제사」, 『현대문학이론연구』 제39호, 현대문학이론학회, 2009.

30 양준영, 「백민석 소설에 나타나는 반(反)-오이디푸스적 사유와 분열증적 글쓰기」, 조선대학교 대학원 석사학위 논문, 2020.

하는 서사로 본 논자는 양가영 · 김영찬 · 위수정 · 김형중이다. 양가영[31]의 박사학위 논문은 백민석 소설을 민담과의 친연성으로 분석하면서 2003년 이전의 작품을 대상으로 민담 · 전설의 혼재, 전설의 형식으로 분류하고 환상성 · 그로테스크 · 심리적 증후의 의미를 분석한다. 후속 연구에서도 양가영[32]은 『목화밭』에 편중된 연구 경향, 문명과 근대에 대한 저항과 전복으로 백민석 소설을 읽은 기존 연구의 한계를 지적하면서 『16박물지』와 『헤이』의 서사적 독자성을 민담과의 친연성으로 해명한다. 두 작품이 근대 무의식의 질문에 포섭되지 않음으로써 기원에 대해 해명하려 들지 않는다면서 민담의 형식적 특성을 근거로 '설명하지 않는 서사'가 가능한 이유를 논의한다.

김영찬[33]의 평론은 1990년대 문학의 진정성을 관습적 정체성을 깨고 나온 개인 주체에 맞추어놓고, 단절의 대상을 1980년대적인 가치로 지목한다. 그러한 사정에도 불구하고 당대적 현상과의 봉합을 거부한 작가로 백민석을 지목한다. 비주류 문화 수용자의 감수성, 소설 창작자의 자기 응시, 나—글쓰기 주체가 분열적으로 자기분석을 하면서 충동적 글쓰기를 한다는 것이다. 작가의 글쓰기 욕망에 주목한 김영찬의 논의는 이후 다른 글에서도 이어진다.

---

31 양가영, 「백민석 소설 연구 — 민담과의 친연성을 중심으로」, 고려대학교 대학원 박사학위 논문, 2013.

32 양가영, 「백민석 소설의 서사 양태와 근대의 민담」, 『한민족문화연구』 제53권, 한민족문화학회, 2016. 후속 연구에서도 양가영은 「음악인 협동조합 3」에 근대의 질서로는 해석할 수 없는 잉여가 있다면서 이를 저능자 · 무지자 · 병자의 자유로 해석한다. 양가영, 「현대 소설에서 민담의 미학의 의미 — 이상의 「지주회시(蜘蛛會豕)」와 백민석의 「음악인 협동조합 3」을 중심으로」, 『국제어문』 제86집, 2020.

33 김영찬, 「분열의 얼룩, 불쌍한 녀석 백민석」, 『문학동네』 2017년 가을호.

위수정[34]의 석사학위 논문은 장정일과의 영향 관계를 간과할 수 없는 작품의 의미를 논의한다. 흔들리는 주체, 체제의 틈입을 겪을 수밖에 없는 경계적 주체를 비성년(非成年)이라고 명명하면서 이들이 일종의 문학적 균열을 보여준다는 것이다. 이는 근대문학에서의 완성태인 성년, 포스트 문학에서 실패나 미달의 지표인 미성년의 이항대립 구도를 전복하는 주체 아닌 주체가 비성년이라는 관점에 따른 분석이다. 이 글은 백민석 텍스트를 모더니즘과 결별한 후 완벽하게 포스트모더니즘으로 안착되었다고 보기 어려운 다층적이고 복합적인 서사로 진단한다.

김형중[35]의 평론은 『버스킹!』의 입체식 장르 혼용 방식을 2차원성을 돌파하려는 시도로 파악한다. 문자가 소설 장르 특유의 특권을 상실하면서 미학적 데코럼을 이탈하고 있으며, SNS 매체가 삶의 토대가 된 지금 시대는 인간의 성격도 결코 단면으로 드러나지 않는다는 발견이 소설을 입체적으로 만든다는 것이다.

백지연·하상일이 같은 해에 백민석 작품의 SF를 논의했다. 백지연[36]은 예술적 아우라를 기만적으로 모사하는 백민석 작품의 키치 요소가 당시 소설의 장르 변화와 직결된다고 본다. 판타지·SF·추리·호러·다큐멘터리 등 대중문화 요소와 전통 서사 형식이 교차하면서 서사가 해체된다는 것이다. 하상일[37]의 평론은 『목화밭』 『러셔』의 엽기와 SF를 다룬다. 다

---

34 위수정, 「1990년대 소설과 '비성년(非成年)'—장정일·백민석의 작품을 중심으로」, 동국대학교 대학원 석사학위 논문, 2018.

35 김형중, 「소설과 SNS—백민석, 『버스킹!』(창비, 2019) : 이장욱, 『에이프릴 마치의 사랑』(문학동네, 2019)」, 『문학과 사회』 2020년 봄호.

36 백지연, 「소설을 욕망하는 소설—배수아와 백민석의 작품을 중심으로」, 『동서문학』 2000년 여름호.

37 하상일, 「하위문화와 우리 소설의 미래—백민석 소설의 엽기와 SF」, 『실천문학』 2000년 겨울호.

양한 논점을 제공하면서 담론을 유발하는 이 글은 두 작품이 권력과 제도 비판이라는 알레고리적 성격을 표방한다는 점은 인정하면서도 주류 현실에 대한 전복적인 반발·저항은 없다면서 이것이 실천적이기보다 선언적 알레고리에 그친다고 비판한다. 특히 출판자본의 논리에 포섭된 텍스트의 유희적 성격, 서사의 파편화를 염려하면서 현실 반영의 한계를 지적한다. 현실 체험에 따른 구조적·제도적 문제에 주목하면서도 불우한 현실을 직접 재현하지 않고 대중매체의 인물을 빌려 드러냈다면서 이 작품들을 도착적 소재로서의 엽기, 대중문화 상품의 전략에 포섭된 유통물로 본다. 대중문화 감수성이 우세해진 신세대의 현실 체험을 우려하는 이 같은 평가는 작품의 본말을 관통하면서도 미메시스 중심으로 관점이 작동하면서 재현 이후의 새로운 가능성을 타진하지는 못한다. 이러한 평가가 안고 있는 상반된 상황이야말로 작품을 수용하는 독자의 관점을 양방향으로 여실히 노출한다. 이 평론은 독자의 수용과 거부가 시대적 현안에 의거하지 않더라도 서로 상이한 비판적 거리에서 발생한다는 사실을 일깨운다. 동시대에 태어나 살아가는 같은 세대라 할지라도 대중문화 감수성이 상이할 수 있고, 더구나 그것이 이 글의 필자가 어느 대담에서 언급한 것처럼 "문화적 체험과 충격을 거의 겪어보지 못한"[38] 경우라면 충분히 가능한 일이라는 점에서 시사점이 크다.

끝으로 이 글이 주목하는 문화기호와 관련한 논의다. "가상현실의 입구에 붙어 있는 문패명"으로, "문화적 기호들로부터 파생된 새로운 현실"[39]

---

[38] 황국명·하상일·백민석 대담, 「젊은 소설의 새로운 길 찾기 — 위반과 전복의 그로테스크」, 『오늘의문예비평』 2000년 여름호.

[39] 손정수, 「종말에의 상상력이 불러낸 가상현실의 세계 — 백민석론」, 『조선일보』, 1998.1.8.

을 제시한다는 손정수의 초기 평가를 보면 문화기호에 관한 언급은 1990년대 후반부터 단편적으로나마 있어왔다. 백민석 소설의 기호·문화기호 논의를 선도한 매체는 계간지 『문학동네』다. 2000년 봄호 특집에서 편집자는 "백민석 소설 세계가 내포한 기호와 이미지의 특성이 비로소 엄밀한 이론적 탐색과 만나고 있다"고 기획 의도를 밝힌다. 이 무렵 김동식·이용군이 백민석 소설을 언어기호 측면에서 해석하면서 문화기호로 접근한 점은 이 글의 방향과 궤를 같이한다.

김동식[40]은 데리다 이론을 근거로 『캔디』 『헤이』 『16박물지』 『목화밭』을 기표의 유희, 등가의 원리로 해석하고 있으나 문화기호를 개념 정의하지 않아 논리 근거가 취약해진 점은 아쉬움을 남긴다. 그 밖에 몇 가지 기호들을 문화 범주에서 개괄하고 있으나 비유법이나 상징으로 일상의 사물을 분석하고 있어서 미디어·디지털 테크놀로지의 진보와 연동하는 문화기호를 논의한다고 보기는 어렵다. 본격 연구논문이 아닌 한계 때문에 정밀한 분류 작업을 거치지 않고 산발적으로 논의가 이뤄졌으나 이 평론은 체계 바깥의 괴물을 매체가 만들어낸 빛의 산란과 기호-이미지들로 해석했다는 점에서 작가의 글쓰기가 문화 현상 안에서 발현되고 있음을 적시한 글이다. 특히 빛-칼-글의 관계항을 분노의 수사학으로 파악한 점, 작가의 문화 감수성을 기호의 혼용과 무질서로 보면서 이것을 글쓰기 방식과 연계한 점은 백민석 초기작의 의미를 날카롭게 관통한다.

이용군[41]은 『목화밭』이 현실을 초월한 인물의 의식 지향, 문화기호들의 범람, 자극적이고 엽기적인 것에의 몰입, 예술의 유희성, 욕망·폭력·권

40 김동식, 「코믹하면서도 비극적인 괴물의 발생학 : 백민석론」, 『문학동네』 2000년 봄호.
41 이용군, 「문화 소비 주체의 괴물적 상상력 ─ 백민석의 〈목화밭 엽기전〉 연구」, 『숭실어문』 제18집, 숭실어문학회, 2002.

력 문제를 문화 이미지로 재구성한 점을 논의한다. 이 글은 다발성 접근법으로 작품을 논의하는 중 문화기호를 언급하고 있으나 문화기호 중심의 해석이 본격적으로 이뤄지지는 않았다.

위에서 정리한 것처럼 그간의 연구는 평론이 선행했고 논문은 후속 연구를 이어가는 양상을 보인다. 1990년대 후반부터 2000년대 초반까지 평론이 작품 논의를 주도하면서 키치와 문화기호를 언급했다. 2000년대 이후 연구의 중심에는 『목화밭』이 있으며 이 시기까지도 문화기호 논의는 평론 중심으로 미미하게 이뤄졌다. 엽기·정신분석·SF 등의 핵심어가 자주 등장하면서 1990년대 연구에서 과감하게 제시하지 못했던 문제의 지점들을 구체화하기 시작했다. 문명 비판의 관점에서 해석하든 환상이나 SF로 해석하든 『목화밭』이 출간되면서 대중의 관심이 증폭했으며 긍정적으로든 부정적으로든 독자들은 소설 장르의 확장을 경험했다.

2003년부터 침묵을 지켰던 작가가 10년 만에 『혀끝』으로 다시 문단에 나와 왕성하게 작품 활동을 하면서 작품 연구도 활기를 띠었다. 이 시기에 백민석은 멀티 작가의 자의식을 구가하면서 소설 창작은 물론이고 소설 창작론·기행 에세이·사진 등을 섭렵한다. 2010년대에는 초기 소설 연구가 다양한 관점에서 이뤄지면서 해석 불가능성에 대한 논의가 잦아진 반면에 그 성과는 미미한 편이다. 작가는 2017년부터 소설과 에세이 쓰기를 병행하면서 2020년에 소설 『플라스틱맨』을 발간했고 그 이후에는 2021년 출간본 에세이집 두 권만이 확인된다. 소설에서 에세이로 장르 이동을 하여 일인칭 글쓰기를 이어가면서 글 쓰는 자의 자의식을 적극 표명한다. 자전소설이 아닌 에세이에 이전과 다른 문화 감각을 이질적으로 탑재하고 있어서 이후 백민석 문학의 변곡점을 궁금하게 한다. 2020년대 연구는 소설의 현대성을 민담의 미학으로 규명하거나 묵시록으로 보는 견해가 있고, 노동운동과 민주화 운동에서 이중 소외를 겪는 동성애 정동과 관련한 논의, 기후소설 논의가 최근에 제출되었다.

기존 연구를 살펴본 결과 다발성 접근으로 작품 분석을 하면서도 대개 인물의 심리 문제를 다루고 있었다. 보이지 않는 힘들의 정체에 대해서는 욕망 분석이나 심리분석이 주효하기 때문에 기존의 백민석 작품 연구도 많은 경우 정신분석으로 기울어질 수밖에 없었을 것으로 보인다. 이는 그의 작품을 무의식화된 텍스트로 정립하는 데는 주효한 방법론이면서도 작가가 구현한 현실성에 주목하지 않음으로써 그의 작품을 사회와 유리된 것으로 소외시킨다. 이 글이 형식적 측면과 기호의 의미 작용을 중심으로 백민석 작품을 읽는 것은 다양한 표층에서 리얼리티 기호를 포착하려는 의도다. 사회문화 급변기일수록 표면 현상이 더 부각하기 마련이고, 증후로써 백민석 문학은 표면 현상이 이면의 이유가 되는 지점에서 기호의 의미를 캐내게 한다. 이는 그의 소설에서 기호가 독자에 의해 해석된 의미, 즉 의미 작용을 통해서만 그 증후들을 짚어낼 수 있다는 뜻이다.

백민석 초기작의 문화기호를 분석한 연구로는 이 글이 처음이다. 2000년대 초반 김동식의 평론에서 문화기호 논의가 있었으나 "문화라는 기호 세계 안에서"[42] 그 문화를 해석하는 주체, 인물들의 행위 동작 등의 의미 분석이 전기 전자 기술체 중심의 문화기호로 이뤄지지는 않았다. 퍼스가 역사의 진정한 힘을 문화·언어에서 발견한 것처럼 백민석도 주체와 현실 사이에 문화기호를 두어 그것을 사고하고 해석하게 하는 인물을 창안했으나 이에 관한 해석 작업이 유보되면서 1990년대 백민석 문학의 리얼리티가 발생하는 지점을 간과했다고 볼 수 있다. 이 말은, 문화기호의 표면 작용과 기술 진보의 문제를 다룬 백민석 작품의 형식적 측면에 의미를 부여하는 작업에 소홀했다는 의미이며 그런 이유로 그의 작품은 현시점에서

---

42 송효섭, 앞의 책, 97쪽.

제1부 문화기호의 의미 작용 : 백민석의 소설

재독의 여지가 명백한 것으로 부상한다. 이런 점은 빛 한 줄기, 희미한 인간 형상, 낡은 사진 한 장, 연극의 한 장면 같은 해프닝, 영화의 엔딩 장면, 서사의 배면에 깔린 듯한 음원들, 타자기의 자판을 누르는 손가락의 움직임 등 사소하고 미미하지만 매우 구체적인 기표로 제시되는 문화기호들을 놓쳤다는 말과도 같다. 따라서 이 글은 산포하는 문화기호들이 등장인물과 관계를 맺는 방식을 재고하는 차원에서 텍스트를 읽어 첨단기술의 진보와 문학 형식의 진보가 동시에 이뤄지고 있음을 입증한다.

그간에는 문화기호 논의가 구체적으로 이뤄지지 않았기 때문에 이 글은 문화의 상징성에 머물지 않고 분석 대상인 문화기호를 구체적으로 지목하여 문명적 사건을 추출한다. 등단작부터 2003년 이전 작품의 문화기호를 분석하여 전변하는 기술문화 시대의 문학 양식만큼이나 가파른 작가의 사회문화 감각과 인식을 살펴볼 것이다. 이전에 단편적이고 산발적으로 이뤄진 연구를 보충하면서 설령 해석 방향이 유사해질 경우에도 이 글은 그 연원을 구체적으로 따져 논리를 구축함으로써 작가가 이분법적이고 위계적인 대립들을 해체하면서 양자를 공평하게 사유하는 경위를 규명한다.[43] 이러한 연구 수행은 이원적인 대립을 종결짓는 차원이나 어느 한쪽의 우세를 지정하는 맥락에서 이뤄지지는 않는다. 한쪽만의 우세를 부단히 말소하면서 다른 쪽을 공평하게 사유하는 계기를 마련하고, 말소하에서만

---

43 데리다의 해체주의는 롤랑 바르트, 하이데거를 거쳐 정초되었다. 롤랑 바르트의 이항 대립에 대한 논의, 하이데거가 존재(being)의 의미를 설명하기 위하여 이 기표 위에 교차 선(X)을 표기한 방법에 데리다가 '삭제의 원리'를 적용하여 쓰기/말하기를 분리하지 않고 최종 지칭 대상인 사유의 본질에 도달하고자 시도했다. 해체적 글쓰기가 이뤄지는 데에 '삭제의 원리'가 가동하는데 데리다는 이것을 '창조적 파괴'로 보았으며, 독자가 예측하지 못하는 텍스트 내부의 어떤 법칙성, 즉 기술(記述) 방법을 지칭했다. 의미는 기표 이면에 있으며, 그것을 추적하는 과정을 독자가 텍스트를 읽는 일이라 할 수 있다. 윤호병, 앞의 책, 166~172쪽.

부단히 말하고 사유할 수 있는 모든 상대성들과 관련한 해체적 글쓰기, 그리고 작가가 수행한 문학정치의 내면을 살피는 데 의의가 있다.

3. 문화적 실행들의 교차점

기호는 고정된 개념으로는 해석이 불가능하므로 의미의 해방과 동시에 다층의 접근을 요구한다. 또한 재현에 종사하지 않으므로 중심 세계로부터 유리된 채 무의미한 방황을 지속하는 것처럼 보이는 경우가 다반사다. 그런데도 무언가를 부단히 말한다는 점에서 기호는 결코 종결되지 않는 말하기 방식 중 하나다. 이러한 기호로 수행적 글쓰기를 한다는 사실에서부터 작가는 재현의 글쓰기에 대한 부정성을 표방한 셈이다. 그는 이전 시대의 재현 문법을 따르지 않고 새로운 형식을 형성하리라는 충만한 욕구로 모사의 글쓰기에 저항한다. 따라서 백민석 텍스트는 역사적으로 예술 이론을 대입해야 하는 헤겔식 읽기가 아닌, 역사를 주석이나 인용·부록 같은 것으로 바꾸어 이해의 근거를 마련하는 문화적 읽기를 요청한다. 당대인의 삶의 양식이기도 한 문화의 기호적 성격은 그것이 진보한 만큼의 단계를 현재적으로 위치시키기 때문에 위로부터도 아래로부터도 아닌 바로 그곳을 수평적으로 읽어야 한다.

이를 위해 크게 세 개의 방향에서 백민석 작품을 분석한다. 첫째, 후기 구조주의 반(反)소설 형식을 실험하는 다양한 방식들을 문화기호로 언표한다는 점이다. 이해 불가의 인간 행위가 곧장 해석 불가능으로 치닫는 백민석 작품을 표면으로 읽는 과정에서 글쓰기의 형식적 면모와 그 의도가 드러난다. 둘째, 말할 수 없는 것을 대리 발언하는 것이 기호라는 측면에서 보면 백민석 작품의 기호·문화기호는 폭압 정치와 획일화 정책의 대리 발언으로 기능한다. 작가의식이 사회문화와 연접해 있어서 이것을 현상적으로 보아낼 때 그의 글쓰기 동인을 다양한 국면에서 추정할 수 있다. 셋째, 백민석 소설은 과학기술과 교섭한 문학 형식을 실험한다. 인공 빛을 현대문명의 기원으로 상정하여 이것이 인공 인간까지 만든다는 상상력을 통해 작가는 자연을 사유하기 위한 대응항으로 문명을 위치시킨다. 따라서 작가의 다양한 실험들을 해석하기 위해서는 독자의 자의적인 해석 또한 다양하게 요구된다.

작가의 글쓰기 수행이 문화기호를 근간으로 이뤄진 점을 볼 때 후기구조주의자들이 언어를 비재현의 기호로 보면서 그것의 잠정적 의미를 중시한 것은 백민석 작품 논의에 주요한 논점을 제공한다. 포스트모더니즘과 후기구조주의를 분리하기 어려운 경우가 다반사이므로 전자를 기술문화 현상으로, 후자는 문자 중심 글쓰기 현상으로 구체화하여 논점의 혼란을 방지하기로 한다. 그럼으로써 작가의 글쓰기 수행이 이뤄진 사회문화적 배경을, 문화기호를 바탕으로 유추할 수 있다. 이는 작가의식은 언어로 표명되고, 그 이전에 전제되는 것이 작가와 사회문화 현상과의 관계라는 점에 기반한다.

후기적 사유는 문자언어 중심으로 읽기 · 생각하기 · 쓰기의 동시성을 구현한다. 이를 입증하기 위해 데리다 · 바르트 · 푸코 · 라캉[44]의 개념 중에서 글쓰기 관련 기호를 중심으로 백민석 소설을 읽는다. 후기구조주의자들은 기표 · 기의 간 의미 연관의 단절을 주장했는데 이는 언어 사전의 일의적인 개념을 해체하는 차원이었다. 소쉬르의 음성중심주의가 기표 · 기의의 동일성으로 절대언어(logos)와 접맥한다면, 문자중심주의자인 데리

---

44 이들은 영미 중심 전통 철학자들과 달리 프랑스 출신이다. 1968년 5월 혁명 이후 프랑스 지성사의 주역들로서 당대 철학의 경향을 다원 구조로 재편했으며, 현대철학 이론가에 속한다. 미셸 푸코, 『담론의 질서』, 이정우 역, 새길, 2011(개정판 1쇄), 옮긴이 해설.

다는 기표 · 기의의 비동일성 때문에 의미는 고정되지 않는다면서 글쓰기 과정에서의 의미 작용을 더 중요시했다. 음성언어의 절대성은 죽었다고 보았기에 그는 이에 대한 변형과 대체를 글쓰기로 표명한다. 의미 재현이 아닌 의미 생성의 글쓰기, 읽기와 쓰기를 부단히 이어가는 과정의 글쓰기가 그 방법론이다.

푸코도 로고스 중심 사유의 절대성을 부정하면서 기표와 기의를 일대다 개념으로 본다. 푸코 언어철학의 대상은 기호의 집합체로서 텍스트이고 그는 언어의 원질료를 기호로 본다. 글쓰기는 시니피앙의 본질에 따라 놓인 기호 놀이, 즉 언어의 한계를 뛰어넘어 시니피앙들이 솟아오르는 공간을 획득하는 일이다.[45] 그가 기원의 상실을 사유하면서 창조의 완전무결함을 부정하고 이것을 제각기 상이한 '시작'으로 대체한 점은 백민석 작품에서 문명 탄생의 원년을 동종 살해의 날로 그린 경우, 현대문명의 기원을 인공 빛으로 그린 경우를 이해하는 데 주요한 관점을 제공한다. 작가의 이러한 상상력은 푸코가 현대문명을 실증적으로 접근하여 그것을 메타적으로 실행한 것과도 맥을 같이한다. 그 밖에 바르트의 에크리튀르(écriture, 문자의 물질성 또는 사물의 문자를 일컬으며, 말이나 사유를 기호로 재현하는 것을 의미한다), 글쓰기의 영도(writing degree zero), 에코를 포함한 몇 명 논자의 '스타일화',[46] 언어가 무의식에 구조화되어 있다면서 소통을 위한 말이 아닌 농담 · 말실수 등을 진정한 언어로 본 라캉의 관점에는 기호로 현실사회의 검열을 피해 가는 백민석의 우회적 글쓰기를 대입해볼 수 있다. 아울러 벤

---

45 김현, 「미셸 푸코의 문학비평」, 미셸 푸코, 『미셸 푸코의 문학비평』, 김현 편, 문학과지성사, 1999(6쇄), 41쪽.

46 바르트는 1953년 출간본 『영도의 글쓰기』에서 문학을 글쓰기로 정의하면서 이것을 언어와 스타일 사이의 입장을 유지하는 것으로 설명했다. 휴 J. 실버만, 『텍스트성 · 철학 · 예술 ─ 해석학과 해체주의 사이』, 윤호병 역, 소명출판, 2009, 138쪽.

야민이 사물의 언어, 즉 사물이 말을 하게 놔두라고 한 경우는 백민석 작품의 기표들을 어떤 사물이 말을 하는 것으로 수용하게 한다. 백민석은 사물의 언어를 받아쓰는 글쓰기 수행으로 보이지 않는 전기의 흐름을 실물로 현출시키면서 인간의 역사를 과학기술의 파장 안에서 사유해보도록 이끈다. 바르트는 읽기의 즐거움을 강조했으며 주이상스(jouissance, 의도된 성적인 말장난과 향유)의 즐거운 방출을 만끽하는 읽기가 재현의 기호에 사로잡힌 독자를 해방시킨다고 본다.[47] 이 같은 사유들은 종국에 글쓰기를 강조하면서 신기원을 형성하는 것으로 귀결된다. 대표적으로 푸코를 들면, 그는 저자의 죽음을 말하면서 그와 텍스트를 매개하는 하나의 끈을 글쓰기의 기본 윤리원칙이라고 말한다. 그것은 "누군가 말했다. 누가 얘기하건 무슨 상관이야, 그게 무슨 상관이냐고."[48]가 끝없이 채택되면서 과정의 글쓰기에서만 가능한 미완결 · 비관습적인 참여 방식을 이른다.

백민석 작품에서 후기구조주의 사유를 지원받은 흔적은 특히 1990년대 작품에서 두드러진다. 작중에서 자전소설이라고 밝힌 작품을 포함하여 그 외 여러 편에서 글쓰기 수행과 관련한 언어 고민을 기호화한다. 상징언어로 언표하기 이전의 구상 단계에서 좌충우돌하는 관념, 글의 가장 작은 단위인 낱말 찾기, 기억과 상상력의 관계, 이야기가 되어가는 구조, 기호의 표면 작용, 인과성이 결렬된 글쓰기 수행, 일인칭 서사의 생성, 에세이 형식의 글쓰기, 글쓰기의 영도, 자동사적 글쓰기, 의미의 불확정성, 영혼의 글쓰기가 아닌 구체적인 글쓰기 등에서 그런 점이 배어난다. 그의 작품은 1990년대에 동서 냉전이 종식된 시기, 즉 거대사와 미시사가 접점을 가질

47 피터 페리클레스 트리포나스, 『바르트와 기호의 제국』, 최정우 역, 이제이북스, 2003, 20~22쪽.
48 권택영, 『후기구조주의 문학이론』, 민음사, 1992, 301쪽.

수 없었던 때를 기준으로 보면 그 시기 문학의 공백을 메우는 역할을 충분히 담당했다. 이 같은 관점으로 이 글은 후기산업 자본의 생산 관계에 의문을 제기하는 측면에서도 문화기호를 제시한다. 그렇지만 이러한 방법론이 애초에 안을 수밖에 없는 난점은 있다. 사회 현실을 문화적 접근으로 사유하는 방식이 문화 비판의 관점을 갖는 건 모순이기 때문이다. 문화는 어느 한 측면의 일의성을 중시하기보다 인접 요소들에 상호 의지하여 균등한 관계성을 유지하면서 형성되는 특성을 무시할 수 없다는 데 그 이유가 있다. 하지만 균등성을 확보하기 위한 분란이 생기기 때문에 문화 안에서는 어쩔 수 없이 극명하게 엇갈리는 다양한 견해들이 상존하기 마련이다. 이런 점을 볼 때 백민석 작품을 둘러싼 논의는 처음부터 극명하게 엇갈릴 수밖에 없는 조건을 안고 있었던 셈이다.

전통철학의 관점으로는 철학답지 않은 잡종이 포스트 철학의 정체이며 이러한 완고함은 최근까지도 정전을 중시하는 인문학 분과에 여전히 존재한다. 더구나 문학 텍스트를 문화적으로 접근하는 연구방법이 초학과적이어서 문학 분과의 특성상 가능하지도 않고 환영할 수도 없는 것이기는 하다. 문화의 융합적 성격으로 접근하는 연구방법론을 문학연구라고 할 수 있느냐는 의심부터 각종 문화 현상에 개별적인 취향을 가진 인물들에게 과연 당대의 보편적인 현안에 대한 실천력을 물을 수 있느냐는 문제까지, 문학연구의 문화적 접근은 논란을 일으킬 소지를 안고 있는 것이 사실이다. 특히 문화를 정의하는 기저에 문화의 특질에 대한 확신이 있다고 한 언술을 볼 때 그렇다. 문화는 비문화와의 대립이 필연이어서 대립의 유표화된 구성소로 등장하는 것[49]이라는 관점이 그것이다. 이 같은 견해는 문화와 비문화 간 대립을 강조하고 있으나 그러한 대립을 상호 관계성으로

---

49 유리 로트만, 『기호계 : 문화연구와 문화기호학』, 김수환 역, 문학과지성사, 2008, 63쪽.

제1부 문화기호의 의미 작용 : 백민석의 소설

전환해내는 것도 문화의 능력이기는 마찬가지라는 점을 간과한 경우에 속한다. 문화의 특질을 일의적으로 규정하여 다른 문화에 대해 불관용을 내면화하는 것은 타자의 문화를 야만으로 보는 시각에 가깝다. 하지만 현대세계에서 비문화 또는 타자의 문화는 '나'의 문화를 사유하는 대응항이어야 한다고 나는 생각한다. 상이한 문화들이 공존하면서 인접 문화와 상호교섭하는 것이지 갈등 관계인 타문화가 비문화인 것은 아니다. 이 같은 이유로 이 글은 기호에서 실재(reality)를 도출하는 퍼스의 관점에 따라 백민석 작품의 문화기호를 해석한다.

움베르토 에코에게 기호 · 문화기호는 하나의 문화영역에서 문화 단위의 해석소로 나타나는 것이어서 의미 영역이나 논리적 순서가 가변적이고 조작이 가능한 실체다.[50] 문화 단위라는 범주가 커뮤니케이션 공동체에 따라 달라지는 데 그 이유가 있다. 이 글이 백민석 작품에서 미디어 기호 · 디지털 테크놀로지 기호 · 글쓰기 기호를 추출하는 것은 다음 같은 사유에 기반한다. "문화의 교체기에 행위의 기호학적 성격이 현저하게 증대되는 현상"[51]을 1990년대 백민석 작품이 적실히 보여준다는 점이다. 나아가 정치 · 사회 · 역사의 닫힌 내면까지도 문화기호를 근간으로 사유할 수 있다는 점에서 기호는 현상적인 차원에 국한되지 않는다.[52]

---

50 움베르토 에코, 『기호 : 개념과 역사』, 김광현 역, 열린책들, 2009(마니아판 1쇄), 169~173쪽.

51 위의 책, 64쪽.

52 움베르토 에코, 『해석의 한계』, 김광현 역, 열린책들, 2009(마니아판 1쇄), 280쪽. 후기구조주의자 보드리야르의 매체 이론도 기호학을 기초로 한다. 매체론의 관점에서 보면 문학작품은 해석 대상이 아니고 다만 "매체의 역사에 의미 있는 자료를 제공"하는 정도에 그칠 수가 있다는 것이다(올리버 지몬스, 『한 권으로 읽는 문학 이론』, 임홍배 역, 창비, 2020, 270~271쪽). 이렇듯 문화기호와 그 인접 영역인 매체를 엄정하게 경계 짓기는 어렵다. 이 글은 백민석 텍스트를 문화기호 현상으로 분석하지만 되도록 매체론과 연계하

백민석 작품을 문화기호로 접근하는 것은 작중 인물이 세계와 관계를 맺는 방식이 문화적인 데 그 이유가 있다. 그리고 작가가 이전 시대의 대립항들을 대응항으로 전환하는 문화적 사유를 바탕으로 현대 문명인의 윤리를 다각도로 질문하고 있기 때문이다. 1990년대의 급격한 사회 변화와 인터넷망의 세계적 연결을 제3차 산업혁명, 생성형 인공지능이 주도하는 과학기술을 제4차 산업혁명이라 할 때 여기에는 시대를 뛰어넘는 공분모가 있다. 전기·전자 기술이 진보해온 100여 년의 역사가 그것이다. 이것이 압축된 형태로 디지털 트랜스포메이션이 가능해진 시대, 즉 인공지능이 '새로운 전기'라는 의미를 지닌 시대로의 전환이 제4차 산업혁명이다. 백민석의 현실 바라보기는 제3차 산업혁명 시기, 즉 20세기 말의 급변하는 문화 현상을 목도하면서 대중 미디어와 정보 매체의 전 세계적 확산, 전기 장치의 흐름을 체감하는 중에 소설로 씌어졌다. 지난 100년간 전기가 이 세계를 변화시켜온 내면에 감춰진 산업화 전략과 소비경제 시대의 도래를 직시하면서 문명의 기원을 인공 빛으로 상정하여 1990년대 현상을 이야기하는 점을 이 글은 밝혀나갈 것이다.

본래 자연의 일부인 인간은 첨단 기술력의 진보에 힘입어 문명·문화인으로 격상되면서 이전의 관습을 부단히 폐기해온 것이 사실이다. 과학기술이 진전하는 과정에 누렸던 획기적인 기술의 편리성을 철회하여 이전의 불편으로 돌아가는 일은 과학기술의 윤리가 아니었다. 그런 이유이겠지만 과학기술의 진보로 누적되어가는 문제들은 한층 진전된 기술만이 해결할 수 있다는 이 시대인의 현실감각도 기술이 완료형이 아닌 진행형이라는 인식에 기반한다. 백민석 작품에서 문화기호들이 디지털 기기와의 순간적 경험을 여실히 반영하고 있어서 이것을 간과하고서는 당대 문화의 내면과

지는 않는다.

파장을 적시하기 어렵다.

작가가 다루는 문명사와 기술 진보의 문제는 1990년대 우리 문단에 유입된 독일 생태주의를 도외시할 수 없게 하는 측면도 있다. "종말론적 힘을 발휘하고 있는 기술을 극복하고 지상에서의 인간적 삶을 확보할 수 있는"[53] 사유가 필요해진 시대, 신의 도움을 기대할 수 없는 실존적 삶 속에서 인간 스스로 신이 되어야 하는 시대로의 전환은 제4차 산업혁명 시기인 현재에는 첨단기술 간 이종 교배와 생성형 인공지능으로 급진전 중이다. 이러한 시대의 요청 속에서 작가가 자연의 대응항으로 문명을 사유한 방식은 매우 시의적절한 것이었다. 신의 구원을 맹목적으로 기대하는 대신에 위험한 인간을 성찰하고, 성상을 파괴하는 문명인의 현세적 삶의 양태를 전시하며, 상상해온 도구를 제작하면서 자신이 원하는 결과물과 그것이 몰아오는 불행을 양날의 칼처럼 소유해야 하는 기술 진보의 문제를 그는 사유했다. 세기말에 처한 1990년대 후반기의 공포감으로만 백민석 작품을 만나고자 했다면 텍스트의 본말을 일정 부분 비켜선 감각일 수가 있다.

뿐만 아니라 작가는 대중문화를 사유하는 대응항으로 거대사를 배치하고 있어서 더욱 문제적이다. 패러디·패스티시·콜라주·몽타주 기법 등으로 지난 시대의 거대사를 말하면서 문화기호 또는 글쓰기 기호로 그것을 독자에게 전달한다. 문화적 관점으로 문학작품에 접근할 때 역사 요소는 흔히 대립항으로 존재하기 때문에 특정 문화요소로 역사적 측면을 자명하게 관망하는 것은 어려운 일이다. 하지만 문화적 접근법은 인간 삶의 양상을 일관되고 통일성 있게 조망하기보다 다양한 측면에서의 바라보기여서 문화요소를 반영하는 작가의 글쓰기에 대하여 단선적 평가를 내리지

---

53 이진우, 「기술 시대의 생명 윤리 — 한스 요나스의 생태학적 존재론을 중심으로」, 『문학과 사회』 1996년 봄호, 279쪽. 독일의 생태학자 한스 요나스의 언술이다.

않게 된다. 그럴 때만이 하나의 소용돌이 속에 놓인 다양한 경향들을 사회 문화적으로 읽어낼 수가 있다. 따라서 이 글은 백민석 소설을 한 시대의 산물로 지정하기 위해 다양한 문화적 실행들과의 연관으로 읽어 나간다.

작품을 문화기호로 접근하는 연구방법론은 언어가 본래 불완전하다는 점 때문에 언어의 불완전성을 재차 확인하는 차원에서 출발하는 것과 크게 다르지 않다. 그럴 때 언어의 결핍을 메워주는 것이 당대인의 문화이고, 기호가 그러한 문화를 간접 제시한다는 점에서 이 같은 연구방법론은 매우 적절해 보인다. 백민석 소설에 해석되지 않는 초과와 과잉이 존재한다는 평가가 선행 논의에서 빈번히 제출되었고, 이후 다양한 관점에서 연구가 진행되었으나 새로운 관점이 여전히 요구된다. 백민석 작품에 후기구조주의자들의 의제를 비춰보고, 작가의 형식 실험을 형식 형성의 측면에서 분석하면서 아직 해석되지 않은 기호·문화기호들을 인물이 현실사회와 관계를 맺는 측면으로 접근하면 상당 부분이 해석의 가능성으로 전환되지 않을까 한다.

그렇다 할지라도 이 글은 후기구조주의를 이즘화하여 그 개념이나 지향을 전체화하거나 동질화하지는 않는다. 후기적 사유의 뚜렷한 특성들을 텍스트에 적용하면서 전변하는 기술문화 시대를 사유하는 근간으로 삼는다. 이질적인 텍스트를 더 세밀하게 읽어 그 차이를 인정하는 것이 후기적 사유의 다양성을 승인하는 일이다. 이러한 사유 방식은 현재도 부단히 여타 이론들과 결합하면서 이 세계를 이해하는 다양한 관점을 제공한다. 대문자 철학의 독자적인 학문분과에만 의존하지는 않으면서 정치사회적인 주도력을 강화하는 일의적인 담론을 해체하는 차원에서 백민식 소설을 읽는다.

이 글에서 다루게 될 문화기호들은 그 제시성에도 불구하고 의미가 지연되는 특성이 있다. 그런데도 이러한 연구 방식이 주효한 이유는 텍스트에서 해석되지 않는 것을 더 밀착하여 읽기로 상당 부분 해소할 수 있고,

제1부 문화기호의 의미 작용 : 백민석의 소설

무형식의 형식을 표방하는 글쓰기로 표상을 내거는 방식에서 후기적 규칙들도 찾아낼 수가 있다. 작가는 등단 초기부터 해체적 글쓰기로 당대 문화가 발현되는 양상을 감각적으로 언표하면서 외따로 존재하면서도 맥락화가 가능한 작품을 썼다. 이 글은 문화기호를 대상으로 작품의 다층 의미를 해석하는 과정을 제시하는 데 의의를 두며, 움베르토 에코가 염려했듯이 우주를 전방위적 측면에서 해석하기라도 할 것처럼 야심찬 제국주의적 학문[54]인 기호학 이론을 전적으로 원용하지는 않을 것이다. 이는 기호를 기호학적으로 도식화하는 차원을 넘어 기호를 근간으로 사유를 이어가면서 열린 해석을 마련한다는 의미가 있다. 심리학주의가 유행하는 상황을 공격한 퍼스의 성과를 백민석 작품의 문화기호를 해석하는 방편으로 삼아 현상적으로 기호에 접근함으로써 정신·심리 분석으로 편중된 기존 연구를 보완한다.

이를 위해서는 문화요소와 그 대립항들을 작품에서 발견하는 일이 무엇보다 중요하다. 빗금(/)을 그어놓고 좌우에 배치하여 사유하는 것으로서 해석자의 편의대로 일정한 관점에 얽매여 생각하는 주체라는 점을 노출하는 방식이 그것이다. 하지만 후기구조주의 사유에서 빗금은 전통 사유에서 상호 대립하면서 이분되었던 것을 상호 대체시킴으로써 종전의 사유를 전복하게 하고, 이때 상호 금기로서 철벽인 빗금은 상호 연루의 지점이 된다. 이러한 점을 백민석 텍스트에 비추어볼 때 이항 요소들은 대립항이 아닌 상호 사유의 항으로서 위상을 지닌다. 빗금을 무효화할 수 없는 것이 대립항의 조건이므로 그런 점에서는 두 개의 항이 상존하면서 대립한다. 이는 해체적 읽기에서의 일차적인 파괴, 이것을 바탕으로 재구축할 언어를 위한 작업이다. 백민석 텍스트에서 대응항은 기존의 인식을 전치한 후

---

54 움베르토 에코, 『해석의 한계』, 280쪽.

재구성하는 데 필요하며 수평적인 성격을 갖는다. 어느 한쪽만을 비판하거나 그것의 삭제를 주장하기 위한 것이 아닌 상호 입장을 지각함으로써 대립을 해체하는 차원에서의 기호다.

백민석은 기술문화 기호를 담아낸 작품으로 1990년대 한국문학을 독자적으로 수립한 작가다. 그의 작품에서 문화요소를 추출하는 것은 당대인의 감수성과 현실 인식을 디지털 테크놀로지와의 관련으로 이해하려는 시도다. 그럼으로써 특정 시기 삶의 양태를 기술문화 측면으로 비춰내는 작품의 의미를 전혀 새로운 국면에서 규명할 수가 있다. 역사 속에서의 변화가 특정 분야에만 한정되지는 않을 것이기에 변화하는 기술문화 안에서 문학작품의 존재감을 발견하는 일은 의미가 있다. 그의 작품에서 문화기호란 것은 부단히 무언가를 말하려는 소임을 맡은 것처럼 나타나는 기술체들을 일컫는다. 독자의 성찰을 추동하는 방식이 아닌 단지 독자의 지각을 자극하는 차원에서만 그 표상을 발견하더라도 충분히 의미가 있다.

이렇게 자신의 작품에 특정의 미학 개념을 사용한 경우를 "개념적 사각형"으로 설명할 수 있다. 이는 베르너 융이 모종의 문화가 도달하는 경로를 네 단계로 정리한 개념이다. 이때 필수 요건이 감수성, 미감, 지식, 구분 능력 내지는 판단력이다. 미학적 판단력을 형성하기 위한 첫 번째 조건은 감수성이다. 그다음에는 훈련을 받은 미감이 전달해주고, 고양시킬 수 있는 지식들은 구분 능력 내지 판단의 척도를 섬세하게 해준다.[55] 모종의 문화가 주체에게 오기까지는 예민한 감수성, 이를 바탕으로 경험과 훈련을 거치면서 기른 미감, 즉 미적 감수성, 이것이 지식이 되었을 때 주체는 어떠한 문화 현상을 구분하고 판단하는 세심한 능력을 제고할 수 있다는

---

55 베르너 융, 『미학사 입문—미메시스에서 시뮬라시옹까지』, 장희창 역, 필로소픽, 2021, 258쪽.

것이다. 이를 바탕으로 작가의 문화적 감수성, 이것이 문학 텍스트 생산으로 직결되는 작가적 역량을 유추해볼 수 있다. 이러한 점을 백민석의 1990년대 작품에 적용할 때 기호의 암시적 특성과 당대 문화의 연관이 한층 분명해진다. 변하지 않는 진리를 상정하여 그것의 유일성을 주입하는 세계가 아닌 부단히 변화하고 생성하는 과정에 참여한 작가의 상상력은 따라서 어느 한 시대에 고착되지 않는다.

이 글은 1990년대 백민석 소설의 리얼리티를 논의하면서 그의 소설이 종국에는 현대의 인간 형상을 사유하기 위한 기획이라는 점, 인간마저 의미를 알 수 없이 부유하는 기표 또는 기호 상품으로 전락한 자본주의 문화를 직시하는 작가의 문학 수행이 인간에 대한 중층의 고민을 언표하는 작업임을 밝힌다. 그 밖에도 작가의 상상력과 세계 인식에 연극 요소가 짙어 보이는 만큼 그 의미를 다양한 국면에서 짚어내어 작가가 새로운 소설 형식을 생성하면서 1990년대 문학의 생산성을 제고한 점을 다각도로 논증한다.

글쓰기의 현실성과 반(反)소설 형식

1. 백민석 소설의 의의

백민석은 제도화된 관문을 거치지 않고 문단에 진입했으며 작품을 둘러싼 평가도 극명히 엇갈렸다. 한편에서는 전망을 가질 수 없는 세기말의 증후에 추상적으로 임하기보다 삶의 구체성을 표현하라고 작가에게 주문했다. 다른 한편에서는 아직 미숙하지만 새로운 시대의 흐름을 포착한 작가의 문화적 감수성을 긍정하면서 독자도 이에 관하여 사유할 수 있어야 한다는 견해로 나뉘었다.[1] 이렇듯 그는 등단 초기부터 문화적 감수성은 인정받으면서도 독자의 호불호가 명확히 엇갈린 작가다. 작품에 생경한 현실을 담아낸 데다 기성 문단과의 대결을 노골화했기 때문에 무서운 신인, 넋을 놓게 만드는 신인이라는 평가가 뒤따랐다.

그는 이전 소설의 전통을 해체하여 형식 실험을 하면서 매우 주관적인 발화 방식인 기호적 글쓰기를 선도했다. 그의 작품은 문학 안으로 문화가 이입되거나 역사 안으로 과학이 들어오는 기호의 특성들로 말을 함으로써 전통 방식에 익숙한 소설 개념을 일신할 것을 요청한다. 『헤이』에서부터

---

1 손정숙, 「요즘 신작소설 퇴폐 · 암울… 세기말 증후」, 『서울신문』, 1996.9.19.

기호의 암시성, 암호의 약속성을 구분해놓고 거대사와 미시사를 왕래하는 상상을 펼치면서 그 의미를 추적하게 한다. 『캔디』에서는 기록 사진 · 영화 · 연극 · 포르노 필름 등의 문화기호로 텍스트성을 강화하면서 새로운 문학 형식이 형성되어가는 과정을 기술한다. 후속 작품들에서는 문화기호의 다중성과 확장성을 밈(meme, 문화요소)[2]으로 형상화하는 시도를 해나가기도 한다. 이전 시대와는 다른 방식으로 진화하고 진보하는 문학 형식이라는 것이 1990년대에만 한정되는 특성은 아니다. 그런데도 그의 작품이 논의의 대상이 될 수 있는 것은 다양한 문화기호로 역사와 문화를 말하면서 이전과 달라진 시대를 현출하는 문학 형식에 그 이유가 있다. 작품에 등장하는 청소년들이 진보하는 전기 · 전자기술과 일상적 · 정서적으로 결연한 세대인 데다 전작을 통틀어 문화기호의 역학을 도외시할 만한 것을 찾아보기도 어렵다. 이전 방식으로는 쓸 수 없는 1990년대 디지털 테크놀로지 문화에 대한 반응이 백민석의 글쓰기인 것이다. 이는 작가가 성장기에 겪은 대중매체의 파급력이 그 이전부터 전개되어온 근대의 방식과는 확연히 구별된다는 점을 시사한다.

한 시대를 문화적 측면으로 조망하여 작품을 쓴 그가 당대 대중문화에 체감도가 남다르다는 점은 다음 같은 경우에서도 확인된다. 1996년에 문화무크지 『이다』가 문학과지성 3세대를 주축으로 "문화잡지 춘추전국시대에

---

2 인간의 문화는 새로이 등장한 자기 복제자다. 문화전달의 단위 또는 모방의 단위를 함축하는 개념이 밈(meme)이다. 생물학 유전자(gene)와 다르게 이 유전자는 인간의 의식주와 관련한 것, 기술과 공학 등 모든 문화가 유전적 진화와 같은 양식으로 전달된다는 개념의 조어(造語)다. 그리스어 미메메(mimene, 모방)의 어근 mime 또는 memory(기억)에 상당하는 프랑스어 même와도 관련 있는 단어다. 리처드 도킨스, 『이기적 유전자』, 홍영남 역, 을유문화사, 2005(개정판 12쇄), 308쪽.

발간"[3]되었다는 사실로 미뤄보더라도 그는 등단 초기부터 문화적 감수성을 지닌 신인으로서 기술 진보 문제에 예민할 뿐만 아니라 시대의 변화를 문화 안에서 이야기하는 작가로 인식되었을 공산이 크다. 이 잡지는 창간호에 백민석을 위시하여 젊은 층 필진의 글을 다채롭게 실었다. 전통 장르는 물론이고 패션 · 영화 · 대중음악 · 저널리즘 등의 대중문화, "과학과 철학의 현대적 조류를 사유한 에세이 · 판화시 · 만화까지 장르의 고전과 현대, 고급과 대중을 가리지 않고 지면을"[4] 할애한다. 그가 작가로 등장한 시기와 당대의 사회문화 맥락을 도외시할 수 없는 이유를 입증하는 경우다.

이렇듯 1990년대 문학은 역사적 상상력에서 뚜렷이 이탈하는 경향을 보였던 만큼 그 국면을 다양한 측면에서 살필 필요가 있다. 우선은 이 무렵 등장한 작가들이 민족 · 민중 의식에서 벗어나 혼란 그 자체의 세계를 목도했다는 점이다. 서영채가 사후적으로 세계사적 전환기와 문학의 정체성을 언급한 것에서 볼 수 있듯이 지속 중인 남북 분단 체제에서 맞이한 세계사적 변화가 당대인에게 혼란을 안겼을 뿐만 아니라 날카로운 반응을 이끌어냈다. 세계사로 확장한 서영채의 현실 인식은 문학의 위상이 가치 절하되는 사태의 원인을 일시적인 이념의 진공상태로 진단하는 데 있다. 그러면서 덧붙인 것이 문학도 하나의 제도임이 분명하지만 이것이 종국에는 "제도 밖의 제도"여서, 여타 제도가 결정화(結晶化)되는 과정에 제거된 정서가 문학에 내재한다는 것이다.[5] 이 같은 논리는 이전 방식의 현실 반영이 아닌 낯선 문화 감각을 탑재한 백민석 작품을 이해할 만한 기반이 부

---

3 손정숙, 「문화 무크지 「이다」 창간호 발행」, 『서울신문』, 1996.8.8.
4 이들을 신(新)신세대작가로 명명하면서 신세대의 차세대임을 강조한다. 박해현, 「우리는 新신세대작가」, 『조선일보』, 1997.3.13.
5 서영채, 『문학의 윤리』, 문학동네, 2005, 20~21쪽.

실했던 당대 사회를 되돌아보게 한다. 거대담론이 무너진 자리를 채우려는 다양한 담론들이 교차하면서 이전 방식을 고수하는 문학은 영향력을 잃어가는 상황에서 이것을 대체하려는 시도들이 1990년대 문학의 생산 방식이기도 한 것이다.

한편 김병익은 이보다 앞선 1990년대 중반기에 문화 안에서 상상력의 전변이 일어난 시대를 진단했다. 등단작 「캔디」가 실린 『문학과 사회』에 게재한 그의 글은 1990년대 문학의 방향을 제시하면서 일원성을 상실한 시대의 관점을 전방위로 담아낸다. 신세대문학에 대한 긍정성 또는 저항성, 포스트모더니즘과 소비 문화, 과학기술의 개발과 발전으로 문학 생태가 꾸준히 변화해온 점을 직시하면서 뉴미디어 세대의 글쓰기 문제로까지 상황 진단이 이어진다.[6] 1994년에 발표했다고 밝힌 또 다른 글에서는 컴퓨터로 글을 쓰는 시대에 변모할 문학의 자리를 논의하면서 종이책에서 전자책으로, 타자기에서 워드프로세서로의 이동이 이미 이뤄진 시대의 글쓰기를 언급한다.[7] 이후 신세대 담론이 뜸하다가 3년쯤 뒤 이 잡지 편집 동인의 발언을 보면 그간에 진행된 신세대문학에 대한 공세와 수세가 만만찮았음을 알 수 있다. 냉전 종료 후 등장한 "문화산업, 대중문화와 싸우다 보니 상대는 꿈쩍도 않고 오히려 비판을 하는 이쪽이 부끄러워지는 심정"이고 "IMF시대를 맞아 문화산업의 거품이 드러난 만큼 새로운 현상을 새로운 이론으로 분석하는 집단의 필요"[8]성을 인식하고 있다고 한 것을 보면

---

6 김병익, 「신세대와 새로운 삶의 양식, 그리고 문학」, 『문학과 사회』 1995년 여름호. 이 글은 김병익의 비평집 『새로운 글쓰기와 문학의 진정성』, 문학과지성사, 1997에 실려 있다.

7 김병익, 「컴퓨터는 문학을 어떻게 변화시킬 것인가」, 위의 책, 55~65쪽.

8 1990년대 한국 문학장은 서구의 비판이론을 근거로 대중문화기호의 수용과 거부 사이에서 갈등이 불거졌다는 견해가 있다. 이것이 세대 간 갈등이 아닌 수용자 간 갈등이라

1998년 이전에 이뤄진 작품 평가가 부정론과 긍정론이 첨예하게 대립하는 맞불의 장이었던 것으로 보인다. 이러한 발언이 문화산업과 대중문화 비판론으로 기울어진 것을 보건대 당시 문학장에서의 쟁점이 서구의 비판 이론에 근거하는 데다, 리얼리즘을 망실한 대중문화기호의 이질성은 물론이고, 예측이 불가능한 기술 진보의 현재와 미래를 규명할 만한 언어를 제출할 수 없는 분위기였지 않나 짐작된다. 기술 진보의 문제가 철학·예술 분야의 의제로 떠오르기 시작한 시대였으나 백민석 작품에 대한 문학장의 담론 공백도 정황상 당연한 일이었다. 더구나 대중문화의 자장에서 생존해야 하는 문학에 사망선고를 내릴 만큼 문학의 위기설이 당연시되던 시기였기에 문화와 문학 간 상대적 도전이 필연인 시대라는 진단조차 문학의 위기설을 부추기는 측면이 있었다.

백민석 소설에서 기호는 말할 수 없는 내용에 대한 정서적·심리적 언표이며, 이것이 이미지로 명멸·확장·변환하는 양상을 보인다. 하지만 완벽하게 해독할 수 없다는 데서 이미지 자체인 어떤 형상이 무언의 형식인 '기호'로 정립된다. 그의 소설은 어떠한 목적에 종속되거나 이를 위한 복무이거나 도덕성의 산물이 아니다. 새로운 시대로의 전환이 명백해진 현실사회의 변화만큼이나 가파른 작가의식의 진전을 예리한 문화 감각으로 담아낸다. 이전 방식에 고착된 글쓰기를 회의했을 초기작은 대중문화 요소와 과학기술의 진보 문제를 글 쓰는 자의 자의식과 결합한 새로운 형식의 소설이다. 신화적 기원으로 회귀하지 않고 그것을 변용한 글쓰기, 과거와의 대화 관계 안에서 기억의 결함을 상상력으로 메우는 글쓰기, 인과

는 측면에서 이 무렵 문학작품의 대중문화기호는 대중문화 경험자·미경험자 간 서로 다른 수용미학을 견인하는 것이었다는 입장이다. 이준호, 「새로운 10년 맞아 문학 활로 모색」, 『조선일보』, 1998.2.5.

제1부 문화기호의 의미 작용 : 백민석의 소설

성이나 유기성은 결렬될지라도 그것을 기술할 수 있으므로 독자의 참여가 가능한 글쓰기 수행을 이어간다. 따라서 일관성을 중시하는 세계관이나 관습의 편리를 깨고 나와 불편을 감수해야만 그의 작품은 비로소 읽힌다. 특히 소년·소녀들이 놀이 감각으로 대중문화를 수용하면서 그들이 속한 도시 공동체나 학교 공동체에서의 유대 또는 저항을 표명하거나 이전 시대의 폭압 정치를 기호로 암시하는 방식은 우리 문단에서 유례가 없는 소설 형식을 빚어낸다.

백민석은 재현의 예술에 반발하는 기호들의 병치로 낯선 리얼리티를 구가한다. 전통 장르에 파격을 가한 반(反)소설이 형성되어가는 현장을 내보이면서 이전의 형식에서 벗어난다. 전통을 규범화한 규칙들과 억압 구조를 전방위로 해체하면서 후기 텍스트가 생성되어가는 과정을 기호적 글쓰기로 언표한다. 정신분석 연구의 시발점으로 굳어진 오이디푸스화한 상징 질서들을 거울단계 이전 어머니의 언어로 대체하면서 글쓰기와 전자매체의 상호성을 동시대 현상으로 구현하고, 디지털 테크놀로지 상상력으로 비현상을 물화하는 언어 전략에서 그 독자성이 두드러진다. 대중문화 소비의 주체로서 자본 체제에 감금된 자의 현실을 담아내면서 비디오·컬러 텔레비전 등 미디어 매체가 주도하는 시대, 작가의 글쓰기 도구가 전자기술과 결합하면서 읽기/쓰기를 언제든 상호 전환할 수 있는 분열적 생산 방식을 보여준다. 대중적 전자사회를 전기 신호들과 인공 빛의 파장으로 기호화하면서 디지털 매체는 물론이고 3D 입체영상 시대의 물질 가치에 대한 숭배, 전시효과를 중시하는 후기자본주의의 속도 전쟁 등을 갖가지 기호로 펼쳐낸다. 증식하는 공간과 보이지 않는 자본의 투명성은 같은 의미를 지니는데, 문명인이 물성을 중시하는 것만큼이나 그것이 투명하게 보인다는 점에서 그의 작품은 결과적으로 보이지 않는 자본 구조와 자본 권력의 폭력적 구조를 역설적으로 집요하게 질문하는 셈이 된다.

그의 작품에서 문화기호가 이렇게 급변하는 시대의 우회적 말하기이자 지난 시대의 암흑사를 향한 모종의 발언이라면 그 허구화 작업이 무엇에 기반하는지를 작품에서 면밀히 살펴야 한다. 첫 작품 「캔디」[9]는 물론이고 후속 작품에서도 대중문화기호들로부터 1970년대~1990년대의 기의를 산출해보도록 작품 설계를 함으로써 대중문화에 대한 저항이냐 수용이냐는 문제에 앞서 이 양식에 의해 양육되는 대중문화 키드의 글쓰기 수행을 이어간다. 따라서 그의 소설은 새로운 대중문화에 의식적으로 적응해야 하는 세대와는 다른 관점에서의 가치 판단을 요구한다. 변화하는 문화에 대한 적응력만 하더라도 소년·청년 세대와 기성세대, 대중문화 경험자와 미경험자의 그것은 무난히 양립할 수 있는 것이 아니다. 그의 소설에 나타난 청소년의 대중문화 감각은 이들의 성장 과정에 즐거움과 경이로움의 양식으로 도래한 기술력의 산물과 접속해 있다. 이전의 문학이 문학 외적인 현실정치의 지평에서 통용된 언어로서 당대 사회가 요구하는 도덕과 진리의 당위성을 위한 것이었다면, 그의 소설은 대중문화가 삶의 양식과 체질로 자리 잡혀 가면서 디지털 테크놀로지 기술이 일상의 양식을 주도하는 시대의 혼란스러운 목소리를 반영한다. 이런 점을 낯선 문화기호로 언표하고 있어서 그의 작품은 기발할 뿐만 아니라 동일시 감정을 부추겨 감동을 유발하는 시도를 하지 않아 어조가 냉담하다.

1990년대 중반 이후의 문학장에서 백민석은 기호적 글쓰기로 낯선 감각을 안겼다. 언표가 불가능한 역사·정치·권력이 작동하는 방식을 문화기호로 암시하고, 개념을 거부하면서 담론을 유발하며, 다발성 접근법으로

---

9 첫 작품을 발표한 『문학과 사회』는 "리얼리즘 계열이 아닌 문장이 단단하고 아름다운 '문체주의 작가'와 새로운 실험을 하는 '실험주의 작가들'을 이론적으로 후원"한다. 그 중 백민석도 있다고 밝힌다. 이준호, 위의 글.

써만 현실 가까이에 갈 수 있다는 감을 안긴다. 이것이 글쓰기 주체의 자의식을 문화기호로 변환하여 대리 발언하는 양상으로 나타나기 때문에 그의 작품에는 줄곧 난해하다는 평가가 뒤따랐다. 우리 문학의 지형을 급격히 쇄신한 장본인의 작품을 대중 쪽으로도 엘리트 쪽으로도 돌려놓지 못하게 된 것은 양쪽 모두에 다른 차원의 난해함을 안긴 데에 원인이 있다. 신세대를 넘어 신신세대라는 호칭을 그에게 부여한 데에도 1990년대 중후반의 문화 감각이 여실히 반영되어 있다. 이는 정치·사회·시대·역사의 특성을 함유하면서도 문화적 측면에서 조성된 명칭이다. 신세대와의 차별성으로 새로운 작가의 등장을 알린 사실에서 중요한 것은, 디지털 테크놀로지의 급진전이 20대 초반의 작가에게 자극을 주었다는 점이다. 백민석 문학의 개별성을 1990년대 문단에서 신세대로 불린 일군의 작가들과 비교해볼 때 그를 차세대인 신신세대로 지정한 것은 후속 세대를 뜻한다는 점에서는 타당성이 있어 보인다. 그러나 세대 논쟁이 허상이라는 비판이 정작 그 당사자들 간에도 첨예했을 뿐만 아니라 신신세대라는 호칭도 저널리즘에서 통용된 것이었다. 앞서 김병익의 논의에 기대어 이 같은 상황을 짚어보면 신세대문학은 정보화·세계화에 따른 컴퓨터 기기의 등장과 연동한다. 따라서 신세대라는 명칭은 백민석이 등장하기 이전 1980년대 후반기부터의 변화를 반영한 것이라 할 수 있다.

김병익의 논의가 정보화 사회에 맞춰진 것과 달리 우찬제[10]는 '문화형성소설'을 언급하면서 그 무렵의 소설 형식에 관한 핵심적인 발언을 한다. 백민석을 언급하기에는 이른 시기인 이때 문화형성소설의 창작 주체를 아직 찾지 못했다면서 도시 태생이 체험해온 속도의 시대, 정보화 사회와 문화의 파장을 진단하면서 당시 작가의 우울이 정보 콤플렉스, 서사의 위축

---

10 우찬제, 「오감도·95」, 『타자의 목소리』, 문학동네, 1996, 73~75쪽.

현상에 기인한다고 쓴다. 그의 논의에서 주목할 점은 리얼리즘 문학에서 일차 텍스트가 작가의 원체험 대상인 어떤 실재라면, 리얼리즘 이후의 작가는 실재하는 대상인 일차 텍스트가 아닌 이차 텍스트들 — "읽고 보고 감상한 책 영화 비디오 연극 음악 미술 등" — 을 가상 체험한 내용으로 소설을 형성하게 되는데 이를 두고 그는 문화형성소설이라 칭한다. 말하자면 이 명칭은 '허구의 재허구화'가 가능한 소설, "일차 텍스트를 전제하지 않고는 형성될 수 없는" 형식의 소설을 이른다.

　이상의 주요 논의들을 수용하면서 이 글은 백민석 작품에 나타난 전기·전자기술의 빛 작용을 근간으로 다양한 증후들을 해석하여 현대문명과 인간의 관계, 이를 더 좁혀서 말하면 전기 전자 기술과 인간 형상의 변모 과정을 추적하는 차원에서 이뤄진다. 보이지 않는 저변에서 문학 양식을 변모케 한 과학기술 문제가 그의 작품 이해의 주요 지점인 이유는 이 같은 사실에 기반한다. 작가가 문단에 진입하기 이전부터 저널리즘에서 통용된 컬러텔레비전·오디오 시스템·비디오·컴퓨터 등 문화기호들로 미뤄보더라도 전기·전자기술과 미디어가 결합하면서 변모해가는 일상의 양식을 말하려면 포스트모더니즘·세계화·후기구조주의·후기자본주의 같은 문학 내·외적인 현상과 더불어 사유해야 한다. 외부에서 쇄도한 힘들은 동서 냉전 시대가 급격히 닥친 것만큼이나 거세었으며, 힘의 작용점들도 외부로부터 주어졌기에 생소하기 짝이 없었다. 세계자본의 계시적 암호인 낯선 상품 코드들, 기술 문명의 결과물과 세계자본의 동맹을 정당화하는 낭만적 상품 기호와 이국적인 신조어들, 빛의 속도를 방불케 하는 보이지 않는 자본과 첨단기술의 전자적 흐름들이 당대인이 속한 사회문화를 재편하는, 거대하지만 보이지 않는 힘이었다. 1990년대 우리 사회는 미디어 영상매체의 대중화가 급속히 진행하고, 디지털 기술의 혁신, 세계화 자본은 곧 문화 자본이라는 이해가 가능할 만큼 문학 환경도 전방위적으로 변화를 맞은 시기다. 이것이 바로 제3차 산업혁명이라 불리는 혁명적 산업화의 가시적인 현상이자 그보다 더 비가시적인 것이 많은 첨단 산업 혁명의 내면이다.

그의 초기작은 급변하는 시대의 현실 문화가 소년 세대는 물론이고 당시 작가들에게도 어떠한 파급력을 지녔는지 여실히 입증한다. 작가는 『캔디』와 『헤이』에서부터 분열적 생산 방식으로 기술 문명의 파급력, 기술문화의 분산 작용 등을 새로운 문학 형식으로 재구조화하였다. 폭압 정치와 권력 욕망에 대한 비판을 문화기호화하여 다양한 방향에서 해석을 유도하는가 하면, 일과성 현상이어서 무의미해 보이는 전기적 흐름도 현대의 인간 형상을 암시하는 강력한 기호 작용임을 보여준다. 이러한 점이 사진·비디오·영화·연극·텔레비전·만화영화·대중음악 등의 일상 문화를 기호화하는 것으로 나타나고, 이것을 독자에게 전달하는 방식이 문학 양식인 소설이며, 그런 이유로 그의 작품은 문화 안에서 문학-역사-과학 간 소통의 현대성을 꾀하는 생산물로 정위된다.

하여 그의 소설은 사회문화·과학기술·역사적인 면모가 혼용되는 양상을 보인다. 작가의 실천적 글쓰기가 문화기호로 표명되는 점은 우리 문학사에서 흔치 않은 경우다. 문학-문화의 공속 관계로 역사를 통찰하는 방식이 문화기호로 이뤄지고, 이에 대한 실천적 행위가 작중 인물의 글쓰기로 표명된다. 더불어 작가는 1990년대 초중반부터 세기말의 공포가 팽배했던 사회 분위기를 작품에 반영하여 신의 창조물인 인간의 근대적 모형을 의심함으로써 현대인의 안티크리스트 의식을 표명하고 있기도 하다. 결정화된 근대식 사고를 부단히 의심하는 가운데 진보하는 기술문화의 자장에서 근대적 인간 형상이 점차 사라지는 현상은 그의 초기작을 관통하는 주요 주제다. 물질문명에 저항하는 인간 정신은 문학의 오래된 주제였으나, 백민석 소설은 물질과 정신의 대비로 물질을 비판하는 데 머물지 않고 전통적인 휴먼이 점차 사라지는 과정을 형상화한다. 이런 점이 작가의 실천적 문학정치임은 의심의 여지가 없다. 더욱이 전변하는 시대의 혼란상을 다양한 문화기호로 표상한 작품에서 눈여겨볼 것은 "구조주의에서는 무시되었던 종교나 역사의 역할을 중요시"[11]하는 후기구조주의 사유가 녹아 있다는 점이다. 작품에 편재한 공포를 아포칼립스 요소로 이해할 때 성상 파괴의 동인은 물론이고 문화의 상호텍스트로 역사를 기입해 나가는 방식도 설득력을 확보한다.

삶과 예술의 결별을 원치 않았던 상징주의자들처럼 그의 작품에는 등장인물의 글쓰기 수행이 상징기호와 연합하여 발현된다. 전통적인 플롯의 논리를 진부하다 여기는 신진 작가의 글쓰기가 초감각적이고 환영이 어른거리는 이미지나 기표들의 배열로 현상되는 것은 그가 기호·암호로 상징적 암시 효과를 극대화하고 있다는 방증이다. 랑시에르는 이런 경우를 주저 없이 '문학혁명'[12]이라고 단언한다. 신진세대의 출현은 기존 질서를 흔드는 것으로 표면화하는 만큼 백민석의 문학정치도 작가가 몸소 참여하는 정치 활동이 아니라 "문학이 그 자체로 정치 행위를 수행하는 것을 함축"한다. "글쓰기 기교로 규정된 실천으로서의 문학"이면서도 "특정한 집단적 실천형태로서의 정치", "특정한 경험들의 영역을 구성"하는 것이 "문학으로서 개입하는 것을 의미"하는 실천의 본질이다. 이때 문학이 하나의 정치 행위가 될 수 있다면 그 "능력이 입증되는 감성의 경계를 추적하기 위한, 이를테면 무엇이 말이고 무엇이 외침인지를 결정하는 하나의 갈등"[13]이어야 한다.

---

11 한국문화예술위원회 편, 『100년의 문학용어사전』, 도서출판 아시아, 2008, 773쪽.
12 자크 랑시에르, 『문학의 정치』, 유재홍 역, 인간사랑, 2011(제2판 1쇄), 38쪽.
13 위의 책, 9~11쪽.

그런 까닭에 한 편에서는 백민석 문학을 선언에 불과하다고 평가하는가 하면, 다른 한 편에서는 유망한 차세대 작가로 주목하기도 했다. 기성 질서 속의 문학과 자신의 문학은 다르다는 것을 입증하기 위해 소통보다는 현상적 기술(記述) 위주로, 의미 부여보다는 그것을 흐려놓고 가상을 통해 실재를 일깨움으로써 이전 방식의 글쓰기와 차이를 두었으며, 대립을 노골화하여 과감하고 당당하게 신진세대의 글쓰기를 표방했다. 무엇보다도 현상적으로 뻗으면서도 지금껏 가시화되지 않았던 힘의 작용점들을 언어화하는 일에 몰두한 초기작은 전변하는 시대의 문화적 증후를 다양한 기호에 실어내어 독자의 적극적인 해석을 견인하는 텍스트다. 음성언어의 절대성을 부정하면서 문자언어 중심의 사유를 이어갔으며, 기술 문명의 진보를 문화기호로 언표하는 방식으로 글을 썼으며, 자신의 언어가 기술문화 급변기에 발생했을 뿐만 아니라 그 진보와 변화에 따라 전변하는 것임을 보여준다.

1990년대 중반 이후 작가의 행보를 두 가지 측면에서 보면 우선은 신진세대의 감수성이 규합하여 기존 질서에 저항하는 양상을 보인 점이고, 다음으로는 그의 개성적인 문학 수행이 기술문화 시대의 보이지 않는 권력과 그 힘들을 찾아가는 과정에서 후기자본의 파장을 사유한다는 점이다. 그럼으로써 진정한 "글쓰기의 민주주의"[14]에 도달하고자 했으며, 후기적 사유를 대중들과 공유하는 방식으로 이것을 구현했다. 이 문제는 구조주의가 중시한 문학성, 즉 적확한 기표와 관련한 랑시에르의 진단을 참고할수 있다. 그는 글쓰기를 기표의 물질성 이상의 그 무엇, "언어가 지닌 모든속성의 전도", "부정확한 용법의 군림"으로 본다. 따라서 문학성을 운위하려면 구조주의와 반대 방향에서 이해해야 한다는 것이다. 후기구조주의를

14 위의 책, 25쪽.

구조주의 문학성과 분리하여 작가의 재량껏 "각자가 가로챌 수 있는 문자의 급진적 민주주의"를 구가하면서 자동사적 언어 사용과 기호적 발현을 주문한 경우를 여기에 견주어볼 수 있다. 작가가 언어로써 정치성을 발현한 것은 문학 일반이 지닌 특성이기도 하므로 더 구체적으로 말하면 작가가 "이질적인 것을 도입하는 행위"[15], 즉 이질성의 미학을 구가한 급진성이다. 재현과 미학의 문제에서 양자를 섞어 어느 한쪽의 우세를 흐림으로써 작가는 전혀 새로운 형식을 이끌어낸다. 그 새로움이란 것이 전통 방식의 재현에서 벗어난 자유와 맥을 같이하는 데에 백민석 문학의 의의가 있다. 이때 그 자유에 수반되는 것이 기호 · 문화기호들이다. 초기작인 『캔디』만 하더라도 문화기호로 역사의 소용돌이를 대리 발언하는가 하면, 『헤이』에서는 기호적 글쓰기로 말 못 함의 기율이 팽만한 역사와 현실사회를 향하여 파편적 발화를 함으로써 저항 의지를 드러낸다. 전작에 걸쳐 다양한 문화기호들로 말하기를 시도하면서 작가가 집요하게 문제 삼은 것은 이전 시대를 통어했던 갖가지 근대적 유습들, 그 내면에서 작동하는 상징권력의 보이지 않는 힘이 자본의 논리를 결정하는 구조, 인간관계가 낳은 무의식화한 투쟁과 경쟁이 권력을 생산하는 구조 등이다.

2. 열린 형식 실험

가상과 몽타주

백민석 작품은 장르 경계를 허물면서 소설의 정의를 넓힌다. 재현이라

---

15 황정아, 「사실주의 소설의 정치성 — 자끄 랑시에르의 소설들」, 황정아 편, 『다시 소설 이론을 읽는다』, 창비, 2015, 164쪽.

는 불변의 항수로는 변화하는 세계의 면모를 담을 수 없다는 인식으로 소설 형식을 실험한다. 양극에 배치된 서로 다른 입장들을 봉합하기보다 이전 소설과의 연속성을 의심하면서 자신의 문학이 지닌 역동성과 생산성을 사회문화 급변기의 양식으로 정위시킨다. 이전 시대에 이 세계를 이해하는 준거였던 이데올로기의 관념으로부터 이어받을 유산은 없다는 듯이 새로운 소설 형식에 역사관을 담아내면서 그것을 다양한 문화기호로 표명한다. 대중문화적인 인물을 등장시켜 새로운 소설 형식을 실험하면서 문화기호의 출현을 경험케 하고, 인물·사건의 명확성을 흐리면서 불투명성을 조성한다. 초기 소설 중 특히 『헤이』는 독자를 불러들이는 읽기 중심 텍스트이기보다 쓰기 중심 텍스트로서 작가의 글쓰기 수행을 분열적으로 생산한다. 인물들의 행위가 퍼포먼스처럼 벌어지면서 그 작용점들을 기술하는 작가의 작업은 과거-현재-미래의 시공간을 중첩하는 중에 이뤄진다. 작중 화자가 자신을 주인공으로 희곡을 쓰는 과정을 기술하면서 여러 정체성으로 말을 하기 때문에 서사가 몹시 혼란스럽다. 인류는 그간에 경험적 현실보다는 고상한 관념들로 진리를 세우면서 본연의 인간다움을 말소하거나 세속화해왔다는 점을 작중 글 쓰는 인물에게 투영하고 있기도 하다. 음성언어의 절대성과 지위를 지니지 않은 문자로 문학 행위를 하는 인간과 달리 신에게 부재한 것이 문자문학이라는 가설이 가능한 것은 여기에 연유한다. 백민석의 문자문학은 관념의 신이 사라진 시대의 물신들, 이성과 논리를 앞세우지 않는 감각적인 인간의 자화상을 분열적으로 생산한다.

작가는 등단 초기부터 문학장에서 숱한 논란을 불러일으켰다. 1970년대에 대두한 정통문학이냐 대중문학이냐는 이분법 논의는 1990년대 이후 또다른 질문으로 변주되어 나타난다. 무엇은 문학이고 무엇은 비문학인가라는 질문에서부터 하위문학의 정체를 의심하는 데까지 문학을 질문하는 방식에도 변화가 일었다. 우찬제는 1990년대 이후 통신 공간에서는 이미 팬

터지·SF 등 비상구가 마련되어 있었다면서 백민석을 포함하여 당대 작가 몇 명과 일명 '통신 작가'들을 언급한다. 이들의 소설에 "빈번히 출몰하는 환상적 성격이나 기법들은 종전의 리얼리즘 문학의 영역을 확장하는 쪽으로 기능한 가능성의 목록들"이라고 평가하고, 하위문학을 둘러싼 논쟁의 중심에서 서사의 본래 특성을 이질혼성(異質混成)으로 본다. 나아가 그 무렵 소설의 이질적인 경향 중 하나를 잡종성[16]으로 보면서 이 같은 추세를 다음같이 진단한다.

> 먼저 상상의 진실이 불가피하게 경험의 진실에 의해 억압되었던 20세기 문화 지형에 대한 새로운 도전의 일환으로 문학 본래의 우주인 환상의 영역을 응시하게 된 게 아닐까 짐작한다. 게다가 디지털 테크놀로지의 약진이 가져온 가상 현실의 실감 혹은 디지털 미디어와 경쟁이 불가피해졌다는 사태 파악이 환상이란 문학의 본래 우주를 그리워하고 응시하게 한 것이 아닐까 한다.[17]

이 상황 진단의 요점은 작가의 상상력이 과학 지식에 기반한 공상·설계·사색, 디지털 테크놀로지·미디어 혁명이 환상성에 기전 역할을 한다는 것이다. 이 글의 논점은 백민석 소설의 SF에 맞춰져 있지 않고 "디지털 테크놀로지의 약진"이나 "디지털 미디어와 경쟁"해야 하는 문학의 현주소를 진단하는 데 있다. 이러한 논의가 2000년 『목화밭』 출간 이후 개진된 점도 그렇지만, 동시대의 작품에 나타난 환상적 특성이나 SF 논의와 더불어 당시 소설 장르에서 서사 회복의 가능성을 운위한 점도 눈여겨볼 부분이다. 후술하겠지만 백민석 소설의 SF 상상력에 관해서는 제3차 산업혁명

---

16 우찬제, 「이제 문학의 흐름을 바꿔주마」, 『조선일보』, 2000.5.30.
17 위의 글.

시기의 전기·전자 기술의 급진전에 따른 미디어 혁명을 전제할 때에야 구체적인 논의가 가능하지 않을까 생각한다. SF의 특성을 환상·가상으로만 범주화할 수는 없으므로 문학과 과학이 결합 또는 충돌할 때 발생하는 환상의 기전을 작가가 어떠한 방식으로 형상화하고 있는지에 대한 논증이 필요한 것이다.

같은 맥락의 다른 관점에서 장은수는 본격문학이냐 대중문학이냐로 구분하는 2000년대 문학의 이분법을 비판하면서 색다른 질문을 이끌어낸다. 한쪽에는 '본격과 대중'이, 다른 한쪽에는 '좋은 문학과 나쁜 문학'이 있다면서 어느 방향에서 보건 극명한 이분법은 가능하지 않다는 관점을 견지한다. 이 무렵 문단에서 일었던 논쟁의 주역이 기성의 문학 엘리트와 젊은 세대 작가였기에 불거진 문제의 지점들을 적시하면서 본격문학이라는 사회적 합의가 깨지면서 여기에 틈입하는 것이 장르문학이라고 말한다. 대중문학 기법을 차용하여 현대적 특성을 해명하면서 문학의 질감을 새로이 만드는 무시무시한 모험정신의 주체로 백민석을 지목하면서 백민석 문학의 후기적 특성을 두루 암시한다.[18]

> 지금, 본격과 대중을 문제로 삼는 이유는 안 팔리는 본격과 잘 팔리는 대중 사이에 어떤 가상의 접점을 찾아야 할 필요성 때문이 아니다. 그러한 상황은 늘 있었고 별로 대단한 문제도 아니다. 더 큰 문제는 한국문학이 단수의 문학에서 복수의 문학들로 해체되는 전환기에 놓여 있다는 점이다.
>
> 본격이라는 말에 숨어 있는 문학에 대한 암묵적 동의(사회적 합의) 또는 신뢰가 깨어지고, 그 힘의 공백기를 틈타 팬터지, 로맨스, 호러, 역사, 설화 등 이른바 장르문학들이 힘을 다하여 현실의 문제를 다루면서 자신의 존재

---

18 장은수, 「새 문학 위한 치열한 모험정신 필요한 때」, 『조선일보』, 2001.4.23.

글쓰기의 현실성과 반(反)소설 형식

를 증명하고 있는 것이다.[19]

백민석의 창작 기법을 '위험한'이라는 수식어로 압축한 논자도 있다. 이상(李箱) 소설과 백민석 소설의 특성을 '인공 창작법'으로 보면서 우리 소설사에서 이상이 그 기원이라는 것이다. 그의 작법이 낯설 뿐만 아니라 중심에 있어본 적이 없는 주변적인 창작 기법인데, 1990년대에 등단한 백민석이 이상의 창작 기법을 잇는다고 본다. 아울러 그는 백민석 작품의 논평적 성격을 다음같이 논한다.

> 인공 제작의 창작방법에 따르는 추상적 난해성을 줄이기 위해 설명적 진술이 끼어들 수밖에 없는데, 이 설명적 진술을 통어하지 못한다면 소설의 경계를 넘어 철학이나 사회학 논문의 영역으로 빗겨가버릴 수도 있기 때문에 더욱 위험하다.[20]

여기서 인공 창작법이나 설명적 진술 등은 백민석의 반(反)소설[21] 경향을 언급하는 듯 보이지만 정작 그의 논평적 글쓰기를 메타픽션의 요소와 연계하지는 않고 있다. 이와 같은 반응이 시사하는 바를 두 가지로 압축하면 우선은 작품을 가치 판단하는 기준에서 언어의 구성적 측면을 포함하는 형식 문제이고, 다른 하나는 사회·문화·정치·역사 등에 관한 문제의식을 함의하는 내적 측면이다. 백민석 작품의 난해성과 결부되는 요인은 후

---

19 위의 글.
20 정호웅, 「상징과 구체성의 조화 — 李箱의 기법 돋보여」, 『조선일보』, 2000.10.3.
21 여러 명칭으로 불리던 반소설이 메타픽션이라는 용어로 정리된 때는 1980년대다. 메타픽션은 허구와 리얼리티의 관계에 의문을 제기하면서 작품이 인공품임을 표방한다. 작가가 글을 쓰는 행위를 스스로 비판하거나 소설 창작과 이에 관한 진술을 동시에 하기도 한다. 한국문학평론가협회 편, 『문학비평용어사전 상』, 국학자료원, 2006.

제1부 문화기호의 의미 작용 : 백민석의 소설

자보다 전자의 경우가 대부분이다. 소설 형식의 복수성을 문제 삼는 경우가 많다는 것은 그만큼 작가가 과감하게 형식 실험을 했다는 뜻이다. 작가의식과 직결되는 내적 측면을 플롯의 논리에 따라 형상화하지 않았다는 의미이기도 하다. 모든 문학작품은 그것을 읽는 독자에 의해 다시 씌어지는 텍스트라는 관점에서 보면 문학작품의 언어적 속성이 당대 사회문화의 제반 요소들과 어떤 방식으로 서로 관여하느냐는 문제가 중요하게 대두한다. 그런 점에서 백민석 텍스트는, 복잡한 관계망 안에서 상호작용이 이뤄지는 기호들을 배치하여 독자에게 해석의 가능성을 열어놓은 것일 수는 있어도 여타의 1990년대 작품처럼 내화한 언어를 생산하는 폐쇄적이고 내성적인 성향을 띤 것이라고 보기는 어렵다. 작가의 언어가 구성한 사회문화 현상을 해석하는 독자의 매개와 참여로 그의 텍스트는 비로소 독자 텍스트가 된다. 그렇지만 그의 작품을 이 같은 범주에 가둬놓고 가치 판단하고 만다면 또 하나의 맹점이 생기는데 그럴 경우 구조주의 텍스트에 머문다는 사실이다. 백민석 작품이 독자의 해석으로 텍스트가 탄생하는 구조주의를 넘어 의미 없음의 의미를 생산하는 기호 유희는 유례없이 진전된 작가의식을 반영한다. 독자 측에서 보면 백민석 텍스트 읽기가 의미 찾기나 기표의 지시 관계를 찾는 작업이 아니라 문학-기계의 생산적 사용, 즉 욕망의 분열 분석으로까지 진전하는 글쓰기라는 점, 계몽철학의 오이디푸스화에 예속된 정신분석을 해체하는 글쓰기라는 점에서 그러하다. 후기적 사유에서 텍스트 읽기는 해석 중심이기보다 그것을 생산적으로 사용하기 위한 작업에 속한다. 텍스트 '더 자세히 읽기(close reading more)'로 독자 텍스트를 생산할 때 이것이 가능하게 된다.

인과성이 결렬된 백민석 작품에서 하나의 세계가 드러나는 방식은 플롯의 논리를 따르지 않는다. 몽타주처럼 나열된 사건들 간 연관성은 오직 텍스트 수용자의 의식 속에서 오려 붙여진다. 혼종 간 결합에서부터 인과성을 기대할 수 없을 뿐만 아니라 인간의 지각이란 것은 본질적으로 인과성을 따르기보다 상호 관련이 없는 경험들을 이어붙이기식으로 인식할 때 주어진다. 이러한 현상이 『꼬마 한스』에서는 전이 경험으로 나타난다. 작가는 '도서관 소년'의 읽기 체험이 이중관념을 만드는 요인임을 전기 현상으로 증명하고 있다. 원관념에 새로운 관념이 추가되는 독서 체험을 의사와의 담화로 풀어나가면서 성장기 소년의 혼란스러운 정체성을 말 못 함의 기호로 표명한다. 이 작품은 인물과 사회문화의 관계를 총체적으로 담아낼 수 없는 전통 서사의 한계를 벗어나 피막 현상인 파편적 기호를 조합해보는 읽기를 요청한다. 아울러 읽기 경험에서 가상이 형성되는 과정, 파동치는 감정과 심리의 움직임을 언표할 최적의 단어 하나를 찾아나가는 과정을 보여준다.

  아직 음소 자격을 갖추지 못한 기호들이 몸 바꾸기를 하지만 그것이 형성되어가는 과정에 그칠 뿐인 경우를 화자가 창밖에 걸려 있다고 추상하는 기호들로 현상한다. 의사가 '도서관 소년'이라고 이름 붙여준 화자가 초등학교 저학년 시기부터 고학년까지 5년간의 도서관 체험 중 쓰기에 앞선 읽기 경험에서 이 문제가 발생한다. 도서관은 넓은 의미로는 인류 기억의 보관소이며 기억을 문자로 기록할 수 있게 되면서 생긴 장소다. 문자를 발명하기 전까지 세간에 떠돌던 기억을 문자로 붙들어 전수하게 되면서 기억의 창고가 되었다. 『꼬마 한스』는 화자가 이곳에서 책을 읽으며 이전에 가져보지 못했던 마음을 기호화한 '사랑'이라는 단어를 찾아내는 과정을 그린다. 첫 문장을 자전적인 내용으로 쓰면서 할머니가 사망한 시기, 『16박물지』를 출간한 시기가 중첩된다는 점을 밝힌다. 소설에서 탄생과 죽음의 모티프는 흔하지만 백민석의 경우 이것이 글쓰기 경험과 연관되면서 사실과 허구의 중첩을 전략화하는 매질로 작용한다. 화자의 성장 구간을 중심으로 보면 『꼬마 한스』에서는 초등학교 시절 5년간의 읽기 경험을,

『캔디』에서는 고3 시절부터 대학 시절까지의 소설 구상 단계를, 『헤이』에서는 27세 희곡작가의 글쓰기를 다룬다. 『꼬마 한스』는 성장기 소년의 독서 경험을 바탕으로 내면에 파동치는 알 수 없는 감정을 대체할 단어 하나를 찾아가는 과정을 그린다. 자신의 감정과 마음을 대변할 단어 찾기부터 시작한다는 점에서는 이 작품이 글쓰기 수행의 첫 단계라 할 수 있다. 그 과정에 전이 현상을 겪으면서 인과성이 결렬된 세계의 면모를 인지하게 된다. 작가의 말에서 도서관 소년을 자신의 "오래된 페르소나"라고 밝힌 것처럼 10대 초중반의 신경정신과 진료 경험을 지금은 20대 후반인 화자가 들려주는 방식의 작품이다.

화자가 말하는 전이 현상은 읽기 체험에서 발생한다. 전이란 순간적으로 "이 상태에서 저 상태로 살짝 옮겨진 것 같은 현상"(195쪽)이고, 그 원인과 과정이 명확하지 않으므로 인과성이 결렬된 기이한 경험이다. 자각하지 못하는 사이에 물리적 공간 이동을 하게 되지만 정신적 방향성이 더 결정적이라는 데에 물질성과 비물질성 간 상호작용과 침투의 비밀이 내재한다. 오직 그 순간에만 어떠한 형상으로 눈앞에 내걸리는 이미지를 통하여 작가는 독서 경험과 연계되는 잔존물, 즉 상상계의 추상물을 경험하는 사건으로 이야기를 펼쳐낸다. 자신도 이해하지 못하는 전이 현상만큼이나 이미지 기호도 똑같이 알 수 없는 그 무엇이다. 두 눈으로 기호를 보았을 뿐만 아니라 몸으로 직접 겪기도 했으나 불확정적인 그 무엇이다. 화자가 "무정형의 둥그러미"(198쪽)를 처음 본 때는 읽고 있던 SF의 내용이 어려워 창 쪽으로 눈을 돌리자마자 "하품 때문에 비어져 나온 눈물을 닦는 그 순간"이다. 형체가 속속 바뀌어가자 화자는 자신이 잘 알고 있는 '밥상 지식'으로 생선 · 생선 가시 · 지느러미 · 맑은 몸통 등으로 그 정체를 가늠한다. 시시각각 변하면서 현전한다는 것 외에는 다른 뜻이 없는 텅 빈 기호를 작가는 그 무엇이라고도 규정하지 않고 다만 무엇인가 되어가는 과정을 내건다. 그때 화자에게 살짝 전이감이 있었고 요의도 없으면서 지금 당장 화장실에 가고 싶은 충동이 생긴다.

> 그 서랍엔 무엇도 적혀 있지 않은 원고지 꾸러미가 들어 있었다. 그 꾸러미는 이따금 책상 위로 올라와 있곤 했다. 그건 내가 생선 가시를 처음 본 해인 1979년 봄부터, 내가 그 도서관을 영영 떠난 해인 1983년 겨울까지 거기 놓여 있었다. 항상, 변함없이 빈 것인 채로.
>
> ─『불쌍한 꼬마 한스』, 203쪽

생선 가시를 처음 본 날에 사서의 책상에서 원고지 뭉치도 본다는 내용이다. 원고지 칸이 5년간이나 비어 있었다는 언술로 화자의 글쓰기가 아직 이뤄지지 않은 정황을 대리 발언한다. 육탈된 생선 가시와 텅 빈 원고지 뭉치를 같은 시간대에 보게 되었으나 이 두 개의 사물은 사뭇 다른 것이다. 생선 가시는 책 읽기 경험에서 발생한 가상 기호이고, 원고지 뭉치는 5년간 빈 채로 놓여 있기는 하지만 실제다. 이렇게 각기 다른 가상과 실제이지만 시간차로 변하는 기호와 원고지가 똑같이 텅 비었다는 것 외에는 그 무엇도 자명하지가 않다. 이것이 바로 기호의 속성이다. 의미가 고정되지 않아 텅 비었을 뿐인 책 속의 기호들로부터 소년의 궁금증은 증폭한다. 질문이 사서에게로 향하지만 그의 체험 내용은 지극히 내적인 것이어서 사서는 이에 걸맞은 답변을 마련하지 못한다. 사서는 소년에게 그 정체를 알 만한 나이가 될 때까지 기다려보자고 답할 수 있을 뿐 소년의 질문은 재차 소년에게로 귀속한다.

성인이 된 화자가 정신과 의사에게 소년기의 기호 체험을 이야기하는 내용은 성 경험으로 집중된다. 작가는 그것을 기호 그 자체의 매우 개별적인 현현 방식으로 말한다. 10대 이전에는 도서관 창 밖에 떠 있는 미확인

제1부 문화기호의 의미 작용 : 백민석의 소설

물체를 보는 순간 요의를 느낀 정도였으나 10대 이후의 성장 구간에서는 2차 성징의 화학작용이 일어난다. 저학년 여자아이의 아랫도리를 손바닥으로 훑으며 장난칠 때, 소풍날 여자아이의 엉덩이에 깔렸을 때 전이감이 생겼다는 진술은 2차 성징과 독서 체험을 동일선상에서 이해하게 한다. 6학년생일 때 생선 가시를 세 번째 보게 되고 그 장소가 도서관의 성인 열람실이라는 점은 성장 구간에서의 독서 체험이 화자를 정신분석하는 의사에게는 또 다른 텍스트로 작용한다는 것을 의미한다. 이것은 밥상 지식을 동원하여 이 세계의 모호함을 직관했던 소년의 성장담으로서 6학년생이 되자 "어린이 열람실의 책들에 흥미를 잃은"(239쪽) 근거이기도 하다. 화자가 읽고 있는 책에 의식이 전이된 채 단어와 문장들이 스스로 말하도록 내버려두면서 텍스트의 발화를 따라간 것이다. 장 벨맹-노엘은 이 같은 상황을 기술된 것의 엄밀한 의미에 관심을 고정시키지 않고 어떤 고정관념도 없이 유연하게 반응하는 것이라고 진단한다.[22] 달리 표현하면 화자가 자신 안에 있는지 모르고 있던 생각들을 텍스트가 발견하는 구조로 상호 전이가 발생한다는 뜻이다. 이것은 기이하게도 두 목소리를 지닌 독백이며, 읽는 자아와 읽히는 자아 사이에서 일어나는 일이다. 의식하지 못하는 가운데 대화 상대를 찾는 과정에서 화자가 만난 도서관의 책은 하나의 기호로서 파트너이며, 매일 보게 되는 도서관의 사서가 빈 원고지를 책상 위에 올려두는 것은 그녀가 아직 목소리를 지닌 화자의 파트너가 아니라는 의미다. 그후 성장하여 20대 후반에 만난 간호사 선애가 화자의 파트너일 수 있는 것은 어린 시절의 화자−텍스트처럼 그녀와 화자도 상호 "읽기−귀 기울이기"(장 벨맹-노엘)가 가능해졌기에 생긴 일이다.

22 장 벨맹-노엘, 「자가 전이로서의 독서와 비평적 (다시) 글쓰기」, 최애영 역, 『문학동네』 2003년 가을호, 442~443쪽.

화자에게 도서관은 이 세계가 지닌 다양한 의미 중에서도 특별히 가상적 국면이 응축된 장소다. 그는 도서관 체험을 통해서만 소년기의 변모를 말할 수 있다. 도서관의 책상·의자·서가 등의 변화를 이 세계의 변모로 받아들이고, 속속 새 책이 꽂혀가는 서가의 변화를 주의 깊게 마주하는 세계를 5년간 출입했다. 이곳은 소년에게 비제도적 자유가 보장되는 읽기 체험의 장소다. 그가 이곳을 택한 것은 공공의 장소이되 계몽 주체가 객체를 전권으로 통어하기 어려운 비제도적 공간이라는 데 그 이유가 있다. 제도교육이 규정한 이데올로기를 주입하지 않는 문화 공간에서 홀로 성장해가는 소년의 '문턱' 경험이 독서 체험으로 가능하게 된다. 신체가 성숙하는 만큼 도서관도 변모했고 양자의 변화를 아울러 기호화할 수 있는 낱말을 찾아야 했기에 SF에 심취한다. 이는 읽기 경험이 쓰기에 선행하고, 쓰기 이전에 낱말을 찾아야 하는 과정을 대변한다. 이 같은 내용으로 미루어볼 때 아래 인용문의 SF 상상력은 작가의 어릴 적 도서관 체험에서 인자가 형성되었다고 보아야 한다. 따라서 2000년대 이후 작품인 『목화밭』 『러셔』를 SF 상상력으로 한정하여 글쓰기에서 관념이 이중적으로 형성되는 과정을 도외시한다면 작가 상상력의 발아기를 간과한 거나 다름없지 않을까 한다.

> 임상실험가들은 실험대를 '다윈'이라는 애칭으로 부르고 있었다. 다윈의 정식 명칭은 '이중관념제조기'였다. 다윈은 간단히 말하자면, 피험자에게 이중관념을 심는 미친 기계였다. 반창고에 붙은 전극 장치를 통해, 특별하게 설계된 전기 자극을 피험자의 뇌로 흘려보내는 기계였다.
> ─『불쌍한 꼬마 한스』, 245쪽

성인이 된 화자가 소년 시절에 읽은 SF를 의사에게 들려준 내용 중 일부다. 그 밖에 도서관에서 체험한 생선 가시에 관한 말하기로 자신의 정신세계를 구성한 인자들도 고백한다. 위의 글에서 눈여겨볼 것은 전기(電氣)

　　　　　　　　제1부 문화기호의 의미 작용 : 백민석의 소설

와 관련한 부분이다. '다윈'은 인간에게 이중관념을 심어주는 기계의 애칭으로서 임상실험가들이 붙인 이름이다. 이것은 피험자의 뇌 신경 속으로 전기 자극을 흘려보내어 "이중관념을 심는 미친 기계"다. 작품 내 작품인 『다윈의 희생자들』은 작가의 창안물이지만 외부 텍스트를 빌려 말하는 것 같은 착각을 유발한다. 가짜 텍스트가 진짜 같은 효과를 유발하면서 작가 텍스트인 『꼬마 한스』에 이중관념을 심어놓게 되어 독자의 관념도 이 같은 경로를 따라간다. 『헤이』에서부터 전기·전자 현상으로 현대문명을 사유하면서 이 같은 상상력이 『꼬마 한스』에 이르러 도서관 소년의 SF 경험으로 언표되는 이유를 추정해보면 이는 백민석 소설의 이행 과정에 매우 필연적인 절차라 할 수 있다. 도서관 소년의 읽기 경험이 관념을 형성해주는 동시에 상상력의 발원지이기도 하다는 점을 일찍이 표명한 셈이다.

가짜 텍스트로 작가가 전하고 싶은 내용은, 라캉이 사유했듯이 사람의 말에 이중의 목소리가 담기는 이유와 관련한다. 주체가 지닌 원관념에 새 관념이 들어오지만 이전 것이 휘발되지 않고 공존하기 때문에 그의 말이 미친 사람의 말로 들린다고 작가는 쓴다. 아울러 "뇌 속에서, 원래의 관념들과 타이핑해 넣은 관념들이 동시에 발언"(252쪽)하기 시작하는 '미친 말'의 정체가 글쓰기임을 시사한다. 이런 점은 정신과 의사와 화자의 담화 내용에서도 찾아볼 수 있다. 화자가 오래전에 읽은 책 내용을 모두 기억하여 들려주자 의사는 그의 놀라운 기억력이 궁금한 나머지 그 비결을 묻지만 화자는 응답하지 않는다. 두 사람의 문답 양상은 "가필"과 "창작"이 기억에 끼어드는 과정, 즉 원관념에 새로운 관념이 개입하는 것처럼 전개되며 화자는 처음에 이를 누설하지 않으려고 의사와 두뇌 싸움을 벌인다. 의사는 내담자의 이야기를 끌어내어 정신 문제를 찾아내려 하고, 화자는 들키지 않으려고 사실을 숨긴다. 하지만 의사는 결국 화자에게 "자넨 도서관 소년이었군"이라며 별칭을 붙여주게 되고 프로이트의 환자인 한스 이야기도 들려준다. 의사와 화자의 담화가 전하는 바는 한스가 40년간 오이디푸스 범죄 — 근친상간, 존속살해 — 의 상징이었다는 점이다. 소설의 제명이 "불쌍한 꼬마 한스"인 이유도 여기에 기인한다. 자신과 한스를 동일시하지 않는 의사의 상담 덕분에 화자는 발설하고 싶은 것만 선택적으로 할수가 있었다. 의사가 이름 붙여준 도서관 소년도 내담자의 읽기 경험으로 구성된 정신세계의 가상성을 간파했기에 가능했다. 이를 플라톤의 경우와 비교해보더라도 이 철학자가 예술 행위를 저급한 모방 행위로 알고 예술의 가상적 특성과 그 기만성을 부정한 것과는 인정 범위가 다르다. 뻔한 프로이트식 분석으로 내담자를 거짓말쟁이로 만들지 않고 사춘기 소년의 공상을 자연스러운 정신 작용으로 용인한 것이다. 프로이트의 거대담론, 즉 내담자에 대한 지식을 독점한 권력자의 위치를 부정한 의사의 처방은 소년의 읽기 체험이 정신 내용을 구성해주는 과정에 주목했기에 가능했다. 전통철학에서 종교의 사제처럼 내담자가 발설하는 비밀스러운 고백을 청취했던 지식 권력은 여기에 없다. 이렇듯 타자의 무대에서 상연되는 것에 긴밀히 참여하는 의사의 무의식적 반응을 장 벨맹-노엘은 '전이'라 부른다. 그런데 그것이 사실은 화자의 전이와 의사의 '역전이'의 얽힘이지만 보이지 않기에 명쾌하게 풀 수도 없는 진실의 매듭 같은 것,[23] 즉 인과관계가 결렬된 세계의 진상을 작가가 나름대로 언표했음을 뜻한다.

이 같은 내용이 시사하는 바는, '밥상 지식'은 창밖의 기호를 실제인 생선 가시로 보는 반면에, '책의 지식'은 한층 복합적인 관념을 동반하고 나타나 가필과 창작을 수행하는 상상계에 속한다. 따라서 화자를 상담하는 의사는 프로이트가 한 것처럼 화자의 증상을 창작할 이유가 없게 되고, 화자는 발설할 것과 하지 말아야 할 것을 가려낼 뿐 거짓말로 의사를 따돌리

---

23 위의 글, 446쪽.

려 애쓰지 않는다. 의사도 거짓말이야말로 화술 주체가 진정 숨기고 싶은 것이고, 그렇기에 거짓말이야말로 진심이라는 프로이트식 논리로 내담자의 심리를 포박하지 않는다. 자신의 진단명 '도서관 소년'의 말하기가 가상으로 충만할지라도 의사는 그 말에서 진위 여부를 적발하려 들지 않는다. 읽기 경험에 이은 전이 현상을 번갈아가며 청해 들을 뿐이다.

> 어쨌거나 나는 그것의 얼굴(그렇게 부를 수만 있다면) 생김을 볼 수 있었다. 얼굴은 마름모꼴 형상이었다. 마름모꼴 도형에 선 굵은 모나미 매직펜으로 새카맣게 색칠해놓은 듯한 형상이었다. 뼈만 남기고 살과 껍질은 발라낸 앙상한 생선 대가리 같은. (중략) 마름모꼴 대가리에 하얗게 빛나는 점 두 개가 나타났다. 아주 작은 점이었다. 아주 작긴 했지만, 아주 환한 점이었다. 그리고 나는 2층 테라스 아래로 떨어졌다.
>
> ─『불쌍한 꼬마 한스』, 275~276쪽

도서관에서 미확인 물체를 세 번째 본 날의 경험을 들려주는 부분이다. 미친 과학자들이 제조한 기계가 인간의 사랑 앞에 무력해지는 장면으로 SF가 종결되고, 2층 테라스에 걸터앉아 한 시간 이상 책을 읽은 화자가 창밖의 비행 물체를 보는 순간 테라스 아래로 떨어진 경험을 이야기한다. 화자는 그 돌발 현상을 '옮겨짐', 즉 '전이'라고 믿는다. 게다가 『다윈의 희생자들』을 손에 쥔 채였고, 전이 현상을 겪을 때마다 무력감이 생긴다고 말한다. 이러한 증상이 SF의 마지막 문장인 "사랑."과 결부되면서 이 기표가 인류 구원의 가능성으로 도약한다. 그간에 도서관 소년을 충격한 인류의 현실은 잔인하고 끔찍하기 짝이 없었으나 SF는 사랑이 인류를 구원하리라는 가능성을 심어준다. 그것은 소년에게 기표 그 자체만으로는 도무지 알 수 없는 안전·안정의 다른 이름이며, "사랑사랑사랑사랑사랑사랑사랑사랑사랑사랑사……"(253쪽)라고 당당히 "이중관념제조기의 텔레타이프"에 쳐넣으면서 입속으로 되뇔 수 있는 달콤한 관념에 속한다.

　이로 미루어 가공된 세계와 화자가 접속할 수 있었던 것은 읽기 경험이 조성해준 공상 때문이며 이것이 이야기 가공 능력과 결부된다. 읽기 경험에 수반되는 낱말 찾기와 세계 이해의 관련성, 새로운 관념의 유입, 창작에 동반되는 '공상'은 쓰기의 가상성을 뒷받침하는 요건들이다. 따라서 화자─의사 만남의 의미는 화자가 말할 수 있는 것을 말하게 함으로써 치료 목적보다는 독서 체험을 기반으로 사춘기의 좌충우돌을 이해하고, 여기서 소년 서사가 태어나는 과정을 보여주는 작가 전략이라 할 수 있다.

　이렇게 작가는 이 세계에 궁금증을 품은 소년이 조율하기 어려운 경험적 지식과 가상의 문제를 『꼬마 한스』에서 다룬다. 무지를 상징언어의 결핍 탓으로만 돌릴 수 없고, 이 세계는 본래 알 수 없는 것이며, 설령 알고 있다 하더라도 언제든 균열이 생긴다는 점을 시사한다. 그 균열을 메우는 것이 가상이며 소설의 발생 지점도 바로 이곳이다. 소년은 도서관의 서가가 새로운 책으로 채워지는 것만큼이나 자신과 이 세계도 변하고 있음을 알게 되었고 이것이 도서관을 영영 떠나는 요인으로 작용한다. 그의 생각을 바꾼 것은 SF였으며 더 구체적으로 말하면 SF로 좁혀놓은 상상계에 막연히 품었던 궁금증과 모험심이다. 도서관 서가에 왜 그토록 빽빽이 책이 들어차야 하는지를 규명할 "낱말 찾기"(310쪽)가 과업이 되면서 그의 감각은 촉발된다. 그렇지만 화자는 소설 바깥의 진짜 세계를 같은 동네에 사는 "소년 치한"의 자위행위에서 보게 된 날에 도서관을 떠난다. 관념에 들어찬 사랑의 가상성이 결코 달콤한 현실일 수 없음을 두 눈으로 확인한 것이다. 아이들을 모아놓고 동네 형들이 가르친 뒷골목 교훈을 소년 치한이 실행하는 광경을 도서관의 책상 밑으로 보게 된 그날이다.

　　생선 가시의 마름모꼴 대가리가 정면으로 이쪽을 향하고 있었다. (중략)

　　　　　　　　　　　제1부 문화기호의 의미 작용 : 백민석의 소설

점 두 개는 새카만 대가리 한가운데서 이쪽을 향해 깜빡이고 있었다. 생선 가시는 이쪽을 들여다보고 있었다. (중략) 잠시 후 새카만 대가리의 아랫부분이 열리기 시작했다. 조금씩 조금씩, 대가리의 아랫부분이 벌어지기 시작했다. 새하얗고 환한 어떤 빛이, 대가리 아랫부분에서 나타나기 시작했다. 그러다 어느 순간 그 새하얗고 환한 빛은, 밑변이 조금 찌그러진 새하얗고 환한 역삼각형 모양이 되었다.

그것은 웃는 입 모양처럼 되었다. 생선 가시의 입(그렇게 부를 수 있다면)은 이쪽을 향해 씨익, 웃고 있었다. (중략) 이제, 생선 가시가 날 보고 있었다. 내가 생선 가시를 보는 게 아니라. 그것도 지난 세 번과 다른 점이었다.

—『불쌍한 꼬마 한스』, 313~314쪽

위의 진술은 생선 가시를 마지막으로 본 날, 즉 네 번째 날을 기록한다. 마름모꼴 대가리가 변하는 과정을 엇비슷하게 기호화해보면 동그라미에 가까운 완만한 모양에서 차츰 ◆ → ▽ → ‿로 형상이 바뀐다. 환한 빛 두 개가 ◆에 박혀 있는 광경, ◆의 아랫부분이 벌어지면서 환한 빛이 나타나는 장면, 밑변은 조금 찌그러졌으나 ▽ 모양이 되더니 급기야 웃는 입처럼 ‿로 바뀌는 과정을 기술한다. 마름모꼴 대가리에 박힌 환한 점 두 개가 정면으로 자신을 바라보았다는 언술은 초자아의 표상이며, 이 일을 계기로 화자는 영영 도서관을 떠난다. 밥상 지식은 생선 가시처럼 구체성을 띠지만 상상계에 내걸린 이미지는 추상 관념이어서 의미가 마냥 미끄러진다. 화자만 보았으나 자신조차 정체를 모르는 생선 가시의 의미를 아는 것은 다양한 경험적 지식이 누적된 성인의 능력일 것이므로 사춘기 소년에게는 모호한 지식일 수밖에 없다.

관념으로 가능한 가상 경험이 도서관에서의 책 읽기였다면 화자의 행동에 변화를 가져온 직접 요인은 소년 치한을 몸-눈으로 생생하게 본 경험이다. 『수레바퀴 아래서』로 얼굴을 가려놓은 소년 치한을 본 날에 화자는 사서가 원고지에 글을 쓰는 모습, 어린이 열람실을 들여다보는 생선 가시의 구체상을 다시 보게 된다. 이러한 진술을 앞서 보아온 기호들에 비추어 귀납해보면 우선은 사서의 글쓰기와 화자의 그것과의 연관이다. 사서와의 대화를 거울단계 이전의 모성과 나누는 것으로 볼 경우 도서관을 떠나는 행위는 모성과 분리되는 자아의 표상이다. 자신의 언어를 확립하는 과정이 도서관 경험에 중첩되면서 사서와의 일화로 언표된다. 전(前)오이디푸스 단계를 어머니 지향의 '기호계의 코라'라 칭한 크리스테바에 기대어 화자·사서 간 대화를 다음같이 추정할 수 있다. 모성과의 동일시·지향성·의존성이 두드러지는 이 시기에 화자는 사서를 어머니의 대리자로 삼아 상호 연합을 꾀한다는 점이다. 반면에 상징계는 초자아의 점검이 가동하는 세계이며 작가는 그것을 생선 가시로 구체화하면서 어린 자아가 숨기고 싶은 정신세계를 기호화한다.

작품의 내적 논리를 따라 해석하면서 고정된 리얼리티를 탐구하거나 텍스트에 의미를 매기는 일은 후기구조주의 윤리에서 '나쁜' 것이다. 이렇게 볼 때 『꼬마 한스』에서 작가가 개입하여 논평을 곁들이는 목소리는 이 작품이 개인의 창작물인 데다 이전의 문학 형식을 답습하지 않는다는 의미가 있다. 작가/생각하는 자/비평가의 자질을 동시에 함유하는 글쓰기 주체의 자의식을 자연스레 노출하면서 후기적 글쓰기를 표방하고, 의미에 저항하면서도 의미가 미끄러지는 것을 염려하는 동시적 반응인 것이다. 이렇게 작가는 후기적 사유의 소용돌이 속에서 의미 나타내기와 지연 사이의 글쓰기 수행을 이어간다. 그의 작품에서 온갖 기호들은 고정된 의미를 탈각하면서 재의미화의 가능성을 열어놓는다.

이번에 살필 내용은 작가가 구체화하고 있듯이 이 세계에서 발생하는 일에 인과성이란 없다는 점이다. 생선 가시를 보던 순간에 겪은 세 차례의 전이 현상, 소년 치한을 넘어뜨리기까지의 과정을 연속적으로 기억

할 수 없는 경우를 들 수 있다. "중간의 몇 페이지가 뜯겨 읽을 수 없게 된 책"(321쪽)처럼 인과관계가 결렬된 상황에 화자의 의지는 개입하지 않는다. 인간은 총체적으로 이 세계를 지각하지 못하므로 그 틈새에서 지각 주체가 알지 못하는 전이가 발생한다. 그렇다 하더라도 "소년 둘이 서로 포개어져 있는"(322쪽) 결과는 불변하고, "불과 몇 분 전의 그 세상을 되찾지 못하리란 것"(323쪽)도 명백하다. 의지 문제는 전이와 더불어 성인이 된 화자가 인애를 만나던 무렵에야 답을 찾을 수 있게 된다. 영화를 보면서야 자신의 의지가 개입할 수 없는 지점에서 발생하는 전이감과 정신의 문제를 비로소 이해하게 된 것이다. 기억도 인간의 언행도 필름처럼 불연속적이므로 그 연속성을 보장하는 방편은 사실상 없다. 시종 동일한 의지를 지속하지 못하므로 기억도 불연속적이다. 필름의 낱장을 이어붙여 연속 장면을 만드는 영화 기법처럼 기억은 단속적이고, 작가의 글쓰기도 단속적인 기억을 오려 붙이는 몽타주 기법으로 구성된다. 이때 무엇보다 말이 말을 한다는 사실이 중요하고 여기에 재현의 미메시스에 고착되지 않는 가상이 틈입한다.

> 소년 치한과 부딪치는 얘기에 이르러선 내 입이 말을 했다. 처음엔 머리가 말을 했지만, 나중엔 입이 말을 했고, 결말에 이르러선 말이 말을 했다. 결말이라고 했나? 아무래도 이 일엔 결말이 있어 보이진 않아.
> ─『불쌍한 꼬마 한스』, 369쪽

이 작품의 결말에 화자가 인애에게 털어놓는 이야기도 도서관 소년의 경험과 결부된다. 소년 치한과 한데 엉켜 있는 광경을 생선 가시가 다 들여다봤을 거라며 창피하게 여기는 경험을 털어놓을 때 처음에는 머리(의지)가 말을 하지만 차츰 입(의식)이 말을 하고, 종단에는 말(무의식)이 말을 한다. 인용문의 마지막 문장은 결말이 없는 서사를 예고하면서 후기적 글쓰기의 열린 방식을 진술한다. 인애가 '지하층 고양이'라고 부르는 대상이 고양이와 근사(近似)한 생김새 때문에 붙은 이름이라는 점에서 이 또한 하나의 기호다. 고양이와 근사치의 의미를 지닌 대상으로 환유하는 방식을 야콥슨의 유사성 이론으로 읽으면 인애의 고양이는 고양이로되 고양이가 아니다. 그런 까닭에 기호는 "바보 같은 얘기의 일부"(376쪽)에 종사하거나, 그것을 발화하는 자에게로 끊임없이 돌아오는, 말하자면 오직 기호와 발화자의 문제로 귀속하는 어떤 것이다. 인애가 지하층 고양이라고 부르는 대상도 화자가 본 생선 가시처럼 가변적이며 의미도 모호하다. 그런데도 그것은 존재하면서 수시로 전변한다. 둥근 형체, 축구공 두세 개의 크기, 두껍고 둥근 질감, 표면에 솟은 길쭉하고 삐쭉한 그 무엇, 털실을 말아 놓은 공 같은 것, 심지어 사람의 가발 같은 그 무엇에 인애는 직면한다. 도서관 소년에게 생선 가시가 현현과 사라짐을 반복하는 기호였듯이 인애에게는 고양이가 굴러가다가 사라지기를 반복하는 어떤 기호다. 확정된 의미도 완결된 서사도 없이 썼다가 지우는 글쓰기처럼 고양이는 전변하는 기호로서 과정의 우연성을 대변한다. 도서관 소년도 인애도 전변하는 기호를 대면하고 그것과 대화도 나누려 하지만 대상은 번번이 도망친다. 인애와 도서관 소년의 심리를 중첩한 다음 문장에 작가의 지향이 담겨 있다.

> 내가 여기서 저기로 살짝 옮겨졌다고 느끼는 것이나 마찬가지의 경우였다. 그녀는, 1994년 겨울 기숙사 지하층에서 고양이를 보고 난 다음부터 빨라졌다고 했다.
> "걷다 보면, 걸음걸이가 빨라져 있는 거예요."
> 그녀가 말했다. 꼭 무언가를 뒤쫓고 있는 사람처럼.
> ─『불쌍한 꼬마 한스』, 407쪽

인용 부분은 생선 가시와 지하층 고양이라는 기호로 쓰기와 말하기의 속성을 전달한다. 달아나는 고양이를 좇아서 뛰는 인애의 걸음걸이, 도서관 소년이었을 당시 화자의 생선 가시 경험을 가시화하여 의미가 바뀌고, 지연되고, 달아나기만 하는 기호여서 결말을 열어놓아야 하는 글의 속성을 말하는 부분이다. 그런가 하면 인애가 의식하지 않아도 말이 말을 하고, 몸이 걸어가고 뛰어가기도 한다. 고양이가 공으로 변하는 순간을 기호화하여 발화의 속도, 수시로 변하는 언어기호의 속성, 시공간의 동시성을 말하면서 그것이 온전히 고양이이기만 한 것도 공이기만 한 것도 아님을 기호화한다. 고양이는 인애가 붙잡아놓고 그 정체를 일원화하고 싶은 대상이지만 기어이 달아나면서 의미를 흐려놓아 의미 파악이 지연되는 기호다. 화자와 인애는 의식을 지닌 개체로 지금 이곳에 실재하고, 인애는 자동사처럼 풀려나와 도무지 좇아갈 수 없는 말하기의 주체로 정립된다. 이들은 불가역적인 시간 속에서 발화의 현재성을 확인하면서 글쓰기와 말하기를 수행하는 주체다. 이전의 자기로 환원할 수 없는 개체의 말하기가 과거로 물러나는 시간을 거부하는 방식으로 언표되는 건 글쓰기의 현재성이라는 것이 끊임없이 과거로 물러나는 시간에 반발하면서 앞으로 나아가는 수행 방식이기 때문이다. 이렇게 백민석 텍스트의 기호들은 표면으로 읽을 것을 권유하고, 그럴 때 다양한 의미가 분산하는 자동사적 글쓰기의 표본으로 정립된다. 이러한 점을 1990년대 후반기의 문단 상황에 비추어볼 때 하나의 시사점이 있다. 잠재작가의 글쓰기 고민을 다룬 이 작품이 『현대문학』(1998.8)에 실렸던 무렵 우리 문단에서는 자전소설·소설가소설·메타소설 등의 작가 서사가 제법 발표되었다.

이런 점을 백민석 소설에 비춰볼 때 읽기·쓰기의 고민을 담았거나 작가되기의 과정에 놓인 인물이 등장하는 서사는 작가가 작중에서 직접 밝힌 자전소설 외에는 장르 구분이 아직 명확하지 않음을 알 수 있다. 또한 작가되기의 과정을 그린 작품들에서 오이디푸스화 이전 거울단계에서 모어를 찾아가는 과정을 볼 수 있는 만큼 이곳에서 불완전하게 이뤄진 어머니와의 연합이 작가의 글쓰기 동인이라고 미뤄 짐작해볼 수 있다.

지금까지는 2000년대 이후 제출된 SF 논의에 앞서 가상이 형성되는 연원을 1990년대 작품에서부터 살펴 백민석 소설의 가상적 특성을 입증했다. 자신도 알 수 없는 성장기 소년의 마음을 최적화할 단어 하나를 찾아가는 과정에서 형성되는 소설 형식이 그것으로서, 이것이 관념(가상) 생성과 연계되면서 이중관념은 원관념에 새로운 관념이 얽혀들면서 생성된다는 점을 밝혔다. 사실과 가필의 혼합으로 창작이 이뤄지는 과정을 도서관 소년과 의사의 담화로 구성한 서사에서 가상은 여러 관념들 간 연결망 안에서 형성되며 그것은 독서 체험의 누적으로 가능한 것이다. 더불어 인과성이 결렬된 인물의 언행을 몽타주 기법으로 이해하게 하는 등 『꼬마 한스』는 자동사적 글쓰기를 기호화한 장면들로 이뤄져 있다. 그 밖에도 열린 결말, 어머니의 언어 찾기, 시공간의 동시성, 의미의 순차적 지연, 발화의 현재성, 기호의 암시성 등을 선보인다.

텍스트성과 형식 형성

백민석 소설에 산포하는 기호나 등장인물들의 행위 동작은 텍스트가 발생하는 바로 그 순간을 현재화한다. 의미가 미결정인 텍스트가 되레 의미를 분명히 하는 지점에서 인물의 행위 동작이 기이하게 현출된다. 작가는 자아의 나타남을 기술하면서 전통 서사에서 중시한 사유 중심이 아닌 자신이 존재함으로써 가능한 행위를 기술하는가 하면 현재적 글쓰기의 주체로서 텍스트가 생성되어가는 과정을 열어놓는다. 이 같은 점들을 정리하면 '작품'은 공간을 차지하는 실물이고, 텍스트는 현재적 화술 행위로서 퍼포먼스처럼 발생하며, 텍스트성은 어떻게 해석하느냐는 방법론의 영역으로서 의미의 지평이 분산하는 미결정성을 함유한다.

또한 후기적 사유에서 예술 형식은 지금 발생하는 주관적이고 자질구레한 사건들의 일시성과 가변성을 승인하면서 현재성을 표방한다. 이전 방식으로는 전변하는 시대상을 담아낼 수 없다고 본 백민석은 특히 초기작 두 편에서 내용 중심·사유 중심 서사를 부정하고, 형식미의 가능성을 극렬하게 실험하면서 보편적 개념을 파기한다. 『헤이』는 기호적 글쓰기의 암시 효과로 해석을 유보케 하는 텍스트이며, 『캔디』는 구상 단계에 있는 후기적 글쓰기의 주체를 초점화한다. 두 작품 모두 이성보다 감각이 분발하고, 체험 내용에 특정한 의미를 부여할 수도 없게 되어 부단히 난맥을 짚어가게 한다. 인물들은 단지 자신의 체험을 들려주는 방식으로 이야기를 이어가면서 사유 효과보다 시각 효과를 선호하는 것처럼 행동한다. 하여 독자는 텍스트에서 당대적 담론을 명확히 끌어낼 수가 없다. 단지 무한 열린 텍스트의 형식을 발견할 수는 있는데 움베르토 에코는 이 같은 경우를 "열린 예술작품" "형식 형성"이라는 개념으로 텍스트의 무형식·무질서·무작위성·불확정성을 설명한다. 형식과 열림 간의 변증법을 중시하면서 의미를 앞세우지 않고 해석을 통하여 접근케 하는 대상을 예술작품으로 본 것이다.[24] 이런 점은 행위예술의 즉흥성을 포괄하면서 내용과의 비분리 원칙으로 형식을 말하고 있어서 백민석 작품 이해의 단초가 되어준다. 다음 문장을 보면 K는 칼에 새겨진 어떤 문양을 글자 같은 것으로 인지한다. 하지만 그것에 손가락 끝을 대어보거나 조심스럽게 문질러볼 뿐 의미를 캐내려 하지는 않는다. 이것이 작가가 수행하는 이야기의 형식이라는 점을 눈여겨보아야 한다.

---

24 움베르토 에코, 『열린 예술작품 : 카오스모스의 시학』, 조형준 역, 새물결, 1995, 24~25쪽.

나이프 날 한 면에 음각되어 있는 어떤 문양에, K는 손가락 끝을 대어본다. 싸늘하고, 다시 한번 더 냉랭하다. 문양 표면을 손가락으로 조심스레 문질러본다. 요철, 요철, 섬세하게 깎여 있다. … 그것은 마치, 어떤 글자들 같다. 어떤 글자들…

—『헤이, 우리 소풍 간다』, 17쪽

K가 촉각으로 세심하게 체험한 어떤 문양은 요철이 섬세한데도 모호하게 감지된다. 그 문양이 모종의 글자를 닮았다면서도 의미를 추궁하지 않아 끝내 불확정적인 기호로 남는다. 이 같은 장면은 내용을 중시한 전통 화법과 달리 표면 묘사에 치중하면서 자율적인 형식을 열어놓는다. 감각적인 경험을 언표하면서 "형성의 형식"을 보여주는 상황을 후설의 현상학에 기원을 둔 형성의 논리로 이해할 수 있다.[25] 이렇듯 내용과 형식의 문제는 헤겔 이후 개념과 실재 간 불균형이냐 통일성이냐는 질문으로 부단히 제기되어왔다. 예술은 본질적으로 관념·가상이라는 입장들은 예술을 실제가 아닌 '의식' 차원으로 인식한 것이지만, 의식을 구체화하기 위하여 인물의 "운동성, 공간성, 제스처 및 표현 등에 관련지어 현상학의 영역을 요약"[26]해야 한다는 견해는 내용과 형식의 비분리 원칙을 표방한다는 점에서 헤겔의 견해와 차이가 난다.

『캔디』는 다양한 문화기호들로 형식 미학을 실험하면서 현실원칙에 대한 불순응을 표방한다. 섹슈얼리티 측면의 읽기도 유효하지만 근대적 금기인 동성애 저항에 더 큰 의미를 둘 수 있다. 캔디의 성 결정권을 중심으로 양성애 성향을 부각하면서 근대의 관습에 의문을 제기하는데 이것이 단지 섹슈얼리티 차원에 머물지 않는다. 이처럼 남성 권력으로부터 해방을 구가

25 휴 J. 실버만, 앞의 책, 24~25쪽.
26 위의 책, 26쪽.

제1부 문화기호의 의미 작용 : 백민석의 소설

하는 문학 양식은 특히 문화 전환기에 그 위력을 발휘한다. 동성애자에서 양성애자로 성 선택이 변화한 인물을 중심으로 이성적 세계관에서 배제해 온 '나쁜 것'의 형상을 내보이면서 금기의 방벽에 틈을 낸다. 이때 이성의 규범을 위반하면서 무례한 언행을 번연히 노골화하는 것으로 보이기 때문에 이전의 관습으로는 용납하기 어려운 작품이다. 글 쓰는 자의 자의식 측면에서 보더라도 화자는 진전되지 않는 소설 구상 단계에 머물러 있는 듯하지만 이것이 결코 멈춤과 비생산성으로만 귀결되지는 않는다. 인물들의 이해 못 할 행위 동작에서 새로운 예술 형식이 되어가는 과정을 개시한다.

『캔디』의 음악다방 '미카엘스 하우스'의 DJ가 음악 소재보다 자신이 본 영화에 등장하는 총잡이 킬러 이야기를 유일한 손님인 화자에게 늘어놓는 장면부터 보자. DJ는 장소에 걸맞지도 않고 무의미한 총잡이 이야기를 이어가고, 화자는 그 이야기에 귀를 닫고 자신의 차원에서 총잡이 이야기 구상에 골몰한다. 화자는 단지 "누군가의 뒤통수와 앞이마 사이를 가로지른 깊고 묵직한 피투성이 터널을 보고 싶었을 따름"(37쪽)이다. 들으면서 상상하기보다 봄으로써 구체적인 경험을 확보하고, 그것을 감각에 새기는 것을 선호한다. 이러한 감각을 충족시켜준 결정판이 어느 대학생의 최후 모습을 담은 사진 한 장이다.

> 그 흑백 코팅 사진은 막 생명이 끊어지고 있는 한 사내의 전신을 담고 있었다.
>
> 몇 가닥의 잿빛 핏줄기가 그 사내의 관자놀이 귓구멍 콧구멍에서 마치 호스에서 새는 물줄기들처럼 거세게 뿜어져 나오고 있었다. 사내는 막 쓰러지려는 참이고 그 순간의 카메라 앵글의 초점은 약간 흔들려 있었다. (중략) 사진 밑에는 꼬리표가 달려 있고 거기에는 이렇게 쓰여 있었다.
>
> 이한열, 1987년 6월 9일 오후 다섯 시경.
>
> ─『내가 사랑한 캔디』, 161~162쪽

거대사에 기록된 역사의 현장성을 체화한 학생운동가들 — 1987년의 이한열, 1991년의 김귀정 — 의 최후 모습이 매끈한 사진에 담겨 전시되는 장면은 작가가 썼듯이 그로테스크하다. 총잡이는 숨겨져 있으나 그가 틀림없이 총알을 격발했기에 대학생의 최후 모습은 총을 맞은 자의 그것으로 누군가 촬영한 사진에 현상된다. 거대사가 사진 관람자의 체험 영역으로 넘어오면서 우연하고 미시적이며 문화적인 사건이 되었다. 김귀정이 투신했던 가두 투쟁에 참여했으나 다른 골목을 뛰었던 화자의 경험은 "김귀정의 흑백 초상"을 통해서만 환기된다. 카페의 주인은 기록 보관물을 전시하는 형태로 대학교 앞의 허름한 카페에 지난 시대의 흑백사진들을 걸어놓았으나 그의 의도가 무시될 뿐만 아니라 지난 시대의 기록물은 낭만적인 손님의 출입을 가로막는 기제일 뿐이다. 그런데도 그것을 보여줘야만 하는 그는 발언할 수 없는 역사 현장을 사진이 대신하게 하면서 이것이 침묵의 형식으로 발언하는 문화기호라는 사실을 호소하고 있을지도 모른다.

음악다방 DJ가 들려주는 아무도 듣지 않는 이야기에는 세 명의 총잡이가 등장한다. 다른 두 명을 먼저 죽여 목숨을 보전한 킬러이지만 커튼 뒤에 몸을 숨긴 부정의한 자다. 후면에서 가하는 폭력은 예측을 불허하기에 공포를 유발한다. 가상의 가상화가 지속하는 상황에서 구경꾼 또는 이야기꾼의 심리를 말하는 이 작품의 의도는 또 다른 곳에서 발견된다. DJ의 이야기 행위는 자신이 관람한 영화와 관련하고, 영화 속의 영화에는 또 다른 관람객이 존재한다. 뒤의 관람객들이 미처 보지 못한 "감추어진 숨은 무대에서 공연되던 이면차원(裏面次元)의 작품"에 등장한 킬러 이야기가 앞서 DJ가 들려준 그것이다. 최종 장면에서 자신의 관자놀이에 총알을 박아넣은 뒤 쓰러졌으나 "킥킥, 빌어먹을!"이라고 극중 유일한 대사를 날리며 관람객을 올려다보는 킬러는 불사의 주인공이다. 그에게 총은 마지막한 발을 자신에게 겨냥하기 위한 도구이지만 그때의 감정을 누구도 알 수 없다. 불가사의한 인간 감정을 배우의 과장된 제스처에 실어 영화가 종료되었음을 알리면서, 그의 분열 증상을 두 개의 차원으로 분리한다. 이면차원은, 표면 이미지와 인간의 감정을 하나의 차원에서는 볼 수 없으므로 다른 차원에서 입체적으로 그것을 볼 수 있게 하는 장치로 추정할 수 있다. 형식과 내용의 조화가 불가능해지면서 인물의 동작이 인위적이고 가식적으로 표면화하고, 배우는 자신의 연기를 음미하는 즐거움과 동시에 해석·비판·심문도 수행한다. 따라서 배우의 혼잣말은 스스로 작품이 되는 동시에 자신을 다른 차원에서 음미하고 해석하는 수용자의 위상을 지닌다. 말하자면 이는 고정된 주체는 없기에 삶의 양상은 번번이 다른 차원에서 상연되며 그때마다 분열적인 주체가 상황에 대응하는 것임을 시사하는 장면이다.

이런 점을 스타일화(stylization)로 정의하면서 논의를 이어간 수전 손택은 진정성이나 윤리적 올바름에 대한 위반일 때 우리가 스타일 구사를 문제 삼는다고 쓴다. 작가가 내용과 형식을 굳이 구분하려 드는 탓에 나타나는 것이 과장·익살이며 그럼으로써 흥미 유발, 온갖 아이러니의 발생, 수사학적 덮어씌우기가 가능해지면서 이질적인 것이 공존한다는 것이다. 하지만 손택은 스타일이 예술가 고유의 어법이라 해서 이것이 그대로 좋은 예술이 되지는 않는다면서 짜 맞춘 흔적을 노출하지 않아야만 좋은 예술이 된다는 관점을 보인다.[27] 이러한 언술은 형식/내용의 비분리 원칙이 좋은 문학을 만든다는 신념을 내비치면서도 예술을 좋은 것 나쁜 것으로 이분하게 된다.

반면에 에코는 루이지 파레이손을 인용하면서 형식/내용의 비분리 원칙에 준하여 예술 형성의 형식적 측면을 언급한다. 스타일을 형식 형성 방식

27 수전 손택, 『해석에 반대한다』, 이민아 역, 도서출판 이후, 2002, 36~63쪽.

중의 하나로 보면서 내용과의 비분리 원칙으로 말한다는 점에서 형식주의 예술의 언어혁명을 여실히 반영한다. 그는 형식/내용의 비분리와 무질서 속에서 열린 예술작품이 생산된다고 본다. 예술행위자인 작가의 현재적 상황에 초점을 맞추어 언어의 생산 활동으로 도달할 예술 형식에서는 예술가에게 내재한 가치들 ― 사고 · 느낌 · 이상 · 열망 · 습관 · 신념 등 ― 이 순차적으로 반영되면서 열린 해석을 유도하게 된다는 것이다. 이런 점은 팝아트나 신비평에서 주목한 형식적 속성과 상통하는 면이 있으나 에코가 중시한 것은 예술가 자체의 개성과 자율성, 그리고 그가 존재함으로써만 가능한 작품 생산 방식이다. 작품을 사이에 두고 예술가와 수용자를 분리하기보다 예술가가 스타일로 작품에 개재한다는 관점은 작가 개인의 철학만이 차이의 예술을 발명할 수 있음을 뜻한다. 예술가의 언어행위가 형식을 만들면서 해석을 열어놓기 때문에 그 과정에서 해석 가능성도 순차적으로 열리게 된다.[28]

에코의 논의를 정리하면, 스타일화는 기교의 가벼움과 오락 기능을 동반하는 형식 예술이다. 예술 양식을 지배하는 모종의 도덕에 대한 저항도 스타일화로써만 가능하게 된다. 이런 점을 『캔디』의 이면차원 영화에 적용하면, 킬러는 연기를 하면서 자신의 연기를 엿보고 있으므로 노동과 유희를 동시에 수행하는 차원에 있다. 그는 "부자연스러운 것, 인위적이고

---

28 움베르토 에코, 『열린 예술작품 : 카오스모스의 시학』, 251~261쪽. 열린 예술작품 논의도 간과해선 곤란하다. 이것이 가설적 모델, 다양한 경향들을 제시할 뿐이지 비평적 방법은 아니라는 관점을 에코도 피력하고 있기 때문이다. 무한 열린 예술이란 실제하지 않으므로 그 모델을 지목할 수 없을 뿐만 아니라 설령 지목할 수 있다 하더라도 그것을 예술품으로 지정할 수 있을지는 별개의 문제라는 관점이다. 따라서 열린 예술작품은 에코의 논지대로 "다양한 학문 분야와 다양한 인간 활동 영역 간의 연관 관계를 구체적으로 나타내는 문화적 상황만을 해명"(32쪽)해주는 것으로 보는 것이 타당하게 여겨진다.

제1부 문화기호의 의미 작용 : 백민석의 소설

과장된 것을 애호"[29]하는 감수성으로 스타일의 미학을 추구하는 자기 연출자이자, 균질화한 대중의 미감에 대한 풍자가이기도 하다. 그의 행위는 순간적 경험을 중시하면서 삶의 비극성을 패러디하여 실패 감정에 따른 엄숙함을 냉소나 실소, 공허한 웃음으로 전환해내는 열정적인 외면의 형식으로 나타난다. 이때 그의 포즈가 진지한 인간의 저속성을 이중적으로 내보이면서 아이러니를 유발하게 된다. 이렇듯 표면의 수사학을 따르는 예술 표현 방식은 내용의 효용성만을 중시해온 관습적 예술을 문제 삼는다. 의미를 고정시키는 내용을 되레 껍데기로 보는 스타일의 미학은 형식과 내용의 유기 관계를 인정하면서 외견상 스타일과 그 표현성도 중시한다. 작가는 『캔디』에서 인물의 저속성으로 이 문제를 심미화하면서 진지한 예술이 주장하는 불변의 윤리를 의심한다. 결말을 우스꽝스럽게 만들어 몰입과 공감을 방해하는 예술 형식은 인간의 윤리를 가장하지 않으므로 보편 세계의 진리나 올바름과 거리를 두게 된다.

교도관에게서 탈취한 총을 소지한 탈주범 지강헌의 에피소드에서도 대중문화의 유희성이 나타난다. 탈주범은 자신을 포함하여 12명이 어느 가정집을 점거하고 그 가족을 인질 삼아 천 명의 경찰과 대치한다. 경찰관에게 잡히면 자결용으로 총을 사용하겠다는 초심은 정작 유지되지 않는다. 특공 경찰대의 사살로 사건이 종결되기 직전에 지강헌은 유리 조각으로 목을 자해하면서 생명 가진 자의 몸-기호로 마지막 호소를 한다. 죽기 직전까지 음악을 애호하는 탈주범의 낭만 감정과 살상 도구의 리얼리티가 만나는 지점은 없어 보인다. 이와 국면은 다르나 작가는 별개의 사회적 사건을 텍스트로 가져와 총의 리얼리티를 강화한다. "1982년 경상남도의 한 마을에서 발작을 일으킨 경관 하나가 소총과 수류탄"(137쪽)을 난사하여 주

---

29 수전 손택, 앞의 책, 408쪽.

민 64명을 살육한 사건이 그것이다. 이 작품의 발화 지점은 1991년이지만 내적으로는 1980년대와 결속해 있다. 두 개의 총이 상호 관여하는 동위성을 지니면서 이 살상 도구는 죽음의 비극성을 희극으로 전환해낸다. 두 개의 총잡이 사건은 총을 쥔 주체의 스타일이 발작적 행동이나 낭만의 외면화가 가능한 지점에서 발생하고, 희극이 비극을 압도하는 형식으로 형성된다. 아래 인용문은 화자가 지난 시대의 기록 사진을 보면서 웃음을 참지 못하는 장면으로, 심각성도 엄중함도 망실한 사실 기록의 허구성과 연극성을 표상한다.

> 사진 속의 그 죽은 자들은 한결같이 아까와 같은 우스꽝스러운 자세들을 취하고 있었다. 아직 살아 있는 나로선 흉내조차 내지 못할 그런 자세들이었다. (중략) 웃음이 터지고 엉덩이가 들썩거려 도저히 참을 수가 없었던 것이다.
>
> ─ 『내가 사랑한 캔디』, 171쪽

위의 문장은 처참한 주검을 가상으로 마주하는 사진에서 아우라가 붕괴되었음을 시사한다. 사실 재현을 초과하여 복제 기술이 달성한 예술은 현실을 부풀어 오르게 만든다. 기록물과 예술품 사이에서 육안으로 보기 어려운 미세한 표정을 복제했으나 이것이 화자의 웃음을 유발한다. 화자가 근접 거리에서 기록 사진을 응시하더라도 아우라가 붕괴한 이 사진은 제의 기능을 상실한 기록물이다. 캔디가 '희'를 만나면서 이성애자로 변신한 상황을 캔디의 죽음으로 치환하지 않는 한 현실감이 없는 화자는 저 역사적 사건 속에서 최후를 맞은 사람들의 박제된 표정에서도 비극의 역사를 현재화할 만한 방도를 찾아내지 못한다. 사진의 피막에 현상된 군인의 입이 "헤벌쭉 벌어진 채 웃고"(163쪽) 있는 모습을 보는 일조차 "아무 감흥 없이 따분하고 무의미"(164쪽)한 일이 되어버렸다. 죽은 군인의 웃는 입술은

제1부 문화기호의 의미 작용 : 백민석의 소설

표상 그대로 웃는 것일 수밖에 없다. 실제이면서도 그것이 표피로만 나타나므로 진정한 의미를 상실한 재현물, 그 한 장의 가치로 장소성만은 충분히 증명하는 기록 매체에 그친다. 이 사진이 전해야 할 진실이 있다면 우선은 인간의 육안이 미치지 못하는 이미지를 순간적으로 포착[30]했다는 것이고, 다른 하나는 죽은 군인의 웃음이 비극 속의 웃음이며, 이러한 작가 상상력이 비극적 희극인 비희극, 즉 그로테스크극에 연원을 둔다는 점이다. 사진이 "형체가 없는 것의 형상, 얼굴 없는 세계의 얼굴이라는 감각적 모순"[31]을 담아냈기에 화자는 비명에 죽은 군인의 모습에서 전해오는 감정의 모순을 인식할 수가 있다. 웃지 말아야 할 상황에 웃는 화자 웃음의 이면에 겹친 보이지 않는 비극에 시대의 진실은 감춰져 있다. 본질도 진리도 담아내지 못하는 사진의 외면성에서 역사의 선(線)적인 현상은 소멸되며, 전시 가치를 중시하는 대중문화에서 몰역사성을 보고 가는 것은 당연한 절차가 되었다. 사진이 결코 한순간의 진실을 반영하지 못하는 것처럼 캔디가 죽었다고 말함으로써 비로소 캔디를 마음에서 떠나보낼 수 있었던 화자에게 죽음이란 것도 그 자체의 의미를 내포하지 않는다. 그것은 다른 방향에서 삶이 시작되는 시점, 즉 연인의 상징적 죽음으로써만 자신도 과거와 단절하면서 새로운 시작이 가능해졌음을 의미한다. 그러므로 기념물을 전시하듯 박제된 총의 이데올로기는 "이 시대의 전체적인 상징"(165쪽) 중 하나로 존재하면서도 현실감을 망실케 하는 어떤 문화기호에 속한다.

『캔디』의 화자가 "저 꼴사나운 사진들은 당장 내다버리고 무슨 비키니 파티 같은 데 나오는 여자애들 사진이나 갖다 놓으시라고요."(171쪽)라고 분노하는 내심은 비키니나 여자애들이 아닌 사진을 겨냥한다. 비키니 차림

---

30 발터 벤야민, 앞의 책, 46쪽.
31 볼프강 카이저, 『미술과 문학에 나타난 그로테스크』, 이지혜 역, 아모르문디, 2011, 28쪽.

의 여자애들 사진을 내거는 문화를 추종하지 않는 가난한 카페 JIRISAN의 현재는 지난 시대를 소극적으로 전시하는 차원에 머물러 있다. 기억을 과거에 붙박아놓을 뿐 이 시대인에게 사진의 전달 효과를 호소할 방도란 것은 달리 없다. 화자가 어째서 1980년대의 의미를 사진 한 장에 축소해놓고 이렇듯 부단히 소설을 구상하고 있는지 그 단서를 캔디의 이야기 행위에서 찾을 수 있다. 카페에서 새로운 이성 파트너를 만난 캔디가 이전에 화자와 나눈 이야기, 화자에게서 들은 이야기를 조합하여 새 이성 파트너에게 들려주는 "패러디담"에 항의하지 못한 채 화자는 캔디의 목소리를 등뒤로 들으면서 카페를 떠난다. 反長 동현이 경험한 사창가에서의 무용담을 들은 화자가 캔디에게 들려준 내용, 화자와 캔디가 나눴던 구름 기둥 이야기를 섞어 발화자(저자)를 삭제한 후 캔디가 들려주는 이야기는 제각기 다른 두 개의 텍스트에서 조합한 내용이다. 反長-화자 텍스트, 캔디-화자 텍스트에 등장하는 인물 중 화자만이 두 개의 이야기와 관련된다. 캔디는 화자와 구름 기둥 이야기를 나누었을 뿐이지만, 캔디와 이성 파트너가 나누는 이야기를 등뒤로 들으면서 화자는 캔디와 자신이 나누었던 이야기가 패러디되고 있음을 감지한다. 학급 대표를 지칭하는 반장(班長)이 아닌 反長이라고 표기한 데서 보듯이 작가는 이 명칭을 모범생 모델 또는 등급화한 급장(級長)으로 보지 않는다. 이전에 학급이나 반 대표를 지칭했던 級長도 班長도 아닌 反長으로 작가 의식을 대변한다. 말하자면 反長은 상식이 된 반장의 의미에 대한 안티(反) 감정을 기호화한다.

원본을 비틀어 우스꽝스럽게 만든 패러디물을 등뒤로 들으면서 화자는 패러디물에서 '장국영'화한 反長, 캔디가 첫사랑으로 지정하는 진짜 자신은 캔디의 현재에 부재한 인물임을 자각하기에 이른다. 이야기 속에서만 살아남아 무명·익명·가명으로 출현하는, 이제는 과거가 되어버린 숱한 인물들의 이야기는 이렇듯 누군가의 담화에 하나의 텍스트로 기입된다.

주체는 타자의 이야기 속에서 끊임없이 수정되고 변형되면서 분열한다. 그러므로 모든 이야기에 단독저자가 있다는 관념은 전통 방식의 저자론이며, 텍스트는 담화자가 바뀔 때마다 생성된다는 것이 후기적 사유다. 이야기는 필연적으로 누군가에 관한 이야기여서 그때 인물의 면모는 담화자의 화술에 따라 일부가 삭제되거나 보충된다. 바로 이러한 지점에 『캔디』와 『헤이』의 발화 의지가 있다. 전작을 통틀어 쓰는 자의 자의식을 표명한 작품 중에서 『캔디』도 작가되기 서사에서 예외가 아니다. 이 작품은 총을 국가장치의 기호로 내세워 보이지 않는 체제의 폭력적 속성을 암시한다.

이렇듯 작가의 화법은 말할 수 없는 현상을 기호 체험이 가능하게 전환하여 그 표면을 훑게 하면서 의미 작용으로 이끈다. 작가의 상상을 지원한 당대 문화가 상호텍스트로 작품에 들어오는 경위를 살필 때 이러한 점은 한층 설득력을 지닌다. 『캔디』에 이어 『헤이』의 텍스트성은 한층 분열적이다. 『캔디』에서는 작품을 구상하는 데만 골몰했던 화자가 『헤이』에서는 희곡을 쓰는 자로 등장한다. 희곡 텍스트와 실재가 혼용되면서 현실의 가상화, 가상의 현실화로 교란이 발생한다. 상징질서에서 온전하고 고정적인 주체는 성립하지 않으며 '나'는 언제나 '너'에 대한 나다. 뿐만 아니라 너가 나가 되어 말할 때는 주체의 자리인 나마저도 전도된다. 나는 발화자일 때 결정될 뿐이고 상징질서 안으로 들어오는 순간에 분열한다. 나의 언어가 온전히 나의 것으로 이뤄지지는 않으며 나의 언어 영역에는 무수한 너의 언어들이 살아간다. '너'들이 만든 분열된 자아가 나이며 이때 불변의 나는 사라진다. 상징체계에서 주어의 위치가 전도되는 시도들로 점철된 『헤이』가 분열적인 발화 방식일 수밖에 없는 연유를 이런 데서 찾을 수 있다.

이렇게 백민석은 이전 소설의 형식과 유사성을 추구하지 않고 자신의 작품을 전혀 별개의 양식으로 개별화한다. 그렇다 해서 그가 포스트모더니스트들이 마르크스주의의 총체성을 거부한 이유를 추종하는 듯한 의도를 작품에 담아낸 것은 아니다. 반대론자의 담론이 마르크스주의를 비판하는 데로 모아진 것과 그의 작품 미학은 전혀 별개로 작동한다. 이 세계를 총체적으로 설명할 수 없는 이유를 들면서 마르크스주의를 공격하는 포스트모더니스트들을 답습하지 않는다는 얘기다. 그는 다만 이전 문학의 제도적 관습화가 당대인의 다양한 문화 경험을 좋은 것과 나쁜 것으로 분류하는 것에 반발한다. 이전의 양식이 유기성과 총체성을 근간으로 형성된다는 점에서는 같은 맥락의 다른 표현일 수 있으나, 이 세계를 전체로 통합하여 이해하려는 시도가 환상이라는 점을 보여준다. 작가가 그때그때 선택한 언어에 의해 작품의 방향성이 제시되면서 구체성을 띤다는 측면에서 보면 그의 작품을 형식 형성의 열린 작품으로 해석하는 방식에 무리는 없어 보인다.

여기서는 후기 텍스트의 열린 형식을 분석했다. 작가는 좋은 문학과 나쁜 문학의 이분법을 무용한 것으로 보면서 소설 형식을 실험한다. 전통적인 플롯 논리를 따르지 않고 서사의 파편화를 꾀했으며, 원본 개념을 의심하며, 저자의 고유성이 사라진 시대에 단독저자는 부정된다는 점을 패러디담에서 확인할 수 있다. 의미 캐기에 주력하지만은 않는 독법, 형식과 내용의 비분리 원칙, 전도되는 주어의 위치, 글쓰기의 현재성, 스타일화의 의미도 분석했다. 『캔디』에서 예술가의 수행성은 표면 행위와 내면의 감수성을 동시에 내보이는 형식 형성의 과정에 놓여 있다. 이때 유희성과 자기비판을 동시에 하게 되면서 전통예술이 강조하는 도덕성, 균질화한 대중의 미감에 균열을 낸다. 발작적 스타일의 외면화로 웃음을 자아내면서 생소화 효과를 유발할 때 비판적 기능은 정점에 달한다. 총을 든 사내들의 행위가 내면과 분리된 것이 아니기 때문에 형식 형성의 예술이 결코 표면의 예술에 머물지 않는다는 것을 입증한다. 거대사에 기록된 학생운동가들의 투쟁이 매끈한 흑백사진에 담겨 전시되는 문화 현장에서는 사실 기록의 허구성과 연극성이 드러나는 점을 짚어보았다.

　이전 세대의 성과를 분배받기보다 자율을 중시한 1990년대 신진 작가들은 진정한 소설을 고민하는 가운데 주체를 해체하였다. 리얼리즘 시대의 글쓰기가 주체 강화로 지속되었다면, 1990년대의 글쓰기에서는 작가 개인의 언어 운용을 중시하는 자전소설의 등장이 불가피하게 되었다. 작가는 언어의 자의성에 반응하는 하나의 현상이기도 했으며, 언어가 파편적인 만큼 작가가 언어로 옮기는 현실조차 낱낱이 파열된 현상이었다. 백민석은 글쓰기 고민을 담은 소설로 문단에 입문한 뒤에도 여러 편의 작품에서 작가 서사를 선보인다. 사회와 문학과의 거리 조정으로 작품 미학을 쇄신하고자 한 작가의 대열에 선 그는 1990년대 현상을 문화기호로 인지하는 감식안을 발휘하여 자신의 글쓰기가 기존 방식에서 이탈하는 문학 수행임을 입증한다. 주체가 작가로 형성되어가는 과정이 한 편의 소설이 되게 함으로써 이전 시대에 완성된 작가가 누렸던 언어 권력의 지위를 불완전하고 불안전한 것으로 변환해놓는다. 작가는 이제 현상적 언어로 순간적인 감각을 언표하는 과정의 존재로 전환한다.

　이념을 문제 삼던 이성의 시대를 형식 실험으로 돌파한 작가는 『심부름꾼 소년』과 「이 친구를」에 이르러 미시역사를 변주하는 주체로 변모한다. 「이 친구를」은 작가가 밝힌 대로 자전소설이다. 이광수 이후 자전소설이 그 진정성과 이중관념을 의심받아온 것과는 다르나 1990년대 문인들도 자전을 구사하는 일을 당혹스러워하고 있었다.[32] 비루한 개인사를 주관적으로 기술한 글을 자전소설이라 할 수 있는데 작가는 글쓰기의 방법적 고

32　김윤식, 「계간 『문학동네』의 '자전소설'과 그 소설사적 의의」, 『문학동네』 2012년 가을호, 434쪽.

민과 수사적 기능을 최적화할 언어 표현에 집중하게 된다. 하지만 작가는 '자전'이라는 현실성과 '소설'이라는 허구 사이에서 수사적 고민을 이어갈 수밖에 없는 본질적인 조건을 지닌다. 글 쓰는 자신을 독자에게 내보이는 자기 반영이 자전소설 또는 소설가소설인 한 이는 피해 갈 수 없는 필연이 면서 난관이다.

백민석의 초기 소설이 많은 경우 소설(또는 희곡)에 관한 소설인 점으로 미뤄볼 때 그는 전변하는 시대의 글쓰기에서 언어의 기호적 특성은 물론이고, 작품을 하나의 완성물로 여기기보다 자신이 문제시하는 사안들이 무엇으로부터 파생한 것인지 탐문하는 과정의 글쓰기와 그 현재성을 더 중시한 작가다. 생성되어가는 글쓰기는 완료된 것이 아니므로 미완결의 열린 구조이며, 시간이 언어에 개입하는 와중에 그 의미를 반(反)언어화하는 동시성의 언어이기도 하다.

『심부름꾼 소년』은 읽기와 쓰기의 동시성, 일인칭 글쓰기로 고유성을 확보하기 위한 방법적 고민을 다룬다. 31세 화자가 19년 전에 대저택의 심부름꾼으로서 경험했던 내용, 형이라 부르며 지냈던 aw와의 일화를 일인칭 화법으로 써 나간다. 서사 위주로 읽으면 자본 상위계층인 마님·aw와 대비되는 화자의 비루한 실존 조건을 문제 삼게 되지만, 더 구체적으로 일기장이 화자와 aw를 매개하는 과정을 따라가다 보면 소설쓰기의 고민을 담아낸 점을 간파할 수 있다. "내가 진정 집착해야 할 것은 그의 행동거지가 아니라, 그의 일기 문장"(44쪽)이라는 언명에서 보듯이 aw의 문장을 질투하는 화자가 그것을 베껴 쓰는 행위는 그의 문장과 차이를 만들면서 자신의 관점으로 변주한다는 내포 의미가 있다. 이런 점을 1990년대 우리 문단으로 확장하여 주체를 문제 삼는 해체적 글쓰기에 적용할 수 있다.

럭비공을 던졌다 받는 반복적인 작업은 어떤 땐 바보처럼 느껴진다. 공은

제1부 문화기호의 의미 작용 : 백민석의 소설

그저 왔다갔다한다. 거기엔 아무 의미가 없다. 다만 태양이 구름 밖으로 얼굴을 내밀 때면, 내 안엔 어떤 환희가 움튼다.

aw와 공놀이를 했다. 내가 던지면 aw가 받는다. 그 반대일 경우도 있다. 재미있는 놀이다. 이따금 너무 오래 놀아서 지겨워질 때도 있지만, 숲에 빠질 때면 정말 짜증난다.

—『장원의 심부름꾼 소년』, 45쪽

위는 aw의 일기, 아래는 화자의 일기다. 두 사람이 럭비공을 던지며 놀았던 일을 기록하고 있으나 아래의 문장이 위의 문장보다 한층 구체성을 띤다. 화자의 일기는 aw의 그것을 "베낀 문장들"이지만 그 내심을 보면 aw와의 동일화를 벗어나려고 고투 중이다. aw의 일기를 훔쳐봐야만 그와 차이가 나는 문장을 쓸 수 있다는 역설이 부단히 화자의 마음을 움직인다. aw는 걸음걸이마저 완벽하게 보이는 자여서 화자는 그것을 한 달 만에 모사하는 데 성공했다고 자신함으로써 모사를 통한 벗어나기를 부단히 실험 중이다. 초등학교 6학년생일 뿐인 aw가 평소에 '영혼'이란 단어를 들먹거릴 때 무지할 수밖에 없었던 화자를 충격한 것은 그 기이한 단어가 aw의 일기체를 가능케 한다는 점이다. 하여 화자의 일기 쓰기는 aw의 경험과 자신의 그것이 일치할 때 자신이 어떤 문장을 구사할 수 있느냐는 실험적 쓰기 행위와 다를 바 없다. 즉 "같은 일을 놓고 같은 문장 쓰기"가 화자의 "베끼기 연습"이며 이것은 종국에 유희적인 패스티시로 도달할 원저자의 죽음, 그리고 탈신비화로 주체적 글쓰기를 확립해가는 과정에 놓인 화자의 수행성을 대변한다.

두 소년이 같은 일을 한다 해도 동일한 문장으로 행위 결과를 언표할 수 없는 것은 경험의 차이만으로 문장이 달라지지는 않는 데 그 원인이 있다. 두 소년의 일기를 비교해보면 aw는 의미를, 화자는 글쓰기의 즐거움을 추

글쓰기의 현실성과 반(反)소설 형식

구한다. 화자는 aw가 쓴 일기를 읽으면서(독서) 거기에 결핍된 것들을 보충하여 일기를 쓴다(글쓰기). 따라서 화자에게 읽기는 쓰기 참여의 시작 단계와 다름없는 창조적 행위다. 읽기와 쓰기의 동시성에서 의미 작용이 일어나고, 두 소년의 경험 이전에 전제되는 것은 각자 처한 존재의 조건이며, 지각과 감정의 차이, 이것을 표현할 때의 개별적인 언어능력으로 이들의 글은 차이가 나게 된다. aw가 지닌 내·외적인 면모들을 절대적인 표상으로 알고 모사해온 화자의 글쓰기는 결국에 그 절대성의 결핍을 보충하는 차원에서 이뤄진다. 절대성이라는 것은 관념에 불과하기에 화자는 차츰 동일시 환상을 깨면서 부단히 그의 글과 차이가 나는 글쓰기를 실험하기에 이른다. 화자가 닮고 싶은 aw가 동일성 깨기의 대상이 되어 화자 고유의 글쓰기가 가능하게 되고, aw가 화자에게 비동일시 대상인 것은 화자 본연의 주체성으로 aw와 차이 나는 글쓰기를 이어가는 데에 그 원인이 있다.

관점을 바꾸어 aw에 주목하면 그가 흔히 일기에 쓰는 단어 '영혼'을 니체와의 연관으로 이해하게 한다. 니체는 영혼 흉내 내기나 동일시를 불가능한 것으로, 도덕에 복속된 노예 상태의 인간성을 비본래적인 것으로 보면서 도덕으로부터 자유를 주문했다. aw가 "자신의 일기체로 말"(44쪽)까지 하는 자라는 언명에는 aw의 말하기·글쓰기에서 작동하는 영혼의 문제가 담겨 있다. aw의 일기 쓰기가 종국에는 자신의 일기를 훔쳐보는 화자에게 반응하는 글쓰기로 귀결되면서 영혼의 문제가 모사 불가능의 의제로 떠오른다. aw 중심으로 읽으면 화자는 그의 일기를 아무리 훔쳐 읽더라도 영혼까지 베껴내지는 못하는 장원의 심부름꾼에 불과하다. 영혼의 절대성과 고결성을 숭앙하는 사유의 지층이 aw의 일기체에 있다면, 화자의 일기체는 자신의 감정을 투명하게 내보이는 거칠고 조악한 생활문에 그친다. 영혼이 존재의 결핍을 메워준다는 낭만적 인식을 폐기하는가 하면, 일상 잡사야말로 존재의 결핍을 메운다는 작가의 관점이 드러나는 부분이다.

　　　　　　　　　　　　제1부 문화기호의 의미 작용 : 백민석의 소설

인간의 삶을 구체적인 물질 현상과 공간을 바탕으로 사유하면서 백민석은 글쓰기의 현실성을 강화한다.

이렇게 작가는 근대의 경험인 정신주의를 다루면서 그것이 결코 부동의 지위를 지니지 않는다고 말한다. 후기적 사유는 불변의 축과 변화의 축이 상호 전제의 조건이 되어주면서 재구축된다. aw의 정신주의와 화자의 경험주의가 만나는 지점을 모색하는 글쓰기 고민을 다음 같은 일화에서도 엿볼 수 있다. aw는 책과 만화영화에서 본 수령 수천 년의 떡갈나무가 자신의 저택에는 없다고 쓰면서 수직적 시간의 적층을 상상계에서 사유한다. 반면에 화자는 심부름꾼의 소임을 다하기 위해 저택의 나뭇잎을 지겹도록 쓸어내면서 발밑의 낙엽 때문에 감정이 격돌한 상징계에서의 일과를 일기에 쓴다. 감정을 고상하게 치장하지 않고 자신의 경험에 구체성을 부여하는 글쓰기에서 미추의 구분은 의미가 없다. aw는 영혼을 이 세계에 부재한 절대성으로 보지만 화자는 굳이 그것을 모사하려 들지 않는다. 영혼의 절대성을 숭앙하지 않고 그것을 감정이 결핍된 상태의 문제로 보고 있어서 그의 일기체는 aw와 차이가 난다.

위에서 본 몇 개의 경우를 결정화(結晶化)하는 사건이 화자가 10세 이전에 분실한 일기장과 관련한다. 그것을 찾으러 장원을 방문하고, aw가 열흘 전에 죽었다는 소식을 접하며, aw의 서재에서 일기장, 그가 쓴 책 한 권, 럭비공을 찾아 나온다는 내용이 그것이다. 그러나 이것들이 모두 자신의 것이고, 장원을 방문한 일이 마님의 태내에 들어갔다 나온 경험이라고 말하는 작품의 결말을 보면 기호로서 일기장은 "마님의 뱃속"을 암시한다. 태중 언어가 있는 곳이 장원이며, aw의 일기를 베껴 쓴 것도 어머니의 언어를 모사하는 동시에 자기 고유의 어투를 찾고자 한 행위였다.

글쓰기 과정을 자전적으로 쓴 「이 친구를」에는 30세 화자가 등장한다. 때는 1998년이고 『꼬마 한스』를 집필하던 무렵이다. 「이 친구를」을 쓰면서 장편 출간을 준비하고 있었다는 것이고, 그 이전에 이미 『캔디』를 썼다고 밝히면서 실제 작가의 연대기를 공개한다. 작가 스스로 이 세 편의 작품을 자전소설로 분류하면서 두 편의 장편 사이에 누락된 시기를 다룬 단편이 「이 친구를」이라고 쓴다. 이 작품에서 다룬 가난 문제와 하나의 전형으로 대중의 입담에 오르내리며 평가 절하당하는 화자는 『헤이』의 딱따구리 표상이 성장한 듯한 인상을 안긴다. 전작에서 마켓의 물품을 강탈했던 딱따구리의 충동과 비견되는 훔치기 행위를 정당화하면서 화자는 다음처럼 자기분석과 변호를 병행한다.

> 나는 내 행동을 이렇게 해석하고 있었다. 내가 여태 산 판이며 테이프에서 아저씨는 이문을 많이 보았을 거야. 그걸 좀 되찾자는 거지. 돌이켜보면 나는, 이런저런 인간적인 감정에 무감각해져 있었다. 수치도 그랬고, 죄의식에도, 자존심에도 무감각했다. 나는 나에게 주어진 이 새로운 세계가 정확히 무엇을 의미하는지, 이해하고 싶어하지 않았던 것이다. 나를 보고 싶지 않았던 것이다.
> ―「이 친구를 보라」, 144쪽

자기 응시와 분석을 외면하고 싶었던 심리, 내부의 원심력에 의해 차라리 바깥 세계로 격리되고자 했던 심리를 말하는 부분이다. 가난한 탓에 초등학교 때 수치심을 경험한 후 중고등학교 시기를 거치며 여타의 감정에도 무감각해진 문제를 다룬다. 수치·죄의식·자존심 같은 감정들은 자신의 내면을 응시할 때 생기는 것이어서 끝내 외면해야 했다는 언명은 그가 그러한 감정 자체였다는 말과도 같다. 레코드 가게에서 테이프를 훔친 일을 정당화하는 방편으로 점주가 취한 부당 이득을 분배하는 차원에서 훔치기가 가능했다는 논리를 편다. 이는 작가가 이 작품의 초입에 쓴 것처럼 그가 겪은 가난이 공평한 것이 아니라는 측면에서 보면 훔치기도 하나의 상거래임을 뜻한다. 편중된 자본을 분배하는 훔치기의 윤리로 자본 계층 간 분배 문제, 자본의 위계에 수치심마저 저당잡힌 실존의 문제를 다루고 있다.

이런 점을 고등학교 시기에 친구를 사귈 수 있게 한 매개체가 음악이라는 언술과 연계할 때 신세대들을 "미쳐버린 아이들"(145쪽)로 만든 1990년대 대중음악의 파급력이 어떠한 매혹을 지녔는지 짐작하기 어렵지 않다. 미국의 밴드를 "그루피처럼 추종하고 경배"하거나, "파주 미군 기지촌까지 원정을 나가" 음반 헌팅을 하기도 했으며, 심지어 "우리에겐 있지도 않은 음반의 노래들까지 상상해 듣곤" 하면서 추상 세계로 빠져들었던 일을 고백한다. 안위와 안정을 헤비메탈 음악에서 찾았으며, 문학작품 독서도, 수학 문제집 풀이도, 상상력을 고양하는 일도, 자기 성찰도, 사색도 이렇듯 파괴적인 음악이 분배하는 쾌락 감정과 더불어 이루어진다. 1990년대 문화 대중인 화자의 집에 오디오 시스템이 갖춰지고 "소프트웨어적으로 앞서나" 갈 수 있었던 시기가 고3 때이며, 이렇게 조성된 환경은 취직한 누나가 집안에 오디오 시스템을 들여놓으면서부터다. 자기 텍스트를 가져와 말하는 경우를 하나 더 들자면 「음악인 협동조합 2」가 있다. 이는 『16박물지』에 실린 연작소설 중 한 편으로, 헤비메탈을 악마의 음악으로 판단하여 청소년의 어린 영혼을 해친다고 주장하는 보수주의자들에 대한 저항 의지를 담았다고 작가는 고백한다. 게다가 할머니가 돌아가시던 날에 이 연작 소설집이 나왔는데, 대학교 전교생 1,800명 중 부모가 없는 단 한 명의 학생인 화자가 줄곧 할머니와 살아왔다는 정보를 제공한다.

지금까지 살펴본 내용은 자전소설 쓰기의 방법적 고민, 여기에 담긴 작가의 내면 심리다. 자전소설은 자기 반영의 글쓰기이므로 흔히 수사적 기능을 극대화하는 언어를 고안하게 되지만 백민석의 지향은 다른 측면에서 발견된다. 『심부름꾼 소년』에서는 읽기 · 쓰기의 동시성, 일인칭 글쓰기의 고유성을 위한 방법적 고민, 작가가 되어가는 주체, 어머니의 언어를 찾아가는 글쓰기 수행을 볼 수 있다. 생성되어가는 글쓰기가 열린 구조를 만드는 것에 착안하여 차이의 글쓰기를 말하고 있으며, 상호 대응항으로서 영혼/감정의 문제도 긴요한 주제다. 의미를 추구하는 글쓰기를 관념·영혼 중시·이성적으로 보는 반면에 즐거움을 추구하는 글쓰기는 구체적 경험과 감정을 중시한다는 측면을 담고 있다. 자전소설 「이 친구를」은 자본 하위계층이 평가절하당하는 경우를 들면서 자기분석과 응시를 외면하고 싶었던 심리를 이야기한다. 구체적이고 솔직한 언어 구사로 작중 고독한 화자와 친구를 매개해준 헤비메탈이 성장기에 위안이 되었다고 밝힌다. 『심부름꾼 소년』과 「이 친구를」에 담긴 것은 메타적 고민과 계층 문제를 자본 분배의 법칙으로 풀어나가려는 작가의 의지다. 이렇듯 작가는 초기작에서 태생 문제를 다룰 때부터 계층 구조에 착안했으며 이후에도 다양한 권력들과 그 생산 관계에 주목하였다.

기억의 균열, 상상력의 틈입

『올빼미농장』은 작사가인 화자가 복원하고자 하는 자장가가 문자 기록물이 아니라는 점 때문에 복원 과정에 끼어드는 창작자의 상상력과 언어 운용 문제를 크게 두 개의 관점에서 다룬다. 하나는, 수신지는 화자의 거주지와 일치하고 수신자가 불일치하는 모자의 편지를 두 번 받은 일이다. 발신지를 여행지로 삼아 모자의 거취를 추적하는 과정에 어머니 언어의 복원 문제가 중첩된다. 또한 자장가 가사 복원 작업에 기원과 기억의 문제가 개입하는가 하면 점차 지대해지는 상상 영역을 초점화하기도 한다. 화자는 대중음악 제작에 종사하며, 인형은 화자가 성장기 때부터 같은 베개를 베고 동거해온 헝겊 소재의 인공물이다. 인형은 화자의 혼잣말을 들어주고 요구도 즉자적으로 받아들여 행동하(는 것처럼 화자가 인식하)는 화자의 이마고다. 타인에게는 아무런 영향력이 없으나 자장가를 듣던 시절부터 화자와 동거해왔으며, 작가는 이 인형을 거울단계 이전의 불완전한 자아를 해명하는 데 활용한다. 어린 자아가 거울에 비치는 자신의 모습에서 통일상을 획득하기 전 단계에서는 자신이 손을 내밀어도 거울 속 이미지가 자신의 손을 잡아주지 않으나 어느 날 거울상과 자신을 동일시하게 되면서 정체성의 혼돈을 벗어난다. 이때가 거울단계다.

화자의 기억 복원 과정에 개입하는 헝겊 인형은 이 단계 이전 어머니와의 유대를 회복하려는 시도를 반영한다. 그러므로 거울단계 이전의 화자에게 거울상은 헝겊 인형과 다름없는 대상물이다. 거울 속의 대상물이 '나'를 바라보는 것을 다시 내가 응시하는 변증법으로 주체는 결국 통일된 상을 얻게 된다. 화자는 자신의 형상인 헝겊 인형에게 혼잣말을 하면서 성장 마디를 공유하고, 차츰 자장가 가사를 기억해내기 시작하며, 기억의 빈틈을 상상이 메우면서 자장가가 복원된다. "한 글자도 더하지도 빼지도 않고 꼭 내 기억만큼"(54쪽) 인형도 기억하고, "자장가가 총 몇 구절"인지도 똑같이 기억하지 못한다. 이 말은 동시대에 태어나 성장한 자들의 기억 속에 있다가 누군가의 "입술과 혀가 그것을 뱉어내듯 읊조리기 시작"(60쪽)하지만 끝내 "완전한 버전인지 아닌지는 모르겠"(192쪽)는 노래가 자장가임을 뜻한다. 더구나 자장가를 불러줬을 상징 모성은 오래전에 고인이 되었고, 어린 자아가 들었던 자장가는 필연적으로 졸면서 듣는 노래였다. 잠과 꿈과 자장가의 상호작용에서 명징한 것은 그 무엇도 없으며, 화자가 기억해낸 자장가 가사는 몽상·잠꼬대·웅얼거림과 유사하다.

그러므로 자장가 가사는 작사가인 화자의 단독 창작물이 될 수 없고 '인형', 동료 '민'과 함께할 때 한 줄씩 떠올라준 공동 창작물이라는 표현이 진실에 더 가깝다. 언제나 불완전한 노래이며, 그 어떤 가사를 콜라주한다

해도 저작권을 문제 삼지 않는 노래다. 기억이 축적되는 과정에 차이와 변종이 생기지만 창작자의 이름은 불명에 묻힌다. 배경음으로 바흐의 곡을 깔아놓고 여고생 신인 가수에게 이 자장가 가사를 읊조리게 하면 서양의 고전과 현대의 컬래버레이션으로 기이한 음악이 탄생한다. 그런데도 화자는 자장가의 마지막 소절이 끝나는 지점도, 가사의 의미에도 무지하다. 청중도 그것이 자장가인 줄 모르고, 화자가 '민'에게 들려줬던 자장가가 여고생이 무대에서 읊조린 바로 그 자장가라는 사실을 알아채지 못한다. 그저 "오늘 들은 레퍼토리 중 하나로만 여길"(191쪽) 뿐이고 그것을 곧 잊게 될 거라고 화자는 확신한다. 그는 요람의 언어인 자장가 복원 작업과 '창작'이라는 전통 방법론이 만나는 지점을 30대 초반이 되어서야 알게 되었고, 마침내 어머니와의 유대를 끊고 자아 정체성을 확립하기에 이른다. 물이 차오른 들샘에 인형을 던져넣음으로써 화자는 어머니와 자아를 분리하는 동시에 뒤늦게 거울단계로 진입한다. 어머니의 언어를 찾아냈기에 "서른이 넘은 사내에게 자장가가 무슨 소용"(181쪽)이냐며 상징계의 발언을 하기에 이른다.

> 내가 없으면 자장가도 못 찾을 텐데?
> 이런 식으로 끝낼 순 없잖아?
> 그렇잖아? 마음을 고쳐먹어.
> 시끄러.
> 날 버리면 엄마한테 이를 거야.
> 아빠한테도 이르고. 형한테도 이를 거야. 형은 무섭지?
>
> ─『죽은 올빼미 농장』, 180쪽

화자와 인형의 분리는 자신의 이마고를 모태로 회귀시키는 일과도 같다. 자장가를 기억해내면서 모태의 복원이 가능했던 만큼 들샘에도 다시금 생명수가 차올라야 한다. 어머니의 언어를 찾아 여행을 한 화자는 그 언어를 현재 자신의 언어와 일치시킬 수 없는 이치를 각성하게 된 것이다. 어머니와 분리된 자기 자신을 최초로 보게 된 때가 거울을 통한 것이었음을 기호화한 장소가 들샘이며, 기원은 텅 빈 것임을 시사한다. 이 세계는 『올빼미농장』에 박힌 "빨간 다라이"의 원재료인 플라스틱이 지닌 성질처럼 무한히 변모한다. 기원이나 기억의 온전성을 믿는 일은 이것을 완결품으로 보는 관점을 따른다. 빨간 다라이가 플라스틱의 기원이 아니듯이 인간의 기억은 플라스틱처럼 변모하면서 다시금 주조되어 전혀 다른 상상을 만들어낸다.

작가는 이렇듯 조각난 플라스틱이 밭에 처박힌 상징화로 기원의 폐허를 말한다. 문화기호인 플라스틱은 자연에서의 이질적인 현상으로서 텍스트성을 지닌다. 과학적 추론으로 객관성을 입증하는 일이 아닌 문학적 추론으로 의미 작용을 찾을 때는 자연현상도 문화기호의 범주에 든다.[33] 자장가의 기원을 찾고자 하는 화자에게 어머니라는 '자연'과의 관계를 폐허로 돌려놓는 것이 이 문화기호다. 이런 점으로 미루어 어머니의 언어를 복원하려는 화자의 시도는 인간의 언어가 모태를 그 주소지로 한다는 점을 시사한다. 그의 주소지로 도착한 편지는 어머니의 언어이지만 이것을 찾아나선 올빼미농장의 탐색자는 그 무엇도 확언할 수가 없다. 지적도를 관리하는 관청도, 농장 주변의 인물들이 제공하는 정보도 정확성이 떨어진다. 해프닝 같은 일들이 이어지면서 오직 화자의 기억 작업을 통해서만 모어의 복원 가능성이 열려 있다. 두 통의 편지에 들어 있는 일화들, 죽은 올빼미농장으로 이름이 바뀐 경위 등은 화자의 불완전한 기억에 틈입하는 상상력으로 보충된다.

---

33 송효섭, 앞의 책, 36쪽. 저자가 퍼스의 관점을 피력하는 부분.

작사가의 글쓰기 욕망을 기원의 언어를 찾아가는 방식으로 형상화한 이 작품은 작가가 등단 초기부터 고민해온 문제를 다양한 문명적 사건들로 제시한다. 어머니의 언어를 복원하려 시도했으나 많은 경우 상상에 의존해야 하는 경우를 들면서 이마고로 무의식화된 자아와 어머니 간 연합과 분리를 그려낸다. 20~30년이 경과하면서 농장이 황폐해지고 샘이 말라가는 동안에도 거울단계 이전 어머니의 언어는 화자의 기억에 무의식화되어 있다. 농장에 박힌 플라스틱 조각이 현재와 과거를 매개하는 와중에 어머니의 시간이 사라져버린 것을 환기하고, 아직 살아 있기에 기억을 추궁하는 화자는 어머니의 언어를 자신의 혼잣말과 동일시한다. 하여 두 통의 편지는 "나온 곳도 없고 들어갈 곳도 없는"(102쪽) 것이기에 모어를 구체화하려는 화자의 욕망이 그러하다는 의미로 읽을 수 있다. 하여 그의 자장가 불러내기는 인형과 함께 들은 어머니의 언어를 기억해내려는 작업의 일환이다.

화자의 꿈에 들샘이 나타나면서 이 모든 일들이 한낱 꿈작용일 수 있음을 이 작품은 시사한다. 인형과 더불어 복원해낸 자장가의 내용이란 것도 어머니의 자장가와 화자의 혼잣말이 섞였을 수 있다는 점에서 완벽하게 기원의 자장가는 아니다. 기억만으로는 과거의 언어를 온전히 복원할 수 없고, 말하는 자와 듣는 자의 대화 관계에서만 기억의 실마리를 찾아낼 수가 있다. 자장가 되살리기와 관련한 작가의 수행 방식이 인형과 대화 나누기, 어머니의 언어 찾기로 표명되는 점을 보면 앞의 경우는 자장가를 기억과 상상의 혼합물로, 뒤의 경우는 화자가 생각해냈거나 생각해냈다고 믿고 싶은 새로운 증상이 추가되는 경우를 함축한다. 작사가인 화자가 가사의 일부를 콜라주하기만 해도 대중문화 상품의 윤리를 문제시하는 세태에 화자가 기억해낸 자장가 가사가 오롯한 창작물이기만 한 것인지 작가는 묻고 있다. 『올빼미농장』은 노래 가사의 고유성을 확립하려는 문화상품

시대에 자장가를 복원하는 작업을 통해 한 사람의 작가에게 내재한 기원의 언어를 질문한다. 그리고 그것이 기억하기 · 생각하기 · 이야기하기 · 창작하기 등으로 과거를 되살리는 혼돈스러운 방식임을 전한다. 이 작품의 지향이 초기작과 맞닿는 지점에서 작가에게 고유한 언어의 자질이 무엇인가라는 질문은 중요한 의제일 수밖에 없다.

앞의 내용을 정리하면 『올빼미농장』은 기억 복원 과정에서의 상상력과 언어 운용 방식을 다룬다. 모어를 찾아가는 여정에 기원과 기억의 문제가 끼어들기 때문에 자장가 가사의 재현은 결코 온전한 기억의 집적물은 아님을 시사한다. 기억 재생과 공동 창작만으로는 불가능한 것이 자장가 가사 복원 작업이며 그 빈틈을 상상력이 메워준다. 모어를 회복해야만 가능한 자장가 가사 복원 작업은 오이디푸스화 이전 단계를 회복하는 일이기도 하다. 거울단계 이전의 불완전한 자아가 오이디푸스 단계로 이행하기 전에 모어와 유대하는 경험이 실패로 귀결되면서 이마고로 무의식화된 자아와 어머니 간 연합이 불완전하게 이뤄진 것이다. 이 작품에서 주요 인물들이 대중음악 제작자들이라는 점에서도 드러나듯이 작가의 글쓰기는 문화기호를 근간으로 변주되고 있다.

3. 삶과 글의 섞임, 비트의 섬광

1990년대는 문학론과 문화론의 교차 지점을 상정하는 일마저 문학의 위기설을 들추는 것이어서 문학장에서의 논의를 불상사로 여기는 시대였다. 2020년대 중반기를 향하는 지금은 문화론의 한 갈래인 매체론이 문학을 논의하는 자리에서 강력한 의제로 떠오른다. 1930년대 전후 벤야민이 기술복제 시대를 예견하면서 매체의 확산을 사유한 이래 지금은 디지털 기술의 혁신으로 인간의 지능을 능가하는 생성형 인공지능도 글쓰기의 주체로 부상했다.

백민석은 문학이 지닌 능력과 그 생산성을 중시하면서 언어가 생생히 살아 있음을 증명한 작가다. 급변하는 1990년대 역사 · 정치 · 경제 · 문화의 소용돌이 속에서 후기자본주의 체제가 생경하면서도 매혹적인 삶의 조건이 된 상황에서의 발화를 해체적으로 수행한다. 기술 진보로 복제 기술도 성숙 일로를 걸어갈 미래 사회에는 생산성을 지닌 작가가 필요할 것이라고 한 벤야민의 통찰이 때마침 주효한 시대였고, 작가는 1990년대 이후의 디지털 테크놀로지 문화와 문학 간 생산 관계에 예민하게 반응했다. 진보하는 기술과 매체의 다양성 때문에 문학이 위기를 맞을 것이라는 부정적 전망에 갇히지 않고 문학은 오로지 문학이어야 한다는 당위성을 일깨운 백민석 작품은 다분히 벤야민의 전망을 내면화한 듯 보인다. 그는 진보하는 기술력의 실물인 타자기나 워드프로세서를 활용하여 생산성을 높인 기술-실천적 주체라 할 수 있다.

작가는 기술 계열체와 결합한 기계(器械)적 기술(記述)의 주체로서 디지털 기기로 글을 썼다. 『캔디』에서 동시간대의 장소에 타자기 · 펜 · 원고지가 병치된 것을 보면 타자기는 상징계의 기호로 보편화하기 시작한 시대의 글쓰기 기구이면서 펜과 종이를 대체하는 필기구이기도 하고, 다른 한편으로는 펜과 종이만으로도 글쓰기가 가능한 시대의 표상이다. 『헤이』 시대에 이르러 워드프로세서로 언어를 자유롭게 조작할 수 있게 되었으나 상징질서에 속한 문자의 한계에 갇히게 되는 것은 펜으로 글을 쓰는 경우와 별반 다르지 않다. 그런데도 이 작품의 워드프로세서에 주목하는 것은 이 필기구가 자동사적 글쓰기 수행을 가능케 하는 데 그 이유가 있다.

K는 다시 워드프로세서를 돌아본다. 손가락들이 다시 발광하기 시작했을 때, 마구, 자판 위, 80개 키들 위에서 발광하기 시작할 때, 미친 듯, 그것들

이 춤추기 시작할 때… K는 체머리를 흔든다. 뭘까, 무엇이 내 워드프로세서에 저것을 찍어놓고 갔을까? 다시, 손가락들을 내려다본다. 열 손가락들이 나직이 뭔가에 대해 속삭이듯, 꿈틀, 한다.

—『헤이, 우리 소풍 간다』, 12쪽

요즘엔 내 열 손가락들이 내가 생각지도 못했던 문장들을 워드프로세서에 찍어놓곤 해… 알겠니? 몽유병 발작, 자다 말고 일어나 워드프로세서를 켜고는 아무 문장이나 거기에 찍어놓는 거야, 나도 모르는 새. 내 열 손가락들이 나완 상관없이 제멋대로… 내가 미쳐가고 있다는 걸까, 내가 점점… 요즘엔.

—『헤이, 우리 소풍 간다』, 286쪽

글쓰기가 고도의 정신 활동이라는 기존 관념이 파열되면서 손가락들의 운동으로 격하되는 장면이다. 자동사적 글쓰기가 정신 활동이기보다 물질성이라고 한 키틀러가 니체를 인용하면서 자동사적 글쓰기를 관통한 경우를 참고할 수 있다. "내 펜만 이 종이 위에서 사각거릴 뿐이다. 나는 글을 쓰면서 생각하는 것이 좋은데, 말하거나 글 쓰지 않은 우리의 생각을 물질에 새겨넣는 기계가 아직 발명되지 않았기 때문"에 잉크병 · 원고지 뭉치가 자신 앞에 놓여 있다는 것이다. 니체의 글쓰기 장면에서는 도구—글쓰기 기구와 가위 · 요강[34]—만이 부각되며, 텍스트를 의미화하고 정신화하는 방법론이란 것은 없다. 그저 고독할 뿐인 작가는 번역자도 필사자도 해석자도 아니다. 펜이 사각거리는 소리만이 이전에 기술된 적이 없는 글

---

34 가위와 요강이 자작품을 자르거나 배설한다는 비유일 때 이것은 진보적 글쓰기로 고상한 글쓰기를 폐기한다는 의미가 있다. 이런 점을 푸코가 계승하여 글의 권력을 파기하는 차원에서 원고를 모두 불태워 자신의 글을 남기지 않으려 했으며, 이론 체계를 세워이 세계를 일원화하는 방식에도 저항했다.

글쓰기의 현실성과 반(反)소설 형식

쓰기의 색다른 기능, 즉 글쓰기의 물질성을 입증한다. 여기에 더해 키틀러는 니체의 글쓰기가 완결성보다 과정을 중시하는 글쓰기, 어떤 보상도 위안도 없는 글쓰기 행위 자체의 순수성, 소리 자체의 물질성일 뿐인 글쓰기, 자아를 소거했을 뿐만 아니라 악취까지 나는 정신이 사라지는 동시에 사망하는 저자, 작품을 산출하는 글쓰기가 아닌 글쓰기의 영도, 즉 작가의 단순한 수행성을 기술한다고 해석한다.[35]

『캔디』에서 글쓰기 도구는 디지털 매체가 대중화하기 이전의 산물인 타자기다. 『헤이』에서는 온라인 기반의 글쓰기 도구가 보편화하기 시작한 무렵을 반영한다. 이 작품에서 워드프로세서 모니터가 화자의 언어를 상징질서에 묶어놓지 않게 된 것은 상상계의 지원이 있기에 가능하다. 나-희곡작가라는 이중 정체성은 상징계에서 조합되지만 글쓰기 수행에서는 상상계가 부상하면서 상징언어의 제약과 구속을 벗어나게 되고, 언어가 분열적으로 생산된다. 부조리극이나 상황극처럼 해답 없는 삶의 국면들이 다성적으로 제시되기도 한다. 서로 다른 시간과 공간에서 동시에 울려나오는 목소리를 문자기호로 서술하려는 작가조차 분열적이어서 안정된 면모를 지니지 않는다. 실제 작가는 객관적 재현의 불가능성을 알고 있기에 자기 주관이 수시로 작품에 개입하지만 자아가 과잉되면서 동시에 그것을 의심해야 하는 상황이 반복된다. 문자기호의 돌발적 발현과 작가의 시각적 반응이 동시에 이뤄지는 글쓰기 과정에 문자언어로는 따라갈 수 없는 기계적 속도가 지배한다. 이때 기계와 손가락의 결합으로 물리적 운동이 일어나면서 기표가 과잉된다.

워드프로세서 모니터의 빛 반사가 전기적 현상인 점을 보면 『헤이』의 초

---

35 프리드리히 키틀러, 『기록시스템 1800 · 1900』, 윤원화 역, 문학동네, 2020(1판 3쇄), 316~320쪽.

제1부 문화기호의 의미 작용 : 백민석의 소설

입에서부터 작가의 글쓰기는 비트(bit)의 세계와 결연해 있다. 문명의 기원에 인공 빛이 있다는 가설은 백민석 작품에서 현상으로 그치지 않는다. 기술 진보에 맞물린 자본의 절대성, 노동과 계급 문제, 만인 간 권력투쟁에서 인간 개체를 괴물로 만들어버리는 비가시적인 권력 구조, 절대 진리였던 역사의 종언을 알리면서 세기말의 공포 속에서 성상 파괴를 자행하는 인물의 행위에 100여 년간 진보해온 전기 기술의 산업화 기획이 은폐되어 있다. 1990년대 문학이 지닌 문화적 내면에 대한 분석적인 통찰을 거치다 보면 문학 양식도 진보하는 기술에 반응하면서 전변한다는 사실을 확인하게 된다.

1990년대를 호명할 때 '문화'라는 기표가 흔히 따라붙는 것은 이 시기 우리 사회에 후기자본주의 기획 아래 쇄도한 포스트모던 기류가 이 세계를 매혹적인 물질성으로 나날이 일신시킨 데 그 이유가 있다. 백민석 소설이 위치한 곳은 문명적 사건과 대중문화의 현실을 변형하여 반영하면서 그 파장을 실감케 하는 곳이다. 대중문화에 대한 반(反)명제를 제출하면서 저항이나 반발의 자세를 취하기보다 문제의 지점을 찾아가는 과정을 열어놓고 새롭게 경험하게 하면서 무수히 질문을 품게 한다. 게다가 그의 작품은 기호의 속성이 그렇듯이 의미를 온전히 해독할 수 없고 끝내 불확정적인 것으로 남기도 한다. 그런데도 텍스트 읽기의 가능성은 열려 있는데 그 방법론 중 하나가 후기적 사유와 문화기호를 바탕으로 읽는 것이다.

백민석 작품의 문화기호들은 첨단 테크놀로지와 불가분의 관계에 있다. 디지털화한 문화가 백민석 세대의 글쓰기 양식이기도 하므로 그의 작품이 문화산업에 대한 저항이냐 긍정이냐는 질문을 유발한 것은 당연해 보인다. 하지만 더 중요한 것은 작가의 글쓰기가 어느 한쪽을 지지하는 것이 아니라 그것을 드러냄으로써 해체하는 사유 과정을 밟아나간다는 점이다. "포스트모더니즘의 입장을 취하는 후기구조주의자" 리오타르가 말했다시피 디지털 문화는 미국과 유럽 등 선진 자본주의 국가가 주도했고, 사회가 과학화 · 컴퓨터화로 급격히 기술이 진보하면서 과학기술이 한층 깊이 언어에 관여하게 된 데 원인이 있다.[36] 동서 냉전 말기인 1989년에 R.레이건이 "전체주의라는 골리앗이 마이크로칩이라는 다윗에게 무너질 것"이라고 상징적 발언을 한 뒤 1990년대에는 인터넷 확산의 여파로 '사이버 유토피아'가 등장한다.[37] 문화 자본은 문화가 만인을 평등하게 한다고 표방하면서 소비자본 체제로 대중을 끌어들였다. 자본을 투여하여 누릴 수 있는 대중문화를 일상화하고 그것을 삶의 원리로 표방하게 되면서 예술 향유자가 이전에 지녔던 고상한 정신은 평균치로 조정해야 할 대상으로 지목된다. 예술 담론의 무게가 자본의 효율 쪽으로 편중되면서 미학 원리, 미적인 경험과 정신은 문화 자본의 대중 정신에 포섭된다. 자본과 포스트모더니즘의 관계를 "포스트모더니즘은 자본주의가 한 단계 더 발전한 형태"[38]라고 요약한 프레데릭 제임슨의 언술을 참고하더라도 "무한히 열린 가능성"[39]으로서 이전의 닫힌 세계를 열림으로 전환한 세계자본의 흐름 중 하나가 기술력으로 디지털화한 포스트모더니즘의 내면인 것은 분명해 보인다.

1990년대는 사회문화의 급격한 변화만큼이나 작가 내면의 동력이 가팔랐던 시기다. 급변하는 세계의 어떤 면모를 언어화할 것을 재촉하는 외부의 자극이 백민석의 글쓰기 동인으로 작용했을 것으로 보인다. 푸코가 직관했듯이 한 시대의 에피스테메는 당대인의 의식적인 결정이나 선택이 아닌 급격한 균열에 따른 "미세한 틈(클리나멘(clinamen, 역행점))"[40]에 의해 생긴

36 마단 사립,『후기구조주의와 포스트모더니즘』, 전영백 역, 서울하우스, 2012(3쇄), 217쪽.
37 전치영 · 홍성욱,『미래는 오지 않는다』, 문학과지성사, 2019, 85쪽.
38 이정호, 앞의 책, 4쪽.
39 베르너 융, 앞의 책, 11쪽.
40 피에르 빌루에,『푸코 읽기』, 나길래 역, 동문선, 2002, 64쪽.

다. 이전의 삶이나 가치관과 급격히 단절되는 경우를 푸코는 에피스테메라는 용어로 설명했다. 이는 인간에게 주어지는 하나의 문화나 그 시대를 대변하는 지식들이 '이전' 것이 되면서 급작스레 '이후'의 문화나 지식이 도래하는 현상을 이른다. 재현의 리얼리즘이 이전 시대를 주도했으나 백민석은 재현의 언어와 사물을 분리했던 방식에 균열을 내면서 문화적 사물과 현상들을 배열하듯이 기호화한다. 소설의 고유성과 개별성을 판별하는 요건은 그의 작품에 노출되는 현실사회에서의 갈등이 무엇에 기인하는지 첨예화하는 방법론을 살필 때 찾을 수 있다. 그럴 때 이것이 미메시스의 경직성을 깨는 요인이면서 백민석 세대가 체험한 사회문화 현상이기도하다는 점, 나아가 문화적 파장 안에 있는 이 같은 문제들이 문학중심주의 사고만으로는 풀리지 않는다는 것, 그렇기에 잡다한 문화 양식과 기호들을 배치하여 문화와 문학을 상호 포함 원칙하에 사유했다는 데서 백민석 문학정치의 급진성과 그 의미를 확인하게 된다. 이는 작가가 문학의 인접 장르인 사진·연극·영화·대중음악 등과의 공속 관계를 지향하면서 문학중심주의를 해체했음을 의미한다.

등단작 「캔디」에서부터 소설을 구상하는 문학전공 대학생을 내세워 당대 문화 현상을 기호화하면서 이전 시대와 연속성이 없는 문학 형식을 선보인다. 이 소설의 초입에는 포르노그라피의 시청자인 동성애자 두 명이 등장한다. 이들과 현실이라는 대상 사이에 문화기호인 비디오테이프가 놓여 있고 이들은 그것을 응시 중이다. 『헤이』에서는 서울에 컬러텔레비전이 첫 방영된 시기, 워드프로세서 모니터의 빛 반사, 밤낮 꺼질 줄 모르는 편의점의 불빛, 관광객을 태우고 달리다 고장이 나서 한 달째 방치된 버스, 고속도로를 달리는 물류 트럭 등 빛의 속도로 진보하는 빛 문명 속의 도시 풍경을 괴기스럽게 그려낸다. 이동과 속도의 시대를 반영하는 고장 난 버스와 그 속에 갇힌 사람들이 죽지도 못하는 좀비처럼 버스 창유리에 달라

붙어 있다고 상상하고, 노파 살해자, 편의점의 물품을 훔치는 자들을 환히 비추는 빛의 제국에 딱따구리가 문명의 야만성을 표상하는 기원으로 첫 출현을 한다. 편만한 빛 아래 눈조차 제대로 뜨지 못했던 경험은 시간이 경과하면서 해소되고, 종국에는 태양을 똑바로 올려다볼 수 있게 되면서 인공빛에 완벽하게 적응하는 문명 속에서 아무렇지 않게 살아가게 될 인류의 적응력을 딱따구리 기호가 표상한다.

　타자기를 소지하게 되었으나 구상 단계에 머문 채 소설 형성 과정을 펼쳐낸 『캔디』, 워드프로세서 운용자인 글쓰기 주체의 분열적 생산 방식을 파편적으로 구성한 『헤이』에서 자동화한 글쓰기는 다음 같은 양태로 전개된다. 두 작품에서 글쓰기 기계들을 '총' 기호와의 연관으로 읽을 때 그 특이점을 키틀러가 타자기를 '담론기관총'[41]이라 칭하면서 자동화와 분절화 단계가 기관총의 탄환공급 장치처럼 이뤄진다고 한 내용을 참고할 수 있다. 자동화는 자동사적 글쓰기로, 분절화는 탄창에 장착된 탄알, 그리고 타자기의 철자들을 손가락이 누르는 작동 방식의 유사성으로 그 의미를 유추케 한다. 니체가 타자기를 사용하면서 글쓰기가 '논증에서 아포리즘으로, 사유에서 언어유희로, 수사에서 전보 문체로'(364쪽) 바뀐 사실은 필기 기구가 그의 사유와 동시에 작업하는 것임을 뜻한다. 더불어 그는 인간은 "어쩌면 사유 기계, 글 쓰는 기계, 말하는 기계일지도 모른다"(345쪽)면서 자신이 쓰는 타자기를 두고 인간의 진화가 기계적 기억을 창조하는 데로 향하고 있다고 논증하기도 했다(374쪽). 무엇보다 니체의 기계적이고 자동적인 글쓰기가 전통적인 펜(pen) 중심주의를 철회하면서 "철학에서 문학으로, 텍스트 재독에서 순수하고 맹목적인 자동사적 글쓰기로 이

41　프리드리히 키틀러, 『축음기, 영화, 타자기』, 유현주 · 김남시 역, 문학과지성사, 2019(2판 1쇄), 349쪽. 이하 이 책의 인용은 본문에 페이지를 병기.

　　　　　　　　　　　　제1부　문화기호의 의미 작용 : 백민석의 소설

행"(367~368쪽)한 점은 키보드를 눌러 문자언어를 재창조하는 과업을 글쓰기 수행으로 보여준 백민석의 경우, 그리고 글쓰기를 완결성이 아닌 쓰기와 지우기를 반복하는 과정으로 본 후기구조주의자들과 상통하는 부분이다. 글 쓰는 인간 형상을 새로이 만들어가는 정보기술, 인간의 사유와 동시에 필기 기구가 자동사적 글쓰기 수행을 하는 장면은 백민석 초기 소설의 지향을 되새겨보게 한다. 자신이 인지하기 전부터 불특정의 정신 경향을 손가락 운동이 전담하게 되는 기계적 기술 과정이 그것이다.

우리 문단에서 타자기로 글을 쓰는 이른바 '타자기 문학' 시대의 시발점에 백민석 작품이 있다고 하기는 어려우나 원고지와 담론-기계가 공존하는 가운데 후자로 대체되어가는 시기에 그도 소설 쓰기에 입문했다고 보는 데는 무리가 없다. 이렇듯 백민석이 다루고 있는 문화기호들이 글쓰기수행에 막중한 벡터인 만큼 표로 정리해둔다. 이는 작가의 문학 수행이전기 전자 기술력의 진보와 행보를 같이하는 것임을 단적으로 내비치는부분이다.

백민석 작품(1995~2003)의 문화기호와 글쓰기 기호

작품명	미디어 기호	디지털 테크놀로지 기호	읽기·쓰기 기호
내가 사랑한 캔디	비디오·영화·사진		타자기·원고지·펜
헤이, 우리 소풍 간다	컬러텔레비전·만화영화	빛·휘점·레이저빔·홀로그램·3D 입체영상	워드프로세서
16믿거나말거나 박물지	갤러리·대중음악	빛·홀로그램·레이저빔·3D 입체영상	
불쌍한 꼬마 한스			도서관·원고지·책·생선가시·고양이
목화밭 엽기전	컬러텔레비전·포르노 필름		

장원의 심부름꾼 소년	컬러텔레비전		일기장
죽은 올빼미 농장			편지 · 자장가 가사

1990년대 백민석 문학은 빠르게 변하는 미디어 매체 환경에서 문학 생태를 조성한 탓에 독자에게 불쾌감과 난해함을 안기면서 합당한 평가를 받기가 어려웠다. 문화기호로 작품에 접근할 때 문화는 일상의 형식으로 편재하는 것이어서 각별한 의미 부여가 곤란한 측면이 있고, 문화의 하위 개념으로서 문학연구는 전도된 가치를 창출할 것이기에 문학 연구자의 윤리 측면에서 온당치 않은 면도 있다. 백민석 작품에 등장하는 텔레비전 · 영화 · 홀로그램 등의 문화기호들은 우리가 눈으로 경험하는 현상으로서 이 사물들의 매체적 특성과 첨단 기술력을 여실히 담보하지만, 문학이 매체론을 포괄하는 생산 활동이라는 방향으로 논의가 진행될 소지가 있는 만큼 기술 진보의 문제를 문학연구에 동반하기에는 매우 조심스러운 면이 있다. 하지만 작가의 세계관이 애초에 인간이라는 자연과 빛 문명의 관계에서 발아했을 뿐만 아니라 후속 작품에서도 이러한 문제를 집요하게 질문했다는 사실은 불변한다. 더구나 인공 빛에 익숙해진 문명인이 그 빛을 보지 못한다는 역설 속에는 보이지 않는 전기의 막강한 능력이 숨어 있다. 따라서 문학의 정통성을 고수해온 관점으로는 전변하는 문학의 변이체를 수용할 만한 의식이 부재할 수밖에 없고, 같은 이치로 대중에게도 지금 이곳에서 일어나는 전기 현상을 분열적으로 다룬 작품을 수용할 만한 의식 기반이 갖춰져 있지 않았다. 그런 와중에도 중요한 것은 언어가 본래 문화적이어서 당대 문화를 통해서만 그 기표를 해석하여 기의를 추정할 수 있고 이것이 백민석의 초기 소설이 중요한 이유이기도 하다. 그는 변화하는 과학기술의 증후를 예민하게 포착하여 문화기호의 암시적 특성으로 이 같

은 점을 꾸준히 제시해왔다.

초기작의 해체적 특성은 등장인물의 전자적 글쓰기에서 여실히 드러난다. 『캔디』『헤이』『16박물지』는 잡다한 문명적 사건들을 현상할 뿐만 아니라 기표의 과잉, 서사의 결렬, 인물의 정체성 분열도 극심하다. 이 시기의 현실사회는 제3차 산업혁명의 글로벌 네트워크, 디지털화한 산업, 3D 입체 영상, 미디어 매체의 대중화가 전 세계적으로 확산한 무렵이고, 퍼스널 컴퓨터가 작가의 생산성을 제고한 것은 물론이고, 독자의 지위가 급부상하면서 작가·독자 간 쌍방향 소통이 가능한 PC문학 담론이 제출되었던 무렵이다. 매체 환경의 급격한 변화로 작가는 이전 시대의 인식 논리를 지키려는 독자만을 위한 이야기 제작은 가능하지가 않았다. 즉자적 지각으로 텍스트에 감각적으로 반응하면서 작가중심주의 문학도 흔들렸다. 온라인 환경의 조성으로 인식의 논리보다 독자 텍스트 생산 과정을 중시하게 되면서 글을 읽는 자가 언제든 글을 쓸 수 있게도 되었다. 쓰기-읽기의 상호 전환이 가능해지면서 고정된 독자/작가의 구분도 효능이 떨어져 갔다. 문화 대중이 늘어가면서 성향 분류나 취향 분석을 할 때 독서 대중의 층도 인접 예술 장르보다 현저히 얇아져갔다. 대중의 취향보다는 그들이 선택하게 될 상품의 전시효과가 한층 중요해졌을 뿐만 아니라 매체 기술력과 결합한 문화 자본의 위력이 독서 시장보다는 미디어 영상매체에 상승효과를 부여했다. 문학은 전통 방식에 머물 수 없다는 시대적 요구를 적극 수용하면서도 바로 지금 독자에게 반향하는 창안물을 내놓기는 한층 어려워진 상황이었다.

전기·전자 문명의 진보에 따른 미디어 문화 체계에서 문학예술을 창안해야 했을 작가에게 일원적인 세계관은 애초에 존재하지 않았다. 초기작에서 문명을 기호화할 때부터 그는 분열적 생산을 고안했다. 프로이트는 문명과 문화가 인간 욕망의 억압과 금기로 가능하다고 믿었으나 백민석은 자연의 대응항인 문명을 사유하면서 인간의 인식에 철벽을 치는 거대이론의 권력을 의심하는 작품으로 문학장에 등장했다. 그에게 문명은 일원적인 자연과는 다른 분열 상태를 뜻한다. 문명을 이렇게 '상태'로 가정하면 인간 스스로 훼손한 자연과의 비동일시로 분열증이 생겨버린 문명인에게 문화라는 명제는 사회적 실천, 향유, 선택 문제와 두루 연루되는 것일 수밖에 없다.

문명은 진보하는 방식으로 일상에 틈입하면서 이것이 곧장 사회를 구성하는 문화 양식이 된다. 그의 소설에서 전기·전자기술의 산물인 미디어는 독특한 기호 작용을 한다. 도시 문명과 접촉하며 성장했으면서도 자연을 상호 사유의 항으로 삼는다는 점에서도 그는 동시대 작가들과 구별된다. 리얼리즘 시대의 거대담론을 비켜갔다 해서 미시세계에만 함몰된 것은 아니며 그는 오히려 자기만의 방식으로 급변하는 시대의 리얼리티를 구현했다. 인류사를 문명사로 조망하는 거시적인 안목부터가 그렇고, 문명적 사건에 미시사를 교차하는 기법으로 한 시대를 주도하는 에피스테메가 후기적 사유임을 입증한다. 과학기술과의 교섭으로 진보하는 문학 형식을 실험한 백민석 글쓰기의 실천성은 이 같은 사실에서 여실히 드러난다. 급격한 문화 전환기에 등장한 작가는 전자매체의 특질과 유사하게 바뀌어간 시대의 문학 형식을 매우 개별적으로 창안했다. 인간과 자연의 동일시가 깨진 시대의 문명을 사유하고, 정치와 이념의 무게에서 벗어나 문화와 일상의 경쾌한 경험을 이야기하고 싶어하는 사람들이 많아진 시대가 도래했다는 사실을 그의 문학은 전한다. 누구의 것인지 모를 욕망이 교차하는 가운데 정체성 혼란을 겪는 등장인물들에게 그것은 그대로 생존의 조건이다. 자연과의 동일시가 깨진 문명인의 분열증은 이 작가가 줄곧 다뤄온 주제다.

초기작에서부터 작가의 관심은 역사중심주의를 대체한 문명(문화)적 사유를 바탕으로 다시금 역사로 재귀하는 방식에서 부각된다. 아무리 사소하더라도 하나의 문화기호는 백민석 작품의 개인에게 중대한 문명적 사건이다. 역사 중심으로 문명을 사유할 때 그 역사에 침투하거나 그것을 탈취하는 것은 문명이 아닌 견고한 이성이다. 반면에 문명 중심으로 사유할 때 역사는 세상을 바꾸기 위해 혁명을 꿈꾸는 자들의 피비린내 나는 서사 같은 것이다. 그런가 하면 이 세계를 변화시켜온 긍정성의 힘이 문명이라는 관점하에서는 문명의 야만성을 운위하기가 어려운 측면이 있다. 건강한 신체와 안락한 삶을 꿈꾸는 인류에게 문명의 진보는 어느 시대건 격하되어선 안 될 절대지나 다름없는 것이기도 하다.

니체가 문명을 야만으로 비유한 이래 문명에 대한 담화는 상식 일변도를 달리지 않게 되었다. 역사중심주의는 자연 위에 역사를 세운다는 관점으로 문명적 사건을 바라보지만, 문명은 인간이 쓰는 역사와 달리 인류가 존속하는 한 그 자체 능력을 가진 것처럼 일상적으로 진보하는 양상을 보인다. 과학기술의 진보는 인간이 자연을 야만으로 내면화한 결과이기도 하지만, 과학기술에서 파생한 문제는 더 진전된 기술로 풀어야 한다는 명제를 좇아 과학기술 자체의 능력처럼 진보해온 것이 사실이다. 이 문제를 문학장으로 이동해보면 진보가 당연한 과학과 달리 문학은 진보의 형식으로 나타나는 것을 일단 의심하면서 이것을 불온하다 여기는 경우가 많았다. 기술 진보와 문학 형식의 전변이 수용자에게 미치는 영향은 판이하기에 과학과 문학을 수평적으로 논의하려는 시도조차 용인되기가 어려웠다. 문학사는 역사와 나란히 진보한다는 관념이 기록주의를 근간으로 승인되었다면, 문학과 과학의 나란한 행보를 기록하기 위한 객관적인 정보라는 것은 실험과학이든 이론과학이든 간에 문학 언어로는 범접하기 어려운 국면이 있다. 그래서이겠지만 문학과 과학이 만나는 지점을 상상력으로 단순화했고 이것만으로도 문학의 가상성은 충분히 가능한 것처럼 보였다.

여기에 기술(記述) 문제가 개입하면서 역사·문학·과학은 서술 기능을 배제하고서는 존립이 어렵다는 인식에 도달하기에 이른다. 2020년대 들어 Si-fi 논의가 급진전한 데에는 이 같은 내면이 자리한다.

과학기술의 진전과 이 시대의 문학 생태를 보건대 Si-fi 논의는 무성하지만 그 이전에 전제해야 할 대응항으로서 문학/과학 논의는 상당 부분 실질적인 진전이 없었다는 것이 나의 판단이다. 양방향에서 교환하는 힘이 문학/과학이라 해서 없지 않은데도 분과 학문 간 경계 짓기가 가동하는 한 양방향에서 교환하는 사고의 진전은 어려운 일이었다. 이때 '과학'을 '전기 기술'로 좁히면 그 진보의 과정이 한층 선명해진다. 그런데도 그간에 우리 문학장에서는 역사와 행보를 같이해온 상상력은 환영하면서도 그 밖의 대응항들에는 수세를 견지한 것이 사실이다. 문학 중심의 사유에서는 문화기호 담론은 제외해야 할 대상이었으며 이 같은 맥락에서 리얼리즘 문학은 우리에게 유일한 자산으로 등재되어 있다. 문학은 엘리트 중심 사관으로 역사와 접맥하지만, 문화는 그 편재성으로 하여 누구든 공평하게 누리는 일상적이고 대중적인 형식이어서 특별하지 않았던 것이다. 이 연구의 출발 시점인 1990년대 중반만 하더라도 Si-fi 담론 이전에 전제해야 할 문학/과학의 대응항을 백민석 작품에서 찾아볼 수 있고, 이런 점이 전제되어야만 현시대의 Si-fi 담론도 그 전개 과정에서 타당성을 확보할 수 있을 것이다. 백민석은 등단 초기부터 기술 계열체들을 기호화하여 배치했으나 그 표면이 심상하게 현시되면서 뚜렷이 형상적이지가 않았다. 문화의 성격이 바로 그러한 탓에 편재하는 어떤 증후로만 그것을 감지하게 했다. 예컨대 백민석 작품에서 인공 빛은 정작 핵심 문화기호이지만 제의 작용에 따른 절대적 성벽(聖壁)의 의미 때문에 그 항상성을 의심하는 안티크리스트 측면의 분석을 망설이게 하는 측면이 있었다. 작가는 도처에 빛의 암시적 기호를 산포해놓고 변주와 반복으로 그것을 지각하도록 이끌었으나 이성 중심 사관에 익숙할수록 기존의 세계관을 중심으로 수세를 견지하는 것을 윤리로 알아왔다.

지금까지는 기계적 글쓰기가 자동사적 글쓰기와 연접하는 지점을 궁구했다. 이는 그간에 역사 기록주의와 생명을 같이해온 문학, 그리고 거대이론의 권력이 인간 정신을 재단해온 것을 작가의 상상력이 과학기술과의 공속으로 전환해냈음을 뜻한다. 전변하는 시대의 전기·전자기술과 교섭하여 생산성을 제고한 작가, 글쓰기마저 물질성으로 전환하는 시대의 정신 활동을 대변하는 작가의 문학 수행에서 사유와 글쓰기는 분리되지 않는다. 백민석 소설은 기록주의를 근간으로 문학과 역사가 나란히 진보해온 과정에 소외되었던 문학−과학의 교섭을 의제화한다. Si-fi 담론 이전에 선행해야 할 백민석 문학의 특성을 디지털 테크놀로지의 진보 측면에서 분석했다. 그의 작품은 0과 1 사이의 휘점들처럼 순간적인 빛 작용으로 현시되는 인격과 이것을 지켜낼 수 없는 변화에의 요구가 거세어진 시대의 변화를 반영한다.

문학-문화의 공속과 역사 통찰

1. 암호의 제한성, 기호의 가능성

백민석 작품은 문화기호를 운위하기에 앞서 기호·암호의 차별성이 선결되어야 한다. 이는 20세기 후반 우리 사회에 침투한 대중문화 코드가 이전에 아름다움의 표상이었던 가치들에 전변을 일으킨 것과 연동하는 문제다. 낯섦의 형식으로 닥쳐든 그것은 추체험과 감정이입이 불가능하여 딱히 무엇이라고 명명할 수 없는 것이었다. 하여 대중은 자신의 문화 감각에 한계가 있다는 것을 체감하면서도 영상 미디어의 열린 세계가 당대인의 일상에 수평적으로 개입하면서 이에 대한 비판력을 갖지는 못했다. 이는 낯선 것에 대한 이해력의 부실을 따지기에 앞서 이해력이 형성되는 과정을 생각해보게 한다. 1990년대 현상과 백민석 작품을 동시대적으로 견주어보면 작품 이해 불가의 이유가 이러한 이해를 마련할 만한 선행 이해의 부재 탓임이 드러난다. 이전과 현재가 서로 관계하지 못함으로써 이해 체계 수립이 불가능해지면서 작품이 그대로 낯섦의 기호였던 것이다.

『헤이』는 암호의 약속성, 기호의 암시성을 선도적으로 구현한다. 암호와 기호들이 중첩되면서 모호하고 난삽하게 읽히지만 작가가 무심한 듯

던져주는 기표들을 근간으로 추리하면서 의미 접근이 가능하다. 독자가 텍스트를 해석할 때는 대체로 내용 분석과 형식 분석을 동시에 수행한다. 형식 안에 내용이 있어서 양자를 분리할 수 없으므로 "특정한 내용의 개별적인 형식을 규정"[1]하게 된다. 총체적 읽기(holistic reading)로는 작가의 의도를 관통하면서 형식적인 접근을 한다. 자세히 읽기(close reading)로는 세부 사항에 밀착하여 파편적 상황을 수집하고 이것을 맥락화하여 내포 의미를 해석자의 관점으로 구성한다. 리얼리즘 이후의 서사물을 후자의 읽기 방식으로 접근하는 것은 서사의 파편화에 그 원인이 있으며, 특히 백민석의 기호적 글쓰기는 이런 점이 두드러진다. 일점 중심으로는 해독이 불가능한 국면을 다양하게 배치한 서사물에 정합적인 진리는 없기 때문에 이러한 현상을 전통 미학의 관점에서 규명하면서 예술적 가상의 한 양태로 결론을 내리고 만다면 작품 이해는 더욱 요원해진다. 해석할 수 없음의 아포리아를 어느 문학작품이건 지니고 있다는 일반론으로 작품의 잉여를 말하는 것은 비교적 쉬운 일이기에 그렇다.

모든 작품에는 미학적 잉여가 있게 마련이다. 이러한 점이 되레 작품의 가능성과 잠재성을 열어놓는다 해도 과언은 아니다. 문학 중심의 읽기가 완고하게 여겨질 만큼 백민석 작품은 독자에게 복합 감각을 요구한다. 사회·역사·문화·철학·경제·정치 등 온갖 담론들이 상호텍스트로 기능하기 때문에 지금까지 시도되지 않은 읽기를 요청한다. 그의 작품에서 기호는 말할 수 없는 것에 대한 말하기이며 작가는 언어기호로 표상을 제시하면서 그 의미를 추정해보도록 한다. 리오타르가 현대 미학의 특성을 들면서 언표 불가능한 것을 오직 부재하는 내용으로, 즉 암시적으로 거론한

---

1   베르너 융, 앞의 책, 210쪽. 베르너 융이 블로흐의 예술미학을 언급하면서 인용한 루카치의 언술.

경우도 기호의 특성과 별반 다르지 않다. 반면에 암호는 약속된 자들끼리의 수신이 목적인 동반자적 기표다.

> "암호는 알지?" 지강헌이 동료 죄수에게 속삭였다.
> "알지." 동료 죄수가 귀엣말로 대꾸했다.
> "그럼…… **일어나라!**"
> 철삿줄로 미리 수갑을 풀어놓고 있던 탈주범들은 그 일어나라!란 암호와 함께 스프링처럼 튀어 올랐다. 그러곤 교도관들을 때려눕히고 그들의 손목에 수갑을 채웠다. 호송 차량은 서울을 향해 되돌려졌다.
> ─『내가 사랑한 캔디』, 127쪽

지강헌이 동행한 탈주범들에게 "암호는 알지?" 하고 물었을 때 여기에는 동료의식이 깊이 자리한다. 그들만이 아는 세계에서 이해를 공유하는 언어가 암호다. "그럼…… **일어나라!**"고 속삭이는 그의 목소리에 실린 암호는 기표 그대로 '일어나라!'다. 하지만 탈주범들을 단지 "스프링처럼 튀어" 오르게 하는 데까지만 약속된 언어라면 암호가 될 수 없다. 일어날 뿐만 아니라 교도관들의 손목에 수갑을 채우고, 권총과 실탄 탈취로까지 이어지는 위험한 실행들을 순차적으로 포함하고 있기에 단편적인 명령어에 그치지 않는 약속의 언어다. 암호는 동류자들 간에 코드화된 일련의 의미를 공유하는 것이어서 상호 공동의 목표를 확인할 수가 있다.

『헤이』는 현존재, 쓰는 자, 기억을 견인하는 자로서 삼중 정체성을 지닌 나-K-*딱따구리*가 분리와 결합을 거듭하면서 누구의 경험인지 모를 상황들이 단속적으로 제시되어 의미가 막연해지는 작품이다. 1990년대의 희곡작가 K의 시공간을 중심으로 보면 '나'는 1980년과 1981년으로 이어지는 시간 속의 *딱따구리*에 붙들린 주체이며, *딱따구리*는 '나'의 고아 시절 놀이집단에서의 명칭이다. 두 개의 자의식이 K의 글쓰기에 수시로 개입하기

제1부 문화기호의 의미 작용 : 백민석의 소설

때문에 이를 조합하는 읽기가 요청된다. 나—K의 다른 이름이기도 한 *딱따구리*는 딱따구리와 음성언어를 공유하면서도 문자언어(기표)에서 차이가 나기 때문에 의미 작용에서 피차 상이한 내면을 지닌다. 딱따구리는 *딱따구리*의 욕구가 현실원칙에 의해 좌절되었을 때 이룰 수 없는 것에 대한 결핍감과 그에 따른 욕망이 비등하는 인간 심리를 반영한 기호다. 번번이 과잉된 에너지로 현시되기 때문에 그 주체인 *딱따구리*를 비정상적인 욕망 덩어리로 이해하게 한다. 이로 미루어 이 작품의 주체는 언어 체계에서 기표의 상이함으로써만 그 존재를 구분할 수가 있다.

내용을 보면 '나'는 고아 시절의 친구들을 만나 무허가촌·학교 교실 등을 방문하고 13세에 겪은 상처를 되새기며 안선생을 만나 어린 시절에 입은 외상을 치유하게 된다. 1981년에 사망하여 *물댄동산*에서 안식 중인 안선생을 홀로그램으로 만나면서 기호 80·81이 이데올로기 국가장치에 의한 폭압 정치를 암시하는 한편 이런 점을 당시 13세 아이들이 컬러텔레비전 방영물인 만화영화 캐릭터를 흉내 내는 극렬한 놀이로 환치한 작품이다. 배제의 원리가 구동하는 사회에서 입은 외상을 전면에 노출하지 않고 그것을 문화기호에 담아 텍스트성을 강화하고 있어서 해석상 난점이 많은 소설이다. 초입에서부터 컴퓨터 화면의 광(光)반사가 화자의 글쓰기 공간을 흔들면서 현실과 가상이 어지럽게 얽혀든다. '우리'가 '소풍'을 간다는 희화화로 시대적 폭력을 풍자하면서 '우리'라는 체계를 관통한다. '우리'의 제외/포함 원리가 가동하는 현실에서 소풍이 가능한 주체는 누구이며, 규제와 억압의 주체에게는 어떠한 즐거움이 있는지를 반어적으로 질문한다.

이 작품은 사물이 말을 하는 것처럼 냉담한 언어, 우연히 발생하는 사건과 파편적 구성, 시·공간의 동시성에 따른 분열적 주체들의 발성, 인과관계가 깨진 개별적인 사건들을 배치하여 메타언어, 즉 문법 규칙이나 개념

정의에 의한 일대일의 해석을 거부한다. 후기구조주의자들은 열린 해석을 중시하면서 이 같은 메타언어를 금기시했다. 텍스트 읽기는 독자의 참여가 필연이며, 보편적이고 객관적인 총합을 일궈내는 것도 아니고, 독자의 사회문화적 경험을 떠나서는 해석할 수 없다고 본 것이다. 그런 점에서 에코가 말한 "독자가 참여하는 구조와 약호"[2]를 해석하는 열림의 사유가 한층 중요하게 된다. 백민석 작품에서 약호는 동류의식을 조성하는 암호로 나타난다. 성인이 되어 초등학교 때의 음악 교실을 방문한 K 일행이 어린 시절에 배웠던 "고아들의 노래"의 악보를 놓고 후배들이 합주하는 장면과 마주하는 데서도 암호의 특성이 드러난다.

> 칠판의 오선은, 구부러진 선들과 점들로 이뤄진, 뭔지 모를 들쭉날쭉한 암호들로만 가득 차 있다. 음표도, 음악 기호도 아니다. 그것들은 단지 선생과 아이들만이 알아볼 수 있는, 그들 사이에 맺어진 약속에 의해서만 읽혀지는, 어떤 암호들이다. (중략) 그때 우리가 가질 수 있었던 악기들이라곤 고무줄로 이어붙인 캐스터네츠, 조약돌들로 속을 채운 플라스틱 필통, 청동제 요령 두어 개, 쇠못들을 술처럼 매단 막대, 은종이로 싼 나무토막들, 그리고 유리구슬들이 든 유리 우윳병… 그런 것들뿐이었어… K가 흄의 귀에 대고 속삭인다.
>
> ─『헤이, 우리 소풍 간다』, 95쪽
> (이하 같은 작품명을 표기할 때는 괄호 안에 페이지만 명기)

이 예시문은 고아들의 합주를 이끈 안선생을 기억하면서 암호 또는 기호로 공유했던 모종의 약속이나 암시를 환기한다. 안선생은 컬러텔레비전이 방영하는 만화영화에 열광하는 고아들의 관심을 돌리려고 이들을 기악

---

2 피터 페리클레스 트리포나스, 앞의 책, 73쪽.

합주부로 이끈다. 자연물을 흔들거나 두드리면서 노래를 배웠고 그들이 성인이 되어 다시 찾은 음악 교실에는 안선생의 뒤를 잇는, 작은난쟁이라 불리는 친구가 교사로 서 있다. K를 포함한 고아들은 초등학생일 때 "소리가 나는 것이면 무엇이나 악기가 될 수 있다"면서 악기의 발생을 원초적 자연물이나 일부의 인공물들에서 찾은 안선생의 주도로 '고아들의 노래'를 합주했었다. 제 목소리를 낼 수 없는 시대의 기호가 이 변변찮은 자연 악기들이고, 악보는 선생과 아이들만 아는 암호들로 채워져 있다. 아이들에게 최소한의 약속만 제시하여 변주를 허용하면 표현할 수 없는 그 무엇의 증언으로서 불협화음이 돌발적으로 튀어나온다. 암호는 선생과 아이들 사이의 약속이어서 외부자들은 해독해낼 수가 없다. 점·선들로 이뤄진 것을 작가는 음표도 기호도 아닌 '암호'라고 쓴다. 암호는 약속된 자들 사이에서 악기의 명칭, 음의 강약 또는 장단 등으로 명시된다. 목표를 함께하는 동류 집단에서 감정까지도 공유할 수 있는 자들의 표징이어서 외부자들의 틈입을 허용치 않는다. 이렇게 작가는 고아들의 시대가 그들만의 체계 내부에서 통용되는 어떠한 암호로 삶을 영위해야 했던 시기였음을 전한다. 놀이집단은 고아들이 결속한 집합체이고, 놀이에 맞물린 경쟁이 극렬할수록 즐거움이 비등하는 상황에서 편 가르기와 내부자 간 암호는 필연으로 작용한다.

이처럼 암호는 최소한이나마 약속이 전제된다. 기호는 표면의 기표이기 때문에 상호 암묵적으로 수용하고 인정하는 체계 안에서 동류 감정을 공유하는 암호와는 다르다. 문화는 "기호의 의미 기능을 정립하는 것은 인식이 아니라 사물의 언어 자체"였던 때와 "인간의 인식행위에 의해서만 구성"되는 때로 나뉜다.[3] 즉 인간이 그것이 무엇이라고 인식하는 순간 비로

---

3   미셸 푸코, 『말과 사물』, 이규현 역, 민음사, 2016(개역판 8쇄), 103쪽.

소 지식 체계 안에서 개별적이고 주관적으로 구성되는 것이 현대문화의 기호다. 고아들의 노래를 암호와의 관련으로 이해하면 이것이 모종의 약속과 결부되면서 고아들의 노래가 어째서 이 시대에도 작은난쟁이의 제자들에 의해 합주되는지를 추정할 수 있다. 가사도 없이 타악기만 두드려대면서 "반복 변주되는 합주는 아이들 각자의 무작위, 자발성, 자유로운 선택에 의해 이뤄지는 것이지만, 그 안엔 그러나 우연과 불확정성들을 한데 모으는, 어떤 조화에 대한 약속들이 깔려 있고, 지켜지고 있다."(111쪽). 나무토막과 쇳조각들을 두들겨 내는 소리에서 "어떤, 하나의 체계로 모아지는 것을"(110쪽) 보게 된다는 데서 아이들의 합주가 하나의 암호임이 드러난다. 최소한의 약속이 있어야만 결속으로 이어지는 일련의 실천에 언어가 아닌 음악으로 참여하는 행위이며 여기서 그들만의 체계가 가동한다. 말할 수 없는 사물을 두들겨 말할 수 없는 말을 하게 하면서 생각으로 그치지 않는 표현의 이유를 창조해 나간다. 『캔디』에서 화자도 지강헌도, 『헤이』의 안선생도 저들만의 체계에서 최소한의 암호를 노출하여 안녕을 꾀하면서 시대를 대면하는 방식에는 별 차이가 없다. 약속되지 않은 부분의 자율성이 그 구성원들을 위험으로 몰아갈지도 모르므로 더 이상 발설해선 안 될 최종의 언어가 암호다.

작가가 탐문하는 체계에 암호가 작동한다는 점은 암호의 기능을 기호와는 상이한 것으로 변별하려는 시도다. 암호는 모종의 이익과 안전을 공유하는 소집단에서 구성원의 행동 방향을 결정하기도 하지만 상당 부분은 자율성을 허용하므로 약속을 변주하고 변형하게 된다. K를 비롯한 고아들의 악보였던 것이 지금의 아이들에게도 변함없이 제공된다는 건 시간이 흘렀음에도 해결되지 않는 문제들이 있다는 방증이며, 언어기호로 발설할 수 없는 것을 소리의 울림으로 대체하여 파장을 만드는 암묵적인 약속이 아이들의 합주임을 뜻한다. 초등학교 뒤편의 출입금지 지역과 나무들로 엄폐된 어떤 동굴의 정체는 외부자가 결코 해독할 수 없는 암호다. 나무 심기가 곧장 나무의 죽음으로 이어지는 상황을 '살풍경(殺風景)'이라고 쓰면서 작가는 이전에 죽음을 맞이한 어떤 생명체들과 출입금지 지역의 연관성을 암시한다.

> K들이 졸업하던 그해, 81년 겨울, 학교와 선생들은 별 효과를 기대할 수 없었던 묘목들 대신 아이들 키의 두 배가 넘는, 높다랗고 기다란 철책을 그 길목 전체에 둘러쳐 버린 것이었다. 그 길목 전체를 둘러싼 철책으로, 그 기묘한 투쟁은 일단, 끝을 본 것 같았다.(93쪽)

고아들이 졸업한 해인 1981년 겨울에 이르러 그 이전 1970년대와는 달라진 상황이 전개되었음을 시사한다. 1981년은 선생들이 학생 동원령을 내려 나무를 심어 무언가를 가리려 했던 시도가 종료된 해이고, 나무를 심으면 '어떤 것'이 뿌리를 틀어쥐어 말려 죽이는 것에 대해 선생들이 새로운 해법을 마련한 시기다. 철책을 둘러쳐 엄폐하면서부터 출입금지 구역이 된 그곳은 선생들이 공유하는 암호로써만 일부의 의미를 짐작할 수 있다.

덧붙일 것은, 안선생의 마지막 수업이 이뤄진 1981년의 상황이다. 이제껏 암호로 소통해왔으나 느닷없이 "처음 보는 기괴한 기호들로 가득찬 악보"를 그가 칠판에 그린다.

> K들은 그 악보의 어떤 기호가 제소리 낼 수 있는 것, 을 뜻하는지만 알고 있으면 되었다. (중략) 각자 제 손에 들린 것에만 신경 쓰면 되었다. 그러면 희한하게도, 반원으로 둘러앉은 자기들로부터 리듬과 화음을 갖춘 어떤, 놀라운 울림들이 음악실 하나 가득 퍼져나갔다. 그 울림은 아이들 내부의 어떤 공간 속으로도 퍼져나갔다. 얼마간 호흡이 맞춰지자, 안선생은 고아들의

노래, 라는 노래를 새리의 입을 빌려 부르게, 옳게 했다. 81년, K들이 육 학
년이었을 때의 일이다.(147쪽)

합주 형식을 불허하는 시대, 목소리를 자신 안으로 감춰두고 다만 어떤
목소리를 낼 수 있는지만 알고 있어야 하는 시대의 도래를 안선생은 예감
한 것이다. 이전에는 암호로 어떤 약속의 언어를 표명했으나 지금부터는
그것마저 할 수 없게 되었음을 의미한다. 보이지는 않으나 "무언가 툭, 하
고 음악실 전체를 건드리고 지나"(113쪽)갔다는 점으로 미루어 이들은 비가
시적인 위협과 공포에 포위된 상황이다. 이 같은 현상은 특정 시대를 단절
하거나 초월한 이후(以後)는 없다는 것, 즉 이전(以前)을 언표할 수 없다면
이후에도 무지가 필연적으로 이들 삶의 조건이 되면서 언어로 알려야 할
진실마저 사망에 이른다는 점을 시사한다. 이는 공포의 시대에 소음으로
파편화한 그 어떤 알지 못할 진실에 대한 은유를 언표하는 작가의 말하기
방식 중 하나라 할 수 있다.

이렇게 작가는 지난 시대의 역사를 상호텍스트로 기입하면서 암호와 기
호의 효용성을 구분한다. 그의 작품에서 기호들은 단지 향유층의 놀이 감
각에만 종사하지는 않는다. 1970~80년대의 현장을 찾아간 K가 동행한 여
자친구 홈에게 '우리였을 때'의 일곱난쟁이가 음악 선생이 되었다고 말하
는 지금은 1990년대다. 이렇듯 『헤이』는 불협화음과 못갖춘마디로 무언가
를 말하려 한 시대의 표징을 음악 기호들로 말하면서 암호의 제한성을 기
호로 변환하여 해석해보도록 이끈다. 안선생은 자기표현이 불가능한 시
대를 암호로 대체하여 무질서한 경쟁 구도로부터 아이들을 화합의 장으로
이끌어낸다. 합주는 자신의 위치를 스스로 알아가는 일이었으며 그 과정
에 아이들의 관계는 돈독해진다.

눈여겨볼 것은 말 못 함의 기율이 팽만한 시대를 기호 80·81과 안선생

의 거취로 암시하는 부분이다. 마지막 수업 후 안선생이 학교를 떠난 뒤 청년이 되어 다시 만난 제자들은 K가 주도하는 문화적인 미시정치, 즉 모두가 창작·연출·출연을 담당하는 실천행위를 하기에 이른다. 이것이 대형 무대 중심의 장외 문화가 아닌 소그룹 형태의 실내 문화라는 점에서 이전 시대와는 다른 문화적 실천이며, 대형 공연장으로 대중을 동원했던 지난 시대를 반영하지 않는다는 뜻이기도 하다. 음악다방이나 카페 등의 공간이 예술작품의 전시장 또는 공연장이기도 한 복합문화 공간이라는 점만 보더라도 백민석 작품은 1990년대의 공간마저 매우 세심하게 분할하여 문화기호들을 배치하고 있다.

백민석 작품의 다양한 소리들과 음악 기호는 가벼움의 시대, 그리고 시간 속에 놓인 인간의 단 일회적 삶의 속성을 비춘다. 거기에 가변적인 상황과 더불어 변하는 문화인의 감수성이 실려 있다. 탈주범 지강헌이 양손에 각각 총 한 자루와 유리 조각을 들고 죽음과 자해 사이에서 갈등할 때 "음악이 있어야겠"다며 "카세트 덱의 플레이 버튼을 누른"(『캔디』, 136쪽) 것에서 보듯이 일시적인 감수성과 단 일회적 생명의 무게는 동등하다. 자살이 아닌 자해를 선택했기에 사살될 수밖에 없었던 탈주범의 최후를 작가가 문화적으로 해석하면서 죽음의 엄중함과 제스처의 초연함을 대비한다. 표면의 제스처와 심중을 구분할 수 없을 만큼 혼돈스러운 비극의 잔재들이 총알의 빠르기와 음악의 완서법 사이에 탈주범의 감수성을 배치한다. 비극의 잔재가 희극이며 이것은 자본 체계에서 무력해진 청년이 최종 선택한 것이 죽음보다 가벼운 자해라는 점에서 그러하다. 심지어 낭만적이기까지 한 그의 제스처가 조금도 위협적으로 느껴지지 않기 때문에 말의 수사학은 물론이고 몸짓까지도 연출된 것처럼 보인다.

이렇듯 혼돈스러운 탈주범의 행위에서 일종의 순수 효과를 정점으로 끌어울린 것은 기형도의 시 한 편이다. 「가는 비 온다」(기형도)를 인용하면서 작가가 쓴 것처럼 "범인은 〈휴일〉이라는 노래를 틀고 큰소리로 따라 부르며/자신의 목을 긴 유리 조각으로 그었다."(126쪽) 극악한 살인범에게 임박한 현실과 이제 그만 쉬고 싶다는 자기 살해 의지에서 읽히는 것은 자본 구조의 모순을 분해하고 해체하지 못한 "가는 비" 같은 자신의 존재감에 대한 자각이다. 하지만 그는 "누구도 죽음에게 쉽사리 자수하지 않는"[4] 주체 중 하나이며 "하나뿐인 입들을 막아버리는" 구조에도 마냥 맥을 놓아버리지는 않는다. 자본 체계를 문제 삼는 탈주범이 교환가치를 따질 수 없는 시 한 편으로 자신의 말을 대신하는 이 장면은 총알의 빠르기로는 대체할 수 없는 전달 효과를 지닌다. 한 소절의 음악처럼 지나가는 시간 속에 놓인 생명체의 비극은 지강헌에 국한되지 않는다. 이 작품에 배음으로 깔린 듯한 음원들은 타자를 염려하는 도덕 공동체가 아닌 자기 염려와 자기 돌봄의 양식을 원하는 현대인에게 무거운 실존과 자본 권력을 해체하는 매질로 작용한다.

일원화한 사회에서라면 자아가 온전했을 주체가 백민석이 그린 온전치 못한 사회에서는 비-자아화한다. 자신도 예측하지 못할 비인격적인 특성들로 구성된 글쓰기 주체는 자아의 정체를 알고자 하면서 분열적인 언어를 구사한다. 딱따구리는 작가의 언어가 만들어낸 비언어적 존재이지만 언어로써만 말할 수 있고, 끊임없이 현실을 이탈하는 비사회적인 자아다. 이러한 내면을 지녔기 때문이지만 『헤이』는 온갖 더럽고 끔찍한 언어를 '포탄'(벤야민)처럼 투척하여 거꾸로 이 세계의 정결을 환기한 다다이스트들의 다중 언어, 심리적인 대사와 지문을 혼합 구성하여 여러 목소리들이

---

4 기형도, 「가는 비 온다」, 『기형도 전집』, 기형도 전집 편집위원회 편, 문학과지성사, 2016(초판 28쇄), 65쪽.

제1부 문화기호의 의미 작용 : 백민석의 소설

동시에 울려 나오게 하는 부조리극을 방불케 한다.

여기서는 작가가 기호·암호로 표명한 역사의 의미를 살펴 글쓰기의 실천성을 확인했다. 그것은 표현을 억압당한 시대를 향한 기호적 글쓰기, 그리고 구체적인 사건들을 기호로 암시하면서 달성된다. 작가는 문화 안에서 문학-역사-과학-종교 간 관계를 상호 교환하는 힘으로 사유한다. 이런 점은 작가의 상상력이 1970~80년대 역사로 소급해간 이유를 해명하기에 모자람이 없다. 문학-역사의 관계에서 문학은 역사의 미미한 부분만을 이야기할 수 있을 뿐이다. 그 외 다른 요소들이 개재하면서 미학이 달성되는 지점에 작가는 문화기호를 심어 개별성을 확보했다. 문화 급변기의 현실을 상호텍스트로 반영하여 기호적 글쓰기를 함으로써 문화적 주체의 면모를 드러낸다. 재현에서 벗어나 문화기호로 사회 현상을 언표했으며 이러한 문학적 실천은 초기작에서부터 이어진다. 작가가 제시한 암호는 더 이상 발설해선 안 될 최종의 언어로서 동류자들 간에 약속된 언어다. 기호는 암호의 제한성을 넘어 발화자와 해석자의 자율성을 견인한다.

2. 만화 기호의 문화사회학

『헤이』에는 컬러텔레비전·워드프로세서·홀로그램·레이저 빔·3D 입체 영상 등 1990년대의 최첨단 기술체들이 두루 등장한다. 기표로 나타나는 '빛'을 짚어가며 읽다 보면 보아야 할 빛과 들어야 할 소리에 눈과 귀가 멀어버린 문명인들을 만나게 된다. 카페 퐁텐블로에 모두 모인 "그 빌어먹을 만화 주인공 놈들이" 바로 그들이다. 연극 무대에 인류 최초의 공간인 *퐁텐블로*를 설정하여 죽은 박스바니를 제외한 친구들 일곱 명이 모여 있다. 작가는 원숭이들에 불과한 *그것*들의 세계에서 최초의 살인이

행해진 기점을 문명 발생과 연계하여 그것들의 점심 식사 메뉴가 동종의 생명체였다고 쓴다. 그것들에게 최초의 도구이자 살해 무기가 동종의 대퇴골이라는 언명으로 인류의 살상 무기가 자작품이라면서 문명을 '죽음의 미로'로 은유한다. 그것들의 현대적 변주가 딱따구리들이며, 허기증의 포식자로서 죽음의 미로를 어슬렁거리는 그 정체를 "광기와 폭력으로 일그러"진 어두운 그림자, "죽음과 공포의 현대적 변주", "영원 변주의 돌연변이"라고 쓴다. 딱따구리들의 시대 이후 14년이 경과하여 재회한 K들은 "3차원 입체 영상 시대"를 살아간다. 이곳에서 K는 그간에 암시한 대중만화 기호들을 해부하기에 이른다. 만화영화 주인공과 자신을 동일시한 그들에게 안선생이 그 캐릭터들을 분석하여 들려준 이야기를 회고하는 방식으로 대화와 논평을 이어간다. K와 일곱난쟁이의 논평이 보여주듯이 만화 주인공들은 한낱 텔레비전 브라운관의 "휘점, 즉 전기 신호"일 뿐이었다.

이 작품은 초입에서부터 딱따구리들이 노파를 살해하는 끔찍한 장면을 배치하여 그 정체를 추적하게 한다. 여덟 명의 또래들과 함께했던 놀이의 내면을 미디어 매체의 부정적 범주에 한정하지 않고 당시의 억울한 죽음들을 80·81에 기호화하여 그 내막을 분열적으로 이야기한다. 특히 『헤이』는 구조주의 읽기 방식인 자세히 읽기에서 진보한 후기구조주의 '더 자세히 읽기'를 요청한다. 예컨대 기표 딱따구리만 하더라도 처음 등장할 때는 태양광 아래서 눈도 제대로 뜨지 못하는, 즉 맹인과 다름없는 명료하지 않은 그 무엇이다. 그 후 동족 살인을 거치면서 한층 잔혹해져 마침내 두 눈으로 당당하게 태양광을 쏘아볼 수 있게 되면서, 인공 빛으로 이룬 문명의 야만을 기호화한 기표로 추정하게 된다. 문명 속에서 횡단하고 교차하는 욕망의 기호로서 딱따구리는 원초적인 결핍의 화신이며, 등장인물 여덟 명 중 그 누구도 딱따구리에서 예외인 자는 없다. 이는 "안

전한 시설들에 대한 오만과 과신을 비웃"(115쪽)으면서 온전한 것과 안정
적인 것에 균열을 가하는 불화의 화신, 자기혐오와 조롱이 뒤섞인 명칭이
다. 허기를 내면화한 욕망의 기호여서 상품 진열대 앞에서는 걸신이나 다
름없고, "누가 홀연, 딱따구리로 돌변"(89쪽)하므로 그 누구든 예외 없이
가변적이며 폭력적인 성향을 지닌다. 27세인 K와 새리가 14년 만에 만나
과거를 회상하는 대화를 보면 딱따구리와의 동일시는 K가 바라는 바가
아니다.

> ……너도 무언가 있었지?
> 그래.
> 넌 아마도…… 딱따구리, 였지? K는 다시 그래, 한다.
> *딱따구리*, 빌어먹을 만화 주인공, 그렇지? 틀림없지?
> 그래…… K가 힘없이 그래, 한다.
> 그래, 딱따구리, 새리가 주저하며 말한다. (83쪽)

　두 사람의 대화에서 *딱따구리*와 딱따구리의 기호 차이가 부각된다. 그
런데 이것은 음성언어로 발화할 때는 기표의 차이가 드러나지 않는다. 문
자언어로 시각화한 대화에서 새리는 화자에게 딱따구리냐고 조심스럽게
묻고 화자는 그렇다고 답하지만 새리는 재차 *딱따구리*냐고 묻는다. '빌어
먹을'이라는 수사가 붙는 *딱따구리*는 만화영화 주인공으로서 아이들의 낙
원인 *퐁텐블로* ─ 무허가촌 아이들의 놀이 공간을 이상화한 장소 ─ 에서
만화영화를 모방한 놀이가 벌어졌을 때의 이름이기도 하다. K의 딱따구리
화는 물론이고 다른 고아들의 딱따구리화도 같은 이유로 이뤄진다. 이것
이 K와 새리의 대화에서 각기 다른 태도가 나타나는 요인이다. 새리의 발
음을 듣고 자신이 딱따구리였다고 시인하는 K와 달리 새리는 K가 딱따구

리였음을 확신하면서도 주저하고, 내심을 노출하지 않으려는 듯 조심스럽게 질문하는 이중성을 보인다. 이로 미루어 딱따구리 · *딱따구리*는 만화기호 · 욕구 · 별명이 접합된 명칭으로 K의 심리를 다중적으로 지배하는 비존재라 할 수 있다. 따라서 딱따구리의 성격화를 질문해야 하는 놀이집단의 구성원으로서는 그 역할을 조심스럽게 가늠해야 하는 이름이다. 성인이 된 새리가 지금은 만화영화의 *새리*처럼 "꿈이나 꾸며"(83쪽) 살지는 않는다고 고백한 것처럼 K 또한 그러한데도 딱따구리는 여전히 그에게 접합해 있다. 딱따구리는 정체를 분열적으로 의미 매겨야 하는 그 무엇, 즉 *딱따구리*와 접합하여 변주되는 것, K의 글쓰기 동력이면서도 '빌어먹을' 것이라며 자신과 비동일시해야 하는 것, 실제와 가상의 괴리 사이에서 K의 서사를 이끌어가는 동력이다.

딱따구리는 언제든 출몰하는 허기 그 자체의 증상으로서 *딱따구리*들의 집합체가 형성되면서부터 하나의 체계에 욕망을 지원하는 표상으로 첫 등장을 한다. 인도자가 없더라도 구성원에게 제각기 내재된 욕망의 지시대로 행동할 줄도 안다. *딱따구리*들이라는 체계의 일속으로서 극렬하게 놀이를 구현하지만 집합체라 할지라도 구조는 사실상 없기에 개체의 허기 · 갈증 · 욕망 · 충동을 그 특성으로 한다. 딱따구리는 반성을 모르는 무의식으로 고아들에게 심어진 백지 또는 백치 같은 순수성이다. 새로운 장난을 고안하는 일에 몰두하지만 그것이 나쁜 행동이라고 생각하지 못한다. 딱따구리 · *딱따구리* · 딱따구리들 · *딱따구리*들은 K의 기억과 상상의 지배자이기도 하다. 이런 점이 K의 글쓰기를 채울 수 없는 허기가 충동적으로 발현하는 자동사적 글쓰기임을 뒷받침한다.

애니메이션의 눈속임 기술에 혹했던 고아들에게 안선생은 성인물과 아동물을 분별하도록 가르치고, 이 제작물들이 성인 대상의 판타지물에 가깝다는 사실도 알려준다. 27세가 된 K들이 물댄동산에서 안선생을 만나는 날에 유리돔에서 경험한 휘황한 광선들, 현실과 가상의 경계를 지워버린 전기 신호가 허공에 떠 있는 영상인 홀로그램이라는 사실이 성인이 된 아이들의 심정을 다시 한번 동요시킨다. 제의 형식으로 망자를 기억하는 시대는 가고 전기 기술력에 의한 전시 가치의 대상으로 안선생이 부활한 것이다. 이상화한 안식처인 *물댄동산*은 "광선과 은빛 창살들로 엮어진 어떤, 거대한 그물"(228쪽)로 유리돔 내부에 실재하며, 십수 년 만에 안선생을 찾아온 K들은 복도 벽에 붙은 만화 스틸들에서 자신과 동일시했던 만화영화 주인공들의 면면을 보게 된다. "일본 것들, 그리고 미국의 디즈니사 혹은 옛 워너 브러더스사의 것들"(224쪽)로서, 그 이후 전기·전자기술의 급속한 발달로 실물에 근접한 홀로그램 이미지를 만드는 3차원 입체 영상 시대에는 낡아빠진 기록 보관물로 전시되어 있다. 평면 브라운관 컬러텔레비전의 시대에는 휘점을 만드는 기술의 기만에 혹했으나 지금은 폭발적인 광선이 입체 홀로그램을 만들면서 죽은 자를 부활케 하는 일도 가능해졌다. 문자로 인간 형상을 기호화해온 방식에서 진보한 그래픽 인간 형상을 『캔디』에서 사진 등으로 보여줬다면, 『헤이』와 『16박물지』에서는 전기 신호로 인간 형상이 탄생한다.

K들이 만나고 싶어하는 안선생은 "80년 5월 광주에서 있었던 살육"(286쪽)으로 "정신적 외상"을 입은 후 1981년에 기억을 잃었으며, 이는 새리가 그 시대에 시력을 잃은 것만큼이나 증후적이다. 전기 신호로 부활한 안선생이 이끄는 연주단이 요양자들을 하나의 체계로 안아들이면서 "승패를 가르는 사소한 게임도 우리에겐 치명적"(250쪽)이고, 경쟁체제가 낳는 질병이 반드시 패자만의 증상은 아니라는 데에 이 가상음악회 개최의 의미가 있다. 자신이 아니면 '적'이고 그렇지 않으면 경쟁자인 사회에서 타자는 어떤 경우에도 절대적 타자여야 한다. 하지만 안선생도 새리도 경쟁에서의 패배자가 아니며, 특히 안선생은 획일적인 교육 체계에 맞지 않는 고아

들을 구제하려 한 교육 주체다. 그는 교과서 노래⁵가 고아들의 정서에 맞지 않는다고 판단했고, 성인의 정서에 무지한 고아들에게는 가사의 의미를 새기면서 불러야 하는 교과서 노래가 되레 정서를 해칠 뿐이어서 리듬을 조성하는 타악기가 적격이라고 생각했던 것이다.

K의 글쓰기 동인을 요약해보면, 우선 안선생이 1981년에 잃은 것은 기억만이 아니라는 점이다. 제자 *박스바니*가 죽었고, 새리는 시력을 잃었다. 광주의 5월과 살 썩는 냄새, 정신적 외상에 따른 안선생의 기억 상실과 죽음, *일곱 번째 그것*이 새리에게 '그 짓'을 하는 장면을 목격한 *박스바니*와 가해자들 간 싸움 중 발생한 죽음, 정신적 외상으로 눈이 멀어버린 새리. 이 모든 것이 같은 해에 일어난 일이다. K가 봉인해둔 칼이 발하는 예리한 반사광은 *박스바니*가 쥐었던 은빛 나이프를 닮았으며, 그의 죽음을 기억하려는 의지가 K의 글쓰기를 가능케 한다. "열 손가락들이 내가 생각지도 못했던 문장들을 워드프로세서에 찍어놓곤"(285쪽) 하는 자동사적 글쓰기로 K는 자신의 공포를 분열적으로 언표한다.

"광선의 칼날들"과 "검은 십자 그림자들"에서 심판과 죽음의 공포가 교차하는 이 텍스트는 백민석만의 방식으로 아포칼립스를 변주한다. 눈이 멀었던 새리가 처음 자리로 돌아와 시력을 되찾는 장면은 아포칼립스 소설의 모티프를 변주한 듯 보인다. 자신을 보는 행위가 죄책감을 직시하는 일일 것이기에 자신에게 반복하여 묻는 '알겠어?'로 반성을 모르는 무의식, 무심한 순수의 악성을 심문한다. 기억하지 못하는 것은 모르는 것과 같으므로 K는 안선생이 들려줬던 고결한 말을 모두 (기억하지는 못하면서도) 기억하노라고 자신하면서 가상을 구성하여 자신의 글에 옮겨놓아야

---

5 국정교과서 노래는 일제강점기부터 줄곧 외국곡에 가사를 붙여 배급되었다. 아이들 정서에 맞지 않는 애상·그리움이 주요 정서였다.

제1부 문화기호의 의미 작용 : 백민석의 소설

한다. 딱따구리는 "반드시 텔레비전 브라운관 속의 장난꾸러기 새만은 아니"고 "그건 가짜가 아니"며 "실제 있는 실제 악몽의 또 다른 그림자"(266쪽)다. 그 정체가 인류 최초의 공간인 *퐁텐블로*에서 동종의 대퇴골로 살인을 저지른 *그것*이고, 전기 신호들이 폭발적으로 일으키는 문명적 사건이 인간의 살과 피를 양식 삼는 지점을 『헤이』는 해체적이고 분열적인 언어로 그려낸다.

현대문명의 생산 방식이 분열적인 만큼 그것을 내면화한 야만의 기호인 딱따구리도 분열적이다. 태양광을 흉내 내는 빛 문명과 그 야만성에 포위된 채 글을 쓰는 K도 딱따구리다. 태양 바라보기를 두려워했으나 어느 날 당당히 쏘아볼 수 있게 된 딱따구리, 즉 허기진 포식성을 무의식화한 문명의 야만은 잠들 줄을 모른다. 빛으로 부활한 안선생을 만났던 곳이 유리돔이었듯이 K는 유리돔의 형상을 한 지구 위에서 온갖 전기 신호와 빛에 포위된 작가다. 자신에게 알겠어?라고 재차 물으며 문명을 일군 인류 조상의 욕망을 성찰하면서 밤에도 대낮 같은 밝기를 조성하는 빛의 세계에서만 글을 쓸 수 있는 작가다. 문명의 야만은 '자연'인 인간끼리 자기보존을 위해 경쟁을 일삼은 결과여서 작가도 급변하는 문화 안에서 경쟁적인 글쓰기의 주체로 생존해야 한다. K의 무의식이 인공 빛과 연접하는 지점에서는 전기의 흐름이 지원해주는 광원이 있을 때에만 글쓰기가 가능하다. 이런 점은 일찍이 안선생이 경쟁만을 주문하는 문명사회에 역행하는 합주를 인도하면서 아이들이 거칠게나마 제 목소리를 낼 수 있는 암호를 주문한 것과는 판이하게 다른 현실이다.

글쓰기 도구인 워드프로세서를 중심으로 보면 『헤이』는 생각하기·쓰기·말하기·세계 읽기의 동시성을 시공간의 병치로 현상하고 있다. K는 0과 1이 만들어내는 섬광이 교차하는 비트 세계의 순간성을 그가 소지한 워드프로세서 자판을 두들기는 행위로 언표 중이다. 이는 이전 시

대의 사유중심주의를 파기하면서 화술 행위에 우선권을 부여하는 모습
이다. 서술 행위에 화술 행위가 포함되면서 쓰는 자·말하는 자의 이중
정체성을 드러낸다. 나-K-딱따구리-*딱따구리*의 결합과 분리로 이야기
가 생산되기 때문에 주체는 안정적이고 고정적으로 존립하는 지시 대상
이 아니다. 발화 주체가 자명하지 않은 가운데 그것을 지우려는 시도를
하고, 인물들은 제각기 기이한 정체성을 지닌 극단적 성향의 만화영화 기
호 또는 보이지 않는 에너지가 충만한 주체로 기호화된다. 이 인물들은
대체된 명명법 안에서 정체성의 분열·범람·결핍을 극렬하게 살아낸다.
이때 존재를 호명하는 음성과 쓰는 문자 사이에 균열이 생기고, 그 차이
를 판별할 만한 경계가 모호해지며, 플롯을 위한 복선 대신에 기표의 난
립상을 통해 수시로 변화하는 세계상을 대면하게 한다. 딱따구리라는 보
통명사조차 하나의 기호여서 이 작품에 난맥을 만드는 데 기여한다. "별
명을 지어놓고, 텔레비전 만화 주인공들의 이름을 따, 서로에게 붙여놓
고…… 소꿉질하듯" 놀았던 고아 여덟 명의 특성이 *딱따구리*들이라는 복
수에 함유되어 있다. 이렇듯 단수 명칭과 복수 명칭이 섞이면서 지시 대
상이 더욱 막연해진다.

　지금까지는 '더 자세히 읽기'로 기호에 밀착하여 만화 기호인 *딱따구리*
의 정체성에 포개진 욕망들을 광주의 5월에 비추어보았다. 적대화가 비등
하는 고아들의 놀이 욕망에 맞닿는 특정 시기의 정치 이데올로기를 읽어
냄으로써 작가가 역사중심주의에 함몰되지 않고 문명적 사유를 펼치면서
역사로 재귀하는 방식으로 문학의 비판적 기능을 수행하고 있음을 밝혔
다. 특히 『헤이』는 말 못 함의 기율이 팽만한 시대의 폭압 정치를 만화 기
호로 표상한다는 점에서 기호적 글쓰기의 독창성과 고유성을 확보한다.
서사를 중시하는 시대에는 금기인 진실들을 기호로 변환한 글쓰기로 파편
화한 현실을 내보이는 기법의 독창성이 그것이다. 당시 현실사회가 제3차

산업혁명 시기인 점으로 미루어 입체 영상으로 부활한 인물에게서 얻는 위안이 전시 가치의 효과라는 점을 이 작품은 전한다.

3. 문화기호로 역사를 전유하는 방식

태생의 사회학

『헤이』에서 역사·정치의 결절점들은 기호화한 형식으로 독자에게 전달된다. 1970~80년대로 시간을 되돌려 당대를 분열적으로 언표한다 해서 현재와 과거 간 불화를 봉합한다는 기대를 갖지는 못한다. 근거 부재의 원칙이 가동한 시대에 비어(祕語)가 비어화(飛語化)하는 원리에 속박된 시대적 감각이 기표 '태생'으로 제시된다. 이 작품에는 태생을 묻는 목소리가 여러 차례 등장하는데 이는 정치·지역성·국적·자본 계층·오이디푸스 가족 모델 등의 의미를 두루 함유한다. 제외와 분리 원칙이 가동하는 태생의 사회학을 기호 80·81로 언표하면서 넓게는 파행적인 혁명으로 불구가 되어버린 정치의 장(場)에서, 동서(東西) 지역 간 배제의 원칙에서, 좁게는 외래문화의 유입으로 성인의 세계를 모방하는 아이들을 웃자라게 하는 현실에서, 그리고 자본 하위계층의 거주지인 도시 공간에서 갖가지 일화들로 나타난다. 분노 감정을 어떤 식으로든 언표해야 했을 작가의식의 요청이 이 작품의 존재 이유다. 그의 소설에 '저주받은 걸작', '너무 일찍 온 작품' 등의 평가가 뒤따른 것도 이와 무관치 않으며, 기표 80·81로 그의 문학정치는 현실사회의 폭압을 우회적이고 암시적으로 기호화하는 것으로 실현된다.

이 작품에서 작가의식은 태생을 결정화하여 소속을 묻는 사회를 비판하는 데서 첨예하게 드러난다. 편만한 광원 아래 사라져버린 낮과 밤의 경계에 있는 작가 K에게 딱따구리는 불청객이지만 그는 이것이 나타남으로써만 가능한 글쓰기의 주체다. 딱따구리는 골목 안으로 노파를 끌어들여 살해한 후 신체를 갈기갈기 찢어놓는 등 야만성의 표상이면서도 자신의 행위를 되돌아볼 줄 모른다. "저들의 *太生*을 알아?"라는 내면의 물음이 번번이 K를 괴롭히면서 부단히 되물어야 할 글쓰기, 즉 자기 성찰 과정에 놓인다. K의 자의식과 어릴 적 별명인 *딱따구리*의 의식이 분리와 결합을 반복하는 와중에 놀이집단에서 벌어진 일들이 암시하는 체계가 차츰 드러나기 시작한다. 시간 배경인 1980년 · 1981년과 연동하면 이때의 목소리는 출처가 여러 방위여서 근본적으로 해소할 수 없는 갖가지 문제들을 품고 있다. 어느 지역 · 공동체 · 출생지 · 국적 · 가정환경 등을 포괄하는 태생의 문제이면서 이것을 반복하여 캐묻는 체계의 검열과 통제 시스템의 작동 방식을 뜻하는 것이기도 하다.

　이 작품에서 명사가 복수형으로 쓰일 때는 집단이나 패거리 문화의 내면을 지닌다. 내부의 결속을 다지는 현실원칙이 적대적 관계로 나타나고, 경쟁원칙에 의한 분노 감정, 필승의 의지 등이 공격적으로 표면화하기도 한다. 예컨대 "아이들처럼 순수하고 무심한 딱따구리들"(11쪽)에서 '들'은 무의식화한 공격성의 복수형 기호다. 태생을 묻는 목소리가 '나'에게도 K에게도 똑같이 작용하면서 나-K 분열체는 시종 그 목소리에 시달린다. K는 딱따구리의 본성을 명쾌하게 알지 못하므로 자신 없는 어투로 '…던가?'라거나 '어떻게 됐더라?'며 기억을 견인한다. 고아인 '나'가 성장하여 지금은 어릴 적 놀이집단에서 벌어졌던 일을 가공하여 희곡을 써나가는 주체가 K다. *딱따구리*들은 어릴 적 놀이집단의 명칭이기에 K에게는 기억의 잔존물이며, 지금 그 이름을 불러야 하는 이유는 희곡 구상에서부터 쓰기로 이어지는 과정에 *그것*을 문제 삼아야 해서다. *딱따구리*는 그의 자의식에 죽지도 않고 살아 있고, 반면에 놀이집단의 대장이었던 *박스바니*는 죽었으므로 *딱따구리*와 *박스바니*의 연관을 무시하지 못한다. 이렇듯 분열적인 글쓰기로 작가는 당대 사회의 갈등 국면을 태생의 문제를 질문하는 것으로부터 시작한다.

K는 타액·눈물·콧물 범벅인 "저 빌어먹을 것들"을 떠올리면서 오래전에 잊힌 *딱따구리들*의 도래를 대낮 같은 새벽 시간의 광원 속에서 맞이한다. 워드프로세서에서 춤추기 시작한 저들의 발작을 보면서 글을 찍어놓고 간 것의 정체를 궁금해하지만 여전히 미궁이다. 그 존재는 K의 심연에 자리해 있으면서 글쓰기 작업을 야만적으로 지원하거나 개입한다. 글쓰기 욕구가 분출하는 곳에서 활약하는 *딱따구리들*과 *박스바니와그의친구들*은 심상찮은 사건에 연루되었으며 그런 이유로 피차 알리바이의 대응항이기도 하다.

워드프로세서 모니터에 글자를 찍어놓으며 발광(發狂/發光)하는 *그것들*에게 정체를 반복 질문하면서 K는 "*잠에서 깨자마자 우리는 갑자기, 격렬한 외로움을 느꼈다……*"는 희곡의 첫 문장을 자신도 의식하지 못하는 사이에 써낸다. 글을 쓰게 하는 *그것*의 정체를 반복 추궁하면서 손가락 끝으로 찍어놓은 글을 보며 의아해한다. *그것*의 정체를 비가역적으로 되밟으면서 문장을 쓰는 K의 시점, 나의 시점, K의 창작 과정과 '나'의 기억이 과거로 귀환하면서 정체성이 무수히 분열하고 교차한다. 자신도 의식하지 못하는 문장을 열 손가락이 찍어놓는다는 언명으로 작가는 글쓰기를 추동하는 무의식을 물화한다. '나'와 K의 시점이 수시로 바뀌면서 '나'의 현재-과거를 매개하는 언어, K의 글쓰기를 매개하는 '나'의 기억이 착종되면서 호명이 뒤섞인다. 아래는 기억이 희미해진 가운데 무허가촌 고아들과의 일화를 기억하는 '나'를 초점화한다.

그 빌어먹을 것들이 무얼 했는지 알아, 한 놈은 금적색 도는 날개를 파닥거리며 맥주캔 진열대로 뛰어가 막무가내로 캔을 터뜨리며 거품을 천장까

지 터뜨렸지. 또,

　다른 한 놈은 소시지들을 한 움큼 쥐고는 포장째 마구 뜯어먹고, 한 놈은
개먹이 통조림 앞에서 그것을 신기해하며 고개를 갸웃거렸던 거야,

　(중략)

　그때,

　나는 알았던가, 이러한 24시간 편의점들 덕분에, 그런대로 인생이 살 만
한 것이 되었다고 믿었던 나는, (33쪽)

'나'는 24시 편의점에서 딱따구리들이 먹을거리를 유희 삼아 갖고 노는
행태, 새로운 놀이라면서 불특정인의 생명을 놓고 유희를 벌이는 장면을
목도한다. "그때,/나는 알았던가,"라는 미확정적인 발언으로 보아 '나'는
'앎'을 확신하지 못하는 주체로서 편의점에 전시된 물품을 밤낮없이 소비
하는 무절제한 야만성이다. '광선'은 자본이라는 물신을 섬기는 현대인이
밀집해 있는 대도시가 발산하는 자본주의 물신성의 현현으로서 현물들은
기이하고 기괴한 형상으로 이 불빛에 노출된다. 작가는 몇 가지의 광원을
통해 눈이 멀어버릴 지경으로 휘황한 소비 시대가 도래했음을 알린다. 워
드프로세서 모니터의 액정과 할로겐 스탠드 불빛 아래서 새벽을 맞이하는
가운데 바깥으로 눈길을 돌리면 네온 간판의 불빛이, 수은등이, 경비가 비
추는 랜턴 불빛이 선명하게 광선을 쏘아댄다. 워드프로세서 모니터의 액
정이 켜져 있을 때 글쓰기가 가능한 것처럼 물신의 세계도 광원의 지원이
있어야만 상품을 생산하고 소비할 수 있다.

　세련되고 품격 있는 편의점 조명 아래, 낭자한 핏덩이들이 얼마나 더 매
력적일 수 있는지, 알았던가? 어떤 상품의 얼마큼 놀라운 색채 미학이더라
도 그 신선한 핏덩이의 매혹을 뛰어넘을 수 없다는 것을,

　그것의 가격표엔 그 새로운 매혹에 대한 보상도 포함되어야 한다고, 바로

　　　　　　　제1부 문화기호의 의미 작용 : 백민석의 소설

또 다른, 새로운 잔혹을 불러일으키는 연쇄효과에 대한 보상도 포함되어야 한다고,

나는 주장하게 되었던가? 우리의 기질, (34쪽)

앞에서 '앎'을 확신하지 못한 것처럼 여기서는 자신의 '주장'을 확신하지 못한다. '나'는 계몽주의자도, 주장을 펴기 위한 논리를 동원하는 이성주의자도 아니다. 물신이 지배하는 도시 공간에서 딱따구리들은 "뭔가에 미친 듯 매혹되지만, 그 정체는 전혀 생각"(34쪽)을 하지 않고, "그것을 사긁어모으지만, 그 치명적인 실체에 대해서는 생각 않는" 기질을 가졌다. 근본이 허기 그 자체인 존재이고, 도둑질과 강탈의 산물을 게걸스럽게 먹어치우는 탐욕 덩어리다. 캔맥주를 발로 짓이겨 터뜨리며 장난에 몰두하는 소비의 제왕이며, 새로운 장난거리가 궁해질 때면 불특정인의 생명조차 놀잇감으로 취급한다. "피눈물나는 굶주림"의 욕망을 내면화한 채 언제 어디서든 출현하여 장난처럼 천연덕스럽게 허기와 탐욕을 방출하면서 즐긴다. 이렇게 작가는 딱따구리들을 야만의 기호로 물화하여 소비를 촉진하는 시대가 도래했음을 증후로 알린다. 24시 편의점의 주야를 밝히는 전등은 중단 없는 소비를 조장하는 후기자본주의 기획으로서 물신이 지배하는 시대의 표지다. 편의점에 진열된 물품의 쓸모를 따지는 일에 선행하는 자본의 욕망이란 물품을 소비하는 데 온갖 수단을 분열적으로 작동하는 것을 의미한다. 딱따구리들의 행태에서 보듯이 현란하고 매혹적이고 맛깔스러워 보이는 포장을 뜯어 내용물을 먹지도 않고 그 쓸모를 곧장 폐기하는 식이다. 이러한 점이 희곡작가 K가 쓰는 글에서 '우리'의 굶주림과 허기를 끊임없이 자극하는 것으로 표명된다. "*허기로 미칠 듯한 창자들, 그리고 우리는 조금씩 더 사나워져*"는 구조 안에서 반복되는 문명적 사건과 자본의 역학이란 것은 호주머니에 "*지폐 몇 장만이 들어 있을 뿐*"인 딱

따구리들을 부단히 허기에 노출되도록 자극한다. 자본주의 무의식이 작동하는 인간의 소비 행태를 보여주면서 작가는 소비경제 시대의 자본 계급 문제를 노출한다. 현대문명의 분열적 생산 방식을 허기 충동에 따른 소비 욕망으로 접근하여 영원히 결핍인 욕망의 본성을 짚어낸다.

꺼지지 않는 빛의 세계에서 밤을 지나 아침을 맞는 희곡작가의 기억 되살리기 작업은 이렇듯 허기에 시달리는 '우리'로부터 시작한다. "오래전에 잊혀졌던 그 모습을 다시 드러낸" *딱따구리*들은 인체가 배출하는 온갖 수분—타액·눈물·콧물—이 범벅된 얼굴로 계속하여 훌쩍거리지만 이것이 죄책감이나 두려움 탓은 아니라고 K는 장담한다. 불가피하게도 *딱따구리*들의 태생을 알고 있다는 확정적 발언은 이 사실이 결코 변할 수 없는 육화된 지식임을 뜻한다. 이 모두가 K의 내면에서 나온 것이기에 그는 그것을 의심치 않는다.

> 누군가 그 훌쩍거림들이 그 어떤 죄책감이나 저지른 일로 인한 두려움 때문이라고 말한다면, 나는 반박할 것이다. 이봐,
> 저들이 누군지 알아? 어디에서, 무엇으로 태어났는지 알아? 저들의 *태생*을 알아?
> (중략)
> 그 새끼들이 돌아왔어, 난 저 빌어먹을 것들을 알아, 저 빌어먹을 것들의 *태생*을 알아. (11쪽)

이 독백은 딱따구리들의 귀환을 알리는 K의 목소리다. 저들이 훌쩍거리는 이유를 자신은 알고 있으므로 넘겨짚지 말 것이며, 이 사회가 따져 묻기 좋아하는 *태생*을 저들이 말해줄 것이므로 기다려보라는 의미다. 저들이 훌쩍이는 이유를 태생의 어떠함에서 찾을 수 있다는 K의 목소리는 『헤이』를 관통하는 테제다. 권유로도, 겁박으로도, 때로는 자기 조롱이나 동

제1부 문화기호의 의미 작용 : 백민석의 소설

질감에 따른 연민으로도 들리는 '태생'을 둘러싼 감정은 저들이 고아, 즉 *"Father-Motherless Children"*(85쪽)이라는 결손 환경에서 출발하여 80·81이라는 시대적 기호로 확산한다. 저들의 일원이었거나 그 무리에 관여하지 않았다면 K는 '저 빌어먹을 것들'의 귀환에 민감해질 이유도, 나무함에 고이 봉인된 20센티미터 나이프의 냉랭한 표면을 손끝으로 문질러볼 이유도 없다. 첫 문장을 기다리는 작가의 자의식 속으로 엄습하는 *딱따구리*들과의 기억을 빌어먹을 것들이라는 욕설로 맞이하는 K의 감정은 결코 단선적이지가 않다.

이처럼 작가는 태생을 문제 삼는 사회에서 작동하는 포함과 배제의 원칙을 비판한다. 후술하겠지만 이런 점은 개인이 타고난 조건을 결정화하여 이것을 불변의 논리로 환원하는 사회에 저항하면서 현실사회의 폭압 정치로까지 의식이 진전한다. 1990년대 백민석 소설이 그 이전 1970~80년대로 돌아가 기호로 발언하는 이유는 이런 곳에서 자명해진다. 딱따구리를 소비경제 시대의 욕망을 물화한 기호, 즉 문명의 야만 또는 자본주의 무의식으로 해석하면 작가가 소비경제 시대의 자본계급 문제를 드러낸 의도를 어렵잖게 파악할 수 있다. 딱따구리는 여기에 그치지 않고 다양한 태생의 문제를 함유하고 있어서 전방위적인 해석을 요구하는 기호다.

역사중심주의 대응항

백민석은 대중문화를 수용하는 과정에 외상을 입은 와중에도 진전된 작가의식을 보인다. 어느 문예지의 대담에서 서구발 대중문화의 자극으로 심리적 상처를 입었음에도 충격 완화 장치를 둘 수 있었던 근거를 새로운 목소리를 지닌 종이매체들에서 찾는다. 고교 재학시 『한겨레신문』이 창간되고, 『창작과 비평』『문학과 사회』 등의 매체가 비로소 제 목소리를 서

서히 찾아갈 수 있었던 문화적 분위기가 바로 그것"이라고 밝힌다.[6] 되어 가는 작가에게 종이매체가 지원해준 내용을 '문화적 분위기'로 요약한 것에서 보듯이 그는 당대의 문화 경험을 자신의 글쓰기에 비판적으로 수용한 작가다. 세대론의 취지에서 바로 앞 세대인 장정일과 뒷세대인 백민석의 영향 관계를 언급하는 경우가 있는데 이를 두고 백민석은 장정일에게서 영향을 받은 장르는 소설이 아닌 시였고, "뚜렷한 문화적 기호"를 지닌 두 권의 시집에서 "기의보다는 기표에 더욱 많은 영향을 받았다."라고 밝힌다. 그러면서 1990년대 문학장에서 자신의 좌표를 제시하는 동시에 장정일 문학을 "90년대 문학의 '잃어버린 고리'"로 지정한다.[7] 이 말의 취지는 한 시대의 가교로 존재하는 백민석 문학이 역사선상의 이데올로기가 아닌 앞 세대 작가의 문학 형식에서 영향을 받은 사실을 강조하는 데에 있다. 반리얼리즘 정서로 무장하는 차원을 넘어 "시대에 맞는 현실감각"을 발휘했고 그것이 "문학 언어 그 자체"[8]에 대한 고민으로 이어졌으며 자신 또한 같은 고민에 참여한 전환기의 작가임을 뜻한다. 문학이 사회를 반영한다는 명제가 이 시대에도 통했다면 그것은 인간의 경험을 쓰는 문학이 그 당사자의 사회문화 경험이기도 하다는 데서 작가 발언의 이유는 한층 명백해진다.

작품을 시기별로 분류해보더라도 그는 변화와 생성의 과정에 놓인 문학

---

6 황국명 외, 앞의 대담, 27쪽.
7 장정일 시집 『햄버거에 대한 명상』(1987), 『길 안에서의 택시 잡기』(1988)가 그것이다. 시 「길 안에서 택시 잡기」만 하더라도 글쓰기 관련 기표와 소설의 영향 관계를 짐작하기 어렵지 않다. "타자기", "테크놀로지와 자연에 대한 현대인의/갈등을 추적해 보고 싶다.", "꿈과 삶이 섞인 자리는, 표시도 없구나!/나는 계속, 쓸 것이다." 같은 기표들이 작가의 문화 의식과 연결된다.
8 황국명 외, 앞의 대담, 29~31쪽.

수행을 부단히 해왔음이 드러난다. 과정의 세계관으로 고정성 · 일관성의 세계관을 전복하는 이치야말로 그의 작품이 변화와 생성의 창안물임을 여실히 입증한다. 일관성을 주입당하는 세계에서 변화의 주체는 경박한 자이거나, 다장르를 넘나드는 작가는 여타의 장르에서 상대적 타자로 배제되면서 그 태생이 줄곧 문제시되기도 한다. 하지만 백민석은 소설로 등단하여 단행본을 출간한 뒤에도 장르 이동을 실존적으로 고민하는 모습을 보인다. 변화하는 세계와의 연관 속에서 작가는 당대 현실은 물론이고 역사의 결절점, 나아가 당대의 대중문화 현상으로까지 상상력을 몰아간다. 이러한 점은 그가 습작 시기 다장르를 거쳐 소설 쓰기로 진입하게 된 경위뿐만이 아니라 실험적인 소설 형식이 태어나게 된 배경을 유추케 한다. 그는 소설창작 이전에는 희곡을 썼으며 이러한 점은 그의 소설에 기입된 희곡 형식들로도 입증이 된다.[9] 1971년생 백민석과 앞서거니 뒤서거니 등단한 1970년생 김연수가 쓴 산문을 보면 그는 등단 후 소설을 쓰면서 시도 썼으며, 습작기에는 "한길사에서 하던 문예강좌"에서 김남주 시인에게, 대학 재학시에는 오규원 시인에게 시를 배웠다.[10] 이렇듯 다장르를 넘나들면서 새로운 소설 형식을 탐색한 그의 작품이 이질적인 양식이라는 점은 완성태가 아닌 실험적인 형식에서 여실히 드러난다.

1990년대 이전 소설에 등장하는 청소년들이 아버지 벗어나기, 탈향 등으로 기원과 단절하면서 오이디푸스를 극복했다면, 백민석 작품에는 애초

---

9 『헤이, 우리 소풍 간다』의 제6화 「꿈, 퐁텐블로」는 자신의 희곡을 소설화한 작품이다. 그는 소설로 문단에 나오기 2년 전에 극작가로서 이 작품을 무대에 올렸다. 카페 퐁텐블로에서 재즈 음악을 틀어 주었던 DJ의 이야기가 그것으로서 "신인 극작가인 백민석"이 창작극이 빈곤한 연극계에 새로운 역량을 보여준 작품이라는 평가를 그 당시에 받았다. 균, 「신인 창작극 3편 무대 오른다」, 『서울신문』, 1993.11.21.
10 김연수, 「백민석 : 소설체로 쓴 백민석론」, 『문학동네』 2000년 봄호, 224쪽.

에 기원을 알 수 없고 이 세계를 중심이 텅 빈 곳으로 감각하는 청소년 화자가 등장하여 오이디푸스에서 해방된 자로서 스스로 되어가는 생성의 미학을 발휘한다. 『헤이』에서 작가는 청소년을 이전 시대가 합의한 이데올로기가 아닌 대중문화기호가 지배하는 시대를 살아가는 주체로 등장시킨다. 이러한 발상 때문이겠지만 이 소설은 내포 의미보다 다양한 대중문화기호에 감각을 맞출 것을 주문한다. 문학작품을 언어기호로만 독해하는 방식은 수사학적으로 기울기 쉽지만 대중문화 코드로 확장하여 읽으면 열린 해석의 가능성이 커진다.

어느 논자가 1990년대 중후반기의 소설을 작가 개개인이 지닌 "문화적 감수성의 다양성" 측면에서 언급하면서 그들이 시달리는 결핍을 언급한 것은 글쓰기로서만 가능한 자기 영토의 확장을 말하려는 의도다. "글쓰기 자체가 이질적인 문화적 주체를 생산하고 가능성을 넓혀줄 수 있으며 글쓰기의 실천이 곧 문화적인 실천이 될 수 있는 시기가 되었다는 것, 즉 문화에 대한 능동적인 개입이 가능해졌다는 것을 의미"[11]한다는 것이다. 그런 점에서 그의 소설에 총잡이 상징이 등장하는 것은 매우 당연한 문화적 반응이다. 『캔디』의 시대 배경인 1980년대에 '총'은 의협심·정의감을 표방하는 만화나 영화의 카우보이 캐릭터들의 활약상을 간접 경험하면서 유소년기를 지나왔을 작가에게는 매우 자연스럽게 당대 사회문화와 정치를 포괄하는 상징기호다. 게다가 이것이 유수 문예지에 발표한 작품이자 등단작이라는 점, 자본가의 면모를 지닌 총 수집가가 아닌 문학전공 대학생이 대중적인 캐릭터인 총잡이를 구상하는 소설이라는 점에서 이 도구는 작가의 문화 의식이 내면화된 사물이라 할 수 있다.

---

11 최성실, 「하위문화와 새로운 문학적 글쓰기 — 몇 개의 블록, 혹은 나쁜 유토피아」, 『문학과 사회』 2000년 겨울호, 1724쪽.

『캔디』에서는 화자의 손가락 아래 타자기 · 펜 · 원고지가 놓여 있고 그 중 타자기는 화자의 신체가 확장하는 도구로서 성격을 지닌다. 하지만 전기 현상과 작가의식의 순간적 교섭으로 작가중심주의를 벗어난 텍스트는 워드프로세서 시대인 『헤이』에 이르러서야 씌어진다. 물리력의 지원 같은 외적 환경만으로는 글쓰기를 시작할 수조차 없다는 자명한 이치를 『캔디』는 일깨운다. 구상 단계에서부터 교수의 주문이 들어오고 화자가 대응항을 제시해보지만 끝내 소설을 구상하는 것으로 그친다. 교수의 요구는 이전 시대의 정신을 연장하는 차원이지만 화자는 인과성과 객관성을 중시하지 않는 알리바이로 대응하면서 주관적인 감수성을 견지한다.

더욱 문제적인 것은 이 작품을 대할 때 독자의 반응 방식이다. 관습화한 읽기로는 문화기호들을 놓치기 십상인 데다 그것이 매우 심상하게 놓여 있어서 특별히 도드라지지도 않는다. 따라서 그의 작품에서 역사의 내면을 발굴하기 위해서는 문화기호의 표상부터 직시해야 한다. 현실 변형을 촉발한 문화 현상과 현실성을 같은 맥락에서 살피다 보면 온갖 기호가 배치된 양태의 의미를 추정할 수 있다. 현대소설 양식이 흔히 부분의 지배권을 전체보다 우세하게 다룬다는 점에서 백민석 텍스트의 미소한 기호들은 작품 발생에 결정적인 당대의 사회문화를 반영한다. 예컨대 『캔디』에서 교육 객체인 화자에게 봄(spring)은 "교실이나 교실 창밖 베란다에서 맞곤" 하는 타자적 현상이다. 자신에게 봄이 온 적이 없다고 생각하는 화자가 대학생이 되자 봄이 왔다는 소식을 "저도 들었어요."라며 간접 반응을 할 수 있게 된다. 이러한 배경에는 고3생에서 재수생 시절로 이어지는 동안 그가 줄곧 가난한 현실에 처해 있었음을 뜻한다. 닭똥집 · 돼지고기 꼬치 · 술주정뱅이들과 대면하지 않고 "비로소 한 해의 봄을 대학 캠퍼스에서 맞게" 되었다고 말하는 그의 내심을 지원하는 것은 감수성을 새겨넣을 수 있는 타자기와 펜과 원고지다. 이 중에서 타자기는 1990년대의 문화적 인간인 화자의 글쓰기 욕망을 대체하는 문화기호다.

『캔디』의 화자는 재수 시절의 아르바이트로 타자기를 구입하게 되었으나 그때부터 대학생인 지금까지도 소설은 여전히 구상 단계에 머물러 있다. 하지만 『헤이』의 화자는 『캔디』의 화자보다 기술적으로 진보한 필기도구인 워드프로세서를 갖게 되어 상징언어를 보다 손쉽게 교란할 수 있다. 아래 예시문은 『캔디』의 교수와 화자가 나눈 필담이다.

> 진실/일인이역(탐정이면서 범인)
> 역사적 사실/암호
> 건강한 삶/알리바이
> 시대의식/죽음의 미로
> 교훈/변장
> 존재/돌연변이
> 중심/얼굴 없는 사체
>
> —『내가 사랑한 캔디』, 124쪽

지나온 시대의 이성적 · 합리적 역사관을 명시하는 교수는 좌항에, 이에 대응하는 화자의 해체적 사유는 우항에 자리한다. 좌항은 교수가 "자네 자신에 관한 이야기일세"라며 메모지에 내려쓴 것이고, 우항은 화자가 "대응항"을 적어 내려간 것이다. 왼쪽은 리얼리즘이, 오른쪽은 장르적 속성이 뚜렷하며 화자의 소설 구상 단계에 개입하는 온갖 관념 위주로 되어 있다. 재수생 시절을 거쳐 대학생이 된 화자는 여전히 총잡이가 되어 총잡이를 위한 소설을 쓰려는 소망을 유지 중이다. 앞의 총잡이와 뒤의 총잡이를 동류로 보기 어렵고, 이것이 반드시 사물로서 총을 의미하지도 않으므로 문화기호로서 총의 의미는 지연된다. 달라진 것이 있다면 재수 시절에는 춘투 현장을 뛰면서 소설을 막연히 구상했으나 지금은 "쓰는 사람이나 읽는 사람"으로서 교수가 권하는 작품의 미덕들을 숙고하게 되었다는 점이다. 지금 그에게 '봄'의 의미는 글쓰기 여건이 마련된 상황을 이른다. 인과성을 중시하는 역사관에서의 계몽의식, 일관성을 고수하면서 변하지 않는 존재만이 진실하다고 믿는 '중심'의 사고에 화자가 대응하는 방식은 비(非)이데올로기적이다. 좌항의 역사중심주의는 합리적 이성의 작용점에서, 우항은 좌항의 억압 체계를 해체하는 자리에서 이뤄진다.

이전 시대의 이데올로기는 대립항을 억압하지만 위에서 보듯이 우항의 사유 근거는 그 이데올로기가 아니다. 이러한 사고는 화자의 총잡이 자의식에서 출발하고 그곳이 어디인지는 교수와 화자의 대화에서 여실히 드러난다. 화자에게 총잡이란 테러분자, 분열증적인 광인들, 약간 정신 나간 직업군, 평범한 샐러리맨 같은 존재들이며, 그들이 "아주 조금만 진지하면" 되고 그 진지함이란 것의 무게는 "총알 하나만큼의 무게"면 된다고 말한다. 총과 총잡이의 환유가 극렬한 현실 부정론자에서부터 상징계를 이탈한 주체, 지극히 평범한 자들까지인 것으로 보아 총잡이는 누구든 될 수가 있으며 필요조건은 진지함 하나면 충분하다. 그런데 이것은 '누구나'의 일반화가 역으로 개체의 특수성으로 귀결된다는 점에서 매우 개별적인 정의에 속한다. 진지함을 "총알 하나만큼의 무게"라고 하면서 하나의 정의가 추상적으로 포장된 것임을, 이전과 달리 암호가 필요해진 시대임을, 그런 이유로 자신의 글은 모종의 추리물을 생산하는 양식이라는 점을 표명하는 필담으로 볼 수 있다.

화자의 이 같은 언어 생산 방식은 교수가 권유하는 일원적인 진리를 배반한다. 화자가 제시한 대응항인 '일인이역(탐정이면서 범인)·암호·알리바이·미로·변장·돌연변이·얼굴 없음'을 바탕으로 유추해보더라도 리얼리즘 양식과 결부되기보다 반전이 거듭되는 흥미진진한 추리물이 연상된다. 화자는 직접 언표하지 않고 암시적으로 하위 장르를 도출하여 교수의 시대의식을 은근히 문제 삼고, 이것이 교수 같은 이성적 주체의 관점으로는 전통 장르를 배반하는 것으로 보일 만한 요건들이다. 총잡이를 주인공으로 소설을 쓰겠다는 화자는 이렇게 교수의 제안에 대응하면서 자신이 이후에 쓸 작품에서 주인공이 겨눌 총구의 방향을 암시한다. 진리와 도덕을 폐하고 다만 그것을 찾아가는 과정을 구상하면서 이후에 써나갈 작품의 추리적 성격을 표명한다. 이는 의미가 끝까지 유보되는 백민석 텍스트가 추리물 같은 미적 생산물이라는 점과 연계되는 부분이기도 하다. 무엇보다도 화자가 대응항으로 쓴 '암호'는 그가 치밀한 전략하에 수행해야 할 글쓰기에서 최종의 언어를 의식하는 발언으로 보아야 한다. 즉, 발설할 수 없는 언어의 한계를 명시하는 기표가 그가 써 내려간 '암호'다. 이러한 점을 감안할 때 해체 서사와 추리물은 '과정'의 사유, 인물들의 극렬한 행위 동작, 단일하지 않은 정체성, 약속된 암호로써만 동류라는 사실을 확인할 수 있는 문화적 인간의 요건을 작품 내적으로 공유한다.

『캔디』에서 대표성을 띠는 문화기호는 포르노 필름, 영화, DJ가 있는 음악다방, 흑백 코팅 사진 등이다. 시대의 표징들과 청년 세대의 감수성을 뒤섞어 이것의 내재화와 외재화를 동시에 꾀하면서 작가는 전통 방식으로는 금기였던 문학 형식을 실험한다. 그리고 이 모든 에피소드들이 화자가 잠재작가로서 총잡이를 주인공으로 한 소설을 여전히 구상 중일 뿐, 글쓰기 수행자인 작가되기 과정은 줄곧 이상화 단계에 머물러 있음을 의미한다. 서사는 오전 11시에 '그것'(포르노 필름)을 시청하는 청년 두 명으로부터 시작한다. 표면 서사는 동성애 파트너와의 일화, 고3 시기부터 대학교 초년생까지의 경험을 다룬다. 고3 시절부터 캔디와의 만남이 이어지다가 "사귄 지 세 번째 되던 해"에 종결된다. 동성애자에서 이성애자로 변신한 캔디를 죽은 사람으로 인식할 만큼 화자에게 이별은 이전 세계가 죽었다는 의미를 지닌다. 이데올로기 국가장치가 가동하는 교육 체계에서 전교조 소속 교사인 한선생이 고등학교에서 해임된 후 선술집을 운영하는 상황도, 대학 진학을 위한 공부를 포기한 화자가 술집 아르바이트를 하면서 술주정뱅이들의 넋두리를 참아내지 못하는 상황도, 경제난으로 고3 시기에 공부를 포기한 화자와 달리 反長이 아버지의 능력이 조성한 찬스로 무난히 대학에 진학하는 상황도, 화자가 가난에 발목 잡힌 채 아르바이트와 재수를 겸하게 되어 보폭을 늦춘 탓에 대학 진학이 한 해 유보된 것도 정치력과 권력의 위세를 공고히 해온 주체를 향한 작가의 발언이다.

『캔디』는 사진·영화·연극 등의 문화기호를 통해 암시 효과를 따져보도록 한다. 기록 사진들이 지난 시대를 재현한다는 점을 들면서 우리가 알아야 할 역사의 진실이 사진을 바라보듯 해도 되는 것인지를 묻는다. 노태우 재임 기간인 1980년대 후반부터 1990년대 초까지 약 3년간을 다루면서 이 시기 대학생 사회운동의 일환인 가투·춘투, 지강헌을 비롯하여 12명의 교도소 탈주범들과 관련한 파생 서사를 선보인다. 총을 쏘고 글을 쓰는 일이 똑같이 이상주의자들의 관념 안에서 구성된다는 것, 쏘고 쓰는 일의 적중을 현실화하지 못하는 와중에도 이상을 강화하면서 마지막 한 방이 결국에는 자신을 향해 격발하는 것이라는 것, 지금껏 품어온 열망은 이상화된 것이므로 그것을 종결짓는 시점임을 암시한다. 따라서 총은 두려움과 공포의 도구이기보다 이상화한 꿈이며, 돼지기름을 바르면서 60년 이상 고이 간수하는 철제 난로 US WHEELING 1942와도 같은 사물이다.

지금부터는 이성주의 해체 측면에서 작품을 읽어 역사에 대한 작가의 간접 발언을 확인해본다. 『캔디』의 초입에서부터 동성 파트너가 텔레비전 브라운관에 연결한 포르노 비디오 영상을 관음하는데 이는 1990년대의 문화기호 중 하나를 바라보는 시선이다. 이들은 포르노에 등장하는 인물들의 언행을 창조적으로 미메시스하기도 한다. 상상계와 상징계의 경계가 사라지면서 가상의 현실화가 이뤄지고, 현실 재현과 다른 방식의 전치가 발생한다. 보드리야르가 직관한 대로, 보는 주체와 보이는 객체 간 상호 투명성 때문에 모든 것이 즉시 가시적으로 변하고 그것이 무자비할 만큼 정보와 커뮤니케이션의 빛에 노출되면서 바로 외설적인 것이 되고 만다.[12] 현실 속의 시청자는 필름 속의 남자들이 하는 대사를 그대로 뇌까리는 향유자이지만 무료하고 권태로운 표정도 감추지 못한다. 의미 전달의 의도가 분명한 필름은 시청자의 호기심 자극에 실패하게 되고, 더 이상 새롭지 않은 가상의 상황들과 마찬가지로 곁에 있는 파트너도 익숙하기만 하다. 이 세계와 저 세계 간 간극을 매끈하게 봉합하려는 상업문화의 기획에 포섭된 포르노 시청자에게 신비롭고 낯선 세계는 이미 존재하지 않는다.

문화적 인간의 시선과 관심이 미디어 기기로 옮아와 가상을 마주하는 점을 반영한 이 장면에서는 현실이 한층 인공적으로 보인다. 이는 단순히 모방 심리만으로는 해명할 수 없는 현실의 한 국면이며 포르노 필름은 첨단 문명의 리얼리티 기호다. 필름은 남-남뿐만 아니라 여-여끼리도 교환이 가능한 정념을 가공하여 제공한다. 심지어 "브라운관에서는 한 남성의 허리에 채워진 중세식 함석 정조대의 자물쇠를"(17쪽) 여성이 끄르는 장면이 송출된다. 남성 주도의 성 지배권 아래 가동하던 자물쇠의 소유권을 여성에게 넘긴 전복적인 상상력으로 작가는 이전의 관습과 금기를 해체한다. 상징계는 부계 중심의 언어와 법으로 만들어진 사회여서 동성 커플은 이곳에서의 죄악을 이탈하여 포르노 필름에 몰입하면서 가상 세계로 진입한다. 현실과 격리된 채 가상에 이입되어 포르노 필름을 모방하면서 자신

12 김욱동, 앞의 책, 36쪽 참조.

에게 부과될 법한 부도덕을 벗어나고자 한다. 이는 상징계의 금기를 깬 것에 대한 개인의 윤리가 현실 법칙에 의하지 않음을 뒷받침한다.

이렇게 작가는 초기 작품에서부터 인물들의 정신 경향·취향·행동 양식 등을 당대 대중문화와의 관련으로 사유하면서 그 누구도 쓰지 않은 방식으로 발화한다. 따라서 인물들의 행동 양식을 이전 세대와 다르게 말한다는 점을 놓고 그의 작품을 가상 경험으로만 재단하는 것은 일부의 착시다. 이러한 경험은 전변하는 시대의 문학작품에서 상호텍스트가 종이매체는 물론이고 영상매체로까지 파급된다는 점을 시사한다. 예컨대 동성애자 이론의 뿌리를 니체의 무정부적 회의주의자의 그것으로 보는 경우에는 1990년대를 "무중심, 인터넷으로 연결된 규범 없는 사회"와 유사한 것으로 보기도 하고,[13] 소수자의 성에 대한 담론은 문화적 서술 체계에서 이뤄지는 시대의 반영물이며, 소수자의 성을 해방시키는 자유주의 운동이 상업주의와 결속하는 계기를 만드는 구조로 되어 있다고 보기도[14] 하는 점이 이를 뒷받침한다.

1990년대 작품만 보더라도 백민석은 "정치보다 중요한 삶이 있다"[15]는 후기적 사유를 추앙하는 데 그치지 않고 당대인의 구체적인 문화 경험들을 써나간다. 이것이 백민석의 문학정치이며 이전 시대의 가치관으로는 온전치 못한 것, 불온하고 불순하고 몰가치한 현상들을 승인해야만 간신히 그의 작품으로 접근할 수 있다. 작품을 분석할 때의 난점은 바로 이런 곳, 즉 양방향의 바라보기를 요청하는 곳에서 발견된다. 이항대립 요소들 중 어느 한쪽을 우위로 보는 관점으로는 그의 작품을 부정론이냐 긍정론

---

13 윌프레드 L. 게린 외, 『문학비평의 이론과 실제』, 최재석 역, 한신문화사, 2000, 274쪽.
14 이택광, 「글쓰기의 욕망과 글쓰기의 권력」, 『오늘의문예비평』 2000년 봄호, 194쪽.
15 마단 사럽, 앞의 책, 166쪽.

이냐는 이원론으로 재단하게 된다. 하지만 좌우 항을 상호 의존과 포함의 관계로 보게 되면 의식에 전변이 생긴다. 대립쌍의 우위를 판별하기보다 대비되는 두 개의 항을 상호 사유의 근거로 삼을 수가 있다. 이러한 원칙 하에 대립쌍들을 사유하면 우리의 의식에 구조화된 특권과 권력의 실체들이 드러나기 시작한다.

1990년대의 뚜렷한 경향 중 하나를 포르노 필름의 인물을 미메시스하는 인물을 중심으로 살펴보면 당대 삶의 양식이 디지털 미디어와 접속한 일상으로 바뀐 지점이 있다. 작가가 자신의 작품 미학을 당대인의 문화적 삶에 걸맞은 양식으로 구현한다는 방증이다. 이전과 유사한 형식·내용으로는 말할 수 없는 것을 구체화하는 방법이 확연히 이질적인 것에서도 드러나듯이 백민석은 전변하는 시대의 문화 현상을 면밀히 탐구한 작가다. 그의 작품에서 기호·문화기호는 단지 언어유희나 장치에 머물지 않으며 그것이 출현할 수밖에 없는 사회문화적 배경을 갖고 있다. 문화 환경이 급변한다는 자각이 백민석 세대만의 것은 아닌데도 그의 문학이 특별한 것은 1990년대 현상이 그만큼 전례가 없었고 그러한 점을 기민하게 체감한 작가의 감수성이 남달라서다. 변화와 생성만이 작가에게 쓰는 자로서 존재의 항상성을 보장한다. 변화가 없는 작가는 스스로 사망을 택한 것과 다름없다. 작가가 텔레비전 키드의 시대인 열 살 무렵부터 브라운관에서 상징계의 언어를 경험한 사실, 그리고 5세 때 가족 삼각형 구도가 깨지면서 할머니와 동거하게 된 성장 연대를 참고하면 상징계–상상계가 접합된 문화기호들의 위상은 사뭇 막중해진다. 자아 정체성이 가족 구도 안에서 형성되는 시기를 온전히 통과하지 못한 유년기 이후의 그에게는 언어 문제에 관한 한 동일시할 어머니도, 그러한 동일시를 깨는 초자아로서 아버지도 부재했다. 거울단계를 거쳐 상징계로 진입하는 과정에 부재한 부모의 자리를 할머니가 대신하지는 못한 것으로 보인다. 그의 작품에 등장하는 할머니가 어떠한 상징언어로도 화자에게 작용하지 못하는 것만 보더라도 작가는 일찍이 일인칭의 삶을 확립한 주체였을 가능성이 크다. 실종 또는 사망한 모어를 찾아내어 봉인을 풀거나 그 조각들을 봉합하려는 기억 작용의 일환으로 해석하게 하는 작품 『올빼미농장』을 이런 경우에 대입해볼 수 있다.

『캔디』에서 서울 하늘에 떠 있는 무정형의 '구름 기둥'은 역사 현장과 접맥된다. 이것을 현상 그대로 이해하면 작가가 쓴 것처럼 "지금은 80년대가 아니"지만 아직 종결되지 않은 1980년대 현상이 지속 중인 1990년대의 어떤 증상이거나, 1995년에 철거된 조선총독부 건물을 해체적 기호로 표상하는 듯하다. 캔디가 "남산 조지훈 시비에서" 먼 하늘에 걸린 그것을 보았을 때 "흰색 최루 가스가 스며 분말들이 바람을 타고 하늘 높이까지 솟아올라"(153쪽) 구름 기둥 같은 형상을 이룬 광경은 방외자인 캔디에게 시민 투쟁의 현장을 단지 이미지로만 응시하게 한다. 반면에 어느 시장의 춘계 투쟁 현장에는 한 사내의 손에서 터져버린 화염병과 시커멓게 그을린 피부 사이에서 붉은 살점들이 떨어져 나가는 고통이 실재한다. 성난 시위대에 매타작을 당한 전경이 흙 발자국들로 더럽혀진 경찰복을 입고 시장 한복판에 쓰러진 광경도 여전한 시대다. 학교 앞마당에 차려진 분향소에 초상화들이 늘어나던 즈음이고, 초상화의 주인공들은 아주 오래전에 죽은 자와 같은 표정을 짓고 있다. 작가는 과거의 시간을 기록하는 방식을 흑백 사진으로 기호화하면서 기억 문제를 제기한다.

화자는 보지 못했으나 캔디가 멀리서 보았다는 구름 기둥은 화자의 진단대로라면 그 아래에 있는 자들은 보지 못하는 것이다. 캔디 같은 원거리의 주체에게는 "아름답고 따뜻하고 위대해 보이"(154쪽)지만, 근거리의 주체에게는 "난처하고 무용하고 심지어 끔찍하기까지 한 일들이 종종 벌어지곤 하는"(155쪽) 현장이 구름 기둥 아래에 실재한다. 여기서 원경과 근경을 비교하는 차원을 넘어 당대적 삶에 투신하는 두 인물의 서로 다른 양태를 엿볼 수 있다. "누구와도 함께 있을 수 없는 존재"를 자인하는 캔디는 '숲'을 원격화하지만 화자는 그곳에 몸소 투신하여 캔디의 표현대로 '숲'이 되었다. 숲에서는 숲을 보지 못하는 이치대로 화자는 구름 기둥을 보지 못한다. 반면에 멀리 남산 조지훈 시비에서 그것을 본 캔디는 치열한 투쟁 현장의 은유인 '숲'에 참여하지 못한다. 원거리에서 낭만과 추상으로 실재를 감각하는 그는 자신의 현실적 이해를 앞세워 동성에서 이성으로 파트너를 교체하면서 화자의 시위 현장 참여보다 한층 적극적으로 생활 정치에 투신한다. 그런데 여기에 문제의 지점이 있다. 화자의 실천행위를 보면 진정성을 운위할 수 없게 된다는 점이다. 뒷골목 뛰기, 시위 대열에 섞여 흘러가기, 심지어 죽은 군인의 사진에서 웃음을 본 후 자신도 웃음을 참지 못하는 등 캠프(camp) 분위기가 물씬한 장면들은 수용자의 "판단 방식이 아니라 일종의 즐기기, 느끼기 방식"[16]처럼 보인다. 윤리적인 부채감, 도덕적인 분노 같은 무거움을 무효화하여 한없이 가벼워진 감수성으로 사진을 바라보는 화자에게 기대할 수 있는 것은 진정성이 결코 아니다. 무게를 의심하고 차라리 가벼워짐으로써 비극에 몰입하지 않는 희극성, 되도록 초연한 자세를 유지하려는 스타일의 미학을 그는 보여준다.

투쟁하는 신체와 정신적 안정 사이에서 갈등해본 적이 없는 캔디도 새로운 사랑을 찾아 다시금 안정을 택하고, 화자는 학년 말이 되도록 진전된 것 없이 "총잡이에 의해 쓰인 총잡이의 총잡이를 위한 이야기"를 구상 중이다. 심지어 시위 현장에서 전투조의 최전방에 서 있을 때도 그는 총잡이 소설만 생각한다. 완벽한 총잡이 이야기를 꿈꾸지만, 시위를 진두지휘하

16 수전 손택, 앞의 책, 436쪽.

는 사내가 "길게 혀를 빼문 노태우의 피투성이 두상 캐리커처"(140쪽)가 그려진 깃발을 흔들어대는 실천에 비하면 허섭스레기 추상에 그친다. 화자는 그저 "집회에 끼어" 있거나, 최루탄 발사 차가 뒤집히도록 폭력에 맞서는 폭력 현장을 본대를 좇아 뛰면서 '보거나', 사복 차림의 체포조들이 골목에서 튀어나오면 본대 깊숙이 섞여들어 도망치기도 한다. 노동자들의 춘투 현장에 참여하게 된 별다른 동기는 없으며 그는 단지 와류하는 역사 속에서 참여자도 구경꾼도 아닌 소용돌이 자체의 움직임 또는 부유한 전경(全景)일 뿐이다. 따라서 그는 캔디와 달리 머리 위의 구름 기둥을 보지 못한다. 그와 캔디는 동시대의 역사 현장을 근경 또는 원경으로 바라보고 있을 뿐 그 내면의 구체적인 이데올로기까지 체화한 주체가 아니다. 당대 현실로 돌아가보면 학생운동의 주체들이 성장하여 시민운동의 대열에 서면서 문민정부가 탄생한 뒤의 가두 투쟁 방식을 노동운동의 주체들은 채택하지도 못했다. 캔디 시대의 노동운동은 그 이전 딱따구리 시대에는 불가능에 가까운 금기였으며, 딱따구리 시대의 학생운동은 정치운동과 민주화 운동이 금기였던 시대의 대리 표현이다.

이런 점은 1980년대의 현실사회로 시선을 돌려보면 충분히 납득이 되는 경우다. 정치 민주화 이전에는 마르크시즘 등의 이념서가 금서였으므로 대학생들에게 되레 결핍을 자극했으나 1988년 해금 조치 이후에는 사정이 크게 달라졌다. 이들의 필독서가 이념 중심의 전통 철학이 아닌 서구와 미국의 후기구조주의·포스트모더니즘·문화이론 등으로 대체된 현실을 참고하면 문화기호의 범람, 일인칭 글쓰기 주체의 등장 등이 이전 시대의 이념 과잉을 대체한 문화적 실천임이 드러난다. 작가에게 사유의 출발 지점은 모든 중심적이고 절대적인 것에 대한 부정정신이며, 견고한 구조와 체계에서 작동하는 욕망을 구체화하고 노골화하여 인간의 기대감과 망상이 얽힌 권력의 위상을, 지배 권력의 이성적 사고로 구축된 금기의 항목들을 가차없이 폭로한다. 이런 점은 푸코 계보학의 '역사 발전과 진보를 표방하는 이면에 은폐된 권력의지를 폭로하는 비판전략'[17]과의 연관 아래 작가의 문학정치와 그 방향성을 추정케 한다. 금기의 항목은 일정한 범주를 지닌 채 무의식처럼 작동하면서 당대인을 억압하는 양태로 나타나기 마련이다. 그리고 그것이 이전 역사관이 신뢰한 거대서사의 금기 항목이기도 하다는 점을 백민석 작품은 환기한다. 세계를 바라보는 관점을 전환해야 하는 시대의 도래를 알리는 그의 작품은 이전의 관습으로는 용인하기 어려운 양식이다.

캔디 시절의 화자는 소설을 구상하는 데 그쳤을 뿐만 아니라 시위에 가담하여 장외투쟁을 하면서도 당대 현실을 가볍게 '본' 것에 그친다. 카페에 내걸린 흑백사진들에서 1980년대의 상징적 죽음을 간접 경험하면서 표면만 훑는 매끈한 바라보기로는 심층의 진실을 알기 어려우며, 더구나 사진은 찰나의 빛 반응이 만들어낸 상이어서 소설이 내포하는 진실과는 다른 일면을 지닌 기록물이라는 점을 작가는 전한다. 사진의 재현 기능과 감동의 문제를 따질 때 그 표면성을 스투디움이라고 개념 정의하면서 이것을 풍크툼과 구별한 사례를 참고할 수 있다. 스투디움이 사진 작가가 의도한 대로 보편자들이 공유하는 객관적인 사실과 느낌이라면, 풍크툼은 객관적 기호를 벗어난 감정의 흐름, 표정, 정서가 매우 개인적으로 관람자에게 전달되는 경우를 이른다. 반면에 스투디움은 사진이 찍히던 당시의 시간 배경이 실어내는 사물 또는 생명체의 특징이 객관적으로 공유된다.[18] 그러나 『캔디』의 화자가 관람자로서 바라본 사진들은 스

---

17 전문영, 『담론분석과 담론연구』, 푸른사상사, 2021, 126쪽.
18 롤랑 바르트, 『카메라 루시다』, 조광희 역, 열화당, 1994(초판 4쇄), 31~32쪽. 스투디움은 "무엇에 대한 전념, 누군가에 대한 호의, 즉 일반적인 정신의 집중을 의미"한다. 인

투디움은 물론이고 풍크툼도 초과하는 기록물이다. 투쟁 현장의 현실성을 반영해야 할 사진에서 인물들은 관람자가 의외라고 여길 만큼 기이한 표정을 짓고 있어서 이러한 현상을 현실 맥락에서 이해하는 것은 불가능하다. 사진의 인물들과 정서적 교류가 전혀 없었다 하더라도 공유할 만한 정서가 있을 법하지만 화자에게는 그것이 없다. 기록 사진이 현실을 실어내지 못할 때 관람자는 당대의 보편적 현실에 공감할 수 없고, 관람자가 공유할 정서가 사진에 없을 때 문득 찔리는 아픔에도 무뎌진다. 화자가 본 사진은 역사적 순간의 심층 내용을 초과한 기록물로 부풀어 있을 뿐이다.

이상 역사중심주의를 해체하는 인물에 새로운 시대의 감수성을 새겨넣은 점을 밝혔다. 역사중심주의와 이성-권력에 대한 비판, 추적 과정을 방불케 하는 후기 서사의 알리바이 형식, 기록 사진에 담긴 사실(fact)을 추궁하는 작가의식에 전변하는 시대의 감수성이 담겨 있다. 가벼움의 미학을 중시하는 시대에 작가는 표면의 예술이 지닌 미학으로 이성주의 역사관 앞에서 당당하게 발언하면서 완성된 글이 아닌 과정의 글쓰기로 기호의 의미 작용을 꾀한다. 『헤이』에서 K의 충동적인 글쓰기는 후기구조주의자들의 그것과 접맥되며, 『캔디』의 화자에게 구상 과정은 전통 방식을 해체하는 차원에서 진행된다. 그럼으로써 작가는 대립쌍들을 대응항으로 전환해내는 사유로 모든 대립 관계들을 상호 사유의 근거로 삼는다. 강고한 역사중심주의, 권력의 특권과 그 실체에 주목하여 이전 시대의 금기들을 해체한다. 그의 작품에서 실천적 글쓰기의 주체에게는 후기자본주의 소비경제 시대의 분열적 생산 방식이 무의식화되어 있다. 장외투쟁을 선도했던

간의 행위·표정 등과 관련한 문화의 의미가 포함된 개념이다. 풍크툼은 안정된 스투디움을 방해하거나 꿰뚫는 것 같은 상처, 즉 뾰족한 도구에 의한 낙인 같은 것이다.

학생운동과 노동운동의 주체들이 사회인이 된 후 시민운동의 주체로 결집한 일화들에서 우리가 읽는 것은 넥타이를 맨 시민들이 이끄는 문화운동의 한 양태다.

전략적 기호의 발현

『헤이』에서 80 · 81은 엄중한 사회적 기호이자 미디어 매체의 현실을 반영하는 문화기호다. "80년 겨울"(146쪽)에 서울의 일반 가정에 컬러텔레비전이 보급되어 1981년까지 방영된 만화영화 주인공들을 모방하는 고아들의 놀이가 이 시기에 이뤄진다. 하지만 작가는 컬러텔레비전이 보급된 뒤에도 자신의 집에서 흑백텔레비전을 보았노라고 말하고 있어서[19] 이는 작가가 컬러텔레비전의 시대를 개인화하기보다 대중적 토대에서 당대 사회의 급격한 변화와 그 내면을 객관적으로 조망했음을 뜻한다. 어떠한 문화현상이 공동체 안에서 필연으로 작동하려면 그 구성원의 암묵적 동의와 용인이 우선시되지만 그것이 불평등한 조건에서는 순탄치 않을 소지가 크다. 그러나 마을 공동체에서 선도적으로 컬러텔레비전을 구매한 주체가 그 구성원들이 자유롭게 출입하도록 시청권을 개방한다면 충분히 가능한 일이다. 컬러텔레비전이 송출하는 프로그램은 특권적이지도 불평등하지도 않은 메커니즘을 공유하는 매우 보편적인 대중매체로 도시 공동체에서 정립될 수 있다. 거대 도시 서울에서 태어나 성장한 백민석 세대가 누렸을 대중문화가 컬러텔레비전이 송출하는 이미지인 점은 그의 초기작에서 여실히 드러난다. 박스바니 · 새리 등은 외국 국적의 만화 기호이며, 소설 등

---

19 백민석 · 장은수 대담, 「인공 현실과 비선형 서사의 출현」, 『문학과 사회』 1997년 가을호, 1132쪽.

제1부 문화기호의 의미 작용 : 백민석의 소설

단 이전에 몰두했던 극작 요소를 반영한 듯한 극(drama)적인 장면 구성과 에피소드들, 제도교육에서는 제공하지 않는 악보를 만들어놓고 "마술적인 놀이 같은"(111쪽) 합주를 즐기는 고아들의 연주행위 등은 그의 소설을 기성의 교육제도와 성인 중심 영상매체의 상업 전략을 향한 분노로 읽게 한다.

『헤이』의 기호들은 자명성에 기여하지 않는 질문 그 자체의 표상이다. 따라서 추리 과정을 밟으면서 수수께끼나 알리바이처럼 이 기호와 대면해야 한다. 예컨대 기울임체로 쓴 *그것*을 '무의식'[20]으로, 「검은 초원의 한켠」에서 'il'도 '그것'으로 보아야 하는 경우[21] 등을 바탕으로 추정해보건대 이 대명사는 어떤 명사를 대신하지만 다른 언어들과의 관계 속에서만 작동하는 지칭 대상이다. 이렇듯 추측과 추정이 난무하는 읽기에서 독자는 아는 만큼 작품을 이해하면서 온갖 잡다한 지식과 정보를 대입하여 읽는 조잡스러움이 큰 도움이 된다는 것을 알게 된다.

이 작품은 딱따구리의 기호적 특성으로 *그것*의 지시 대상을 추정케 하면서 성찰에 무지한 시대의 폭력 증상을 발언한다. 기호 딱따구리가 무의식적 충동을 의미할 때 이것은 본능적으로 타자에 반응할 뿐 자타 간 관계성을 고려하지 않을 뿐만 아니라 성찰과 반성에도 무지하기 때문에 그 특성상 폭력이 내재된 명칭이다. 작가는 철거촌의 문제적 인물 다섯 명을 *그것*으로 지목한다. *그것*들이 지시 대상의 통칭이라면 태생을 따지면서 인간의 성분을 판가름하는 시대에 그 폭력과 연루되는 대상을 의미한다고 볼 수 있다. 그럴 때 반성에 무지한 백지 같은 순수의 폭력성은 딱따구리

---

20 프로이트가 라틴어 id를 '원초 자아' 또는 '무의식'으로 해석하면서 '그것'이라고 지목한 경우와 일치한다면 가능한 가정이다.
21 프랑스어 남성인칭대명사. '그' '그것'을 의미.

에 한정되지 않고 태생을 문제 삼는 사회의 구성원을 의식하는 발언으로 확대된다. 의식으로는 알 수 없는 것, 즉 의식도 무의식에는 무지하므로 심연처럼 캄캄한 심리가 순수한 폭력의 거처다. 순수와 무심의 화신인 딱따구리들에게 타자의 안전과 행복을 비웃는 파괴적 충동이 흐르는 것은 그러한 이치다. 이렇게 볼 때 『헤이』의 초입에서부터 등장하는 딱따구리는 비존재로서 누구에게나 내재하는 정신 경향인 무의식의 폭력성을 이른다. 죄책감이나 두려움에 무지한 딱따구리의 순수와 무심에 틈입할 부정적인 것이란 없으며, 만약에 그것이 끼어든다면 애초에 순수와 무심은 성립하지 않는다. 반면에 작가 K의 글쓰기 충동을 사주하는 딱따구리는 작가의 생산성을 추궁하는 정신 경향, 즉 자본주의 무의식을 기호화한 것으로 앞서 해석한 바 있다. 이는 오직 글을 씀으로써만 가능한 생산방식을 이르며, 태양광선이 사라진 밤중에도 작가를 전기·전자기술의 현현인 인공 빛의 세례를 받으며 글쓰기에 몰두하게 만든다.

이 작품의 만화 기호는 1980년부터 1981년까지를 시간 배경으로 서울 지역에서 컬러텔레비전 방송을 시작하고, 광주의 5월과 삼청교육대 사건 등 굵직한 사회문화적 이슈가 연이어 터져나오던 무렵과 동시간대의 그것을 이른다. 중심인물이 누구인지에 따라 놀이집단의 명칭이 바뀌는 구조 안에서 K의 별명인 *딱따구리*가 중심인 놀이집단의 명칭은 *딱따구리들*이다. *박스바니와그의친구들*·*딱따구리들*·*일곱난쟁이들*이 주로 호명되는 것으로 보아 이들이 놀이집단의 주역을 맡은 듯하다.

우린 절대 소꿉장난 같은 건 안 했어. 새리가 껄껄댄다, 그래, 그런 걸 하고 놀기엔 너무 난폭한 우리들이었지, *박스바니*가 언제나 우리 대장이었고. 그래, 기억나? K가 말한다, 박스바니가 우리에게 싸워 이기는 법을 가르쳐 줬지, 놀이를 더욱 즐겁게 놀 수 있는 법을.(78쪽)

K와 새리가 나누는 대화 내용이다. 놀이집단에서 편 가르기가 이뤄지면서 적대적 관계를 형성했다기보다 주로 *박스바니*가 대장역을 맡았으나 그의 죽음을 기점으로 놀이집단에 균열이 생긴 것으로 보인다. 구성원 8명 중 *박스바니*가 죽어 7명이 남게 되고 이들이 *일곱난쟁이*로 결속하는 모양새가 된다. *박스바니*가 죽은 뒤 *마이티마우스*처럼 "아주 커다란 금적색 두 날개를 사방으로 펼"(59쪽)친 "그 모든 빌어먹을 것들의 대장"은 다름 아닌 "딱따구리 대장", 즉 폭력 충동이 무의식화된 대장이다. 순진함의 악성이 내면화된 대장인 딱따구리는 남아 있는 일곱 명 모두에게 무의식화된 폭력성, 즉 고아들 간 무한 경쟁과 투쟁을 충동질하는 기호다. 그리고 이것이 끝나지 않을 악몽 같은 것이었다고 K는 기억한다.

*박스바니*의 죽음 뒤 결원이 생긴 고아들의 세계에서 칼을 쥔 자가 누구였는지 추궁하는 일도 일면의 의미는 있다. K가 가끔 꺼내어 손끝을 대어보는 칼에 새겨진 모호한 문양은 K의 내면을 거쳐 나와 언표될 어떤 문장, 즉 번뜩이는 광휘처럼 도래할 문장을 암시한다. *박스바니*의 죽음, K가 자신에게 '알겠어?'라고 반복 질문하는 확인 행위들이 글쓰기 수행과 엮여 있어서 이 작품은 숱한 추정을 낳는다. 퐁텐블로에서 놀이에 빠진 아이들의 쾌락 감정이 일곱난쟁이의 기호인 일곱 빛깔, 그리고 컬러 텔레비전의 컬러 바(color bar)와 동일한 맥락이라면 이것이 영상매체의 가상적이고 쾌락적인 환등상(fantasmagorie)의 여파라는 점, 그리고 그것이 가상을 통해 현실을 되비치는 간접화법임이 드러난다. 또래 집단에서 발생한 놀이의 과잉 상황과, 박스바니의 죽음을 기성 권력의 폭력을 미메시스하여 유포하는 만화영화의 대중화 기획과 동일선상에서 바라볼 수 있게된다.

이러한 추정을 거치다 보면 "금적색 도는 날개를 파닥거리는"(33쪽) 쥐 *마이티마우스*에게 토끼 박스바니가 "그 토끼몰이" ─ 『캔디』(163쪽)에서 작가는 전경과 사복 체포조에 쫓기는 시위 군중과 학생들을 이렇게 표현한다. ― 식 추적을 당한 장본인일 가능성이 커진다. 판자촌에 득실대는 쥐를 고아 들이 잡아다 주면 *박스바니*가 그 해골로 목걸이를 만들어주었다는 새리 의 회고담은 *박스바니*와 *마이티마우스*라는 상징기호를 역사적 시간 속에 나란히 위치시킨다. 겁박과 응징이 횡단하는 시대, 야생의 생명력으로 삶 을 영위하는 인간을 도륙하여 해골로 만들어버린 시대, 인간의 성분을 판 별하는 기준을 태생에 두는 시대, 출신지를 문제 삼으면서 척결 대상을 색 출하는 시대가 이 기호들에 은닉되어 있다. 작가는 컬러텔레비전 만화영 화의 폭력성이 그대로 놀이문화가 된 시대를 간신히 판타즈마로 기호화할 수 있을 뿐이다. 정작 『헤이』를 관통하는 현실이면서도 작가가 전략적으 로 흐려놓을 수밖에 없었던 사안들의 틈새에 독자의 자리가 있으나 그것 은 번번이 놓치기 쉬운 기표의 자리이기도 하다.

작중 현실을 직시해보면 *박스바니*의 죽음은 1979년을 시작으로 1980 년을 거쳐 1981년까지의 어떤 죽음의 기호라는 사실이 드러난다. 지시언 어는 분명치 않으나 지배 권력에 의해 성분이 분류되어 불순분자가 된 당 대의 어떤 죽음을 이 기호가 암시한다. 고아, 가난한 자, 부랑아의 태생 을 함축하는 인물 *박스바니*의 죽음은 당대 사회에서 상징언어로 발설할 수 없는 내용들이 『헤이』에 갖가지 기호로 산포해 있다는 방증이다. 작가 는 『캔디』에서 실명으로 노태우를 거명한다. 혀를 길게 빼문 모습, 피투 성이가 된 두상으로 비극의 희극화를 꾀한다. 『헤이』에서 거명한 전두환 은 구체화할 수 없는 사건과 내용들을 무수히 품은 기호 80 · 81로 암시 된다. 강력하면서 난삽한 기호들의 난립 속에서 역사적 사건들은 일과성 현상처럼 제시된다. 이러한 작업은 역사가 중심인 세계관을 해체하여 한 쪽 항이 품고 있는 진실을 다른 쪽 항의 사소함에 비춰보는 효과를 견인 한다.

제1부 문화기호의 의미 작용 : 백민석의 소설

박스바니와그의친구들…… 은종이로 싼 나무토막 서너 개…… *박스바니와그의친구들*, 앞에 놓인 악기들……, 고무줄로 이어붙인 캐스터네츠, 조약돌들로 속을 채운 플라스틱 필통, 청동제 요령 두어 개, 쇠못들을 술처럼 매단 막대, 그리고 유리구슬들이 든 유리 우윳병 하나…… 됐어,

(중략)

저 멀리로부터 쿵쿵, 울려온다. 곡괭이들이 굴 파는 소리들, 굴이 패어지고, 흙더미들이 무너져내리는…… *그의친구들*은 놀라, 일제히 손에 쥔 악기들을 떨어뜨린다. (중략) 모자를 눌러쓴 일곱 곡괭이들, 저 멀리…… 일곱 개의 빨간 모자들, (36~38쪽)

*그의친구들*의 기억을 점령한 공포가 "모자를 눌러쓴 일곱 곡괭이들"의 형상으로 언표되는 장면은 당대의 어떤 폭력의 표지이며, 기호 굴[坑(갱)]에는 갱(gang)의 이중 전략이 중첩된다. 음성언어와 문자언어 간에 의미가 분산하면서 소리 '갱'에 실린 이중 의미가 고아들의 동굴 체험과 맥을 같이한다. 사방이 캄캄한 가운데 청각에 의지하여 상황을 직관해야 하는 아이들에게 굴을 파들어가는 소리가 가공할 공포를 몰아온다. 눈먼 자와 다름없는 아이들이 듣는 느닷없는 발사음에서는 보이지 않는 폭압과 폭정에 대한 공포를, 상상과 가상으로 세계를 직관하는 아이들에게서는 시대가 맹인으로 만들어버린 군상을 엿볼 수 있다. 보는 행위에는 엄중한 책임이 따르므로 보지 않으려고 눈을 감아버린 아이들의 상상 속으로 쇄도하는 소리는 공포 그 자체다.

일곱난쟁이의 직업인 광부를 해체하여 광부가 아닌 경우의 정체성을 사유하는 데서도 작가의 리얼리티 감각이 엿보인다. 동화에서 무결점의 선량한 '작은 이'들로 그려지는 그들이 누구일 수 있는지는 기호 80 · 81이 대체한다. 우리가 익히 아는 동화에 등장하는 일곱난쟁이들은 백설공주에게 선량한 영향력을 끼친 상대역이다. 하지만 작가는 이것을 혼성모방 기

법으로 변주한다. '빨간 모자'가 기호 81을 대체한다는 사실은 14년 후에 카페 퐁텐블로에서 다시 만난 K들의 논평에서 입증된다. "80년은 아직 흑백텔레비전"(204쪽)의 시대였으므로 일곱 개의 빨간 모자는 1981년의 어떤 "일곱 가지 대죄"(208쪽)를 함의한다. 여기에 그치지 않고 "그 광산, 갱, 갱도…… 우리 학교의 그 빌어먹을…… 동굴, 동굴……"에서 보듯이 말줄임표가 지배하는 기표들이 1981년 한 해에 머물러 있다. 동화의 동화다움을 낭만과 공상으로 부풀려 그 이전에 구전되었던 설화·민담의 잔인성을 숭고미로 변환해버린 중세적 교훈을 기호 81에 담아냄으로써 일곱난쟁이들과 그들이 숨겨둔 백설공주와의 폭력 관계를 무시할 수 없게 한다. 1981년의 동굴은 놀이집단인 *일곱난쟁이*들에게 폭력이 발생한 특별 구역이며, 무허가촌의 *그것*들에게는 이때가 불량배 척결의 해였다.

이러한 작가의 관점은 동화마저 시대적·종교적 이념의 기획으로서 당대인을 기만하는 언어기호라는 데에 맞춰져 있다. 일곱난쟁이는 키가 작은 이들로 축소된 기표일 뿐, 그들이 폭력 주체가 아니라는 의미가 아니다. 이렇듯 기만과 위장의 언어기호가 동화 독자의 의식을 획일적으로 조성해간 근대의 기획은 이 작품에서 부정된다. 일곱난쟁이가 백설공주보다 더 작고 연약해 보이는 아이로 변신과 변복을 거쳐 그 정체가 선량한 포장을 두른 채 유통되는 이야기에서는 폭력성이 은폐된다. 이렇게 K의 상상에 틈입한 일곱 곡괭이와 작품 『헤이』에 등장하는 일곱난쟁이의 동일시가 이뤄진다. 이것이 새리의 눈이 멀어버린 이유와도 맥락을 같이하고 있어서 K가 상상하는 일곱 곡괭이는 고아인 일곱난쟁이들과 관련한 폭력의 증후를 내포한 알레고리로 읽힌다.

망막이나 시신경이 진짜로 상해서 볼 수 없게 된 건 아니니까. 음, 그러니까…… 여자가 천천히 말을 잇는다…… 실제적인 해부학적 손상이 전혀 없더라도 어떤 정신적 외상으로부터 한 개체가 스스로를 보호하기 위해……
저 자신의 신체 일부, 즉 시신경을 스스로 마비시켜 버린 경우예요. (75쪽)

내가 그것을 다스릴 수 있게 되면, 자연 회복되겠지…… 하지만 그 외상
적 기억이 자꾸만 반복되고 강화되어 가면…… 마침내 극복할 수 없게 돼버
린대…… 시신경이 진짜로 못쓰게 돼버린다는 거지. 점진적인 회복이 아니
라…… 이를테면 점진적인 손상인 셈이야…… (76쪽)

전환성 장애를 갖게 된 새리가 자신의 사정을 흄와 K에게 각각 말하는
장면이다. "요술공주 새리가 방영되던 80년·81년 당시"(76쪽)로 소급하는
위 문장에서 작가는 새리와 흄의 경우를 대비한다. 새리는 충격적인 현실
에 직면하여 스스로 보호 장치를 마련할 수밖에 없었음을, 흄에게 1980년
은 기억 이전의 연대에 그칠 뿐이었음을 환기한다. 기억하는 세대와 기억
하지 못하는 세대 간에 가로놓인 실제가 한쪽에는 심각한 외상을 안기지
만 다른 한쪽에는 불명의 사실이다. 먼저 경험했기에 알게 된 시대의 진실
을 이에 무지한 동시대인이나 후세대에 알리는 방법이 있다면 자신의 기
억을 완벽하게 재현하는 것이다. 흄는 자신이 1980년에 "어디서 뭘 하고
놀았는지도 전혀 기억에 없는"(77쪽) 인물이지만 새리의 기억에 힘입어 사
회로 자아를 확장하는 계기를 만난다.

기호학자인 움베르토 에코가 소설을 쓴 이유가 이론만으로는 모든 이야
기를 할 수 없었다는 데 있다. 그렇다 해서 그가 소설 형식으로 이론의 한
계를 모두 보충하겠다는 희망을 품은 것은 아니다. 언어가 본래 불완전하
다는 것을 모를 리 없고, 그럼에도 불구하고 소설을 썼기에 기호의 암시적
특성이 소설에서 추리 형식을 가능케 한다는 점을 입증한 셈이다. 기호는
약속된 것이 아니므로 무수한 추정 속에 존재하고 해석의 실패가 필연이
며, 그럼에도 해석의 가능성이 잠재되어 있다는 점에서 수수께끼나 알레

고리 형식을 취한다. 질문은 답변에 선행하지만 답변이 제출되지 않을 경우 무수한 질문만으로 이 세계를 이야기하는 방식이 알레고리다. 모든 것을 자명하게 지칭할 수는 없다는 작가 내면의 요청대로 백민석은 지시어를 되도록 삼간다. 지금은 성인이 된 고아들과 함께 초등학교 뒤편에 오랜 기간 금지구역으로 특화되어 있는 인공조림 지역으로 접근해가는 일화에서 작가는 시 · 공간의 파편화로 진실의 일면을 내비친다. "태양 광선의 조각들"(103쪽)이라는 구문에서 보듯이 시간이 조각나고, 공간은 한 번 들어가면 출구를 찾을 수 없는 미로처럼 존재한다. 전대의 역사적 사실을 후세에 곧바로 전달하지 않고 미로를 만듦으로써 진실 찾기의 방향을 흐려놓고서 사실 기록을 승인하지 않는다.

> 역사적 지리적 사실…… 문헌 조사, 설화들, 기록되거나 구술된 거의 모든 것들, 그런데…… 눈을 가늘게 뜨고는 말을 잇는다, 간단한 지리적 사실조차 정리된 게 없는 거야…… 동사무소, 지리학회…… 심지어 국방 자료까지 뒤졌는데…… 없어, 아무것도. (76쪽)

녹슬어가는 바위 절벽, 철책, 산화철이 침전된 붉은 토양, 잿빛 돌밭 같은 살풍경은 이전의 어느 기점부터 절대 금지구역이었으나 아직 해제되지 않았다는 표지다. *박스바니*가 죽은 이듬해인 1982년에 서둘러 동굴의 입구를 막아버려 이 같은 조치가 이전부터 진행되어온 전체주의적 병리 현상의 결과였음을 암시한다. 그것은 역사적 "히스테리"(106쪽)라고나 할 증상으로서 "미친 새리년들"(107쪽)의 국적과 태생을 문제시할 때도 불거진다. 산화가 진행 중인 토양의 원인자를 철(鐵) 성분에서 찾을 때 만나게 되는 인물은 새다. 이 작품에는 '쇠'가 시대적 폭력의 기호로 여러 차례 등장하는데, 작가 K의 글로 언표되는 아래의 내용, 그리고 무허가촌에서 하늘색대문집 그것이 새리를 "쪽발이공주님"이라고 놀리는 정황에서 그 증표를 찾을 수 있다. 아래는 눈먼 새리가 읊는 노래의 내용이다.

> 마당에는 아빠의 부러진 목발과 시멘트 역기가 있구요
> 부엌에는 엄마의 기름투성이 프라이팬과 행주치마가 있지요
> 마루 밑에는 아빠의 워카가 버려져 있구요, 우리는 매일 아침 코광을 내지요
> 마당에는 엄마의 죽은 고추들이 심어져 있구요, 우리는 매일 저녁 연탄재를 빻아 뿌리지요
> 어른들은 물으시죠, 너히 아버지는 어딨니
> 애야, 너희 어머니는 어딨니
> (중략)
> 저희가 뭘 알겠어요, 아빠는 출근한다고 아침에 나갔다가 돌아오질 않고
> 저희가 어떻게 알겠어요, 엄마는 설거지하다 말고 끌려나가 고추밭이 다 죽도록 돌아오질 않는데 (112쪽)

위의 장면은 K의 희곡에 삽입된 것이다. 현재 27세인 눈먼 새리(명선)가 카페 퐁텐블로에 모인 친구들 앞에서 모노드라마의 주인공으로서 어느 가족의 비극을 고백하고 있다. 아빠의 부러진 목발과 워카는 이전 시대 참전의 상징이고, 설거지하던 중 끌려나가 행방이 묘연해진 엄마는 아빠의 현재 거취를 반사적으로 노출한다. 새리는 "저희가 뭘 알겠어요," "저희가 어떻게 알겠어요,"라며 대중의 무지를 획책하는 시대를 향해 발언하면서, 혼자 연기하는 짤막한 모노드라마일지라도 '우리' 공동체의 당황과 불안을 내면화한 하나의 문화적 실천임을 보여준다. 새리의 노래를 "우리 노래"로 듣는 주체가 고아들이므로 이 아이들은 그 전쟁에 참전한 세대를 잇는, 1981년에 열세 살이 된 아동들이다. 그럴 때 무허가촌은 전쟁 후에 유

입되어 허가 없이 거처를 마련한 유민(流民)들의 마을이라는 추정이 가능하다. 아이들은 부모가 집을 나간 이유를 몰라야 하는데 여기에 시대적 폭압이 개입해 있다.

작가는 아버지 세대가 겪은 전쟁과 아이들 세대의 폭력 정치에 머물지 않고, 일제강점기 군사제국주의 히스테리성 발작 증상으로까지 질문을 소급해간다. 일본산 세일러복을 입고 성인과 아이의 삶을 동시에 살고자 하는 새리를 통해서는 속성 성장을 꿈꾸는 문화 피식민지민의 내면을, 가난한 자들의 주거지인 무허가촌에서도 그 위세가 공고한 새리 아버지를 통해서는 이전 시대 제국주의 기획이 어떤 가계에는 절호의 기회였음을 상기시킨다. 뿐만 아니라 새리를 놀리는 *그것*에게 새리 아버지가 태생을 묻는 장면은 어느 한 세대에 그치지 않는 전방위적인 갈등의 내면을 드러낸다. 딸 새리가 "*네놈하고는 태생부터 달라*"라며 *그것*의 태생을 문제 삼는데에는 *그것* 아버지의 전쟁 경험과 시체를 매장해주면서 밥벌이를 했던 가장의 애사가 담겨 있다. 작은 공장을 운영하는 새리 아버지의 피고용인이기도 한 *그것*의 쪽발이 발언은 설령 사실이라 할지라도 새리 아버지가 기어이 맞대응해야 하는 실존의 문제다.

> 80년 당시에는 아직 컬러 방영이 실시되지 않고 있었다. K를 비롯한 새리의 친구들은 AFKN을 통해, 컬러판 미국 만화영화들을 구경했다. 컬러판 *딱따구리*,가 K의 마음을 흥분에 들뜨게 했고, 열광케 했다. (125쪽)

컬러텔레비전을 근동에서 가장 먼저 마련한 집이 새리네라는 점에서 텔레비전이라는 문화기호의 문제적 시발점은 새리네 집이다. 작가는 두 개의 무리를 중심으로 1980년과 1981년 사이에 일어난 사회적 사건과 무허가촌의 문화적 사건을 병치하여 사회적 사실과 대중문화 현상을 동시대의

제1부 문화기호의 의미 작용 : 백민석의 소설

감각으로 체현한다. 컬러텔레비전이 첫 방영을 시작한 시기, 무허가촌의 *그것* 다섯 명이 경찰에 붙들려 갔다가 귀가한 시기를 중첩하여 이 시대의 폭력적 증후를 암시한다. '광주' '삼청교육대' 같은 기표를 명기하고 있지는 않으나 대명사로 지목하는 *그것* 다섯 명을 중심으로 이 시기의 증상을 기술한다. 이들이 경찰에 끌려갔다가 돌아온 시기, 무허가촌의 고아들이 새리의 집에 모여 컬러텔레비전 AFKN 방송에서 "미국 만화영화들을 구경"한 시기가 겹친다. 그리고 고아들에게는 선한 자였음에도 '고아들'이라는 제외자를 보호하려 할 때 외부자에게는 악한 자일 수밖에 없었던 *박스바니*가 13세에 죽은 해라는 점에서 1981년은 각별하다. *그것*들 중에서 중년층은 *박스바니*와 친구들이 태어나기 전부터 마을의 빈 땅에 "무허가집들을 꽂아" 거처를 마련한 장본인들이다. 태생을 문제시하면서 이들을 우범 지역 출신으로 보는 것이 외부 체계의 통념이며, 그럴수록 이들은 괴물이 되어간다. 태생을 문제 삼으면서 괴물 발생론을 써나가는 『헤이』에서 작가는 검은몸*그것*의 입을 빌려 이렇게 말한다.

> *그것은 K를 제 무릎 위에 앉혀놓곤, 말했다, 사람들이 왜 날 괴물로 만들려 하는지 모르겠구나, 괴물로 만들어 뭘 어쩌겠다는 건지 모르겠구나. 80년의 일이었다.* (141쪽)

> 문득, K에게 검은몸*그것*이 했던 말이 떠올랐다, *날 괴물로 만들어 뭘 어쩌겠다는 건지 모르겠구나 … 81년의 일이었다.*(150쪽)

괴물 발생과 80·81의 연관을 말할 때 태생을 거론해야만 하는 사태가 위 문장에 기입되어 있다. 1980년의 폭력이 1981년의 그것으로 계승되는 정황을 어린 K에게 넌지시 언표하는 검은몸*그것*의 내심에는 태생을 둘러싼 개인사가 깊이 내면화되어 있다. "태어난 곳, 태어나게 된 저간의 사정,

태어난 이의 혈통의, 가문의, 민족의, 국가의, 저간의 사정"(132쪽)에 따라 괴물은 발생하며, 이는 우생학적으로도 은유적으로도 불결하고 불쾌한 인간 변종과 말종을 지칭한다. 내부자의 고발에 이은 외부 체계 중심의 색출 과정에서 괴물화하는 그것의 태생이 무허가촌 같은 제외지일 수밖에 없는 이치가 그의 목소리에 담겨 있다. 그러나 아직 어린 K에게 '태생'은 이해 불능의 기표여서 이것이 한 사람의 생애를 결정짓는 조건일 수 있음을 알지 못한다. 이 시기의 통치자를 거명하면서 그를 죽여버려야만 한다고, 그래야만 차세대 아이들의 태생을 판가름하는 사회적 윤리를 바로 세울 수 있다고 고함치는 검은몸그것으로부터 기호 80·81의 함축적 의미는 정점에 달한다. 이 기호에는 외부 체계에 내부자를 고발하는 내부자들뿐만 아니라, 적과 아군으로 편을 갈라 나무 꼬챙이로 아이들을 찌르며 전쟁놀이에 몰두하는 군인의 아들도 있다. 우범 지역화, 제외지 만들기를 조성하는 체계의 관할 권역인 무허가촌의 놀이문화는 적대적 관계를 설정하는 것으로부터 시작한다. 안전·배려·믿음 같은 것을 흔들어놓는 딱따구리들, 화평을 깨트리고 이웃에게 불안감을 안기는 그것들은 자제심이나 제어에 무지한 본능과 충동의 주체들이다. 따라서 이 작품을 태생을 문제 삼는 어떤 체계에 대한 반발로 읽을 때 그 체계의 권위자에 대한 궁금증은 최고 권력자에까지 미친다.

딱따구리들은 "그 모든 안전한 장치들은 그 빌어먹을 놀이기구들이 아니라 바로 자기들한테 설치해야 한다"(117쪽)는 점을 성찰해야 할 폭력과 광기의 화신이다. 새로운 놀이를 발명하여 즐기는 그들에게 "처형에 관한 놀이"도 심상한 어느 하루의 일과성 현상이다. 이 같은 언술에서 그 시대의 억울한 죽음들, 어린 박스바니의 죽음이 연상되는 건 당연한 절차다. 작가는 딱따구리들의 신체적 특성으로 그 정체성을 묘사하지 않는다. 그것이 비가시적이기 때문이며, 인류에 내재한 욕망 그 자체로서의 에너지,

제1부 문화기호의 의미 작용 : 백민석의 소설

안전·배려·믿음에 충격을 가하면서 불화를 조성하는 모든 부정적 감각, 본성을 모르므로 성찰에도 무지한 무의식, 광선을 당당하게 쏘아보는 맹인 같은 정체성 혹은 어두운 그림자, 숭고미에 무지한 비숭고의 표상, 소비경제 시대에 작가의 생산성을 추궁하는 자본주의 무의식, 거침없는 활기로만 증명이 가능한 광기 등으로 무한 변주된다. 딱따구리는 맹목적으로 저지르는 경험을 중시하고, 그렇게 함으로써만 가능한 생산성 제고에 복무한다. 부단히 도래하는 욕망의 기원으로서 딱따구리들이 자신을 향하여 알겠어?라고 자주 묻는 이유도 바로 그 욕망의 무지와 맞닿는다. 모르고 저지른 일들을 부정하면서 순수를 표방하는 딱따구리들은 자신에게 부단히 알겠어?라고 물었다는 사실조차 망각한 채 되물어야만 한다.

역사중심주의 해체, 기호적 글쓰기가 전략적으로 이뤄진 점을 살펴보았다. 『헤이』는 기호적 글쓰기의 암시 효과로써 가능한 역사 말하기라는 점에서 독자성을 확보한다. 기호는 사물이 말을 하는 것이며 언어기호도 사물이므로 이 작품은 난립하는 사물의 언어로 채워져 있다고 해도 지나치지 않다. 특히 기호 80·81의 막중함 때문에 작가는 지시 대상을 흐리는 기법으로 폭압 정국을 문제 삼는다. 역사·정치의 결절점들에 대한 탐구에서 구체성을 흐리는 전략적 글쓰기가 기호·문화기호로 이뤄진 점은 한국문학사에서 독특한 자리를 점유한다. 작가의 실천적 글쓰기는 태생을 문제 삼는 체계를 향한 질문에서 시작하여 1980년·1981년의 구체적 사건을 추정케 하는 태생의 사회학으로 구현된다. 폭력의 계보로 역사를 말하면서 이것을 해체적 기법으로 기술하는 작가의 글쓰기는 반성에 무지한 무의식의 폭력성을 들추는 작업에서 여실히 드러난다. 프로이트가 라틴어 id를 '무의식'으로 해석하여 '그것'이라 지칭한 것이 백민석 텍스트의 그것을 추적하는 단초가 되어주었다. 『헤이』는 거대 사건을 80·81에 응축하는 기법으로 이 기호가 말을 하게 함으로써 적대적 관계부터 설정해놓고 태생을 문제 삼는 사회 구조, 권력 생산의 방식, 자본 계층 문제를 비판한다.

인간 중심 사유와 근대 비판

1. 문화 요소(meme)와 유전 요소(gene)의 횡단

기술 발전의 여파로 생긴 문제는 기술로 풀어야 한다는 후기구조주의자들의 대안이 제4차 산업혁명 시기에 다시금 대두하면서 이 문제는 현재 우리 사회에만 국한되지 않는다. 디지털 혁명에 따른 전 세계적 네트워크로 지구인은 국가 중심 관점에 머물지 않는 사유를 요청받는다. 작가가 현상한 문명의 기호가 전작에 걸쳐 변형되는 과정에서 이념 중심의 거대사만큼이나 막중한 문제가 대두한다. 그리고 거기에 변모해가는 인간 형상이 담겨 있어서 작가의 질문은 한 시대에 고착되지 않는다. 역사도 문명도 인간의 자기보존 욕구가 작동하는 방식을 따라가기 마련이지만 종국에는 인간인 자신을 망각하게 되는 자멸의 형태라는 사실에 백민석 소설의 시사점이 있다. 자본 권력의 생산 방식을 문제 삼으면서 그 권력으로 잠입해 들어가는 문학 수행을 눈여겨봄으로써 작가의 지향을 확인할 수 있다.

문화기호들을 구체화하여 제시하지는 않았으나 역사적 시간이라는 '단위'에 깃들인 문화의 의미를 간과할 수 없다는 이광호의 언술,[1] 1990년대

---

1   이광호, 「'90년대'는 끝나지 않았다 — '90년대 문학'을 바라보는 몇 가지 관점」, 『문학

현상을 전기(電氣)의 발자취로 조망한 김동식이 인간의 무의식과 전기 장치가 결합한 전자-인간의 형상을 상상해보도록 한 점은 백민석의 문학 수행이 문화 현상, 그중에서도 전기 기술의 발전과 연접해 있으면서 첨예하다는 점을 인정하는 평가다. 김동식의 언술은 에디슨이 백열전구를 발명(1880년)한 이래 전기 역사 140여 년이 흐른 지금은 '전기가 곧 인공지능(AI)'이라는 인식이 보편화된 제4차 산업혁명 시기인 점을 추동하는 측면이 있다. 그는 전기 기술의 진보를 따라가면서 백민석 세대의 문화기호 중 하나인 컬러텔레비전을 언급한다.

> 그들에게 텔레비전은 장난감이면서 동시에 텍스트였을 것이다. 따라서 텔레비전 키드란 유년기를 텔레비전 앞에서 눈을 반짝이며 보낸 세대들이 아니라, 텔레비전을 하나의 텍스트로서 읽어내기 시작한 세대를 말하는 것이리라.[2]

여기서는 위와 같은 논의의 연장선에서 작가가 형상화한 기술 진보와 인간 문제를 『목화밭』에 등장하는 컬러텔레비전을 중심으로 살펴본다. 이 작품에서 그린 공포는 2020년대 이후 한층 첨예해진 인공지능 문제를 감지하는 대중의 공포와 유사하다는 점에서 일찍이 시대를 초월해 있었다. 이 작품은 이전의 경향과 이후의 그것을 중재하면서 2000년대 이후 소설의 방향성을 제시한다. 등단 초기부터 묘파한 미디어 영상 기호의 종결판으로서 2000년대 이후 작가의식의 변모를 예감케 하는 서사다. 이 작품을 발표하면서 백민석 소설은 해석 불가에서 해석 가능성으로 전환했으며 작

과 사회』 1999년 여름호, 757쪽.

2   김동식, 「전기(電氣)와 문학적 무의식 : 젊은 작가들의 상상 세계에 대한, 지극히 시험적인 고찰」, 『냉소와 매혹』, 문학과지성사, 2002, 283쪽.

품 연구도 활기를 띠었다. 이 작품 이전에는 주로 대중문화기호를 중심으로 글쓰기 수행을 하면서 되어가는 작가가 등장한다면, 이후의 작품에서는 문명적 사건과 함께 사회화한 인물들을 주로 다룬다. 자본 권력의 지위가 '밈'의 전파력에 의해 결정된다는 것은 '진'이 불가능해진 시대임을 뜻한다. 그런데도 작중 인물 한창림은 '진'의 가능성을 내화한 인물로서 남성 간에 동맹을 맺으려고 고투한다. 이해할 수 없음의 현상을 욕망·충동·광기 등으로 해석하여 인간 심리의 심층 구조를 파헤친 기존 연구들은 문명사회의 실존적 인간 존재를 질문하기보다 심리 현상에 집중함으로써 저러한 인간의 행태를 현실적으로 설명하지는 못한다. 이 장에서는 그러한 지점을 적시함으로써 현대의 문화요소인 밈과 인간이 본래 지닌 유전자 요소인 진을 경유한다. 이 작품에서 대응항인 컬러텔레비전/맨드릴 육식 원숭이는 밈/진을 대체한다. 이렇듯 백민석 작품에는 사유를 거칠 때 상호 사유와 수정에 필요한 두 개의 힘이 공존한다. 이것은 이원화한 대립 구도로는 가능하지 않은 세계 읽기의 방식이다.

백민석 작품에서 기술 진보의 내면은 획기적 문명의 산물인 기술 집적물들이 인간과 자연 간 교감을 단절하면서 분열적이게 하는 데서 발견된다. 첨단 미디어 기술의 산물인 컬러텔레비전을 소재로 쓴 이 작품에서는 인간이라는 자연이 자본 권력이라는 생산 체제의 부속물로 기능한다. 작가는 이 작품 이전에도 꾸준히 작품에 논평을 부기하는 등 소설 형식에 변화를 주어왔다. 여기에 몇 가지 요인이 작용한 것으로 보인다. 우선은 2000년이라는 문턱, 즉 밀레니엄을 기점으로 작가의식이 변화한 점을 들 수 있고 이때 이전의 작품에 대한 성찰과 평가가 선결되어야 하는 문제가 개입하지 않았을까 한다. 1990년대를 경유하면서 대중문화기호로 당대 현상을 직관해온 작가가 전변하는 상상력으로 보이지 않는 권력 체계와 만인 간 투쟁을 변주한 작품이 『목화밭』이다. 이 같은 비판 정신은 일찍이

『캔디』에서 발아한 것으로서 다른 부처를 감시 · 견제해야 할 "그 부처가 글쎄 제 비판의 대상들과 똑같은 체계로 이루어져 있는 거야."(64쪽)라는 화자의 말로 언표된 바 있다.

엽기 이미지 탓이겠지만 이 작품은 잔혹성이 부각된다. 목화밭이 본래 지닌 순연한 생산성이 환희가 부재한 밀레니엄 공포 속에서 죽음을 상징하는 장소로 부상한다. 문제적인 인물은 한창림, 펫숍 삼촌, 고등학교 2학년생 윤수영, 뷰티풀 피플 언니의 남편 등 남성들이다. 앞의 세 인물의 수직 관계가 포르노 필름으로 엮여 있지만 『캔디』의 포르노 필름과는 다른 방향의 생산성을 함유하는 관계다. 『캔디』에서 포르노 필름 시청자는 섹슈얼리티 수용자이면서 섹슈얼리티 재생산의 주체이지만, 『목화밭』에서 한창림 부부는 포르노 필름 제작자로서 자본 생산성에 복무하는 주체다. 이런 점을 기반으로 자본권력의 구조가 인물 간 관계로부터 드러나기 시작한다. 부부는 포르노그라피의 대상으로 곱상한 외모의 남자 고교생 윤수영을 납치하여 번갈아가며 짝이 되어주고 동성애와 양성애 장면을 촬영한 후 완성된 필름을 삼촌에게 제공하면서 이들 모두가 하나의 체계에 놓여 있음을 순차적으로 드러낸다. 작품은 필름 제작시 모델로 사용할 때까지 한시적으로 효용성을 지닌 18세 소년 윤수영의 쓸모를 폐기하는 장면으로부터 시작한다. 뷰티풀 피플 언니의 남편은 앞의 세 인물이 속한 체계의 바깥에 있으나, 인간의 고유성마저 플라스틱 인형처럼 상품의 쓸모로 그 성분을 판별하는 후기산업사회의 한 국면을 극단적으로 드러내는 인물이다.

이 작품을 하위문화의 맥락에서 읽으면 저항이냐 수용이냐는 문제가 의당 따라붙는다. 하위문화의 의미가 "종속집단의 구성원들이 집합적으로 대안적 해석 틀을 모색하는 과정에서 나타나는 결과를 이르는 것"[3]이고,

---

3 정준영, 「하위문화 · 스타일 · 저항」, 『문학과 사회』 2000년 겨울호, 1700쪽.

제1부 문화기호의 의미 작용 : 백민석의 소설

건전성과 도덕성을 일치시키는 문화가 당대의 지배문화인 한 하위문화는 흔히 금지에 저항하는 당당한 나타남일 때가 많다. 이때 건전 문화가 표방하는 정상성을 유지하려는 대처 방법이 사회적으로 시급히 요청된다. 이 같은 문제가 불거지는 현실사회에서 음지의 문화로 유통되는 영상매체 경험을 의제화한 작가의 대중문화 감각은 「캔디」 이후 『목화밭』에 이르러 세기말의 증후와 결합한다. 다시금 동종의 문제를 다루면서 문명을 변증법적 논리로 직시한다. 이는 하위문화에 대한 저항이냐 아니냐는 관점만으로는 접근이 가능하지가 않으므로 권력 생산 방식을 문제 삼아야 한다. 작가의식이 하위문화를 생산하는 권력 체계로 도약한 까닭이다. 이는 인간–사회–문명의 삼각 구도로 구동하는 권력 탐구의 일환이며, 도취·환각에 빠지는 하위문화의 주체는 체계가 관리하기 쉬운 대상이라는 점, 체계의 불투명성이란 것이 권력과 자본 지배의 움직임을 노출하지 않으면서 억압 대상을 효율적으로 관리하는 차원에 있음을 시사한다. 한창림은 지하실이 거점이며, 박태자는 1층에 주로 거주한다. 빌딩 5층의 주인인 삼촌이 상방 수직 이동하는 공간을 보더라도 권력 위계의 양상이 차츰 변화하는 것을 알 수 있다. 구로동의 골목에서부터 몇 개의 공간을 변경해가는 과정에 자본 권력의 상층부에 이르게 된다. 사소한 시비 끝에 한창림에게 린치를 당한 회계사가 최상층부의 검찰 권력을 매개하면서 삼촌이 속한 상위 체계가 차츰 드러난다. 『목화밭』은 이러한 계층 구조로 최상층부에 위치한 지식 권력과 자본 체계에 작동하는 욕망을 포르노 산업과 엮어 잔인한 투쟁의 방식으로 형상화한다.

당대의 하위문화 중에서도 포르노 필름 산업에 주목한 점, 그리고 이것이 당대에 생산·배포된 비디오테이프의 시청권을 금지 해제로 수용한 당대인의 경험을 썼다는 점에서 급진적인 소설이다. 『캔디』는 동성애자를 내세워 포르노 필름 모델들의 연기를 모방하면서 대중문화 향유층과 선택

의 문제를 전면화한다. 금기의 포르노 필름을 시청하면서 동성애 장면을
모방하는 캐릭터가 그러한 금기를 깨는 주체다. 정치 민주화와 개인 욕망
의 자유로운 발현은 같은 맥락에서 가능한 것이기에 이에 대한 기대를 문
화적으로 제시한 작가는 여기에 그치지 않고 『목화밭』에 이르러 필름 제
작 과정에 개입하는 보이지 않는 권력 체계를 문제 삼는다. 자본의 능력을
능가하는 권력은 없으며, 대중문화는 보이지 않는 자본을 앞세우면서도
산업화의 얼굴을 은폐한 채 수용자의 감성을 자극하면서 그 지위를 확보
하고 확장한다.

이 작품에서 인간은 자기보존이라는 맹목성의 사주로 결국에는 그 고유
성이 파국을 맞는다. 자신마저 자본주의 상품으로 도구화한 나머지 자본
체계의 기저에 작동하는 하나의 톱니바퀴였을 뿐인 존재였던 것이다. 인간
의 자기보존 욕망을 변증법적으로 사유한 아도르노가 직시했듯이 작가의
이 같은 문제의식은 인간의 자연 지배력에서부터 출발한다. 이때 문제적인
것은 인간이 지닌 내적 자연들 ─고유한 신체, 환상, 꿈, 욕구, 감정─ 까
지도 종단에는 인간이 지배하게 된다는 사실이다.[4] 주체에게 유일한 가치
인 자신까지 도구화하고 상품화할 때 발생하는 새로운 야만이 문명까지도
파국을 맞게 한다는 점에서 이 같은 사유는 현실을 희망이 부재한 곳으로
인식하게 한다. 고유의 인간성을 말살하면서 문화적 인간으로 거듭 변모하
는 현대인에게 문명의 능력이란 것은 무궁한 자본 생산을 약속하는 것이어
야 하기 때문이다. 작가는 음지의 자본을 생산하는 권력 체계로 시선을 이
동하여 이 문제를 짚어 나간다.

이 작품을 기점으로 작가의 현실 인식은 이전보다 한층 구체성을 띠게
된다. 현대문명의 발상지와 플라스틱의 기원을 동일한 맥락에서 질문한

---

4   Th.W. 아도르노 · M. 호르크하이머, 앞의 책 참조.

『올빼미농장』(2003)에서 『목화밭』의 뷰티풀 피플 언니의 가게에 놓인 플라스틱들의 정체를 다시금 환기한다. 나아가 『플라스틱맨』(2020)에서 이 문제를 심화하여 현대문명 사회를 플라스틱의 탄생지로 지목한다. 지금부터는 이러한 맥락에서 작품을 읽어 2000년대 이후의 작품이 1990년대의 그것과 반복과 차이로 생성된 텍스트임을 밝힌다. 먼저 『목화밭』에 등장하는 남성 넷을 중심으로 작가의 의도를 짚어본다. 이전 작품의 주동 인물이 소년인 것과 달리 이 작품의 주체는 성인 남성이다. 한창림과 삼촌, 한창림 부부와 고교생 윤수영, 뷰티풀 피플 부부 등의 인물 구도에서 오이디푸스화 비판이 이뤄지고 있다. 삼촌을 중심으로 오이디푸스화한 상징계의 질서가 한창림에게 비극과 상실감을 몰아오는 반면에, 박태자가 윤수영에게 모성을 발휘하는 상황을 대비하면서 한창림을 광기의 주체로 전략화한다. 이런 점으로 미루어 백민석은 오이디푸스화에 대한 저항으로 정신분석을 우회적으로 비판하면서 광기를 여타의 결함, 이성과 합리성의 결여, 자기실현에 도달하지 못한 자의 정신을 잉여 상태로 보는 방식에 반발한 것으로 풀이해볼 수 있다. 이 같은 관점은 광기를 비정상성으로 구분하여 관리하는 사회를 통찰한 후기구조주의자 푸코로까지 인식을 확장하게 한다.

이러한 점을 기반으로 이 작품을 읽을 때 드러나는 국면은 인물들의 극렬한 언행에 숨겨진 권력에의 의지와 욕망이다. 니체가 말한 것처럼 인간에게 삶의 의지는 권력을 향한 본능이 추동하는 힘이 있기에 가능하게 된다. 이것이 결핍되었을 때는 쇠퇴밖에 없다는 의식의 나타남이 권력투쟁이며, 만인끼리 무한 투쟁이 벌어지는 생존 현장에서 리바이어던 같은 괴물은 출현한다. 따라서 극렬한 생존투쟁을 전면화한 이 작품은 투쟁의 극한성과 잔인성을 현미경식으로 들여다본 리얼리티의 한 증상에 다름 아니다. 현미경식으로 밀착한 인간 생존의 현장은 범죄의 발생지처럼 극사실적이며, 작가가 현장성을 살려 표현하려 할수록 기이하고 난폭한 행위들이 횡행하는 모습으로 표면화한다. 생명 에너지가 권력투쟁 쪽으로 흐르는 양태는 한창림·박태자 부부에 그치지 않고 모든 인물에게서 볼 수 있으나 이들 중 그 누구도 권력의 중심부로는 진입하지 못한다. 권력은 도처에 있으나 단지 투쟁하는 형식으로만 외재화한다. 삼촌과 한창림, 삼촌과 검찰의 관계에서 보듯이 한창림에게는 삼촌이, 삼촌에게는 검찰의 유력자가 보이지 않는다. 삼촌은 펫숍 5층의 기둥에 은닉된 상징 인물이며, 검찰의 유력자는 회계사를 전면에 배치해놓고 비가시성으로 표명된다. 가시적인 인물들은 제각기 거대한 구조의 파편으로 존재할 뿐 진정한 권력은 은폐된다. 노출된 자들에게도 권력의 의지가 작동하지만 한낱 구조의 하부를 떠받치는 노예로 가시화한다. 권력의 권력화로 층위가 두꺼워지는 체계의 내부는 결코 외부에 보이지 않는 어떤 구조다.

이 같은 비극을 자연/문명의 경계와 이원화를 탈출하는 화법으로 묘파하면서 자본 권력에 예속된 인간상을 그려낸 작품이 『목화밭』이다. 이 서사는 본래 '자연'인 인간을 내세워 문명 진보의 도상에서 그 자연성이 분열되는 과정을 성찰한다. 거대서사가 인간 문제를 다룰 때는 사회적 실천 방안을 중시하면서 그 불변성을 강조하지만, 백민석 작품의 미적 영역은 자연 속에서 결코 온전할 수 없었던 문화적 인간의 변모를 구체적으로 기술하는 데서 발견된다. 단지 동물의 생리와 비견될 뿐인 인간의 최종 욕망이 권력투쟁임을 암시하면서 이것이 결과적으로 일차원적인 세계에서 번번이 패배자로 강등당하는 생존 법칙임을 일깨운다. 어디에나 있는 생명 에너지들이 교차하는 권력투쟁의 현장에서 욕망이 횡단하고 교차하지만 상위 체계는 고상하고 신비하며 비가시적이고 모호한 그 무엇으로 현현한다.

그런가 하면 권력은 텅 빈 중심에서 작동하기 때문에 하위 주체는 그것이 잠시 사라졌다고 보고 공포의 항상성을 내면화하게 된다. 이 작품에서 그린

제1부 문화기호의 의미 작용 : 백민석의 소설

공간이 피 · 죽음 · 공포로 얼룩져 있고, 이러한 광경이 문화의 저변에 대한 은유인 점을 "전체 계급 역사와 같이 문화의 저변은 피, 죽음, 그리고 공포"[5] 라는 직관을 빌려 이해할 수 있다. 텔레비전이 한창림 부부에게 쾌락의 공여물인 것은 다음 같은 이유 때문이다. 생존 현장은 불안과 공포의 연속이지만 다큐멘터리 프로그램 시청자인 한창림 부부는 쾌락과 편안함을 즐긴다. 현실 세계와 영상 세계의 위치가 전복되면서 미디어 매체가 현실을 모종의 미학적 가상으로 매끈하게 가공하여 제시하는 데 그 원인이 있다. 미디어가 현실을 모방하는 데 그치지 않고 쌍방이 제각기 주체로서 객체를 모방하면서 두 지점 간 경계가 사라진다. 이는 즉각적인 채널 선택으로 가능한 일이며, 현실 체험의 시간을 가질 겨를도 없이 무궁무진 새로운 채널을 제공하는 텔레비전 탓이 크다. 안락한 일상을 조성하는 텔레비전으로 하여 박태자의 삶은 미디어에 종속된 자의 행태를 보이며, 귀가하자마자 텔레비전의 전원부터 연결하는 위층의 소리를 한창림은 지하에서 듣는다.

미디어 기술의 집적물인 텔레비전과 맨드릴 원숭이의 색채를 병치한 작가의 의도는 다음 같은 경우에서 드러난다. 한창림의 추상 속에서 맨드릴 원숭이는 화려한 피부색과 건강미, 체취를 강하게 발산하면서 본연의 생명성을 구가한다. 컬러텔레비전은 한창림의 거실에 고정된 채 폭력과 범죄를 다룬 콘텐츠를 송출하는 기술력의 산물이다. 자연의 소산인 맨드릴 원숭이의 색채와 문명인의 고안품인 컬러텔레비전의 색채는 기술력의 진전으로 유사해졌다. 자연을 가공하여 그 야성을 문명화한 인간의 기획에는 직간접적으로 체험한 맨드릴 원숭이의 상(像)을 자신의 창안물에 투사한 기술력, 그리고 자연에서 뽑아내어 소유물로 취득해야 할 아름다움의 질서가 반영되어 있다. 땀 냄새 · 색채 · 활력 같은 본연의 역동성을 망각

5 마단 사럽, 앞의 책, 297쪽. 프레데릭 제임슨을 인용한 언술.

한 채 시력만 키워온 인류에게 텔레비전은 자신과 시선을 교환하면서 동일시할 상대, 즉 눈부처 같은 타자를 잃어버린 채 마냥 자신의 감정과 감각을 투여하면서 거기에 함몰되어가는 이미지 기계로 부부 앞에 놓여 있다. 자연에서의 자리를 박탈당한 채 인공 정원인 대공원의 쇼룸을 지키는 전시물로서 맨드릴 원숭이가 관음당하는 것과는 역방향에서 부부는 텔레비전을 응시한다. 이들은 대자연처럼 광대한 문명사회가 하나의 쇼룸과 다름없는 현실에서 텔레비전 관음자라는 자리를 지킨다. 바라봄—바라보임의 상호작용이 아닌, 미디어가 매개하는 상상계에 함몰된 채 시각만을 활성화하면서 보이지 않는 것까지 보아내려는 욕망으로 가상에 빠져든다.

> 그가 반했던 것은 맨드릴 원숭이가 가진 그 색깔들이, 어떤 화공 약품들과 기계들로도 조작해낼 수 없는 색깔들이라는 사실 때문이었다. 인간은 어떤 물감, 어떤 렌즈, 어떤 필름, 어떤 조명 장치, 어떤 현상 약품들로도 그런 색깔은 조작해낼 수 없다 — 살아 있는 피가 만들어낸 살아 있는 색깔이었다.
> —『목화밭 엽기전』, 188쪽

강렬한 냄새와 색깔로 아름다움과 생명성을 구가하는 유인원의 매혹을 문명인은 컬러텔레비전의 색상도로 전유했다. 아리스토텔레스가 '포이에 시스'라는 개념으로 인간의 제작 능력을 사유했을 때만 해도 기술과 예술은 확연히 분리되어 있지 않았다. 그는 아름다움의 정체를 "자연 속의 모든 사물들의 질서와 합목적성으로 이해"[6]했다. 벤야민이 텔레비전을 놓고 이 매체의 미학적 형식으로 기능하는 미디어 기술과 대중예술을 나란히 사유했을 때만 해도 저널리즘으로서 텔레비전의 위세가 공고하지는 않았다. 저널리즘의 장에서 지배적인 위치를 점하게 된 텔레비전 프로그램의 통속

---

6 베르너 융, 앞의 책, 22쪽.

화, 사고의 균질화, 탈정치화가 이뤄지는 배경에 시청률 제고라는 객관적 지표, 즉 '시청률의 신'이라는 통계 수치가 군림한다. 그리고 그 최종 지점에 보이지 않는 자본의 장이 있으나 그것은 지각되지 않는 "구조화된 사회 공간"[7]이다. 작가가 이렇듯 저널리즘의 통속성을 말하는 기저에는 시청률 제고라는 상업화 전략에 대한 문제의식이 자리한다. 미디어 매체는 매끈한 가상을 내걸기 때문에 비극조차도 참혹함이나 비통함이 어디서 기인하는지 말하지 않으며 그것을 인간 본연의 실존 조건처럼 펼쳐 보인다. 이것이 전파되는 현실도 모순 대립이 불가피한 곳이어서 상처와 고통이 범람하면서 화해의 기미도 사라져간다. 아름다움을 더 이상 찾아볼 수 없는 세계의 추함, 그럼으로써 차라리 비(非)예술을 구가하는 작가의 언어는 인간의 악마성과 비루함, 그리고 비천하고 처참한 비극의 세계로 잠입해 들어간다.

이 작품에서 대표적인 대응항인 텔레비전은 부부의 일상과 엮인 가상세계의 집적물이고, 맨드릴 육식 원숭이는 자연 상태의 생명성을 기호화한 것이다. 텔레비전은 부부에게 안정과 평안을 조성해주면서 갈등을 소거한 쾌락 감정으로 이 기기에 몰입하게 만든다. 가상과 현실의 통합체로 자신 앞에 놓여 있는 텔레비전과 신경이 접맥된 부부는 기술 문명의 분열증·실어증·사색 부재를 닮아간다. 빠르게 장면이 바뀌는 속도를 따라 사고를 전환하지 못하게 되고, 정확하게 알아야 할 정보를 이렇게 빠른 속도가 굴절시켜 쾌락 감정을 자극하기 때문에 다큐멘터리 프로그램이 전하는 정보의 진정한 의미는 순차적으로 무의미화한다.

그 냄새는 회계사가 이 서울 대치동의 삶에선 단 한 번도 맡아보지 못했을, 그런 냄새가 될 것이었다. 한 번도 맡아보지 못했으면서도, 무엇인지 단

---

7   피에르 부르디외, 『텔레비전에 대하여』, 현택수 역, 동문선, 1998, 67~70쪽.

박에 알아차리고 엉엉 무서워 울게 될 그런 냄새가 될 것이었다. 회계사의 아르엔에이 폴리펩타이드 사슬들만이 감지하고 기억해낼 수 있는 그런 냄새일 것이었다. 오직 회계사의 세포핵 염색체들 안에서, 이미 수천 세대 전에 잠들어버린, 그런 비활성 유전물질들만이 겨우 기억하고 있을, 그런 냄새일 것이다. 회계사는, 회계사 수천 세대 이전에 존재했다가 이젠 잊힌, 그런 냄새를 맡게 될 것이었다. 그의 냄새가 그, 염색체들 속에서 휴면 중인 유전물질들을 두들겨 깨우게 될 것이다.

—『목화밭 엽기전』, 66~67쪽

이 같은 상황은 진/밈의 대응항으로 이해가 가능하다. 진화를 거듭해왔을지라도 진은 인류의 유전자에 코드화되어 있다. 비활성 유전물질로 "아르엔에이"(RNA) 사슬에 저장되어 있다가 회계사 같은 부류가 위험에 직면할 때면 즉각 휴면 상태에서 깨어나 활성화한다. 고위 관료의 재산 관리자이면서 상류층의 거주지인 특정 지역에 살면서도 한창림에게 현금 갈취 혐의뿐만 아니라 거액의 상해 배상금까지 요구하는 회계사 앞에서 한창림의 자기보존 유전자는 여지없이 활성화한다. 회계사가 "아 — 하는 비명과 함께 두 손으로 코를 움켜"(69쪽)쥔 행동은 한창림의 생명 본능이 극치에 달했음을 알아차린 자의 자세다. 게다가 회계사에게 텔레파시로 자신을 찾지 말라고 말했다는 한창림의 발언은 원초적 수신이 막혀버린 문명사회의 증상을 대변한다. 종간 경계를 허물며 수컷의 동맹을 불러일으키는 텔레파시 효과는 원시 남성의 호르몬인 테스토스테론의 화학작용을 견인한다. 하지만 문명인 남성들의 동맹이 호르몬의 작용인 진으로 이뤄지지 않고 문화적 밈의 전파 자극으로도 실패한다는 점에서 이 장면은 통신 기기로 대체된 현대인의 동맹조차 불통으로 치닫는다는 점을 시사한다. 욕망의 맹목성으로 체계에 복속된 자라 할지라도 제각기 자기만의 방식으로 도주자인 그들에게 연대감이라는 맹목은 애초에 없다.

니체가 문명의 야만을 사유했을 때 이것은 미개의 차원에서 사유한 것이 아니었다. 레비스트로스가 야생과 미개를 일치시키지 않고 야생의 사고를 펼쳤던 것도 하나의 기호를 확립하는 데 필요한 최소한의 요소와 체계를 맞춰가면서 사유하기 위한 것이었다. 야생의 사고는 문명인의 사유 체계에서 일부분이기도 하므로 그 원천이 신화와 자연에 있고, 과학기술의 발전 도상에서도 결코 무시할 수 없는 정신적 지원을 받는다고 봐야 한다. 이렇게 하나의 문화기호를 수용하는 과정이 문명인에게 필수적임에도 이 작품에서 텔레비전과 시청자 간에는 그 효과가 선순환하지 않는다. 따라서 컬러텔레비전의 색상이 자연 상태의 맨드릴 원숭이를 모방했다고 보는 데에 작가의식이 자리한다면 여기서 문화기호로서 텔레비전이 현대인의 정신에 작용하는 문제를 작가가 사색 부재와 관련하여 사유했으리라고 충분히 짐작할 수 있다. 만인이 공평하게 누리는 텔레비전 브라운관의 전파력이야말로 즐기기 문화를 평정한 절대 능력인 것이다. 끔찍한 사건·사고들을 다룬 콘텐츠를 송출하지만 역으로 자신만은 안전하다고 믿도록 대중에게 평안을 조성해주는 것도 이 기기의 능력이다.

> 자기가 왜 목화밭,이라고 했는지 이해할 수 없었다. 왜 양담배를 피우냐고 회계사를 쥐어박았던 때나 마찬가지다. 그 한마디 때문에 젠장맞을 모든 일이 뒤틀어져 버리고, 꼬여서 복잡하게 됐다. 이번엔 목화밭이다. 세상에, 목화밭이라니! 생각지도, 예상치도 못한 단어였다. 그는 그게 뭔지도 모르고, 그걸 본 적도 없었다. 목화밭이 어떻게 생겼는지 전혀 알지 못했다.
> —『목화밭 엽기전』, 104쪽

이 장면은 오 형사가 한창림 집 뒤편의 둔덕을 가리키며 물어본 "저 잔디밭엔 뭐가 있죠?"에 대한 한창림의 반응을 기술한다. 오 형사가 "뭔가 켕기는 듯하고", "자신을 꺼림칙하게 만드는 그 뭔가를 알아내고 싶어하는 눈치"(103쪽)를 직감하면서 한창림이 둘러댄 것이 목화밭이다. 삼촌에게 키스를 받고 나와 마음이 켕기던 참에 양담배 피는 사내를 구타했듯이, 목화밭을 주워섬기는 그의 심리 기저에는 발각되어선 안 될 그림자가 드리워 있다. 앞뒤의 경우 모두 삼촌과 관련하지만 그는 노출되지 않고 한창림만 괴물화한 채 번연히 드러난다. 안전과 안정을 얻기 위하여 만인끼리 투쟁하는 실존의 역설이 한창림을 괴물로 만들고, 야만성을 거쳐야만 안락을 조성할 수 있는 투쟁의 경험이 삶의 내용을 이루지만 그때에도 체계는 소리 없이 작동한다.

야생을 미개의 상태로 직관한다면 현대인과 문명은 결코 야만적일 수가 없다. 야생을 미개와 일치시켜 이것을 비논리적 사고를 가진 자의 특성으로 본다면 문명인은 결코 야만의 주체가 될 수 없는 것이다. 문명인은 첨단 지식을 자기 것으로 만들면서 개화를 거듭해온 생명체인 까닭이다. 하여 야생과 미개를 일치시켜온 서구의 전통 사상을 중심으로 본다면 자연/문명에 관한 작가의 사유는 낡은 것으로 치부되기 십상이다. 하지만 문명을 직시하는 작가의 현실 감각은 이 작품에서 한층 구체성을 띠면서 현재적 인식을 담아낸다. 서구 사상의 근간인 이성·합리성·역사성을 부정하면서 레비스트로스가 대안으로 내건 야생의 사고가 서구의 구조주의 사상을 촉발케 한 점을 떠올려본다면, 이 같은 사유가 뜻하는 것이 "미개인의 사고가 아니라 어떤 기호를 확립하기 위해 필요한 공리와 공준(公準)과의 체계"[8]임을 알 수 있다. 여기서 구조주의자들이 언급한 '어떤 기호'를 이 글은 문화기호로 범주화하여 작가가 쓴 야생의 표상들이 미개 상태의 그것을 지칭하기보다 문명(문화)의 현재성을 증명하기 위한 미적 수행에 필요한 매질임을 밝혀나가고 있다.

---

8   클로드 레비스트로스, 『야생의 사고』, 안정남 역, 한길사, 2014(1판 9쇄). 옮긴이 해설.

자신의 관심 영역인 '계열적 선택'에서 레비스트로스는 작품 속에 수직적이고 내재적인 이항대립 요소가 있다면서 그 심층에 묻힌 구조를 지목했다. 그때 문학 연구자들에게 요청한 내용이 문학 지식만으로 문학의 구조를 연구하지 말라는 것이었다. 다양한 전문 분야의 지식을 충분히 구사하는 것 — 이른바 융합적으로 — 이 문학 연구에 적절한 모형이 될 수 있다는 것이다. 그러면서 작품 내의 구조적 연결성을 탐색하기 위한 기호학적 접근 방법을 추천한다. 작가의 고유한 언어인 파롤을 랑그에 연결하려는 이러한 시도가 결과적으로 의미하는 바는 개별 작품에 담긴 전언을 허용하는 더 큰 체계인 각각의 약호가 존재함을 알 수 있게 한다는 것이다.[9]

레비스트로스의 구조주의가 신화의 구조를 보편적 인간의 심성으로 본 이후, 후기구조주의 사유는 신화 요소와 문명 요소를 이항대립 체계로 다루지 않고 이것을 해체하면서 좌우 항이 피차 사유의 근간이 되도록 꾀한다. 분해와 해체를 거쳐 새로이 구축하는 사유 체계는 필연적으로 지금까지 우세했던 항목을 통한 비(非)우세한 항목에 대해 사유의 필요성을 논증하는 차원에서 이뤄진다. 이러한 점을 근간으로 앞에서 백민석 작품을 읽었고, 여기서는 문화기호의 암시성 측면에서 『목화밭』으로 접근한다. 작품의 초입에 지하실의 벽면을 "잭슨 폴록의 추상화처럼 보이게도 됐고 뉴욕 할렘 지역을 통과하는 지하철역의 벽면처럼 보이게도 됐다."(16쪽)는 진술에서 내비치고 있듯이 작가는 팝아트의 순간적 예술 행위처럼 맨드릴 육식 원숭이의 색채에서 컬러텔레비전의 색상을 전유한다. 맨드릴 육식 원숭이는 한창림식 호명으로서 육식에 강세를 두어 이 생명체가 지닌 다양한 색채(colorful)를 컬러텔레비전의 그것으로 육화한 명칭이다. 이 기기가 맨드릴 육식 원숭이처럼 생명이 약동하는 기기인 것처럼, 목화밭도 포

---

9   월프레드 L. 게린 외, 앞의 책, 380~381쪽.

르노 필름 제작자인 부부에게는 자본 생산의 목적적 근거지다.

이 작품이 폭력적인 상황마저 냉철하고 무감각하게 묘사하고, 문명 세계의 부조리한 삶과 권력 체계의 비정함을 냉소적으로 묘파하는 기법은 추리소설과 유사성이 있다. 작품명에 달린 '엽기전' 탓이겠지만 현실의 구체성을 어디까지 밀착하여 경험할 수 있느냐는 문제, 그리고 그것을 어떻게 현실 문법으로 옮기느냐는 문제에 직면할 때 사실상 엽기는 없어 보인다. 이것이 실존 현장의 구체성을 강조하는 기표일 수는 있어도 그 잔인성을 부풀리는 가상 기호는 아니라는 얘기다. 구체성 여부가 인간의 잔인성과 결부되는 지점에서 이미지 소비 시대의 상품성과 자극성이 극단적으로 만나면서 그런 점이 극명해진다. 포르노 필름 같은 재현이 불가능하다면 재현의 예술을 운위할 수 없다는 강령을 소설에 적용해야 할 때 이 작품은 그 임계점에 도달한 것처럼 보인다. 인간의 잔인성에 한계가 있다면 한창림이 대표 모델이고, 인간의 삶이 어느 만큼 잔혹한가라는 물음이 있는 곳에 그의 실존이 있다. 하지만 작가의 진의는 이렇게 협소한 범주에 머물지 않고 구조와 체계를 문제 삼는 데에 있다. 구조에 구속된 자는 상위 체계에 맞서거나 중심 권력을 관통할 수 없으므로 단지 일개 분류 항목으로만 존재한다. 때문에 구조 안에서의 인간 행위가 순수하게 자기보존 욕구에서 출발했을지라도 구조의 작동 방식은 인간성의 소모와 소진으로써만 가능하게 된다. 이 작품의 전언은 그 구조가 악무한이라는 인식과 만날 때 설득력을 지닌다. 그러므로 엽기는 인간의 잔인성이 구체성을 입을 때 쓸 수 있는 표현이라 할 수 있다.

문명사회에서 파탄난 인간의 고유성을 지하의 문화산업, 그중에서도 포르노 필름 제작 과정으로 들춰내는 이 작품에서 새로운 비극이 탄생하는 장소를 대면하게 된다. 지상에서는 존재와 정체성을 당당히 표명할 수 없는 문화산업의 톱니바퀴들은 지하실 또는 지상의 텅 빈 공간에서 끔찍한 삶의 주역이다. 삼촌의 관리권역으로 추정되는 펫숍 5층은 기둥만 서 있을 뿐이고, 체계가 작동해야 할 필요에 따라 '중심'인 그 기둥에서 인력이 배출된다. 이렇게 텅 빈 공간은 '구조'가 물리적 공간을 전제하지 않을 뿐만 아니라, 중심의 실체도 실물이 아닌 어떤 힘이나 기능을 의미한다는 사실과 더불어 권력 주체의 능력도 물리적 폭력으로 표면화하지 않음을 뜻한다. 거대 자본의 흐름에 연루된 주체들은 비가시적이어서 하위주체들만이 극렬하게 투쟁하는 것처럼 보인다. 자본 권력과 그 구조가 작동하는 세계에서의 생명 장치는 상위 체계를 노출하지 않으면서 하위주체들끼리 투쟁하는 양상으로 나타난다. 한창림이 지하실의 인간으로서 지상의 일에 관여하는 계기를 보면 순전히 지하의 삶을 연장하는 차원에 있다.

남성 네 명의 인물 구도를 보면 한창림과 삼촌의 관계가 낯은 인물인 고교생 윤수영이 추가되는 양상을 보인다. 뷰티풀 피플 언니의 남편은 앞의 인물 구도와 별개로 존재하면서도 도구화한 인간의 표상이다. 작품 초반에 제시된 아래 인용문에서 삼촌이 한창림과 자신을 "우리와 같은 치사스러운 쌍둥이"라고 자조 섞인 푸념을 늘어놓는 언사는 하나의 체계를 암시한다. 한창림과 삼촌의 관계를 같은 체계에 속한 인물로 접근하면 이 작품에서 다룬 긴요한 문제들이 하나씩 떠오르기 시작한다.

> "요것만 끝내놓고 데이트를 하자고."
> "하."
> "벌써 열두 시간째 이러고 있어. 내가 바라는 건 나에 대한 서류철들을 좀 갖다 달라는 것뿐인데. 이 친구들이 나에 대해서 뭐라고 기록해뒀는지 궁금해. 나도 읽어보고 싶어. 아마 팔십 퍼센트쯤은 음해겠지. 그냥 검찰 자료실에 들어가서 내 서류만 빼다 가방에 넣고 우편으로 이리 부쳐주면 되는데, 난 우리나라 검찰이 이렇게 의리의 사나이인 줄은 몰랐어. 이런 친구들이 검찰 근무 연수가 올라가면 갈수록 우리와 같은 치사스러운 쌍둥이가 되는

경향이 있는데 말이야. 똥고집이군."

—『목화밭 엽기전』, 23쪽

　삼촌과 한창림이 펫숍 5층에서 나누는 대화 내용으로서 삼촌의 언사가 일방적으로 이어진다. 두 인물이 동성 파트너라는 정보, 삼촌과 검찰 관계자 간 유착에도 불구하고 검찰 내부자가 자신의 부탁을 들어주지 않는다는 삼촌의 푸념이 혼재한다. 이로 미루어 삼촌은 범죄와 연루되어 있으며, 검찰 내부자를 이용하여 자신의 신상이 기록된 문서를 **빼돌려** 범죄의 증거를 없애려 시도 중이다. 그는 검찰 내부자를 "의리의 사나이"라는 반어법으로 조롱하면서 자신보다 상위에 있는 검찰 체계의 작동 방식에 불만을 품는다. 자신과 한창림이 "치사스러운 쌍둥이"가 된 연한이 오래된 만큼이나 검찰 내부자들의 체계도 돈독하다는 점을 비아냥대는 어법이다. 관료사회에서의 내부자 간 의리에 불만인 것처럼 말하지만 삼촌의 발화 의도는 정작 한창림을 자신의 관리권역에 붙들어두려는 데 있다.

　두 인물에 관한 정보로 두 개의 체계를 확인할 수 있다. 검찰과 펫숍이다. 검찰에 연루된 인물은 오장근 형사와 회계사이며, 한창림 부부는 펫숍의 직원들과 동등하게 하위 구조를 이룬다. 뷰티풀 피플은 박태자가 암페타민을 구입하는 가게이므로 이 가게의 주인인 '언니'와 그의 남편은 한창림 부부의 내밀한 사생활을 가장 잘 아는 축에 속한다. 이렇게 두 개의 체계에서 검찰 내부자와 관련되는 회계사와 오 형사, 삼촌과 비디오를 상거래하는 한창림이 있다. 부부는 자신의 몸마저 도구화해야만 포르노 비디오 제작을 비밀리에 완수하기 위한 과업에 투신할 수 있다. 한창림은 아내와 함께 제작하여 삼촌에게 넘겨주곤 하는 테이프를 결코 시청하지 않는다. 자신의 범죄에 대한 각인 효과를 애당초 말소함으로써 반성을 모르는 채로 자기보존 욕망에 사로잡힌다. 부부가 포르노 필름을 불법 제작하여 삼촌에게 넘기는 과정에서 그는 한창림이 법망에 걸리지 않고 비밀리에 미성년 납치, 비디오 촬영, 살해, 매장을 완수한 후 비디오를 자신에게 넘겨줄 수 있도록 치밀하게 체계의 안전을 꾀한다. 그 작동 방식을 추상어 '의리'로 내면화하고, 한창림은 물론이고 똑같은 복장을 한 펫숍 직원들을 쌍둥이로 기호화하여 결속력을 표방할 뿐만 아니라 이들 남성 모두가 삼촌이 "데이트를 하자"면서 감성을 교환하는 감성 집단의 일속이기도 하다. 삼촌이 검찰 관계자에게 이중 감정을 드러내는 것만큼이나 한창림에게 삼촌도 양가감정을 불러일으킨다. 이러한 감정이 내내 유지되면서 한창림은 삼촌과의 감성 교환을 나쁘다고 판별할 수 없는 지경에 이른다. 삼촌-한창림-윤수영 간에 작동하는 힘만 보더라도 하위 인물의 신체는 권력의 특권화를 가능케 하는 목표로 기능한다. 한창림도 윤수영의 신체를 길들여 복종 관계를 만들어 생산성을 제고하기는 마찬가지다. 작품의 결말에서 죽음에 직면한 한창림을 보면 삼촌만이 자신을 구원해줄 인물이라고 믿는다는 점에서 삶과 죽음의 권한은 고스란히 삼촌에게 있다. 삼촌을 죽임으로써 자신이 사는 방법을 알지 못하므로 그를 죽일 수 없고, 그를 살려둔다면 이후에도 "킹 바이킹"에 탑승한 것 같은 내부자들끼리 하나의 체계에서 극렬하게 위험한 놀이를 이어가야 한다.

작가는 삼촌의 외모를 가외의 이미지로 그리면서 범죄자와 나쁜 인상을 일치시키는 관념을 해체한다. 이미지와 스타일이 결코 그 당사자의 본성이나 내면과 일치하지 않는다. 중간 키, 감정이 섞이지 않은 나직한 목소리, 흰색이나 베이지 계통의 옷을 즐겨 입는 깔끔한 외양의 그에게서 범죄자의 인상을 제거하여 외모 결정론의 기만을 폭로한다. 윤수영도 중키에 "미소년"(38쪽)이지만 "좀 나쁜 애"다. 외모와 장신구를 센스 있게 가꾸어 유니섹스 이미지를 풍기면서 호감을 유발하지만 윤간 경험이 있다. 아버지는 정부 경제정책의 발언권자로서 유명 연구소의 소장이다. 이처럼 백민석 소설의 인물은 하나같이 보편적이지도 상식적이지도 않으며, 도덕성이 문제될수록 어떤 식으로든 상위 체계와 결속되어 있거나 결속하려는 욕망을 내면화한 자들이다. 게다가 윤수영 납치 계획을 공모하는 부부를 보면 그 의도가 다분히 보복적인 데다 보편 윤리를 따르지 않는 파행을 보인다. 소년에게 "넌 이제, 뭔가 배우게 될 거야."라고 벼르는 한창림의 목소리는 이 아이에게 당한 타자의 고통만큼 되돌려주겠다는 탈리오 법칙을 왜곡된 정의감으로 표출한다. 마찬가지로 클래식 음악 향유자인 한창림에게서도, 전기충격기로 기절시켜 납치한 윤수영에게 모성애를 품는 박태자에게서도 내면과 행위의 동질성이나 진정성은 찾아볼 수 없다. 이들이 투여한 열정의 엔트로피는 기이하게 고갈되면서 폐기물 같은 정서의 총량을 증식시킨다. 이 작품에서 잉여는 감각의 잉여이며 이는 인물들의 경험이 과잉되었다는 증표다. 그럴수록 선악의 기준으로는 이런 점을 판별할 수 없게 된다. 자본 생산 체계에 복속된 자들이 자신의 몸에서 감각을 방출하고 그것이 곧장 잉여가 되는 체계의 작동 방식을 알아야 할 필요를 각인시킬 뿐이다.

위에서 언급한 몇 가지의 증후 중에서 관료사회의 체계, 도구적 이성과 인간성 말살, 인간의 정신영역으로 침투한 물신화한 상품으로 하여 사색할 줄 모르는 존재가 되어가는 문제는 이 작품에서 중요한 주제다. 행위예술이 현장성을 중시하는 것처럼 포르노 필름 제작도 순간적인 행위가 우선일 뿐 깊은 사색을 필요로 하지 않는다. 전작(全作)을 통틀어 작가는 체계와 구조 문제를 비켜가지 않았으며『목화밭』에서 이 문제를 본격적으로 질문한다. 복원이 불가능한 세계를 천착한다는 점에서는『올빼미농장』도『목화밭』과 같은 계열이다. 플라스틱 조각이 박혀 있는 황폐한 농장, 자발적으로 중력을 거스르는 생명체들, 오래된 아파트가 재건축 판정이 난 시기를 기점으로 구조물들이 부서져내리는 자살 행위 등으로 복원이 불가능한 세계와 대중의 공포감을 전면화한다. 이런 점은 이후의 작품에서 시민의 장외 정치가 촛불 혁명이라는 형태로 나타나면서 이것이 현대문화의 유전적 특성인 밈으로 전달되는 것과의 연관으로 읽을 수 있다.

대통령 탄핵 소추, 빈발하는 테러 문제를 밈의 특성으로 구체화한 작품이 『플라스틱맨』이다. 무한 번식하는 밈의 전달 요소를 문제 삼으면서, 기술 문명의 능력인 강력한 전파력에 공포를 느끼는 인간 문제를 다룬다. 음성 파일로 존재하면서 살해 협박을 이어가는 공포의 목소리를 "당연히"(110쪽) 사람이 아닌 기호 '플라스틱맨'으로 제시한다. 협박범으로 추정되는 자의 얼굴이 사회관계망 서비스나 주간지에 공개될 때 급상승하는 상업 효과가 밈의 생성력·전파력에 의해 결정된다는 점에서 이 작품은 작가가 이전부터 발휘해온 상상력이 현대문명의 물질적인 기원을 플라스틱으로 본다는 점을 입증한다. 플라스틱맨의 목소리가 대중심리를 공포로 몰아간다는 상상력은 무한히 문화유전자를 퍼뜨리는 플라스틱의 생산성, 사건 사고마저 흥행을 조장하는 문화상품으로 제작하여 유포하는 온라인 대중매체의 현재적 양태를 반영한다. 작가는 이 작품에 이르러 매체 문제로 인식이 확장하면서 매체 권력의 폭력성과 대중의 공포를 직시한다.

정리하면, 『목화밭』에서 문제적 지점은 대자연을 대공원으로 전환한 자본 기획, 인간이 도구를 다루는 기능적 존재로 전락한 점에 있다. 자연의 고유성을 전유한 문명 기기가 대공원의 놀이기구와 컬러텔레비전이다. 그간에 인간은 자신마저 자본 생산의 도구로 다루는 기능인이 되어왔기에 기술력의 주도로 문명이 발전해온 도상에서 야만성이 인간을 설명하는 근거가 되었다. 전기 기술의 진전에 따라 자연은 놀이와 쾌락의 공간으로서 자본력의 토대가 되고, 현실사회에서는 본래 자연 즉 목화밭을 가상으로 들여야 한다. 문명적 사건을 피와 살의 메타포로 보여주는 이 작품은 현장을 직접 대면한 듯한 효과를 불러일으키면서 분열적인 문명에 대한 인간의 분열적인 대응 방식을 일깨운다. 축소된 자연인 인공 공원에 대자연을 모방한 접두어 대(大)를 붙여 대공원이라고 호명하는 문명인의 자본 기획을 보면 대공원 바깥 구역의 또 다른 미세 구조들의 움직임까지도 짐작하기 어렵지 않다. 한창림뿐만 아니라 그 누구도 예외 없이 대자연의 대공원화로의 변형에 저항하지 못하는 일개 무력한 자본계급의 하위 주체에 불과하다.

2. 명멸하는 기호로서 주체

백민석 작품에서 현상으로서 인공 빛은 그 기원이 현대문명이다. 빛의 제국을 건립한 문명을 야만으로 보는 작가의식에 여전히 살아 있는 딱따구리는 『헤이』 시대에 그 빛에 적응했고, 이후 『16박물지』에 이르러 빛은 없는 것도 만들어내는 창조자로서 현대문명의 강력한 계시적 기호다. 이 작품집에는 박물학처럼 펼쳐놓은 16편의 짧은 소설에 현대예술의 기만, 소비가 목표인 생산, 그에 따른 노동 시간의 증대, 문명 이전을 암흑으로 보는 관점, 세기말의 공포가 압도하는 세계에서 벌어지는 페스티벌, 식물성 상상력, 생명 연장의 꿈, 인간종이 파국을 맞는 사태 등에 관한 작가의 사유가 담겨 있다. 미래가 앞당겨져 현재에 도달해 있으며, 결국에는 이것이 인간 소멸의 과정이었음을 일깨운다. 이들은 자본주의 소비 체계의 몰적 존재로서 감옥을 기호화한 지하 벙커에서 인공 빛의 세례를 받으며 신체의 일부가 빛이 된 자들이다. 신 중심의 창조신화는 '빛이 있으라'는 음성언어를 절대화하지만, 작가가 사유한 문명의 빛은 그가 문자언어로 기술함으로써 탄생한다. 인공 빛을 창조하면서도 음지의 생산 방식이 구동하는 자본 체계의 겹겹 지층에는 스스로를 그곳에 감금한 산업화의 얼굴들이, 자신의 고유성을 소모하는 체계의 톱니바퀴들이 예속되어 있다. 『16박물지』를 『캔디』와 『헤이』에서 번쩍이는 휘점·광반사와 동일한 맥락에서 읽으면 기만적인 문명과 산업화의 논리를 온전히 문자언어만으로는 표명할 수 없을 것처럼 보인다. 그런데도 작가는 기상천외하고 기만적인 문화기호들을 내걸면서 문명의 기원과 파괴적인 진보 양상을 박물학의 측면에서 성찰한다.

『16박물지』는 현대문명이 산업화라는 양태로 당대인의 실존을 결정한다는 점을 심지어 실물이 보이지 않는 첨단 산업 기술로 현시한다. 없는 것까지도 만들어내는 인공 빛의 능력과 절대신의 능력은 여기서 등가다. 작가는 문화상품의 생산 방식을 질문하면서 자질구레하고 조잡하며 인간성이 말살된 생산 방식에 포위된 채 기형적인 삶의 조건을 견디는 인간을 직시한다. 인간의 고유성이 상품과 마찬가지로 소모 일로에 놓여 있어서 그 형상이 희미해져가는 상황을 주목한다. 보이지 않는 전기의 충격파가 인공 빛으로 현현하는 것을 문명의 진보로 여겨온 인류에게 그 빛은 일출과 일몰을 구분 지을 필요가 없는 인공 태양을 의미한다. 자본 생산성을 극대화할 수 있는 노동 시간을 연장시키는 것도 이 인공 빛이다.

진보하는 기술력의 최종 지점에 무엇이 있는지 질문한다면 투명인간이라고 답할 수 있는 근거를 작가는 이 작품집에서 가상화한다. 기술 그 자체의 필요성에 의한 진보가 아닌 이전과 달라진 시장을 기획적으로 개방함으로써 소비를 제고하는 산업화의 내면을 투명인간·투명 공간의 증식으로 언표하는 동시에 보이지 않는 자본마저 횡령하는 내부자들의 욕망을 들추는 방식으로 『헤이』에서 일찍이 홀로그램으로 만들어냈던 투명인간을 변주하여 새로운 테크놀로지 감각과 접속한다. 이렇듯 불길한 조짐은 보이지 않아야 할 것이 보일 수도 있다는 잠재성으로 하여 더욱 증폭한다.

『16박물지』는 1990년대 중·후반기에 우리 문단에 부쩍 늘어난 초단편 장르에 속하며 리얼리즘 양식을 따르지 않고 서사를 파괴하여 형식에 변화를 준 작품집이다. 여기에 실린 짧은 소설들은 반(反)소설·반(牛)소설 논평 소설 등의 명칭 중 어느 것을 사용한다 해도 무리가 없는 소설이면서 소설이 아닌 형식을 취한다. 상상조차 불허하는 생산물들이 과잉소비를 조장하기 때문에 소비 욕망을 억제할수록 결핍을 유발하는 자본체계와 문명인의 탐욕은 우스꽝스러운 웹툰처럼 독자에게 전달된다. 세기말의 공포에 사로잡힌 자들이 문명의 몰락을 예감하면서 문화산업에 포획된 채 그 공포를 잊어야 하는 상황, 빛의 속도로 진보하는 기술문명의 도상에서 인공 빛으로 부활하는 인간 형상을 통해 '서구의 과학중심주의 사고가 과학을 자기 지성의 거울로 여겨온'[10] 문제들을 초점화한다. 머리에서는 시금치가 등에서는 벗나무가 자라는 인수(人樹) 결합체(「Green Green Grass of Home」), 믿거나말거나박물지사(社)의 기획·판매 문제를 다루는 작품 중에는 체중 감량조차 문화산업의 소비자로 참여하여 달성하려는 인물(「믿거나말거나박물지식 달걀 다이어트」)이 등장하는 등 문화산업에 복속된 인물의 삶을 비유적으로 구축한다. 그들의 삶이 부조리극처럼 펼쳐지는 건, 기원도 역사도 부재한 문명적 삶이지만 부단히 이것을 입증하고 반복 확인함으로써만 생존이 가능해진 문명사회의 일원이기 때문이다. 후기산업사회의 다양한 문화상품들의 전시효과를 다룬 이 작품집의 내용을 "믿거나말거나" 하는 것도 온전히 독자의 몫이다. 현대예술은 사기라고 일갈한 잭슨 폴록의 어록이 탄생하게 된 배경이 후기산업사회이고, 이러한 시대를 주도한 자본의 능력이 동시대인의 순간적 경험을 중시한다는 점에서 작가가 쓴 '믿거나말거나'라는 의도성 짙은 혹세무민은 각별한 의미를 지닌다. 1997년 전후의 작중 현실에도 나타나듯이 대부분의 문화적 사건들에는 세기말의 증후와 공포가 어른거린다. 엄밀하게는 밀레니엄을 앞둔 시기이지만 1993년의 미국, 1995년 일본의 경우 세기말의 증후가 이미 사회에 만

---

10 폴 비릴리오, 『소멸의 미학』, 김경온 역, 연세대학교 출판부, 2004, 93쪽.

제1부 문화기호의 의미 작용 : 백민석의 소설

연했거나 마지막 위세를 떨친 탓인지 작가는 종말론을 시간 개념이기보다 증후로서 공포감이 지레 앞당겨진 경우로 보는 듯하다.

화랑 "갤러리 코미디즘"은 여타의 전시 공간과 다르게 변별력을 갖추어 놓고 특별한 전시가치를 창출하려는 기획 공간이다. 작가는 전통적인 이즘과 숭배가치를 부정하는 후기산업사회의 전시가치에 주목하여 논평을 곁들이면서 문화산업의 한 국면을 허구적으로 구성한다. 예술가의 순간적 경험을 중시하는 팝아트의 현재성과 전시가치, 역사가 문화의 부속물로 자리바꿈하는 시기를 전면화한다. 실명인 듯한 인명, 진짜 책인 듯한 가짜 책들이 독자의 인식을 교란할 뿐만 아니라 등장인물들이 찾아나선 특정 존재조차 그 정체를 확정하지 못한다. 국적·지명·인명 등의 경계가 없고 모든 존재는 그 무엇이든 될 수 있는 가능성 안에서 그 가치를 매길 수 있다.

예컨대 「캘리포니아 나무개」에서 '나무개'는 그 무엇도 아니지만 반드시 그 무엇으로서 생산성을 높여야 하는 그 무엇의 유사기호다. 이 작품의 시간 배경은 1997년이고, 전시 공간에는 3D 입체영상 시스템이 갖춰져 있다. 어느 각도에서든 작품 관람이 가능하도록 멀티 패러디물을 전시한다. 성서 시대의 숭배가치, 현대의 전시가치를 두루 경험할 수 있지만 후자는 "뭔가 속고 있는 게 틀림없"(17쪽)다는 직관을 몰아온다. 캘리포니아 나무개를 보았으면 믿으라며 "SEE AND BELIEVE!"라는 알림판을 내걸었으나 대상물은 갖가지 추정을 불러일으킬 때만 존재한다. '캘리포니아 나무개'라는 제목으로 출품한 작품에는 화자가 어릴 적에 숲에서 놀다가 발견한 야자나무를 뿌리째 뽑아 자신의 정원에 옮겨심었고, 이제껏 함께 지내왔으며, 나무개도 그날 이후 줄곧 우듬지에서 살고 있다는 허무맹랑한 스토리텔링이 첨가되어 있다. 더구나 그 생명체가 "테즈메이니아 호랑이의 돌연변이나 변종" "멸종한 야생개 딩고의 최후의 후손" "전락한 외계의 생물"이며, 지금은 "코코야자 꼭대기에 사는 개의 일종"(19쪽)으로 짐작된다는 것이다. 이렇게 추정을 남발할 뿐 정작 그것이 보이지 않는다는 데에 현대예술의 기만이 있다. 작가가 논평을 부기했듯이 그것은 "생산의 속도가 너무 빨라, 의미의 속도를 추월"(22쪽)하기 때문에 관람자·해설자·평론가가 의미를 매기거나 가치 판단하는 속도보다 더 빠르게 새로운 전시물에 자리를 내줘야 하는 전기·전자기술 중심의 문화산업이 진보하는 속도와 연동한다. 필요에 의한 생산이 아닌 소비를 위한 생산, 사용가치만 따진다면 쓸모없는 전시물일지라도 이것을 수시로 교체하여 낯선 상상력을 유발하는 것이 팝아트의 목적이다. 빛의 속도로 진보하는 기술 문명은 시·공간을 소멸케 하면서 관람자의 시각을 증대시키는 반면에 다른 감각 기관은 무뎌진다. 보는 속도를 따라가느라 놓쳐버린 여타의 경험들에는 눈[目] 이외의 감각 기관은 활성화되지 않았던 그간의 사정이 개재한다.

「완다라는 이름의 물고기」에는 물고기 '완다'를 찾으러 미국으로 가려는 수석 큐레이터의 명령을 수행하는 인물 '놈'이 있다. 하지만 완다는 화랑의 신입사원인 그가 국제전화 녹음 메시지에 남긴 음성언어가 발화하는 순간에만 일시 존재하며, 완다를 찾으라는 명령은 완다를 "정체가 밝혀지지 않은 괴수들의 일족"(27쪽)으로 괴물화하는 일에 기여할 뿐이다.

> 그 한줌의 흙은 뉴욕 믿거나말거나박물관의 믿거나 말거나 한 명물이 됐다. 수석 큐레이터는 바로, 그 같은 명물을 원했다. 다른 덴 없는 것, 아무데도 없는 것. 예를 들자면, 완다라는 이름의 물고기 말이다.
> ― 「완다라는 이름의 물고기」, 27쪽

이 언술은 한 줌의 흙을 명물로 가공한 전시 기획의 의미를 강화하면서 어디에도 없는 불명의 존재인 완다의 기원을 찾아가는 여정의 일부를 보여준다. 단지 완다라는 이름을 부여받았을 뿐 수석 큐레이터가 원하는 완다는 한 줌의 흙이어도 무방한 그 무엇이다. 이는 뉴욕 믿거나말거나박물관의 소장품인 〈노래하는 산의 흙 한 줌〉처럼 의외의 효과를 불러일으키는 전시 기획을 기대한다는 의미다. 서남아시아의 어느 구릉에서 실어온 흙에서 관람자들이 수세기에 걸친 분쟁의 역사를 체감하고, 그 "구릉에서 찢겨 죽거나 타 죽거나 목말라 죽은"(26쪽) 자들의 비애에 공감한 것처럼 수석 큐레이터도 완다라는 이름의 물고기로 누대에 걸친 '괴수'의 본질과 내포 의미를 성공적으로 확보하고 싶었던 것이다. 이 같은 기획이 완다를 잡기 위한 무력, 즉 낚시꾼들이 포경용 작살포를 제작하는 데까지 이르지만 이 또한 '놈'의 음성언어에만 있다가 금세 사라져버린 현상에 그친다. 완다의 존재감과 위력을 가공할수록 그것을 잡으려는 무력도 비례해서 증강하고, "지구의 자장까지도 휘저어 놓곤"(38쪽) 하는 완다의 위세는 기획사의 욕망이 무효가 되지 않는 한 그 위력을 꺾지 못한다.

> 그러니까 그 완다라는 이름의 원주민들은, 완다라는 이름의 물고기가 사는 완다라는 이름의 사막 한가운데서, 완다라는 이름의 불안과 죽음과 눈물겹게 싸워나가며, 얼마나 됐는지 모를 기나긴 세기들을 살아갔던 것이다.
> ―「완다라는 이름의 물고기」, 37쪽

그러나 상황이 돌연 급변하여 완다는 이 지상의 그 모든 것일 수 있게 되었다. 지금은 광대한 사막에서 한 알의 모래알로 남아 있으나 완다라는 명명은 본디 어느 원주민을 지칭한 기호라는 추정이 가능하게 된다. 그들이 사라진 뒤에 명명법만 남아 물고기에 그 이름이 붙었고, 물고기마저 멸종한 뒤 바다가 사막이 되기까지도 완다라는 이름은 인류의 기억에 잔존한다. 바다가 융기하여 사막이 되기까지 완다라는 어휘소가 남아 있는 것이다. 광대한 사막 같은 공허가 문명의 본거지라는 지독한 역설로만 설명이 가능한 '문명'은 자신이 사막화의 과정에 참여했음을 모르는 '문맹'이나 다름없다. 놈이 사막에 선 채로 전하는, 자신 앞에 바다가 없다는 녹음 메시지에는 그 사막의 모래 한 줌을 퍼담아 귀국하겠노라는 말이 생략되어 있다. 뉴욕 믿거나말거나박물관의 흙 한 줌을 콜라주한 모래 한 줌을 쥐고서 놈은 "믿거나말거나박물지 갤러리 코미디즘"의 전시 기획을 성공적으로 이끌 계획을 조용히 구체화하고 있을지도 모른다.

「Green Green Grass of Home」에는 "믿거나말거나박물지 만화사 박물관"에 이름을 올린 그린맨이 등장한다. 세기말의 공포 속에서 이전과 다른 삶을 택했던 자신을 "반동물 반식물 돌연변이 인간"이라고 스스로 의미를 매긴다. 노년에도 여전히 고양된 삶, 일상 초월자의 삶을 꿈꾸었던 그는 지금 만화사 박물관의 벽면에 "초인 그린맨"이라는 칭호와 함께 기이한 초상으로 걸려 있다. 자신의 채식 성향을 전시하고 있는 그는 슈퍼맨·스파이더맨·배트맨 같은 근육질과 변별된다. 불가능을 가능으로 전환하는 신적인 능력과 동일시되는 남성 이미지의 초인과 달리 "긴 의자에 앉아 한가롭게 광합성"을 즐기면서 식물성 이미지를 풍긴다. 신을 콜라주하고 몽타주했던 초인의 시대는 세기말과 함께 저물고, 초인(超人)/초인(草人)의 이중적 의미를 함유하는 초인 그린맨이야말로 인류가 망각한 본연의 형상이라는 점을 시사한다. 그는 신적인 초인을 숭배해온 육식성 인간 형상을 벗어난 존재자여서 그 모습이 우스꽝스럽게 보인다. 역설적이게도 이 장면에서 고결성과 완벽성의 상징인 신이 아닌 본연의 인간상이 어수선하게 부상한다.

이 밖에도 현대인의 일상이 문화 자본 체계에서 재편되어가는 정황을 담은 「그 분」에서는 믿거나말거나박물지의 비(秘)공장에서 생산하는 비디오테이프가 투명인간 살인자를 재생산한다는 상상을 펼친다. "상상할 수 있는 모든 것들뿐만 아니라, 상상할 수 없는 모든 것들까지" 비디오테이프에 담아 살인 욕망을 유포한다는 것이다. 관객을 입회비·연회비·표 값으로 구분하여 문화계급을 분류하고 좌석을 사전 배정하는 시스템은 믿거나말거나박물지 공연 사전 관리 체계를 반영하며(「술집 까스등」), 믿거나말거나박물지 신경외과 중환자실에는 뇌가 쪼그라들고 폐 기능도 거의 정지된 남자가 123개월 24일째 누워 있지만(「열네 개의 병원 침대」) 그에게는 죽음을 선택할 권한이 없다. 인류의 숙원인 생명 연장의 꿈은 불발하지 않았으나 이제 그는 연장 장치의 일부로서 비자발적인 생명체일 뿐이다. 기계와의 분리가 곧 죽임이지만 자신이 그것을 끊어내지 못하므로 연장 장치는 선택의 기회를 제거한 냉정한 기구에 불과하다. 영속을 꿈꾸는 자의 기대를 기계화로 달성하게 된 그의 내면에는 의료계를 장악한 문화산업의 파장이 있다. 바이오산업의 수혜자인 그의 꿈이 영속에 맞춰졌을 때 그것이 불사의 신과 맞닿는 지점에는 죽고 싶어도 죽지 못하는 연명 장치가 실재한다. 『헤이』에서 고인이 된 안선생과 연주악단을 레이저 빔으로 만들어냈던 작가는 「음악인 협동조합」 연작에서도 레이저빔이 쏘아대는 잔혹극 무대 같은 공간을 설정하여 문명화한 모든 정상성들을 의심하기에 이른다. 믿거나말거나박물지사의 1996년 기획은 수퍼 컴퓨터가 조합한 1670만 가지 컬러로 빔을 쏘아 죽은 자도 소생시키는 일이다. 17년 전에 죽은 아이를 3차원 레이저 광선으로 부활시켜 무대에 올려놓고 노래를 부르게 하고, 은퇴한 서태지와 아이들도 같은 기술로 되살려낸다. 3차원 디지털화한 무대 위에 현란한 레이저 광선으로 이들을 소생시켜 "모든 사람들에게 항상 접근 가능"한 불멸의 스타를 체현하는 것이 음협의 기획이다.

이 연작에서 이어지는 문화 경험들은 끔찍하고 불쾌한 일들로 점철된다. 삶 자체를 괴물화할 때만 가능한 비정상성을 실행하는 세계를 '무대'로 설정했다는 데에 작가의 의도가 있다. 정상성의 관점으로는 괴물이 되어버린 사내애가 "어차피 우리를 둘러싼 이 세상도 이해 못 할 곳인데 어째서 우리만 이해할 수 있는 존재가 되어야 하나요?"(185쪽)라고 울부짖는 목소리는 "불가사의한 괴물 같은 존재"를 애초에 용납하지 않는 체계를 향한다. "문화가 값싼 시대의 문화인"(186쪽)인 대중에게 음악인의 당대적 가치는 오직 공중파 텔레비전의 전파를 타는 것에 의해 매겨진다.

　박물지 연작에서 격납고는 전쟁 상황처럼 광적인 에너지를 발산해야 할 자본 체계를 내장한 기호다. 음협의 상근 직원에게 등급을 매겨 출입증을 배부하고, 갈수록 점입가경인 기이한 공연 무대가 펼쳐지면서 기상천외한 인간의 행태들이 연극적으로 전시된다. 일종의 감방인 17번 격납고에는 출입증 소지자인 자경단 보스가 관리자이면서 수인의 신분으로 10년간 홀로 감금되어 있다. 자신이 설치한 유치장에서 자기 단죄를 감행하는 듯한 모양새가 단막극 코미디처럼 웃음을 자아내지만 감방을 설립한 목적과 경미한 죄의 조항들이 서로 어긋나는 지점을 엿보게 되면 사정은 달라진다. 행패 · 횡령 · 사규 위반 등이 음협 내부에 만연해 있어서 잘잘못을 가려 범죄 사실을 특정하기 어려울 뿐만 아니라 그는 스스로 수인이 됨으로써 감시체계를 내면화한 채 규율 권력을 자신에게 행사한다. 역설적이게도 자신의 감시자가 되어 자기 규제를 일상화하면서 유치장을 무용하게 만들어버린 자기 관리자인 것이다. 음협의 안전을 자발적으로 지키기 위해 설치한 유치장은 실정법과 무관하게 음협 내부의 법을 따르지만 이들 내부자에게 안전은 사실상 죽음과 다름이 없다. 자신을 소모하는 기획으로써만 도달할 수 있는 상품 개발에 이들은 매진한다. 마찬가지로 모든 예술도 안전만을 꾀하지는 않는다. 안전을 도모하는 예술은 이미 사망한 것과 다름없어진 시대가 된 것이다. 삶의 조건이 본래 불안과 공포로 얼룩져 있어서 그것으로부터 해방과 자유를 위해 격납고도 자경단도 필요할 뿐이다. 행패 · 횡령 · 사규 위반이 음협이라는 체계에서 자행되는 것처럼, 치킨 헤드족 사내애의 머리카락에 불을 질러놓고선 "보편 인류적인 욕설 한마디"를 내질렀다고 착각하는 보편적 관객의 행태도 그 체계 안에서는 위반도 범죄도 아닌 광기의 모습으로 미학화한다. 상식과 보편성을 도덕으로 아는 세계와 결별해야만 자행할 수 있는 폭력, 그리고 이것이 용인되는 이 세기말의 공연장은 온갖 불법이 횡행하면서 죽음의 공포를 압도한다.

믿거나말거나박물지 격납고는 이렇듯 모든 법과 도덕과 관습을 낯설게 하고, 지금껏 지켜온 절대성을 의심케 하는 공간이다. 생명을 극단적으로 부정하면서 삶이 곧 죽임인 세기말의 공포를 공연하는 무대는 잔혹극이나 우드스탁 페스티벌의 광란을 패러디한 것처럼 보인다. 전쟁터에서의 억울한 죽음, 우월주의자들의 극악한 제노사이드에 저항하고, 기성세대가 만든 질서와 법이 재단하는 도덕성이나 박애주의에 반발하는 젊은 이들의 몸짓이 광기로 표명되는 저 현장에서 이성은 송두리째 무너진다. "꿈들에수갑을채워방망이찜질을하곤유치장으로끌고"와 "곤장을치곤처형실로끌고"(213쪽) 간다는 자경단 보스의 고백처럼, 오지 않을 미래에 대한 분노와 분통이 온갖 금기를 침범하면서 보편적인 인류가 지옥이라고 여길 만한 일들이 자행된다. 에리시크톤처럼 끝없이 허기진 상태의 식탐과 배설의 관계는 그 시작과 끝에 쾌락 감정이 있기에 여기서도 끝까지 유지된다. "현실은비현실"(214쪽)이나 다름없기에 자경단 보스는 이곳에 없는 것과도 같다.

> "음협은 그 미끄럼틀의 최종 바닥 같은 데죠. 밑바닥 중에서도 밑바닥이라고 난 봐요. 난 이 최고의 밑바닥에서 안정된 삶이 뭔지 알았어요, 비로소."
> ─「음악인 협동조합 3」, 219쪽

이 발언은 18번 격납고의 책임자였던 펨프가 사임한 뒤 후임으로 온 말총머리의 것이다. 자기 삶의 상승 기류를 포착하는 일을 이상으로 여기면서 손쉽게 상식을 만드는 사회에 대한 부정정신, 더는 미끄러질 곳이 없는 바닥에 다다른 자는 추락을 염려하며 불안해할 필요도 없다는 심리가 반영되어 있다. 말총머리를 붙들고 18번 격납고의 바닥으로 미끄러져 내려온 화자가 체감하는 것은 보이는 것보다 보이지 않는 것이 더 많은 음협의 체계이며, 그것은 휘어진 통로가 거듭하여 "수도 없이 갈랴"지는 것처럼 예측조차 불허하는 욕망 생산의 기호로 작동한다. 화자를 18번 격납고로 끌어들이기 위해 펨프는 음협의 집행부원인 말총머리를 이용한다. 두 사람은 굽어진 통로를 돌면서 한 사람은 전등을 끄고 다른 한 사람은 전등을 켜야 하는 규범을 따른다. 이는 지나온 곳, 즉 캄캄한 비문명을 절대로 뒤돌아보지 말라는 문명의 금기를 준수하는 행동이다. 인공 빛으로 일군 것이 문명이므로 그 뒤편의 야만을 돌아보지 말라는 문명의 불문율이 그것이다. 과학기술 진보의 도상에서 어둠은 퇴보이자 야만이며, 문명의 기원이자 미래적 전망인 인공 빛은 진보를 담보한다.

같은 맥락에서 빛이 증식하는 격납고는 후기자본 체제의 생산 지옥이다. 이 기술 지옥에 감금된 자들은 손이나 얼굴 등 일부의 신체로 존재하면서 사물화가 진행 중이다. 그들이 건반악기의 이펙트 페달을 밟으면서 성능 실험을 하는 18번 격납고에는 보이지 않는 상품들로 채워져 있다. 전기적인 것에 예민하게 반응하는 투명인간 노동자들은 전기량을 조절하지 않으면 과부하로 폭발하고 말 물질과 다름없다. 신체의 도구화를 넘어 이제는 빛이 빚어낸 투명한 인간 형상이 노동의 주체가 되었다. 빛 현상 하나로 자본 체계, 생산과 소비, 노동자들의 이미지가 통합되는 속도의 세계에서 소멸해야 할 대상은 이전의 속도를 고수하는 인간이다. 푸코가 직관했듯이 '인간'으로 정의하면서 인간 중심의 인문과학을 연 고유하고 기이한 지식의 형상이 근대의 문턱에서 처음 출현"한 이래 작가는 그러한 인간이 사라

---

11 미셸 푸코, 『말과 사물』, 22쪽.

진 시기를 현대로 보면서 서양 근대철학의 인본주의, 즉 근대적 주체인 인간의 죽음을 암시한다. 이로 미루어 이 작품집에서 전기 신호와 결합한 반(半)인간 형상은 낮과 밤의 분리가 불가능한 블랙홀처럼 오직 속도로 생산성을 판가름하는 체계에 놓여 있으며 그는 전기 자극의 여파로 발작적 연주를 하면서 마술처럼 음을 조합하는 최첨단 기술 사회의 노동자다.

이러한 과학적 상상력을 "역사적 과정들에 과학적 사실을 연관시킨"[12] 푸코의 사유와 접맥하여 읽으면 과학기술의 진보와 그것을 기호화하는 작가의 작업이 초월이 아닌 현실화로 구체화되었음을 알 수 있다. 이때 논의의 관건이 신체 · 노동 · 언어 · 자본 같은 구체적 현실이라는 점이고, 이것은 신 중심주의 "형이상학의 종언이 표면화"하는 현상으로서 이때 출현하는 근대적 인간은 육체를 지닌 노동 주체로 유한성을 지닌 형상이라는 사실을 푸코는 전한다. 근대적 인간 주체가 사유의 대상이 되는 것도 바로 이 지점이다.[13] 이렇게 보면 백민석 소설에서 인간은 부단히 소멸해가는 존재, 즉 한 시대의 에피스테메가 정의한 형상에 불과하게 된다.

이 작품집에서 인간 형상들이 배치된 공간이 음악인을 위해 특화된 곳이라는 사실은 다시금 증폭하는 공간인 19번 격납고가 입증한다. 18번 격납고는 비밀 제품을 보관 · 운송 · 폐기하는 비밀 창고이며, 여기에 "세상의 모든 믿거나 말거나 한 놀라운 물건들이"(229쪽) 있지만 그 내막을 보면 박스들 · 컨테이너들 · 사내들뿐이라는 데서 소비경제의 증강 현실에 감춰진 인간의 자본 욕망이 생산하는 것이 무엇인지를 고스란히 보여준다. 소비를 목표로 한 생산체계는 소비되지 않은 생산물을 쓰레기로 만들지라도 목표 지점을 오로지 소비 증대라는 외길에 맞춰놓는다. 음협의 "체계는 적

---

12 피에르 빌루에, 앞의 책, 92쪽.
13 미셸 푸코, 『말과 사물』, 435~437쪽.

어도 자네보담은 똑똑하다"(231쪽)는 펨프의 발언에는 그 역시 이 체계에서 수행하는 문화산업을 수호하는 최전선에 배치된 자라는 자의식이 녹아 있다. 그런데 이 모든 사태들은 펨프가 음협의 공금을 횡령했다는 혐의를 뒤집어썼음에도 그가 달동네의 단칸방에 기거하는 신세인 데다 반신이 마비된 채 패망의 증후를 몸소 앓고 있는 현실을 화자가 직면하면서 전환의 계기를 맞는다. 세기말의 증상은 매우 인간적인 면모를 지닌 최후의 사람을 찾는 과정에서 어떤 이가 느끼는 불안·공포에도 나타난다. 펨프처럼 병들고 가난하고 외로운 자가 "……구세주를 기다렸어, 날 병원에 데려다줄래?"(254쪽)라고 화자에게 물을 때 그의 "제안을 진지하게 연구"해보는 사람이 있는 세상을 꿈꿀 수 있는가라는 질문은 인간이 인간인 한 언제나 유효하다. 이때 수인처럼 10년간 지하에 갇힌 채 가장 밑바닥에 위치한 18번 격납고에서 열악한 노동환경을 견딘 자의 비참한 말년을 생각해보자는 작가의 제안은 매우 현실적으로 들린다.

후기산업사회의 소비경제 체계하에서 문화산업이 대중의 삶을 빠른 속도로 재편하고 있다는 작가의식이 여실히 드러나는 연작이 음악인 협동조합이다. 이 연작에서 작가는 소비 체계에 저항하는 외면의 방식보다 내부의 욕망에 주목하면서 권력 주체의 이익 증대와 착취 문제뿐만이 아니라 권력의 톱니바퀴들도 횡령이라는 형식으로 실존재의 욕망을 극대화하는 자기 보존 방식을 보여준다. 박물지 연작과 『목화밭』에서 신체와 권력의 관계는 유순한 신체가 생산성을 높이면서 경제적 가치를 충족시키는 것으로 나타난다. 이렇게 작가는 인간이 세운 사회문화 안에서 인간 스스로 자신의 고유성을 산업 기술과 자본 권력에 헌납해온 점을 직시한다. 특히 박물지 연작은 내용(의미)에 기술 발전의 의미를 담아내기보다 온전히 기술(技術)로 대체한 형식적 전변이 현대문명의 얼굴이라는 점을 시사한다.

　　　　　제1부 문화기호의 의미 작용 : 백민석의 소설

3. 인간종 신화의 파국

미래가 현재에 도달해 있는 양상으로 급속히 진전하는 문명 속에서는 인간 형상도 빠르게 그 고유성이 소멸해간다. 『목화밭』에서 찻집의 벽감을 "웃는 플라스틱"으로 장식한 장면에서도 인간 형상에 관한 작가의 질문은 이어진다. 이것이 플라스틱 인형을 지칭하지만 뷰티풀 피플 언니는 인형이라 부르지 않는다. 고형화한 인형의 웃음을 인간의 그것으로 환치하지 못하는 그녀는 인형이 인간 형상을 모사한 것에 반감을 드러내면서 "플라스틱은 플라스틱"(78쪽)일 뿐이라며 폄훼한다. 반면에 조울증 환자 박태자에게는 사람과 인형 간 차별성이 없다. 최저 울증의 상태에서 인간과 인형의 차이를 구분하지 못하는 그녀는 "휘면 휘어지고 자르면 잘리고 뽑으면 뽑히고, 눈엔 초점이 없으며, 속은 텅 비어 가볍기 한이 없고, 아무리 사랑해 줘도 반응이 없"는 인형을 자신과 동일시하면서 "자기가 속한 종을 갈 데까지 폄하하고 폄해서, 스스로를 위안하는"(79쪽), 이미 사물화한 인물이다.

그렇지만 몇 가지의 지식 정보를 경유한 뒤 뷰티풀 피플 언니가 이름 붙인 '웃는 플라스틱'에 동의하게 되는 지성인이 박태자다. 플라스틱의 속성이 포름알데히드와 페놀이라는 독극물을 합성한 물질이라는 것, 이것이 완구산업의 판도를 바꿔놓았다는 것, 헝겊 인형에 그려 넣었던 표정보다 더 실감 나고 질감도 있지만 그 표정의 근원이 독극물이라고 인지하게 되면서 그녀는 웃는 플라스틱이라는 명칭에 동의한다. 이 같은 장면은 웃는 인형의 상품 효과가 플라스틱 산업의 번창을 이끌고, 그 중심에 바비 인형산업이 있다는 점을 시사한다. 플라스틱이 문명사회에서 또 하나의 기원이라는 사실은 후속작 『올빼미농장』과 『플라스틱 맨』에서 다시금 변주된다. 그것은 소비 중심의 분열적 생산 방식이 이 세계를 급기야 플라스틱으로 평정하여 영원한 현재성을 생산하는 체제로 전환케 했다는 경고에 가깝다.

　이렇듯 문명(문화)의 신기원은 공간과 시간의 동시적 발생을 전제로 한다. 그것은 플라스틱 다라이처럼 썩지도 않는 영원한 현재적 기호로 도처에 출현하여 복제된다. n번 방처럼 번식하는 삼촌의 공간, 음악인 협동조합의 지하 격납고가 그렇듯이 보이지 않는 내부에 권력이 있다고 믿는 자들이 부단히 그리워하면서도 공포를 느끼는 소비재 생산의 근거지가 문명(문화)이다. 후기자본 체계의 공간을 방향 상실과 당혹감, 인간과 사물이 자리를 찾을 수 없는 너저분한 환경으로 사유한 프레데릭 제임슨이 문화적 언어가 시간보다 공간의 범주에 지배당한다고 하면서 제시한 공간은, 자신이 소외된 은유를 통해 사람들이 자기의 위치나 도시 전체를 마음속에 그릴 수 없다고 보았다는 데에 문제의 지점이 있다.[14] 이로 미루어 각자가 처한 계급 현실에서 방향을 찾지 못하는 인물들에게 엄습해오는 공포는 현대의 기이한 인간상을 만드는 과정에 필연의 감정이다. 권력자가 무서운 것이 아니라, 권력의 망 안에 포위되었으나 그것이 보이지 않고 권력 행사의 장소를 예측할 수 없어서 무서운 것이다. 권력이 생산되는 곳은 다름 아닌 자본 생산의 본거지이고 공포는 그곳에서 자신의 위치를 가늠할 수 없을 때 생긴다.

　변화하는 기술문화에 착안한 백민석 작품이 시사하는 인간 형상은 많은 경우 권력 담론을 유발한다. 그런데 이때 권력은 언표하는 자들 간 개별성이 확연하기 때문에 그 내면이 동일하지가 않아서 의미를 일반화하기는 어렵다. 권력자의 위상을 암시적으로 표명하는 가운데 체계에서 작동하는 힘들의 교차, 욕망의 횡단, 같은 계열에 포함되었기에 결코 벗어날 수 없는 실존 조건과 결부된다. 따라서 그의 작품에서 권력의 위상은 소유 개념

14　마단 사럽, 앞의 책, 279~298쪽.

이기보다 관계들 간 실존 전략이 가동하는 가운데 제각기 다른 위치를 확인케 하는 것이면서 결코 벗어날 수 없는 어떤 도표에서의 한 칸을 차지한 기호처럼 기능한다. 권력은 개인의 현실을 어떤 식으로든 생산하여 배치해주면서 드러나기 때문에 타자에게는 탈취와 획득의 목표가 되지만 여일하게 하나의 연결망 안에서 가동하는 것이어서 탈취의 불가능성을 번번이 확인시키는 구조로 되어 있다.

권력 행사는 상대방에 대한 지식을 전제로 하기 때문에 필연적으로 앎의 문제가 부상한다. 상대에 대한 지식을 공간의 변화로 상징화한 『목화밭』에서는 권력의 위상이 전통 방식과 확연히 다르게 나타난다. 금지와 억압의 기제가 작동하는 것이 전통적인 권력의 위상이라면, 작가가 형상화한 권력은 모든 금지를 깨나가는 메커니즘 안에서 작동한다. 삼촌은 관계들 간 쾌락이 유통되는 과정에서 노출되는 욕망을 지식화하여 권력의 장을 만들면서 판옵티콘 내부의 눈[目]처럼 일방향의 주시가 가능한 자다. 하지만 한창림에게 공포 그 자체인 그도 최상층부의 법 집행 기관의 인사로까지 확장하는 권력 메커니즘에서는 상부에 관리당하는 하위 주체에 불과하다. 작가가 표면으로만 보여주는 권력의 중심은 비어 있는 듯하지만 순차적으로 드러나는 인물 간 관계망을 보면 그 내부의 조직적 위계가 바로 권력의 중심축임을 알 수 있다.

한창림의 의지가 삼촌을 닮아가려는 동일시 감정에서 비롯하면서 그가 지닌 고유성이 파탄나지만 권력의 실체는 끝내 노출되지 않는다. 권력이 노리는 것은 하위 주체의 능력을 제고하여 생산성을 극대화하기 이전에 감성의 동일화로 관계망부터 돈독히 하는 것이 우선 순위다. 권력의 관리 권역에 하위 주체의 생존 문제가 엄연히 놓여 있고 인간에게 가장 마지막 장소로 기능하는 신체의 문제가 불거지면서 이 작품은 생산성을 기도하는 자본 권력의 통치 방식을 비판하는 것으로 귀결된다. 삼촌의 정체에 의문을 품은 한창림의 분열증이 깊어지는 결말에서 보듯이 현대사회에서 미시권력의 분산과 힘의 작용점들을 관계의 얽힘으로 반영한다. 자신의 신상을 지식화하여 관리 중인 검찰에서 서류를 빼돌려 없애려는 삼촌의 기도, 한창림의 범죄 사실을 검찰과 공모하여 경범죄 수준으로 끌어내린 삼촌의 행태는 체계의 관계망 안에서 이뤄진다. 권력은 소유물이 아니며 지배적 효과를 극대화하는 전략적 기술, 인력의 배치, 사태의 조작과 재배열 등의 작용점이기 때문에 비가시적이며 그 중심이 텅 빈 것처럼 보인다. 따라서 관력 관계 간 위계는 어느 한 측면으로 재단할 수 있는 것이 아니다. 백민석 작품을 사회·문화·정치·자본·법 등 다양한 형태로 횡단하는 국지적인 지식, 즉 계보학[15]으로 읽기가 요청되는 이유는 이런 점에 연유한다.

그러므로 목화밭은 제1자연의 모방이나 재현의 장소가 아니다. 문명이 새로운 기원이 된 후의 문명 이전의 자연 표상이라 할 수 있다. 하여 표상으로서 목화밭은 이 작품에서 문화기호의 영역으로 넘어온다. 자본재생산의 근거지로서 자연은 당대인이 대공원을 건설하여 문화적 장소로 만들면서 가능해졌다. 문명인의 척도로는 자연이 현실이기보다 욕망의 상상적 영역인 것이다. 등단 이후 줄곧 전통적 인간을 초과한 형상을 사유해온 작가는 제1자연을 가상화한 제2자연 속의 인간을 전기 기술의 진보에 따른 빛 문명의 파장 안에서 말하면서 자본 권력의 상층부를 향한 질문을 이어간다. 자본의 생산성은 제1자연을 가상화해야만 가능하며, 사라진 것 위

---

15 푸코는 한 시대의 담론이 형성되고 변환되는 결과보다는 그것을 가능케 하는 조건에 관하여 말을 한다. 이때 특히 권력의 위상에 초점을 맞추어 지식 권력의 차원에서 담론을 설명하는 것이 계보학이다(미셸 푸코, 『담론의 질서』, 163쪽). 계보학은 단일한 학문 범위가 아닌 모든 분야를 포괄적으로 문제 삼으면서 한 시대의 담론과 인식 구조를 다룬다. 겉으로 보기에는 권력과 상관없어 보이는 자료들로부터 권력의 실상을 적발하여 그 정체와 계보를 구체적으로 밝힌다. 오생근, 『미셸 푸코와 현대성』, 나남, 2013, 83~85쪽.

에서의 재현은 제1의 자연 모사일 수가 없으므로 기원을 이상화해야만 제2자연을 상상하고 발명할 수가 있다. 이렇듯 목화밭은 인간이 유토피아라고 망상하는 세계를 자본 생산력으로 가상화한 공간이다. 이것이 결국에 엄연한 무덤이라는 것을, 자본에 복속된 인간이 이곳을 가상화하면서 잔인한 꿈에 사로잡혀 살아왔음을 시사한다. 하여 목화밭은 무구한 자연이나 통일된 세계의 이미지가 아닌, 다시는 돌아갈 수 없는 가상이거나 환각이 되어버렸다. 마음속으로 그 전체를 그릴 수 없는 공간인 목화밭은 인간 감각의 촉수를 말소하는 문명의 반대편에 있다. 그 아래에 파묻힌 사체들, 그들의 신체에서 흘러나온 피와 혈흔과 얼룩들이 자본 권력에 헌납된 희생물이라는 추정 속에서 목화밭은 평화로운 외관으로 가상화한다.

가상일 뿐인 그곳을 향해 가는 경찰차의 사이렌 소리, 그리고 한창림의 공포는 그곳이 결국에 문명의 목적적 거름일 뿐인 생명체와 유기물들이 죽음을 맞이하는 최후의 공간임을 시사한다. 비명에 죽어가는 생명체들이 자본 생산을 내면화한 문명에 거름이 되어주는 세계, 보송한 목화를 수확하는 꿈을 꾸며 거름을 주었던 노동의 기쁨, 흠뻑 땀을 흘리며 목화밭을 가꾸었던 자연 속 인간의 기억을 현대문명은 가상으로만 제공한다. 한창림이 눈을 뜬 채 "행복한 얼굴로 다시 까무러"지는 표정은 헤게모니 투쟁에서 배제와 포함 원칙에 따라 평형감각을 상실한, 수시로 발작할 수밖에 없는 그의 신경증을 반영한다. 이는 독립체로 성장이 불가능한 권력 구조에서 여일하게 유기체로 기능해야 할, 즉 권력 구조에서 부품일 뿐인 모든 하위 주체들에게는 예외를 적용할 수 없는 경우를 이른다.

신화를 변용한 다음 인용문에서 한창림의 분노와 그가 자행한 성상 파괴의 내면을 보면 이 또한 백민석 소설의 아포칼립스 요소이며, 초기작에서부터 간간이 증후로 제시해온 묵시록 장면 중 하나라 할 수 있다. 스핑크스의 질문에 답변하지 못하면 행인이 죽어야 하고 행인이 답을 맞히면

스핑크스가 죽어야 하는 생존 게임이 수수께끼의 법칙을 따른다면, 『목화밭』의 한창림에게 세 번의 질문은 인간인 자신에게서 출발하여 자신에게로 귀속한다.

> 남편은 차고 쪽으로 한 발 내디뎠다. 거구의 눈이 휘둥그레졌다.
> "…목화밭이 뭘 먹고 크는지 알아?"
> 남편이 한 발짝 한 발짝 차분한 걸음을 옮기며, 계속 말을 이었다.
> "하, 수수께끼를 내는 거야, 수수께끼… 목화밭이 뭘로 기름져 가는지 알아?… 목화밭이 해마다 그토록 기름져 가는 이유를 알아? … 뭘 먹길래!"
> (밑줄 : 인용자)
>
> ─『목화밭 엽기전』, 224쪽

　자기 아내를 쓰레기 취급하는 뷰티풀 피플 언니의 남편을 향한 한창림의 질문으로 구성된 장면이다. 질문에 담긴 것은 목화밭이 무엇을 먹는지와 목화밭이 기름져가는 이유가 무엇이냐는 것이다. 문제를 제출한 스핑크스가 벼랑으로 몸을 날려 죽은 신화는 백민석에 이르러 변용된다. 신화는 인간의 지혜를 절대화했으나 작가는 무지를 패러디한다. 수수께끼를 맞힌 자는 살려준다는 괴물의 문제 내기가 여기서는 한창림의 괴물성으로 변주된다. 벼랑과 목화밭은 괴물-스핑크스와 인간-한창림의 죽음을 각각 대변한다. 문제를 낸 괴물-스핑크스도, 자기 내면에 질문을 품은 한창림에게도 그 중심에는 인간 정체성에 관한 질문이 자리한다. 동종을 죽여야만 생존을 허락받는 실존 바탕에서 괴물-인간 한창림은 삼촌의 정체를 의심하지 않았어야 했다. 그가 삼촌을 분석할수록 알 수 없는 존재라는 결론이 기다린다. 이는 결국에 삼촌을 닮고자 했던 자신을 분석하고 해체하는 작업이자, 체계의 비밀을 수호하는 인간의 잔인성을 알게 되면서 세계의 비밀이 누설될 위기에 처한 상황임을 뜻한다. 괴물의 질문에 '인간'이라고 답한 인간은 사지에서 살아 나오고, 질문자의 절대성을 조롱당한 괴물이 분노를 이기지 못해 죽음을 택한 신화를 패러디하여 작가는 질문자의 분노에 초점을 맞춘다. 스스로 질문을 품은 한창림이 발견한 인간의 정체, 그리고 질문을 품은 자가 죽음을 맞이하는 구도로 작가는 다시금 인간을 사유한다. 이는 절대자의 형상으로 창조된 인간이 동종을 살해하겠다고 위협하는 장면으로서 성상을 간접적으로 파괴하는 일이다.

작가가 현상한 괴물성은 잔혹성과 연동한다. 인간 성품의 기이함을 보여주건, 분열하는 주체를 풍자하건, 비자연주의의 연출로 보건 괴물이나 유령은 통일된 미감으로는 이해 불가의 해체물이다. 초기작에서부터 작가는 벌거벗은 인간 표상으로 기원이 없는 인간의 실존을 그렸으며, 이때 경험적 개인은 이 세계는 물론이고 자신에게조차 낯선 이방인이다. 자신조차 믿을 수 없으므로 이 세계와도 불화하는 한창림은 『목화밭』에서 실존적인 한 인간으로서 매우 구체성을 띤다. 삼촌을 닮아가려는 열정과 노력에도 불구하고 상대가 누구인지 밝혀내지 못함으로써 이 서사는 체계에 관한 무지로 종결된다. 그렇지만 행복한 얼굴로 까무러지는 한창림을 보면 삼촌의 정체를 알았다 하더라도 그는 무지를 가장해야 하는 자다. 그의 분열증은 체계 속에서 생존하기 위한 생명 윤리이자 그 체계를 빠져나갈 수 없으므로 인간성이 부활해서는 안 될 종말의 모습으로 현전하는 증상이다. 이성이 변질되어 광기가 되는 논리는 분열적인 사회일수록 정상성에 가까워진다. 삼촌은 "흰 연기 같은 게 흩날리"(310쪽)는 현상으로 현시되는 비가시적인 하나의 체계이며 한창림 사건에 개입하여 그의 범죄를 축소시킨 세계의 개조자라는 위상을 지닌다. 이는 체계가 어떠한 질문도 문제 제기도 불허하는 견고한 알리바이 그 자체라는 점을 시사한다. 침묵으로 일관하는 곱상한 중성 이미지의 삼촌은 바로 그러한 체계의 중심에 있으면서 이미지로만 표상되는 인물이다. 인간이 인간일 수 있었던 건 텔레파시의 송수신이 가능했던 자연 속에서였을 뿐, 위급 상황에서 한창림이 텔레파시를 보냈으나 삼촌은 그를 구하러 오지 않는다. 전화·휴대전화 같은 통신 기기는 소통의 계기를 무한 열어주면서도 이 기기 자체의 폐쇄성에 길들도록 문명인을 인도한다.

작가는 『헤이』에서 인류가 숭앙해온 고상한 미적 감각·철학·신앙·도덕에 사망 선고를 내리고, 『목화밭』에서는 그 시신을 목화밭이라는 에덴에 매장하면서 혈흔과 오줌과 얼룩이 낭자한 카니발 제의를 형상화한다. 이는 당대 문화에 작동하는 자본의 이데올로기와 그 신비를 벗겨내는 탈신화 작업이다. 그러나 이 모든 실행들을 볼 때 목화밭은 문명적 사건이 소리 없이 추가될 때마다 다시금 한창림이 갱생되는 장소이고 그럴 때마다 그는 조증을 겪게 된다. 반면에 현실과 가상이 혼합된 경계에서 벌어진 일들을 텔레비전 화면을 바라보듯 하는 그가 눈물을 흘리는 장면은 헤게모니 투쟁에 부단히 편입되는 정황과 그의 울증을 대변한다. 모든 초월적 가치가 붕괴한 시대의 지표인 목화밭은 가상 그 자체여서 그의 생존투쟁은 결과적으로 도달할 수 없는 세계에 대한 좌절감의 반응이다. 이렇듯 문명사회는 지금 이곳의 물질성과 내재성을 중시할 뿐 초월적 세계관을 제시하지 못한다.

하나의 체계는 하나의 알리바이이기도 하므로 『목화밭』은 추리물처럼 전개된다. 보이지 않는 자본과 기술 문명이 인간의 욕망을 조작하면서 의식을 해체하는 세계에서는 인간성을 물을 수도 없다. 이 세계의 구조나 체계를 다 밝히지 못하므로 그 내부의 일속이라 할지라도 극렬하게 투쟁하는 외양을 보일 뿐이다. 미시권력을 분배하는 방식으로 관리 기술과 통치력을 강화하는 권력은 푸코가 정치해부학에서 보여주었듯이 "모든 유기체의 동일성을 분해"하여 지식화하면서 개체의 생명까지도 관리한다. 과학이 "심리학·형법학·의학·정치학·사회학·인류학·철학 등의 분과과학으로 분해"[16]된 것처럼 현대의 인간과학도 분화와 분해를 거듭하는 과정에 비동일화가 발생하고 오직 인간 개체들 간 극렬한 생존투쟁과 경쟁만이 부각된다. 권력이 지닌 물리력은 하위체계의 활력이 전제될 때 가능한 것이어서 권력이 소유한 생명관리권이 하위체계에 관여하는 영역은 절대적일 수밖에 없다. 지식은 권력 관계에서 생산되고, 권력은 그 지식을 기반으로 작동한다는 점을 작가는 한창림–삼촌, 회계사–검찰, 삼촌–검찰 등의 관계망 안에서 교차적 사유를 펼치면서 입증한다.

지금까지 포르노 산업을 비판적으로 작품에 반영한 작가의식을 살펴 자본 권력의 생산 방식을 확인했다. 작가는 전기 · 전자 기술력의 진보 과정에서 이 문제를 직관한다. 원초적 동맹이 깨져버린 현대인을 진/밈의 대응항으로 성찰하면서, 자본 권력에 예속된 인간은 본래 자연인 스스로를 분열시킨다는 점을 시사한다. 문명 진보도 인간의 자기보존 욕구로 가능하게 되지만 종국에는 자신을 망각하는 자멸의 형태라는 사실을 전한다. 일상적으로 유통되는 영상매체를 일찍이 등단작에서부터 의제화한 작가의 대중문화 감각은 이후 변주를 거치면서 세기말의 증후와 결합한다. 인간의 내적 자연인 감정과 감각에까지 침투한 물신화한 상품 이미지를 극단적일 만큼 생생하게 현상한다. 『목화밭』『올빼미농장』에서는 복원이 불가능한 세계를 상상하면서 인공 물질의 기원으로 플라스틱을 제시한다. 『플라스틱 맨』에서는 번식하는 밈과 공포의 근원을 미디어 권력에서 찾아내고 있다. 밀레니엄 공포가 내재한 『목화밭』을 기점으로 작가의식이 재난 · 인류의 파국 등으로 진전했으며, 이 시기를 기점으로 작가의식이 매체론으로 이동하는 양상을 보인다.

다음에 살핀 것은 현대문명의 강력한 계시적 기호인 인공 빛과 관련한

---

16 오생근, 앞의 책, 111쪽.

작가의식이다. 소모 일로를 걷는 자연과 주야를 밝히는 인공 빛은 상호 존립이 가능하지가 않다. 이것이 전기·전자기술의 급진전으로 자연에 침투한 현대문명의 본성이다. 이어서 제의 가치를 상실한 박물을 전시하는 기획이 인간성을 소모하는 경위도 따라가 보았다. 문명의 진보를 신적인 능력과 동일시해온 사고 체계에서 식물성 상상력은 무기력하고 유약한 것으로 비치기 십상이다. 그러나 작가는 문명화한 모든 정상성들에 의문을 품고 그간에 발전이라는 이름으로 집행해온 문명적 사건을 인간의 야만적 욕망으로 환치한다.

백민석은 문화 급변기에 기술 실천적 글쓰기로 문학의 존립을 꾀하였다. 그는 1990년대 사회문화 급변기의 증상을 다양한 국면에서 성찰할 수 있도록 작품을 설계했으며, 2000년대 이후의 문학도 기술 진보에 맞물린 문명적 사건에 착안하였다. 자신의 고유성이 파탄나는 기술 진보의 도상에서 인간의 자본 욕망은 산업 기술과 적극적으로 연접했으나 기술력이 급진전할수록 발전의 의미에 무뎌지고 마는 주체라는 사실을 그의 작품은 전한다.

4. 전환과 전망

이 글은 그간에 산발적으로 이뤄진 문화기호 논의를 심화하고 확장하여 1990년대 백민석 작품이 이전 시대의 양식과 변별되는 점을 규명하였다. 그럼으로써 형식적 전변이 불가피해진 시대를 반영하는 글쓰기로 시대의 변화를 문명사로 조망하는 작가 관점의 독특성을 확인할 수 있었다. 백민석이 문화 급변기에 문화기호의 표면 작용을 근간으로 글쓰기를 한 점은 우리 문학사에서 독특한 자리를 점유한다. 역사 중심과 역사결정론의 거대서사가 퇴조하는 가운데 그보다 더 거대한 문명인 제3차 산업혁명이 작가 상상력의 근원이 된 경위를 추적하면 전기·전자기술이 급진전하는 만큼 작가의 글쓰기도 변화한다는 사실을 발견하게 된다. 그런 가운데 작가가 미래를 현재화하는 글쓰기에 진보하는 기술문화를 구체적으로 반영하면서 인간 형상을 부단히 사유해온 사실을 확인할 수 있었다. 이는 작가가 이전 시대의 모든 결정론들에 대한 의심을 시작으로 행위자로서 문학 수행에 참여했음을 의미한다. 당대 사회의 구성원으로서 적극적인 행위 주체인 시민이 시민정치의 주역인 것처럼 작가 개인도 한 사람의 능동적인 수행자로서 문학 정치를 한 것이다.

백민석은 내용이 소설 양식을 결정해온 방식을 따르지 않고 이질적인 형식의 소설을 썼다. 사회문화 급변기에 온갖 증상들이 혼재했던 무렵의 다양한 경향을 승인하면서 후기구조주의 글쓰기로 1990년대 소설의 한 경향을 새로이 선보였다. 그는 형식과 내용의 비(非)분리 원칙에 따른 형식 실험으로 독자성을 확보한다. 그의 작품은 자폐적이고 내화한 언어가 아닌 기호적 글쓰기로 다면적 해석을 이끌면서 다양한 방위에서 기호의 의미 작용을 추적케 한다. 역사적 상상력이 퇴조하는 가운데 패러디 기법으로 역사를 풍자했으며, 파편적인 기호로 발언함으로써 그 의미를 다양하게 해석해보도록 견인한다. 이로써 작가는 자작품이 반소설임을 증명한 셈이다.

1995년 등단 이후 2003년까지 백민석 소설에 나타난 기호 · 문화기호 연구는 크게 네 가지 측면에서 이루어졌다. '더 자세히 읽기 위하여'에서는 해석자가 능동적으로 기호 해석 과정에 참여할 때만이 기호의 의미화가 가능하다는 퍼스의 견해를 따라 작품이 생산된 당대 문화요소를 기반으로 텍스트에 접근했다. 1990년대 현상과 백민석 문학의 접점을 미디어 · 디지털 테크놀로지로 보고, 제3차 산업혁명 시기의 기술 진보 양상을 반영한 텍스트를 중점적으로 논의했다. 하여 이 글은 후기적 사유와 '더 자세히 읽기', 후기자본의 여파를 바탕으로 작품을 현상적으로 읽음으로써 정신분석 연구에 치우친 기존 연구를 보완한다는 의미가 있다.

'글쓰기의 현실성과 반소설 형식'에서는 전변하는 시대의 소설 형식을 글쓰기 측면과 형식이 형성되어가는 과정을 중심으로 논의했다. 영화·기록 사진 등의 문화기호에서 그 의미 작용을 짚어봄으로써 작가가 수행한 형식 실험이 1990년대 문학의 새로운 경향임을 입증했다. 기존 연구는 주로 인물의 심리에 밀착했기 때문에 기호의 의미 작용과 형식에 주목하지 못하게 되어 작가의 실험적 글쓰기가 이뤄지는 측면을 간과해왔다. 내재적 의미를 캐내려는 내용 위주의 연구방법, 플롯의 논리에 따라 복선을 의식하는 독법은 전통적인 읽기 방식에는 주효하지만 백민석 작품은 관습적인 읽기를 일신할 것을 요청한다. 이 글은 백민석 작품이 형식과 내용의 비분리 원칙에 따른 실험적 글쓰기임을 밝혀 형식 형성의 과정, 그리고 열린 해석의 가능성을 넓힌 점에 주목했다.

문화 급변기에 등장한 작가에게 무엇보다 우선이었던 것은 문학의 생존이다. 백민석은 문학 형식의 새로움을 부단히 실험한 작가다. 후기구조주의자들의 해체적 글쓰기가 그렇듯이 작중 글쓰기 주체를 통하여 기술(記述) 행위를 수시로 질문하면서 글쓰기 수행을 성찰한다. 작중 예술가를 통해서도 양면에서 바라보기가 가능한 예술 형식을 제시하면서 작가의 수행과 성찰 과정을 글쓰기의 현재성으로 보여준다. 백민석 소설의 성과가 기호적 쓰기에서 두드러지는 만큼 이런 점은 작가가 펼친 형식 실험에 여실히 반영되어 있다. 엄중한 역사를 풍자 기법으로 전환한 비판의식, 과학기술의 진보를 동시대적으로 감식하는 안목, 글 쓰는 자의 자의식을 기호화하는 작업과 형식 실험 등이 그것이다.

'문학-문화의 공속과 역사 통찰'에서는 백민석 문학이 문화와의 공속을 통해 역사를 통찰하고 있는 점을 밝혔다. 우선 기호의 의미가 전제될 때 문화기호로 접근할 수 있으므로 기호·암호를 구분해서 쓴 작품부터 역사적 관점으로 고찰했다. 그런 뒤 문화기호로 접근하여 미디어 기호·디지털 테크놀로지 기호 등 문화기호, 그리고 글쓰기 기호 읽기를 시도함으로써 열린 해석의 가능성을 타진했다. 후기구조주의 '더 자세히 읽기'로 작품을 분석하면서 작가가 후기적 사유를 지원받은 점을 살폈다. 기호는 말할 수 없는 것을 말하는 방식이다. 그런 점에서 작가가 기호의 산포를 통해 1970~80년대의 폭압 정치를 유추케 하는 점을 글쓰기로 실천하는 문학정치의 일환으로 파악했다.

백민석 문학의 성취 중 폭압의 역사를 기호화한 방법론은 특히 전례가 없는 것이다. 그는 문화적 상상력으로 역사를 사유했으며, 현실사회 문제를 언급하면서 패러디 기법으로 역사·정치·문화를 풍자한다. 시대의 변화와 대중의 문화 감각을 예리하게 포착하여 변이체를 만들어온 작품을 글쓰기와 문화기호를 근간으로 고찰하면서 그는 대중이 생각하는 상식선에서의 대중 작가가 아니며 대중의 의미를 조정할 것을 주문한 작가라는 사실을 알 수 있었다. 책 판매 부수, 작가의 대중적인 인지도와 인기도로 대중성을 판별해온 이전의 관점을 벗어나야만 그의 작품에 담긴 대중문화 지형을 읽어낼 수가 있다. 대중문화기호들이 작가의 현실이기도 한 1990년대는 이것이 그대로 일상을 구성하면서 향유와 즐거움을 위한 소비자본의 대상으로 자리매김한 시대다. 대중문화기호를 분열적으로 생산한 작품이 대중성을 견인하지 못한 경우에서 단적으로 드러나듯이 그의 작품에서 대중문화기호와 대중성은 별개로 작동한다. 대중문화기호가 작품의 대중성을 결정하지 못할 뿐만 아니라 자본 생산성으로 좋은 문학을 가려내는 것도 바람직하지는 않다. 좋은 문학을 선별하는 기준이 바뀐 시대가 도래했으나 정작 그것을 객관화할 근거를 마련하지 못한 시대에 그의 작품은 생산되었다. 앞당겨진 미래의 현재화로 문화 감각을 첨예하게 실어낸 그의 창안물은 너무 일찍 도착한 것일 수밖에 없었다.

당대적 현안이 역사·정치 중심으로 작동하는 시대는 저물고 이것이 비가시적인 체계로 숨어버린 대중문화 시대에 작가는 이전의 모든 억압 기제들을 새로운 문화 감각으로 빚어낸다. 일원화한 역사 중심의 논리를 해체하면서 과거로 소급하여 역사를 품은 문화를 성찰한 그의 작품에는 이전 시대에 절대화한 질서체계를 문화 안에서 융합하는 문화기호들의 광반사가 범람한다. 이 문제와 관련하여 후기적 사유를 마치 산업화·과학화 시대의 일원화한 정신적 지표처럼 전달했다면 전적으로 나의 역량이 부족한 탓이다. 팬데믹을 거치면서 정식화되다시피 한 문제 중 하나는 과학기술에서 파생한 문제는 과학기술로 풀어야 한다는 명제다. 그런데 이것이 후기적 사유이기도 하여 논란의 여지가 많은 것도 사실이다. 제한적 총량을 따지는 엔트로피 법칙에 따르면 인간이 건립한 문명과 자연 소모의 관계는 분리가 불가능한 것이다.

'인간 중심 사유와 근대 비판'에서는 문화기호가 편재한 작품에서 제3차 산업혁명의 디지털 테크놀로지 문제를 도출하여 전기 기술 100여 년의 진보 과정에서 인간 형상의 변모를 문화기호에 실어낸 점을 밝혔다. 작가는 전자적 흐름이 인공 빛으로 현현하는 세계에서 급진적인 문학 수행을 함으로써 첨단 문명 시대의 인간 형상을 사유하는 데로 나아간다. 자연으로서 인간이 기술력의 진전으로 변이체가 되어가는 과정, 즉 정신과 육체를 사물화하고 상품화하는 자본 기획을 그의 작품은 반영한다. 과학기술의 진보 도상에서 인간의 내적 고유성은 파탄나고, 자연을 억압하는 능력으로 공포를 몰아낸 대신에 자리 잡힌 것이 인간이 축조한 사회문화다.

자연/문명의 이항대립을 해체하면서 어느 한쪽을 다른 한쪽을 사유하는 근거로 삼은 후기적 사유는 백민석 작품 읽기에 매우 유용했다. 그러나 첨단 기술력이 집약된 혁명적인 산업만이 엔트로피를 극복할 수 있다는 후기구조주의 사유는 문명 발생 이후 곧장 소모 일로를 걸어온 자연, 즉 백민석 작품에서 보여주었듯이 캄캄한 비문명을 뒤돌아보자는 제안으로 보충되어야 한다고 본다. 전변하는 상상력으로 자연/문명을 변주하여 그 현재성을 당대의 문화기호로 이미지화한 백민석 작품이 종국에 인간을 사유하는 데로 돌아오는 것도 여기에 기인한다. 본래의 인간을 누락한 채 대자연이나 문명을 운위하는 일의 불가능성, 자연-인간-문명의 수평적 구도에서 이뤄져야 할 실천적 문학 수행을 작가는 꾸준히 해왔다.

데리다의 해체주의에서 우리가 이분법 사고를 수정할 것을 배웠다면 그의 사상 저변에 깔린 동양 정신도 좌시하지 못한다. 기표의 분산을 무심히 따라서 읽는 방식을 수정했을 때 비로소 우리에게 낯익은, 그러나 그간에 서양 중심주의 사고에 함몰되어 낯설어져버린, 그래서 놓치기 쉬운 동양 정신을 추출할 수 있게 된다. 우리의 정신을 재구축하게 하는 내용은 동양의 일원론인 노자의 만물일원론, 장자의 물아일체, 원효의 화엄사상 등이 인위성이 없는 무위자연, 미추의 구분 불가능성, 생물과 무생물을 망라한 공존과 수평적 생명성, 아포리아로 번역하여 쓰는 난경(難經)이 데리다식 『노자도덕경』의 창조적 파괴에 이은 재구축의 생산물이라는 점이 그것이다.[17] 알려져 있다시피 68혁명을 지원할 만한 서양의 이론적 자원이 소실된 상황에서 이 혁명 이전 푸코의 저작에 동양 사상이 녹아들었다는 점도 앞의 논지와 동일한 축에 있다.[18] 이 혁명 이후에 그는 역사의 연속성은 서

---

17 윤호병, 앞의 책, 186~188쪽
18 푸코는 『말과 사물(Les mots et les choses)』(Gallimard, 1966)에서 이 책의 탄생 장소를 보르헤스의 텍스트라고 밝히면서 사상적 변모를 가늠할 만한 주춧돌 하나를 놓아둔다. 보르헤스가 중국 백과사전에서 인용한 동물 개체의 난립상과 대비하여 서양 전통철학의 탄생을 린네의 식물 분류법에서부터 사유한 것이다. 푸코가 이 분류법에 관심을 가졌던 건 자신이 연구하는 박물학·문화 구조 등과 무관치 않았고 이것이 결과적으로 모든 존재의 분절과 관련되기 때문이다. 이는 서양식 분류법을 인간이 만든 위계 체계로 보았다는 뜻이고, 사물의 특성을 도표로 체계화한 것을 구조 측면에서 언급한 것이다. 서양식

양식 사고인 식물 분류법에서나 찾는 것이며, 역사는 불연속·단절로 나타나는 것이라면서 지식 권력의 계보학을 강조한다. 그러면서 사건의 우연성·돌발성·사소함 때문에 계보학은 결국 기원 부재의 권력 관계에 관심을 갖게 된다고 말한다. 아울러 그는 인본주의 사고가 인간에게만 특권을 부여한다면서 인간중심주의 사유에 반발했다.[19]

동양의 자연관을 섞어 서양문명의 파괴성과 소모성을 일신하고자 한 서양의 후기 철학은 동양 정신이라는 인식 텍스트가 있었기에 조합을 통한 재창조가 가능했다. 문명인의 삶이란 것은 기술 진보와 자연 파괴에 부단히 각주를 붙여 그것을 정당화하는 일일 것이다. 불안을 자극하는 기술 진보의 위험성을 또 다른 기술로 대체하는 성장과 발전의 당위성, 가난을 벗어나려는 시도들로 넘쳐나는 현대인의 삶에 달린 이 꼬리표들의 파괴적인 번식력에 기여하는 일에 예외인 현존재가 과연 몇이나 될지 모른다. 비릴리오가 사유했듯이 속도를 숭앙하는 인류의 숙명이 죽음보다 소멸인 것은 이전에 살던 곳에서 추방되어 그곳을 회복할 수 없음을 뜻한다. 작가는 지나온 곳을 소등하여 캄캄하게 만들면서 그곳을 탈출하는 인간상을 인공 빛과 어둠의 대비로 극명하게 보여준다. 소비경제 체제에 포섭된 그들은 이곳에서 추방되지 않기 위해 점차 희미해지고 심지어 투명해지면서 자본 권력의 부속품으로써 소모 일로에 놓인다.

제4차 산업혁명 시기인 현시점에서 볼 때 2020년 발표작 『플라스틱맨』에서 테크노크라시(technocracy, 기술관료제)의 계급 문제로 진전되어가는 작

사유는 담론을 규제하는 언어적 질서가 있는 반면에 개체적 특성을 고려하는 동양의 사유는 "자연물의 분할이 늘어날수록 진실"(221쪽)에 근접할 수 있으므로 구조 결정론과 다르다고 보았다. 미셸 푸코, 『말과 사물』 참조.

19 오생근, 앞의 책, 290~308쪽.

가의식은 우리에게 다시금 다른 차원에서의 세계 바라보기를 주문한다. 프레데릭 제임슨이 문제 삼은 주제가 과학기술의 진보에 따른 정보 통제인 것을 감안할 때 권력 관계에 대한 사유는 이 시대에도 여전히 작가의 글쓰기를 분발케 하는 요인이라 할 수 있다. 인간의 고유 영역이었던 글쓰기·사유·대화를 생성형 인공지능도 하게 된 현시대에 백민석 소설을 재독해야 하는 이유는 더욱 자명해진다. 과정이 누락된 기술 진보의 문제가 과학 분과에서도 결코 일어날 수 없는 일인 것처럼, 1990년대 이후의 문화 기호와 테크놀로지 기호를 누락한 채 SF(Science-fiction)나 디지털 자본주의를 운위할 수는 없다고 본다. 이전 시대와 이후의 가교 역할을 하는 1990년대 백민석 소설을 읽은 이유가 여기에 있다. 현시대의 문학장을 뜨겁게 달구는 Si-fi 담론 이전에 Si의 소설화를 구현해온 과정의 상상력, 더 자세히 읽기로 기호에 접근하여 그 의미 작용을 구체화하는 일, 전변하는 시대의 소설 양식과 형식 실험의 방식에 관한 논의가 선행되어야 할 것이다. 문화는 발생하는 순간 그 자체를 기록할 수 없으므로 사후적으로, 즉 역사적 경험들이 문화의 기억과 섞일 때에만 가능하다고 한 로트만의 사유[20]를 이 연구에 적용하여 백민석의 1990년대 작품을 사후적으로 해석했다.

　한 시대의 흐름인 문화현상이 첨단 기술력으로 재편되는 양태를 다양한 문화기호로 언표한 백민석 소설은 2020년대에 이르러서야 비로소 해석의 방향성이 열린 듯하다. 제4차 산업혁명이라는 이름으로 당대인의 생활양식을 전방위로 전환케 하는 시대적 요청 속에서 문화기호인 미디어·디지털 테크놀로지를 누락하고서는 작가의 문학정치나 Si-fi 논의에서 결락이 생긴다고 본다. 기술 진보의 문학적 형상화 작업이 자칫 기술 결정론이나 낙관론에 빠질 수도 있으나 작가는 상호 대응항을 마련하여 한쪽으로 편

20　유리 로트만, 앞의 책, 69쪽.

중되는 사유의 위험성을 비켜간다.

백민석 소설은 대중문화의 자장에서 탄생했으나 대중적 기표인 인터넷 소설의 기본 구조, 즉 제국·자본·전쟁을 설계하는 상상력에는 부합하지 않으며, 추리소설이나 과학소설 같은 장르 속성을 전면화하지도 않는다. 작가는 장르 요소들을 두루 실험적으로 결합하고 변용하여 새로운 양식을 창안했다. 그의 작품에서는 다수의 구성 요소들이 중층으로 동시 작동하고, 시스템끼리 상호작용하면서 경계에서 상호 접속하기도 하는 문화적 인터페이스(interface) 상상력이 펼쳐진다. 전기적 특성과 텔레파시, 논리적 면모와 테스토스테론의 화학작용, 빛으로 물성을 만드는 기술과 물리적 특성 등 상반되는 개념들을 병치한다. 그는 기원과의 교감이나 미메시스가 아닌 의식 있는 정신적 주체로서 문명의 기원을 사유의 근거로 하여 해체와 변형을 이어간다. 전기·전자 기술의 진보를 각종 문화기호로 언표하고, 표현이 막힌 시대의 증상을 암시적 기호로 대리 발언하기도 한다.

그렇지만 몇 가지 아쉬움은 남는다. 작품의 난해성이 형식 실험과 언어 실험에서 드러나는 만큼 해석을 방해하는 요인을 명확하게 지목할 수 있어야 할 것이다. 하지만 백민석 작품은 그것마저도 불가능한 곳에서 발생한다. 작가가 구사한 풍자가 쓰기의 즐거움을 우선하는 것으로 받아들여질 수 있고, 형식의 분방함을 작가가 플롯에 무지하거나 무책임한 것으로 오해할 소지도 있다. 기호적 쓰기로 구체성은 물론이고 진정성까지 무시해버린 것이 아니냐는 오해를 불러일으킬 수도 있다. 이 같은 경우 대부분의 답이 독자에게로 돌아오면서 작품을 미궁으로 돌려놓는다. 파편화한 기호들을 조합하는 기술을 전적으로 독자에게 위임했으나 끝내 독해 능력을 의심해야 하는 상황이 이어지는 까닭이다. 기호 중심의 읽기는 의미의 수준에서 텍스트를 형성하기 때문에 독해 불능은 전적으로 독자의 책임으로 돌아온다. 거부감과 괴로움, 심지어 불쾌감까지 안길 수 있는 일부 작품에서의 편향된 여성 인식(초판 이후 개정 작업을 거치면서 작가는 특히 이런 점을 숙고한 것으로 보인다.), 작품의 미학을 판별할 만한 근거를 제출할 수 없는 이론 부재도 문제적이다. 이 모든 난점들을 후기구조주의 읽기 방식인 잡다한 담론을 동원하는 것으로 해결하려 했으나 끝내 미진하게 이뤄진다. 해석하지 말고 텍스트를 즐기라는 후기적 사유를 따라가기에는 작품이 지나치게 난해하기 때문에 생기는 일이다. 이 모두가 전통적인 독법을 적용할 수 없는 한계 때문에 발생한 불만에 가깝다. 이후의 백민석 작품 연구가 세분화와 심화를 거듭하면서 더욱 진전되기를 고대하며 이 글이 하나의 가교가 될 수 있기를 바란다.

2

페이소스의 교차와 얽힘

헤어짐을 짓지 않기로

: 한강의 소설[1]

1. 의사(擬似)증언자가 흑역사를 말하는 방식 : 『작별하지 않는다』

획일화한 이성을 강고한 정신으로 등극시킨 헤겔주의 역사관을 숭앙하는 체제에서는 불순분자를 양산한다. 한강은 『작별하지 않는다』(2021. 이하 『작별』)·『소년이 온다』(2014. 이하 『소년』)에 여전히 말해야 할 지난 시대의 흑역사를 담았다. 작가는 제거와 절멸의 기획을 성공적으로 완수하고자 한 시대로 시간을 돌려놓는다. 단선적으로 한 시대를 평정하려 하고, 거짓된 평화로 획일화를 달성하려 한 이성의 시대가 그때다. 이성-정치 역사관의 주체는 기억을 단절시킴으로써 기억을 과거로 되돌리는 일을 엄폐한다. 생존자조차 말의 죽음을 내면화해야 하는 시대의 폭압 주체는 불순분자 생산에 능력을 투입한다. 그러나 기억마저 봉인되는 형국에도 불순분자 절멸의 기획은 결코 일방 종료되지 않는다. 살아 있는 자는 생존의 책임을 완수하고자 기어이 행불자의 암흑 시간을 찾아 들어간다. 폭압 주체가 그간의 기억을 조작하고 은폐하면서 거짓 평화를 연장할 수 있었을 뿐

---

[1] 한강, 『작별하지 않는다』, 문학동네, 2021(1판 7쇄) ; 『소년이 온다』, 창비, 2016(초판 26쇄).

이다. 한강은 두 편의 작품에서 어느 날 홀연 사라져 비어버린 이들의 자리에 기억을 채워넣고자 한다. 광주의 시간을 지나오는 동안에도 제주의 암흑사는 침묵 속에 묻혀 있었다. 작가가 광주를 호출함으로써 광주의 얼굴을 한『소년』이 우리에게 먼저 당도했다. 광주의 근과거를 말하는 이 작품에 드리운 음영이『작별』에 이르러 제주의 침묵을 깨고 나온다.

지난 시대와 소통하려는 작가는『소년』에서 형상화한 증언 방식처럼 직접 발로 뛰면서 자료를 수집하고, 인터뷰·취재를 하거나, 논문 쓰기·연극 공연으로 진실의 일면을 탐구하거나, 소설 쓰기로 허구적 진실을 발설하고자 한다. 전작에서와 마찬가지로『작별』에서도 작품의 후반부를 실증성을 강화하기 위해 역사 자료를 첨부하는 방식으로 증언의 토대를 마련한다. 이 같은 증언 방식이 두 작품 모두에 유효하다는 점을 시사하면서 미적 형상화가 불가능한 증거들에 대해서는 사건 위주로 냉담하게 기술한다. 역사와 행보를 같이해온 역사중심주의 예술관에서 가능할 법한 사건의 연대를 우리가 추정할 수 있을 때 두 작품은 비로소 그간에 억압되었던 말이 왜 미적 발화가 아닌 직접 토설(吐說)이어야 하는지를 알 수 있다. 죽은 자를 불량자로 낙인찍고, 애도자에게 입 다물기를 강요해온 지점에서 작가는 기억의 단절을 문제 삼는다. 문학 형식만으로는 증언을 담보할 수 없다는 점을『소년』에 이어『작별』에서도 보여주면서 문학과 문학 외부의 장르가 만나는 자리에서 소통의 계기를 열어나간다.

수직적 시간의 적층에서 작가가 캐내는 것은 어떤 식으로든 말하려 했을 이들의 목소리다. 증언이 불가능한 것을 발설하려 할 때만 당사자는 증언의 필요성을 절감한다. 그러나 시간을 뛰어넘어 당사자를 찾을 수 없어졌을 때 개입하는 존재가 바로 작가다. 그는 메타 증언의 주체로서 자신이 접하고 파악한 실증 자료들을 바탕으로 증거의 말을 작품에 기입한다. 특히 두 작품의 후미에서 작가의 기술 행위가 상당 부분을 차지하는 것은 그런 이유다. 그런 차원에서 모든 증언은 결국에 말할 수 없는 것을 말하는 일이다.[2] 그것을 말하는 문학은 다음 문장에서처럼 꿈 언어로 되살아난다.

> 그 꿈을 꾼 것은 2014년 여름, 내가 그 도시의 학살에 대한 책을 낸 지 두 달 가까이 지났을 때였다. (11쪽)

악몽 장면으로 시작하는 『작별』에서 작중 작가(경하)는 한강의 전작인 『소년』과 자의식이 연결되어 있다. 현실에서 불가능한 욕망을 꿈에서 상연하는 이치는 역사적인 경험이라고 해서 예외가 아니다. 두 작품의 화술 주체가 작가임을 알리면서, 무의식의 잔존물인 악몽에 "그 도시의 학살"과 연관된 군인의 얼굴, 예비군복, 저격수 같은 실제들을 조각 장면으로 배치한다. 그 도시의 학살 사태가 현대사에서의 5월을 환기하는 동시에 『소년』의 문학적 실행을 지칭한다면, 근현대사의 4월은 『작별』에서 작중 작가가 수행할 과업을 함축한다. 근과거의 5월을 재현했던 작가에게 잦은 악몽의 형태로 개입하는 4월에 대한 언표 불가능의 부채감이 그것이다. 불가능한 말하기로서의 증언은 말하기의 유보로 증언의 불능을 그간에 증명해온 셈이다. 그래서이겠지만 한강은 이 소설에서 저러한 부채감이 말할 필요를 촉발하고, 산 자로서의 생명력이 악몽을 꾸게 하며, 그런 뒤의 현몽으로 역사의 시간에 잇대는 의식적인 실존재가 작가임을 암시한다.

매개자들

역사 중심의 예술관에서 과거는 지나가버린 것이다. 선적인 시간 개념

---

2   조르조 아감벤, 『아우슈비츠의 남은 자들』, 정문영 역, 새물결, 2019(1판 4쇄), 98쪽.

에서 현재는 부단히 과거로 물러나기만 한다. 예술을 과거의 것으로 본 대표적 인물은 헤겔이다. 형식과 내용, 개념과 실재의 합치로 조화로움이 달성된다고 하면서 역사 측면에서 보면 발생론적으로 예술은 역사보다 후순위여서 부단히 과거에 존재하므로 역사와의 종속 관계에서만 예술의 의미가 성립한다는 것이다. 이후 낭만주의 예술형식이 주관과 내면을 중시하게 되면서 세계 이해와 표현 방식에 전변이 생겼다. 현대소설은 과거사라 할지라도 거기에 서린 정신을 현재의 언어로 심미화한다. 소재가 과거의 소산이라 하더라도 작가의 현재 정신을 이야기에 담아 그 현재성을 강화한다.

한강은 소설가이기 이전에 시인으로 먼저 문단에 이름을 올렸다. 그의 서사에서 최적화된 시적인 감수성은 이러한 역량에 기반한다. 이 작품에는 시네포엠을 제작하기 위한 서사시 한 편으로 보아도 좋을 만큼의 이미지 효과가 선명하다. 그중 '새'와 '눈(snow)'은 상징적 동일화, 무거움을 걷어낸 가벼움의 미학을 견인하는 대표 이미지다. 무기나 둔기가 방출하는 무력으로 대학살의 참상을 그리기보다, 섬세한 감수성과 서정화로 심연의 무게를 덜어낸다. 꽃잎처럼 여리고, 어린 새의 몸을 더듬어 심장을 찾을 때처럼 조심스러우며, 손바닥을 오므려 받은 싸라기눈이 녹는 광경을 감각할 때처럼 안타까운 고통이 서사에 침윤한다. 거대한 이성을 가로지르는 감성의 분할선들 또는 섞임은 상징을 결코 나약한 기표로 만들려는 것이 아니다. 이것은 말하지 못할 것을 대신한 보여주기이며, 상징적 암시가 우리의 시지각을 자극하면서 거대한 슬픔을, 닫힌 시간의 적층을, 사멸할 수 없는 정신의 현전을 의미한다.

이렇게 눈이 내리면 생각나. 그 학교 운동장을 저녁까지 헤매 다녔다는 여자애가.

제2부 페이소스의 교차와 얽힘

눈만 오민 내가, 그 생각이 남져. 생각을 안 하젠 해도 자꾸만 생각이 남서.

—『작별』, 95쪽

상징은 기억의 매개물이어서 사멸을 모른다. 말을 해야만 하는 자가 상징에 기대어 기억을 견인 중이다. 죽은 어머니의 말이 이곳에 도착하기까지 매개자 격인 인선과 새·눈 상징이 기억을 매개하는 방식은 유사하다. 이 예시문은 딸인 인선의 회상 속에서 어머니가 말을 하는 장면이다. 앞은 인선, 뒤는 인선 어머니의 목소리다. 여자애였던 어머니 자신의 과거를 딸에게 풀어내고 있다. 이러한 구도에서 보듯이, 어머니 죽음 이전의 언어는 매개자의 청취를 거쳐 복기하는 방식으로 이 시대에 복원된다. 청취자가 근친이어서 어머니는 입을 열 수 있었고, 과거사의 진실이 인선에게로 이동하였으나 여기서 그대로 엄폐된다. 이후 다큐 영화를 제작하게 된 인선이 자기 인터뷰로 증언하기까지 어머니의 말은 봉인되어 있었다. 또 하나의 매개물인 '눈'은 선형적인 시간의 표상이면서도 동시대성을 가시화한다. 죽은 어머니와 살아 있는 인선을 매개하기도 하지만, 인선과 눈은 지금 이곳의 현상이다. '눈'이 어머니와 '그 생각'을 매개하면서, 소개령이 발효된 후 학교 운동장으로 피신한 어린 시절의 어머니가 밟았던 눈의 기억은 되살아난다. 그것은 말을 함으로써 봉인을 풀어내는 언어의 제의이며, 언어의 제단을 쌓아야만 위로가 가능한, 죽은 자 앞에서의 윤리다.

『작별』은 1948년 11월부터 그해 겨울의 제주 암흑사를 재현한다. 과거와 현재 간 매개물로 부각되는 몇 개의 이미지가 선명하다. 작가가 자신의 시-소설에서 "대체 무엇일까, 이 차갑고 적대적인 것은? 동시에 연약한 것, 사라지는 것, 압도적으로 아름다운 이것은?"[3]이라고 물었듯이 여기

3　한강, 『흰』, 난다, 2016, 63쪽.

서도 단연 '눈'을 부각한다. "성근 눈이 내리고 있었다."로 시작하는 첫 문장이 죽은 자와 산 자, 지난 시간과 현재 시간을 매개한다. 그해 겨울에 제주의 중산간에 발생한 사건과 눈 이미지에는 시간의 절단면들이 비대칭으로 놓인다. 연결 불능의 시간을 재현하는 일은 기억을 탈환하여 그것을 조립해보는 것으로써만 가능하다. 행불자들의 흔적을 찾아내어 아카이빙하려는 기획이 '인선'의 다큐 영화 〈작별하지 않는다〉이다. 이러한 기억 탈환 방식을 작가는 『작별』에서 텍스트 내 텍스트를 만드는 과정으로 보여준다. 그럴 때 작별은 부정되는 것, 완성할 수 없는 것, 미루는 것이다.

『소년』은 죽은 자의 '혼'이나 생존자의 말하기로 기억을 소환한다. 『작별』은 이미 죽은 자, 소재 확인이 불가능한 인물의 행방을 추적·추체험하면서 기억을 구성한다. 암매장된 유해를 발굴하는 현장이나, 생존자의 증언을 채록하는 장면은 불명의 유골이 행불 처리된 이들일 수 있다는 강력한 암시다. 살아 있는 자의 증언은 육성이나 녹취물로 들려줄 수 있으나, 죽은 자의 증언은 인쇄물(신문 기사·사설·진상조사서·사진·논문 등)이나, 생전 구술 내용을 기억하는 자의 재구술로 재발화한다. 따라서 증언을 문학으로 변환하는 방식의 차이는 화술 주체가 죽은 자인지 생존자인지에 따라 갈린다. 『작별』은 죽었거나 늙은 자는 물론이고 그들과 동시대를 공유했던 인물의 말 못 함의 사정들을 열어놓는다. 입을 닫아야 했던 내용들이 말문 트기의 요건이 되면서, 암매장·갱도·수장(水葬)·구덩이·봉분 같은 은폐의 표징들이 지표면 위로 침묵을 깨고 나온다.

『작별』은 죽은 자들에 관하여 말하는 생존자, 즉 대리 증언자에 의해 구성된다. 보았거나 들은 자는 그것을 다시 말하려 한다는 점에서 은폐나 침묵은 결코 영원하지가 않다. 풍문처럼 떠도는 조각 이야기들이 지난 시대 흑역사의 진상 중 하나라는 점을 구덩이와 봉분에 묻힌 사람들, 수장으로 유실된 신체들, 총살당해 암매장되거나 갱도에 묻힌 행불자들의 유골이 몸소 증명한다. 이것이 한강 소설에서 이름 모를 신체들이 발굴되는 구덩이나 땅 밑, 봉분들이 개봉되어야만 하는 이유다.

체험 당사자나 피학살자를 희생자나 피해자로 지정하여 위안과 위로, 화해와 상생을 도모하는 서사의 대단원은 신파조의 정감을 자아낼 수 있다. 흑역사에 대한 비판적 접근과 이해보다 강자의 윤리에 흡수·동화되는 양상을 보이면서 약자의 윤리를 무화할 수도 있다. 피해의식은 피해를 당한 자에게 시대적·사회적 함구령이 내려질 때 나타나는 증상이다. 그러나 침묵은 방관자의 의식 속에서 사멸 일로에 있는 말의 잔존물이 아니다. 침묵을 목숨과 동급으로 내면화하지 않게 되었을 때 말은 마침내 침묵을 공략한다. 말 못 함의 기율이 팽만한 시간은 광주의 경우처럼 비교적 짧거나, 제주의 경우처럼 지나치게 길 뿐이다. 하여 증언자가 늙었거나 죽었을 뿐, 피해자의 체험 내용을 잘 알고 있기에 더더욱 발설하지 못했던 자가 비로소 말문을 연다. 그들이 '의사(擬似)증언자'(아감벤)로서 당사자가 하지 못한 고통의 말을 찾아낸다.

『작별』에서 자술(自述) 형식은 당사자의 말을 청취한 의사증언자의 재구술 방식으로 나타난다. 피해자는 죽어 사라졌으므로 의사증인들이 대신 말을 하고, 그들은 직접 피해자가 아닌 피해자를 잃은 이들이다. 피해를 입은 당사자에 대하여 말을 하므로 그들은 의사증언자다. 당한 자는 재가해가 두려워 증언을 피하지만 침묵의 이유가 전적으로 생물학적 죽음에 대한 공포 때문만은 아니다. 현실사회에서 삶을 지탱하는 근거로 두 개의 노선만이 존재할 때, 하나의 근거는 다른 하나에 대한 대립각으로 피차 위치가 고정된다. 내부의 동요를 차단하고, 갈등을 봉합하여 화평을 조성하면서 침묵을 조장하는 사회에서라면 증언자는 사회적으로 사망한 자나 다름없다. 때문에 증언 형식이 문학이 되는 곳에 피해자·희생자가 아닌 의사증언자가 놓이는 것이 위험 사회에서는 마지막 지형도다. 말할 수 있는 자만이 의사증언자이고, 그는 결코 죽지 않는 증언자다.

한강 소설에서 의사증언자의 감정은 잃어버린 자에 대한 피해의식에 기반한다기보다 그의 죽음과 함께 묻혀버린 불상의 이유 때문에 촉발한다. 그런 이유로 피해의 진상을 파헤쳐 죽음을 증언하는 자는 피해자와 구별해야 한다. 한강은 피해 당사자가 아닌, 피해의 진실을 말할 수 있는 자를 증언자로 지정한다. 이렇게 볼 때 피해자는 죽은 자의 다른 이름이고, 증언자는 피해의 이유와 진상을 의사증언하는 자다. 인간의 말을 미메시스하는 앵무새 '아미', 벙어리인 '아마'가 허밍을 흉내 내다 죽은 일도 말하기의 불능과 불가능성에 밀착한 비유다. 이렇게 이 소설은 이미지에서 분산하는 풍성한 환유들로 이별이 아닌 작별은 어떤 상태의 헤어짐인지 생각게 한다. 헤어짐을 짓지 않기. 이것은 헤어질 수 없는 이유가 어떤 감정에 의한 것도, 계산에 따른 것도 아닌, 스스로 헤어진 적이 없기에 헤어짐을 만들 수 없는 정황을 말한다. 더구나 헤어짐은 자타 간 말의 불능을 현실화하는 사건이어서, 말하기의 불가능성을 조성하는 이유와 원인이기도 하다.

여성 언어의 온도

말할 수 있거나 행동으로 보이는 기제들이 진실에 근접할 때 그는 증언자가 된다. 친구 사이인 경하와 인선이 주인공이라는 관념을 초과하여 인선 어머니의 존재감을 인지할 때부터 이 서사는 비로소 증언의 구성물이 되어간다. 대학살 후 사라진 가족의 행방을 찾아다니는 캐릭터인 인선 어머니(강정심)를 말하기 위해 그녀의 딸인 인선을 화자의 협업자로 설정한 데서 작가 전략은 여실히 드러난다. 대학에서 강의를 하면서 작가이기도 한 화자가, 제주 출신이자 프리랜서 사진가인 인선에게 다큐멘터리 영화 제작을 제안하면서 둘 사이에 친분이 생긴다.

제2부 페이소스의 교차와 얽힘

이렇게 여성을 증언의 주체로 설정한 경우는 작품 속 작품(works in works)
인 장편 다큐 영화 〈삼면화〉나 경하의 전작 소설에서도 같은 방식으로 구
현된다. 다면 취재를 근거로 작품을 설계하는 창작자나 기획자들이 만나
는 대상이 여성이라는 데서부터 한강 증언문학의 성격 중 일부가 드러난
다. 인선이 기획한 '삼면화'의 취재 대상, 경하의 소설에서 주요 인물들이
모두 여성이라는 점에서 두 인물의 공감 범위는 물론이고 문학적 수행인
『작별』이 어떠한 지향성을 갖는지 가늠할 수 있다. 〈삼면화〉부터 보면, 이
장편영화를 구성하는 단편 세 편에서 공통 요소가 여성과 섬이고, 그중 세
번째 단편이 인선 자신을 인터뷰한 내용이다. 4·3 미경험 세대인 인선이
경험 세대인 모친에게서 들은 이야기를 바탕으로 과거를 견인한다는 점에
서 이러한 자기 인터뷰는 의사증언의 의미를 보충한다. 모친도 피해 당사
자가 아니라는 점에서 인선과 마찬가지로 의사증언자다.

이렇게 보면 이 소설은 의사증언의 구성물이다. 증언이 인선의 영화 제
작에 필수 동기로 작용하는 것처럼, 죽어 지상에서 사라진 어머니의 말을
인선이 구술하는 방식으로 지난 시대의 진실을 이야기로 변환하는 것이
소설의 내용을 이룬다. 살아 있다면 말을 할 것이나, 산 자가 죽은 자의 침
묵을 발굴하지 않는다면 그의 생전 발언은 영영 복구가 불가능해진다. 인
선이 자기 인터뷰로 어머니를 말한다는 점에서 이것은 결국에 의사증언의
방식으로 구술하고 채록될 수밖에 없다. 이것이 인선의 자기 인터뷰가 갖
는 의미다.

여러 세대를 거치면서 희박해지고 불가능해진 증언을 가능성으로 바꿔
나가는 방법이 한강의 서사 전략이다. 비교적 가까운 과거를 재현한 『소
년』에서도 작가는 비밀스런 역사의 집행을 형상화하였다. 진실을 암장한
채 조성되는 거짓 역사의 내면, 시간의 흐름 속에 진실을 묻으면서 침묵을
강요한 정치적인 기획들을 적발해 나간다. 자기 증언으로 진실을 전할 자

는 죽었거나 사라진 마당에, 대리 증언으로나마 진실을 보존하려는 기획이 절박해지는 건 작가에게 시간이 무심하게 흐르는 것을 방치하지 않겠다는 의지가 있어서다. 한강은 피해 당사자의 말을 기억의 형식으로 보존 중인 의사증언자의 말을 듣는 방식으로 이 작품을 쓴다.

『작별』에서는 인선의 작업인 장편영화 중 세 번째 섹션을 차용하는 방식으로 4·3사건의 인물들로 접근하는 서사 전략을 펼친다. 죽거나 행불된 인물을 싸안고 흘러가버린 시간이 그대로 적층을 형성하는 지점을 파고든다. 어떤 이의 마지막 말은 그것을 듣고 기억의 방식으로 보존 중인 또 다른 이에 의해 과거 역사의 한 페이지에 있으나 그 진실 내용은 어디까지나 침묵의 형식을 따른다. 한강이 재현하는 흑역사는 이렇듯 몇 겹 시간의 적층에서 발굴한 말들로 채워져 있다. 기억에 보존된 말이 그 역사를 담지하고 있으나, 오랜 시간 봉인당해야 했던 억압의 시간을 몇 장의 떼(turf)를 차근차근 떼어내듯 하면서 들춰낸다. 한 장은 1948년부터 1950년까지로 이것은 4·3과 보도연맹 사건을 대학살의 기획으로 한데 묶은 것이다. 다른 한 장은, 피학살자 가족 모임과 유해 찾기를 진행한 1960년대 초반부터 시작한다. 그 후 '입'이 봉쇄당하고 진실은 함몰되었으나, 1990년대 중반 이후 문민정부가 들어서면서 보도연맹 학살 사건과 관련한 시민단체의 활동과 언론 보도로 이 사건은 다시금 지표면을 뚫고 나온다.

좁혀서 보면 이 작품에서 4·3은 인선의 외가 인물들이 사라진 사건으로 요약할 수 있다. 가족 소집단의 슬픔이 말 못 할 사연을 품은 채 기구한 가족사로 붙박인다. 선량한 이들이 일망타진된 대학살의 진상을 알고 싶어 하는 시대인까지 불순분자로 몰아가는 거시사에서 4·3, 6·25, 보도연맹 사건이 연쇄적으로 발생한다. 자매간인 인선 어머니·인선 이모의 남편들, 그러니까 4·3 발발 당시 산에 숨었다가 매복 경찰관에게 붙잡혀 무장대로 오인, 수감되거나(인선 아버지), 결혼 다음 날 6·25가 발발하자

빨갱이 오명을 씻으려고 해군에 입대하거나(인선 이모부) 하는 사건들의 맥락은 하나다. 강정훈(인선 외삼촌)이 마을 소개령 때 마을 창고로 도망쳐 숨어 있다가 발각되어 군경에 의해 대구형무소 등으로 이송하던 중 보도연맹 피학살자로 총살당하는 사건, 불량한 시대의 포획물인 인선 외가 남성들의 동선은 교묘하게 얽힌다.

산에 몸을 숨겼던 남성들이 4·3 피해자가 아닌 위해자로 전말이 바뀌고, 인선 이모는 서북청년단의 강간 등 무법 행위를 피하려고 결혼을 서두른 여자다. 인선 어머니는 4·3 당시 13세로 남매 중 최연소자였기에 증인으로서의 존재감을 가장 나중까지 유지하게 된 인물이다. 입을 닫치고 살아오던 중 입을 열 수 있는 시대와 접촉면을 가장 많이 갖게 되었다. 인선이 어머니에게서 들었던 것을 재현하는 자기 인터뷰가 그녀가 제작하려한 〈삼면화〉의 세 번째 섹션이다. 이들의 말이 봉인되었던 참상도, 보도연맹 피학살자의 색깔론에 의한 피해도 국가 주체의 명령 체계 혼란과 불순분자 일망타진의 기획이 야기한 것이다. 소수의 불순분자를 색출하려는 살인 기획이 빗자루로 싹쓸이하듯 확대되었던 것이다.

"결국 엄마는 실패했어."라는 인선의 고백은, 인선 어머니의 노력을 실패로 보는 관점이다. 인선 어머니는 자기 오빠의 유골을 찾아내지 못한 유족이다. 영화화하려고 별렀던 소재를 인선이 부인하는 이유에 이 작품의 화자는 심정적으로 공감한다. 4년 전에 자신이 써낸 책에서도 누락한 것이 있었고 그것은 "한계를 초과하는 폭력"(287쪽)이었다. 초과된 폭력을 제거한 채 재현한 서사에 과연 진실을 담아낼 수 있느냐는 질문을 이끌어내면서 저 문장은 재현하지 않음으로써 진실을 보존하겠다는 역설의 의지를 낳는다. 70년 전에 발생한 거대 폭력이나, 화자가 4년 전에 쓴 책에 담아내지 못한 거대 폭력도 동일하게 한계치를 초과한다. 그것은 화자가 끝내 재현하지 못한 '비무장 시민 대 무장 군인의 화염 방사기'처럼 자칫 하이퍼 리얼로 부풀어 올라 실감을 떨어트릴 만한 진실의 국면이다.

> 골짜기와 광산과 활주로 아래에서 구슬 무더기와 구멍 뚫린 조그만 두개
> 골들이 발굴될 때까지 그렇게 수십 년이 흘렀고, 아직도 뼈와 뼈들이 뒤섞
> 인 채 묻혀 있어.
> 그 아이들.
> 절멸을 위해 죽인 아이들. (317쪽)

한계를 초과한 폭력이란 무한계의 폭력일 것이기에 무한 부풀어 오를 수 있는 폭력의 체적을 말한다. 한계치를 초과한 폭력을 영화로 재현하지 않겠다는 인선의 고백은 재현 불가능성에 대한 토로이며, 이 말에는 재현함으로써 훼손되거나 과잉될 법한 진실을 고민하는 심정이 담겨 있다. 이렇게 작가는 작중 캐릭터를 통해서도 전작에서 누락한 고통을 환기하면서 재현의 예술이 담아내는 사실성의 한계에 대해 질문을 던진다. 실제에 틈입하는 상상의 영역에서 작가의 지향이 남다른 방식으로 표명되는 점만 보더라도 한강에게 문학은 전적으로 상상의 산물이 아니다. "그들이 왔구나." 인선의 이러한 독백은 백골이 된 아이들에 대한 상상이 그녀의 재현 의지를 불러일으키면서 부단히 그녀를 들쑤신다는 점을 입증한다. 죽어가는 어린 동생에게 피를 흘려 넣는 상상을 하면서 어머니가 인선의 입에 손가락을 물려놓은 치매 행동과, 인선을 붙들어 놓고 "구해줍서." "도와주라. 잠들지 말앙. 나 도와주라 인선아." "도와주라, 나 구해주렌." (312쪽) 절규하는 모습은 생애의 마지막까지도 찾아내지 못한 어린 동생에게 빚진 마음을 표명하는 애잔한 구호 행동이다. 이별을 짓지 않겠노라 작심한 작가의 말이 "바람의 옷을 입은" (318쪽) 것처럼 가볍고 투명할지언정 사그라들지 않고 조용히 우리를 들쑤시는 이유가 여기에 있다.

제2부 페이소스의 교차와 얽힘

현기영의 기억이 매개하는 그 시국을 첨부해보면 이렇다. "그 시국 일이라민 아무도 입도 벙긋 안"(229쪽) 하는 때가 군사혁명 시기까지 이어졌다. 『작별』과 동일한 사건을 다룬 현기영 소설 『順伊삼촌』(1979)은 소통이 불가능한 제주민과 도륙당하는 돼지의 상징성이 강렬한 서사다. 사건 발발 30년 후 제삿날에 벌어지는 담화는 시대적 분열이 어떻게 인간 절멸의 실행으로 표면화하는지를 입증한다. 이 작품도 그해 겨울의 소개 작전을 다루고 있으나, 한강 소설과는 다른 스펙트럼을 갖는다. 사건 당시에는 말할 수 없었던 것을 사후적으로 발설하거나 상상한다는 점에서 두 편 소설의 지향은 동일하다. 현기영이 분열과 대립, 오해와 불소통에 관하여 말한다면, 한강은 한계 없는 폭력으로 인간 절멸을 실행한 시대를 재현한다. 비유하자면, 현기영 소설에서 섬은 돼지우리와 같고, 섬의 주민은 돼지다. 외부인에게 돼지로 알려진 섬사람들을 도륙하는 잔학성은 상대방에 대한 무지와 소통 부재, 지휘 체계의 분열에 기인한다. 한강 소설에서 섬은 앵무새를 가둔 새장과 같고, 섬의 주민은 앵무새다. 벙어리 앵무새의 '말 못 함'의 메타포에는, 언어 기능의 퇴화와 죽음이 동시 진행하는 시대가 담겨 있다.

현기영 소설에서는 단세포적인 오해가 유발한 보복이 행해진다. 그러면서 연쇄적인 '작전들'이 탈리오 법칙처럼 정치 부재의 시대를 가로지른다. 그러나 그들이 주도한 "죄악은 30년 동안 여태 단 한 번도 고발되어본 적이 없었다."[4] 작품 내·외적으로 섬사람들의 말 못 함의 이유가 폭력의 세습 때문이며, 그 주체들이 사건 당시의 복잡한 지휘 체계를 계승한다는 것은 이 소설이 전하는 상식이다. 예컨대 화자의 처지에서 보건대 4·3

---

4   현기영, 『順伊삼촌』, 창비, 2020.4.3(한정판 1쇄), 85쪽.

피난민은 고모부에게 빨갱이이면서 비무장 공비다. 해로운 상대가 누구인지 분간할 수 없는 혼란을 피해 산중에 은거한 주민은 폭도로 지목되고, 섬사람의 말을 해독하지 못하여 오해한 외부자는 내부자를 살해한다. 우리는 여기서 현기영 소설의 인물인 순이삼촌이 '도피자 가족'임을 상기해야 한다. 한강의 『작별』에서 인선 어머니가 행방을 찾아 나선 인선 외삼촌과, 현기영 소설에서 순이삼촌의 남편은 똑같이 '도피자'다. 군·경 가족이나 부역자를 제외하면 그 누구도 예외 없이 도피자 가족이거나 빨갱이로 지목되는 실존 바탕에서 살아남는 방법도 도피밖에 없다. 도피했으나 또 다른 방식의 절멸 기획에 포획되었다고 추정케 하는 정황이 두 편 소설에는 하나의 연관으로 존재한다. 순이삼촌이 하지 못한 가족 찾기에 뛰어든 『작별』의 인선 어머니가 그러한 경우다. 보도연맹 사건에 연루된 도피자의 정체성을 행불자라고 추정할 수 있는 한 이성의 정치는 충분히 극악하고 잔학하다. 이성이 구획한 불순분자 일망타진과 절멸의 기획을 작가들이 서로 보충하면서 빈 곳을 메워가는 작법으로 증언의 공백은 메워진다.

40여 년의 간극을 두고 같은 사건을 말하는 두 편의 소설에서 우리는 무엇을 새로이 알아야 할까. 문학적인 발화가 역사 기록을 초과하는 작업은 어디까지나 작가의 상상력 안에서 이뤄진다. 허구를 읽으면서도 독자의 상상이 능동적으로 실재를 구성하게 되는 건, 말해야 하지만 발언할 수 없는 것들을 작가가 문학적으로 내재화하고 있어서다. 역사의 구멍을 메우는 상상을 불허했거나, 인과성을 끊어내면서 진실의 꼬리를 실종케 했던 폭력에 저항하는 것이 작가의 글쓰기다. 작가는 오직 씀으로써 진실의 단서를 발굴한다.

대학살의 실상을 소설에 반영할 수 있는 계기도 정치의 민주화가 동시대 현상이 되면서 가능해졌다. 1960년의 시민혁명, 즉 "4·19라는 역전의 계기가 작용"[5]했기에 제도권의 불법 학살을 조사하자는 움직임이 시민 사이에서 일었다. 오직 말을 함으로써만 드러나는 진실을 작가가 조명한다. 한강은 호소력 강한 언어로 증언하기보다 비유와 상징으로 암장된 진실을 유추케 한다. 한강 소설의 정동은 타자에게로 이행하며, 진실이 정체되는 이유가 말을 못 하기 때문임을 알린다. 『작별』은 존재 부정과 무화의 기획을 감행한 시대의 말 못 함의 이유와 진상을 관통한다. 부드럽고 여린 것에 부재하는 예리함의 도구가 결코 칼날 같은 것만이 아님을 시사한다. 진정 예리한 도구는 자국을 남기지 않고 목적을 실행한다. 증언문학의 도구인 언어는 떨리는 심장에서 발화하고, 한강의 문장은 그 혈맥을 짚어나갈 때처럼 떨려 나온다.

2. 죽음까지 달려가는 노래 : 『소년이 온다』

파장과 파문

『작별』에서 작중 작가는 4년 전에 쓴 작품을 언급하면서 실제 작가의 전작인 『소년』을 추정케 한다. 그 책에서 누락했다는 장면 묘사를 읽노라면 자연스레 한강의 실제 전작으로 파장이 미친다. 죽은 정대와 동호를 놓고 '온다'고 말할 수 있는 근거는 두 아이의 마지막 시간을 말하는 인물들과 증언의 파문에 있다. 여기서는 『소년』을 예술미학으로 읽으면서 캐릭터들의 음악 경험을 추체험해본다. 노래 부르는 대중은 어떠한 의식으로 뭉치는지, 소년 서사의 리얼리티와 음악 감정이 어떻게 서로 스미는지, 노래의 떨림 안에 자신의 위치를 긍정적으로 정립시키는 대중심리가 어떠한 비

---

5   이숭원, 『김종삼의 시를 찾아서』, 태학사, 2015, 55쪽.

(非)분리의 원칙을 따르는지에 대해서이다.

근대의 세계관으로는 이성은 정확하고 확고하나, 감정은 불안하고 의심스럽다는 관념이 우세하다. 『소년』에서 비장하게 울리는 애국가 표상도 이성/감성의 작용으로만 보면 '나라'라는 이성과 '노래'라는 감성이 비대칭으로 놓인다. 그러나 나라에 강세를 두든 노래에 강세를 두든 노래 부르는 자의 감정은 지향점이 하나다. 이때 노래의 파장을 단지 소리의 이동으로만 보면 감정은 소리처럼 보이지 않는 허상에 그친다. 그 노래가 추상을 넘어 어떤 실상을 향한다는 점에서 『소년』은 내적인 감정을 달리 읽고 해석해보도록 권하는 텍스트다.

감정을 구체적으로 읽으려는 시도를 명쾌하게 '정동'이라고 개념 정의하기는 어렵다. 정동을 감정의 속박에서 벗어난다는 뜻으로 볼 때 『소년』 서사에 담긴 애국가의 파장과 유동에 색다른 의미를 매길 수 있다. 노래로 공명하고, 전파하고, 이행하면서 움직이는 몸들은 자신 너머의 타자들과 관계한다. 자연사에서의 초기 인류처럼 노래 이전에 춤, 춤 이전에 몸으로 환원하는 예술 형식에서 사람이 내는 소리를 현대적 의미의 노래로 바꿔 볼 때, 노래는 몸을 매개로 다른 몸으로 건너가면서 소리의 파동을 가시화하는 움직임이다. 이러한 점들이, 자극에 따른 감각적 반응, 즉 감정으로 일관해온 읽기 방식을 정동으로 전환하도록 이끈다.

『소년』에는 몸으로 할 수 있는 저항 중 가장 마지막 방법으로 노래를 부르는 시민이 있다. 그들 사이에 구축된 공감대가 몸의 움직임으로 가시화한다. 내·외적인 교호의 모습이 몸의 움직임으로 표면화하는 것이다. 한강은 이렇게 생명이 있는 몸의 사건을 다루면서 노래 부르는 자의 정동으로 현실을 읽는다. 강대강 구도나 적대적 관계일 수 없는 '우리'의 감정, '나라'라는 동일한 이상을 공유하는 정체성 안에서 이 서사는 발화한다. 네이션[民]과 스테이트[國]가 분리된 시국에도 같은 노래를 부르는 군민(軍

民)의 감정은 하나로 공명한다. 위협하는 자와 위협당하는 자로 위치와 자격이 지정되었으나 이들의 정동은 분리되지 않는다.

명령 실행자 앞에서 온몸 저항이 불가능할 때, 사지가 제 역할을 못 하고 운동력 제로 그래프에 고착될 때 시민은 입을 열어 노래를 부른다. 죽음 위협과 삶의 기대가 극단에서 만날 때는 위험에 대한 감응력과 안전 지향 심리를 구분할 수 없게 된다. 사지가 무력해지면서 '입'은 출구가 분명한 '온몸'으로 급전환한다. 음식을 쓸어 넣는 게걸스러운 생존 구멍이 아닌 사지의 무력감을 떠맡아 호소하는 커다란 출구가 된다. 키르케고르 · 프로이트 · 하이데거 · 크리스테바가 두루 언급했듯이 공포는 불안과 달리 가시적이고 구체적인 대상에 대한 것이다. 공포 어린 얼굴의 감각 기관 하나에서 파열음이 터져 나와 공기를 찢는 현상은 상대방에게도 가외의 위협일 수가 있다.

이 작품은 위험과 공포에 노래로 반응하는 시민을 서사화한다. 노래 부르는 자는 물리적 대항자일 수가 없다. 노랫말의 의미가 반드시 노래 부르는 이유와 일치하지도 않는다. 노래는 리듬에 실려 탈범주하고, 좌중의 분위기를 조작하면서 한 덩어리의 힘으로 솟구쳐 흐른다. 개체들은 왜 노래를 불러야 하는지 회의하지 않으며, 그 시간만큼 간곡한 그 무엇을 알지도 못한다. 몸과 몸의 미메시스로 출렁이고 여기에 음악 요소가 끼어들면서 공감대가 구축된다. 저항하는 시민은 상부를 향하여 몸의 활동을 가시화하면서 노래를 부른다. 이들은 비도덕과 연관되지 않으려는 자의식으로 매우 상식적인 생각을 하며, 노랫말에는 불복종의 기호란 것이 달리 없다. 집단노래는 오직 가창함으로써 무리의 체적과 그 반향을 증명하면서 유폐되지 않고 흘러서, 넘친다.

폭력을 '자연의 산물'(벤야민)이라고 한 이가 있다. 이 발언의 관점은, 부당한 목적을 위해 행사하지 않는 한 폭력을 사용하는 것 자체가 문제시되지 않는다는 데 있다. 하여 이 폭력론은 고스란히 자연사 속으로 수렴된다. 이러한 생각대로라면 폭력 자체를 뿌리 뽑는 일은 불가능하다. 폭력은 끊임없이 '운동'하는데 이것이 폭력의 증상이기 때문이다. 하지만 그럴수록 폭력에의 대항 능력도 상승하는 것이 깨어 있는 인간의 자질이다. 자연사 속에서 똑같이 '운동'하는 인간도 폭력의 불멸성을 놓고 절망만 하지는 않는다. 때문에 폭력의 자연사와 저항의 사회사는 인류 역사의 연대표에서 동급의 무게를 지닌다.

노래여, 나를 넘어가라

이 작품은 2010년대 우리 문학에 대거 등장한 소년/소녀 서사 군(群)에서 매우 개별적인 자리를 차지한다. 시 장르에서는 주로 소녀들이 분열적 생산의 주체였다. 서사 장르에서는 소년들이 자아 외부로의 움직임을 활발하게 보여주었다. 『소년』은 전통 기법을 복습하지 않고 전혀 새롭게 광주와 소년을 불러낸다. 광주 말하기에 노래를 이입하여 동시대 다른 작가들의 폭력 서사와 구별한다. 군인도 집총의 순간에 눈물을 흘리면서 애국가를 부르고, 선량한 시민은 더 빈번하게 어디서나 애국가를 제창한다. 정대와 동호가 총성에 놀란 나머지 잡았던 손을 놓치면서 헤어지고, 그때 죽은 정대를 찾으면서 동호가 공포 속을 뒤질 때에도 광장에서는 애국가가 울려 퍼진다.

"내 가난한 노래의 씨앗"(이육사, 「광야」)이 거친 광야에 묻힌 이래 우리 문학의 저항 노래도 어두운 땅 밑에서 숨죽여 생명력을 지켜왔다. 죽음의 상태 같으나 정작 그 작은 알맹이에는 도화선이 숨어 있다. 어느 방향으로든 불꽃을 몰아갈 수 있는 노래들은 불복종과 저항의 잠재성을 품은 씨앗과 같다. 그것은 조건만 맞으면 발아하는데 그 조건이란 것이 공포며 두려움이며 잔인함이며 절망이다. 벽만이 유일한 버팀목일 때, 사지를 지탱할 힘을 잃고 벽에 기대어 설 때 생명의 에너지가 입으로 집중된다. 노래는 무정형·무형상으로 흘러들어 경계를 지우고, 바리케이드를 옮기지 않고도 '그곳'으로 이행한다. 그곳은 '이곳'의 외부인 폭력의 발원지다. 한강은 시민들이 부른 애국가에 정동의 지형도를 그려 넣는다.

> 공포 때문에 집회의 규모가 빠르게 줄고 있다고 그는 진지한 얼굴로 말했다. 그럴수록 우리들의 수가 많아야 함부로 못 들어올 텐데…….(22쪽)

『소년』은 폭력 현장에서 애국가를 부르며 한 덩어리로 솟구쳐 오른 시민들을 전면화한다. 저지선을 밟고 선 시민들이, 바리케이드 밖으로 끌려나가지 않으려 하면서 공포와 비탄에 잠겨 노래를 부른다. 흩어지면 파편화할 안전을 두려워하면서 복수 인칭 '우리'로 연대한다. 이때 "여자"의 애국가 선창으로 정동의 파동이 일어난다. 『시학』에서 아리스토텔레스가 비극을 말하면서 선창자를 언급한 바 있다. 그는 비극이 뒤티람보스의 선창자에게서 유래했다고 쓴다. 그러면서 비극을 한 시대의 예술로 한정 짓는다. 물론 이때 비극은 극(drama) 형식을 이르고, 우리가 생각하는 비극이란 건 비극 같은 삶에서 파생하는 정념에 근간을 둔다는 점에서 어원상 매우 다르다. 이렇게 인간의 역사에서 비극이 사라진 적이 없다면 광주의 비극은 어떠한 비극이라고 해야 할 것인가.

여기서 시민은 집단정체성이라는 커다란 모자이크로 결속하면서 인접성을 욕망한다. 집단노래가 개인의 측면과 후면의 담당자가 되어준다. 외부자들끼리 모여 '내부'를 만들어 일속으로 묶이면 그곳이 안전하다는 믿음을 내면화할 수 있다. 노래하는 몸들의 접합부에서 나의 노래가 너의 노래에 겹쳐 연속체가 되면서 노래는 '세속성'을 띠게 된다. 이 용어는 상식을 벗어나 사회·문화적인 맥락에서 실천하는 음악의 속성을 말할 때 비로소 규명되는 개념이다.[6] 이것은 삶의 장소를 연장하고, 노래의 정치화를 이루고, 노래가 실존적 리얼리티를 내포하는 개념이다. "집단을 형성하는 생명공학"(프리먼)으로서의 노래가 옆 사람에게는 물론이고 앞과 뒤로 이행하면서 스며든다. "수십만 층의 탑을 아스라하게 쌓아 올리며 애국가"를 부르는 시민들은 그 탑의 하부를 받쳐주는 힘이다. 무너지지 않으려고 노래를 부르고, 몸이 닿을 수 없는 상층부까지 노래의 탑을 쌓아 올리려 하면서 "목이 터져라고" 목청을 돋운다.

소설의 어디에도 애국가를 분절하여 의미 나타내기에 주력한 경우는 없다. 가사를 도막 내어 의미를 세분하지 않고, 애국가를 시민에게서 빠져나가서는 안 될 체온으로 보존한다. 그것은 한 덩어리로 서로의 온기를 지켜주는 옆구리이며 어깨다. 진화심리학자는 이러한 경우를 동물의 털 고르기가 진화한, 피부접촉으로 유대감·안온·결속·평안을 다진다는 측면에서 해석한다. 'Hmmmm'에서 H는 메시지가 개별 단위로 쪼개지지 않는 전일성을 의미한다.[7] mmmm을 어깨에 손을 올려놓고 연대하는 시민들로

---

6 박홍규, 「음악은 사회성을 띠고 있어⋯」, 에드워드 사이드, 박홍규·최유준 역, 『음악은 사회적이다』, 이다미디어, 2008, 197~202쪽 참조. 이 글은 애국가를 부르는 시민들의 태도를 사이드의 '세속성'으로 접근하여 해석하고 있다. 획일화한 이념과 지식으로 국가 숭배 의식에 참여하지도, 국가-이성을 종교인처럼 숭앙하지도 않으려는 시민들의 자율적인 사회 참여가 여기에 부합한다. 사이드 저술의 공동 번역자인 박홍규에 따르면 '세속성'의 원어는 Worldiness다. 이것을 '세계성'으로 오역하기 일쑤라고 지적하면서, 사이드의 '세속성'을 다음같이 정리한다. 종교적인 숭배, 숭고 의식, 이데올로기의 특수성을 벗어나고, 강고한 구조를 깨면서 다양성을 추구하는 텍스트처럼 열린 세계를 지향하는 것이 '세속성'이다.

7 스티븐 미스, 『노래하는 네안데르탈인』, 김명주 역, 뿌리와이파리, 2013. 'Hmmmm이론'은 초기 인류인 호미니드들의 의사소통 체계를 음악성과 몸 움직임과 관련하여 체계화한다. holistic(전일성), 조작성(manipulative), 다중성(multi-modal), 음악성(musical), 미메

가정한 뒤 알파벳 배열을 보면, 초기 인류의 구부정한 어깨와 서로의 몸에 걸쳐진 긴 팔들이 일렁거리는 듯한 상형문자로 보인다.

플라톤의 모방설이 대상을 흉내 낸다는 차원에 그친다면, 아리스토텔레스가 인간의 몸짓에서 내면 감정을 읽으면서 리듬의 요소를 찾아낸 경우는 플라톤과 차이가 난다. 시민은 저러한 동작으로 리듬을 타면서 몸에 저장된 음악 요소를 발산한다. 몸을 움직일 때의 감각적 리듬 그 자체가 음악이 되는 시민의 노래는 그들의 몸이 부르는 것이다. 몸 자체로 정동의 파동을 일으키고, 몸 자체로 바리케이드를 친다. 박준상이 미메시스를 정리한 내용을 보면 그는 시원적 미메시스와 예술의 관련을 몸의 리듬으로 해명한다. '몸짓으로 따라 하기'(미메, mimer), 감염 상태에서 이뤄지는 몸들의 공명, 보이지 않는 공동의 정념을 '리듬의 몸'으로 나아가면서 접촉하기 등. 모방이나 재현 이전의 미메시스에서 몸들의 상호 공명, 몸의 음악인 리듬에 주목한다. 그러면서 미메시스의 핵심을 구체적 감각들이 사상(捨象)된 추상의 정념으로 파악한다.[8]

한강 텍스트에서 "여자의 선창으로 애국가가 시작"(8쪽)하는 5월 광장이 적절한 예가 될 듯하다. 여자는 단호하고 높은 소리로 다중의 감정을 광장으로 이끌어낸다. 여자의 선창은 지시적 성격을 가진 언어 질서를 따르지 않는다. 선창자가 높은음으로 띄워 올리는 애국가의 첫 소절은 군중의 마음을 간파하려는 의도에서 시작한다. 그 노래를 따라 부르는 이들은 선창자의 지향을 거역할 의사가 없다. 이 노래가 시민의 위치와 규모·정체성 등을 입증한다. 유사한 감정의 소유자들이 위태로운 실존 공간에서 각자의 지식과 지각을 소거한 채 정동의 흐름을 따른다. 선창자에게 순응하고,

---

시스(mimetic)가 그 요소들이다.

8   박준상, 『떨림과 열림』, 자음과모음, 2015, 40~42쪽.

폭력에는 불복종한 시민들의 자발적인 '한 덩어리 되기'가 애국가 제창이다. 자신의 감정을 필사적으로 옆 사람에게 전달해야 하는 긴급 타전 형태로 그들은 애국가를 부른다.

노랫말 몇 소절로 대중의 마음을 간파한 선창자를 누구라고 불러야 할까. 시민의 세 배수로 군인에게 지급한 총알에 노래로써 맞서자는 그녀를 '감성 통치자'로 명명한다면 지나치게 낭만적인가. 이를 감안하더라도 노래는 혁명처럼 낭만을 품은 엄연한 능력이라고 믿고 싶다. 감정이 뇌의 하등 부분을 관장하여 이성을 타락시킨다는 이성론자의 언술은 그날의 광장에서 폐기된다. 노래는 "경계 상실"(맥닐)의 지점에서 협력·협응하면서 한 덩어리가 되어 안전망을 구축할 수 있게 한다. 무의도적이고, 역할 분담도 하지 않았으나 모든 '우리'는 서로의 방호벽이다. 애국가는 경계를 지우며 탈(脫)-선(線)해야만 그 소임을 다한다. 옆구리에 총탄을 맞지만 친구인 동호의 손을 놓칠 때까지 애국가를 부른 정대는 애국가가 끊겨 나가면서 '하나 되기'가 불가능해진 절망을 초점화한 인물이다.

다음 장면의 아포리아는 강렬하다. "도청 앞 스피커에서 연주곡으로 흘러나온 애국가에 맞춰 군인들이 발포"(114쪽)하는 상황이 히틀러가 감행한 베토벤 프로젝트를 연상케 한다. (베토벤의 음악이 흐른 뒤 히틀러군의 군화 소리가 육중한 무언의 점령가로 시민을 압박하고, 규칙화·정형화된 그 소리가 세상에 유동하는 모든 소리들을 덮으면서 세상은 공포감으로 평정되었다.) 군홧발 소리에 앞서 애국가가 울려 퍼지는 여기에는 안전으로 위장한 위험이 은폐되어 있다. 진군하는 히틀러군은 나치 동조자인 바그너의 곡을 전쟁의 전주곡으로 연주하지 않았다. 정치로부터 예술을 분리한 전업 음악가 베토벤을 전략적으로 끌어들여 시민을 안심시키면서 애국가를 폭력과 파괴의 프렐류드로 깔아놓았다. 한강이 그린 하나의 애국가와 두 개의 감정에는 지목을 불허하는 '그들'이 있고, 그 일속이기를 바라지 않는 군인들도 있다. 수용소의

제2부 페이소스의 교차와 얽힘

가스실로 가는 길에 모차르트의 곡이 흐르도록 장치한 나치의 정서 호도 전략처럼 그들도 음악 감정을 이용하였다. 살의의 충직한 하수인이어야 했던 군인이 '보우' '화려강산' '우리나라' '만세'를 부르는 역설로는 모든 위장된 것들의 이면을 결코 폭로하지 못한다.

반면에 5월 광장에서 스크럼을 짠 학생들의 집단노래는 "숭고한 심장"의 힘찬 박동과도 같다. 역행하는 정치와 폭압의 발생지를 향하여 낮은 자리에서 상부로 역류하는 밀물 같은 힘이다. 하지만 군인의 "진압이 거칠고 신속했기 때문에, 한 곡이 끝까지 불리는 일은 없이"(86쪽) 노래는 도막 난다. 한 덩어리로의 결속은 더디고, 총탄은 그것을 신속히 흩어놓는다. 시민들의 애국가와 군인의 애국가가, 시민들의 나라와 군인의 나라가 동일화하지 않기를 바라는 지점으로 총탄이 날아든다. 작가가 묻는다. 군인들은 자신이 "죽인 사람들에게 왜 애국가를 불러주는 걸까."(17쪽) '나라'라는 안전과, 군부의 명령과 폭력 사이에 숨은 권력에의 의지, 그리고 그 저지선에 위치한 "세상에서 제일 무서운" 양심을 작가는 놓치지 않는다. 쪼갤 수 없는 생명 덩어리로서 심장과, 국가라는 집단 구성체의 상징물인 애국가를 등치시킨다. 그리고 총탄이 날아들었던 그 틈새를, 총탄을 발사한 군인이 부르는 애국가로 메운다. 군민이 부른 애국가는 심장이 하나일 수밖에 없는 조건처럼 결코 파편화하지 않는다.

애국가는 집단 기억으로 자리 잡힌 하나의 덩어리로서 시민 정치적이다. 정동의 이행 과정에서 시민들은 전체성으로 결속하면서 자신의 위치를 확인한다. 집단노래 부르기는 메시지를 전달하려는 의도보다 집단의 결속 의지를 실행하는 것이 우선이다. 집단의 규모 그 자체가 노래의 메시지이며, 시민들은 함께 움직이면서 노래의 방향을 유도한다. "함께 소리치고 함께 노래 부르던 그 많은 사람들"이 정치적 사건을 끌어와서가 아니라, 노래 자체가 군중의 정서를 움직이면서 "스크럼을 짜고" 에너지를 파급시킨다. 노래가 공포에 '침범'(에드워드 사이드)하는 양상은 개인의 행위가 타인의 감정 상태와 행동에 영향을 미친다는 '조작성'을 참고할 수 있다.

한 치 앞의 정보가 불완전할 때는 감정이 행동을 이끈다.[9] 감정의 판단력은 지성보다 신속하고, 좋은 기분이 동반할 때는 특히 그러한 행동을 지속한다. 옆 사람과 동맹하여 약하고 왜소한 자신을 확장하여 '우리'로 결속한다. 집단노래는 공명이 클수록 제한된 공간을 벗어나면서 장소 외적인 지향성을 띤다. 노래로 연대한 '우리'는 점점 붇는 생명력으로 거대한 공포를 넘어선다. 정대는 동호를 "힘껏 끌고 나아가며 난 노래"했고, "목이 터져라고 애국가를 따라 불렀다." 군인이 자신의 "옆구리에 뜨거운 불덩이 같은 탄환을 박아 넣기 전"(59쪽)까지 그렇게 하였다. 그해 5월 열흘간의 해방구는 "수십만 층의 탑" 같은 애국가와, "수십만 개의 폭죽" 같은 손뼉이 열어놓은 것이다. 공포에 대항하는 노래 처방은 주효했다. 감성의 통치자가 노래를 인도하고, 상호 미메시스로 동조·연대의 정동을 몸으로 구체화할 수 있었다. 폭압으로부터 해방을 부르짖는 퍼포먼스와 리듬은 몸에서 발원하여 외부로 파동한다. 몸에서 터져 나왔으나 구체물은 아닌 애국가가 폭력의 발원지를 향해 간다. 군인도 시민도 한목소리로 애국가라는 추상을 자신의 유일한 몸으로 제창하는 일. 이것이 흑역사의 한복판에서 서로 미워할 수 없는 적대적 관계의 진실 내용이다.

(『문장웹진』, 2022년 상반기)

---

9   스티븐 미스, 앞의 책, 131쪽. 저자는 여기서 오틀리와 존슨-레어드의 이론을 언급하면서 불확실하고 목적이 상충하는 상황(이것을 '제한된 합리성'의 상황이라고 한다)에서는 감정이 행동을 이끈다고 말한다. 아울러, 감정이 없다면 인간은 이 세계와의 상호작용에 무능해질 것이라고 덧붙인다.

변형과 전복

: 손보미의 소설[1]

    2000년대 전후의 우리 문단에 문화 현상을 서사의 바탕으로 삼는 작가들이 등장했다는 설이 있다. 1980년대생이고, 문화 소비 시대의 주인공들이며, 이전의 소설 경향과 일군으로 묶이지 않으려 한다는 것이 골자다. 그러면서 이들의 창안물을 탈(脫)구조물이라 칭한다. 그렇지만 벗어났다는 의미의 '탈'은 기존의 경향인 모종의 '있음'을 전제해야 한다. 1980년에 태어나 20대 후반에 등단한 손보미에게는 이전의 경향으로부터 벗어났다는 '탈' 개념보다 2000년대 사회문화 현상을 안고 돌출한 독자적인 성향으로 파악하는 편이 더 타당해 보인다. 등단작 「담요」(2009)를 시작으로 2010년대까지 약 10년간 발표한 작품들이 여기에 걸맞다. 그는 그 모든 선형의 역사를 리얼리즘 문학으로 체화할 만한 사회적 조건 아래 청소년기를 보내지도 글을 쓰지도 않은 세대에 속한다. 1980년대 이후 문화 대중들에게 이전 시대는 매몰되어선 안 될 구습이었다. 이러한 정황에 후퇴 또는 전진이라

---

1   본문에서는 책 제목을 쓰지 않고 번호로 표기한다. ①『그들에게 린디합을』, 문학동네, 2013 ; ②『디어 랄프 로렌』, 문학동네, 2017 ; ③『우아한 밤과 고양이들』, 문학과지성사, 2018 ; ④『작은동네』, 문학과지성사, 2020.

는 개념 없이 당대의 사회문화 현상을 담아낸 작품들이, 그것도 1980~90년대와 다른 양상으로 2000년대 후반에 나타난 것이다. 이 시기 이후 손보미 소설은 형식의 새로움과 전복적인 상상력으로 독자성을 지닌다.

작가가 등단한 2009년의 문단 상황을 보면 2000년대 후반으로 갈수록 특히 시 장르에서 온라인 게임과 접속한 상상력이 우세했다. 분열하는 아바타는 살아남아 무한 증식하고, 합체물들은 영원한 삶에 도취하며, 고독한 전사는 한 점 먼지 같은 우주의 고아가 되거나 패망하는 이야기들이 주를 이룬다. 이렇게 문학작품에 등장하는 가상 공간은 그 무렵 대중에게 온라인 기반의 초연결 환경에서 현실을 바라보게 했다. 청소년은 물론이고 기성세대의 여가에까지 틈입한 온라인 게임은 대중의 놀이 공간을 급격하게 가상 세계로 전환케 했다. 뿐만 아니라 대중 가수의 장내 공연이나 야외 콘서트 등 당대의 대중문화를 일상 속에서 향유할 수도 있게 되었다.

갑작스럽게 여겨지는 이러한 변화에는 이데올로기의 패망 뒤 유일한 진리로 등극한 세계자본의 유동성, 온라인 네트워크의 글로벌 환경 등이 당대 일상의 뚜렷한 양태라는 점이 내재한다. 따라서 2000년대 현상을 문화코드로 압축할 때 이전 시대의 이념이나 양식들로부터 해방은 인간이 가장 바라는 자유로운 삶의 양식 또는 향유와 맥을 같이한다. 손보미는 등단작은 물론이고 이후 10년간 발표한 작품에서도 2010년대 현상을 반사실주의 기법으로 구성한다. 특이점은 이 작품이 메타픽션 요소를 지닌 소설가소설을 실험한다는 점이다. 특히 『디어 랄프 로렌』에서 이런 점이 두드러지지만 이 같은 현상이 이 작품에서 돌출했다고 보기는 어렵다. 이때 선결해야 할 문제는, 문학과 과학철학의 관계에서 작품의 독자성을 좌우하는 지식체계인 평행우주 개념, 즉 모든 상대성들에 관한 것이다. 손보미 소설이 지닌 과학픽션·소설가소설의 인자도 이런 점에서 찾을 수 있다.

이는 1960년대 영미 소설에서의 과학철학 원리의 원용, 그후 20세기 후반의 포스트모던 작가들이 자작품에 과학철학을 녹여낸 점과도 같은 맥락에 있다. 오비드(Ovid), 기호학자인 찰스 샌더스 퍼스의 통찰을 보면 이들은 서구 사상의 기원인 플라톤이 삶의 본질을 완전하고 절대적인 세계에서 찾으려 한 것과 달리 상대성을 추구한다. 불변 · 절대성의 세계를 부정하고 변모 · 변신 · 흐름 · 우연 · 상대성 · 불규칙성을 우주의 원리나 인간 삶의 본질로 본 것이다. 플라톤 이후 인간 삶의 본질을 탐구할 때마다 리얼리티 개념은 대립해왔다. 하나는 완벽하고 완전한 본질의 세계. 다른 하나는 이것을 모방하는 현상계다.[2] 손보미 소설의 실험성은 뒤의 경우에서 두드러진다. 그는 평행우주 · 양자장론 · 초끈이론 등의 과학철학을 빌려 작품 형식을 실험한다. 이렇듯 손보미 소설의 실험성은 과학 원리를 배제하고선 성립하기 어려우며, 평행우주 개념의 상대성과 우연성이 소설 형식을 가능케 한다.

그렇다 하여 그의 작품을 과학철학을 실험한 형식으로만 볼 수도 없다. 소설은 인간 삶의 본질을 어떤 방식으로 보여주느냐는 작가의식에서 출발하기 때문에 과학철학을 원용한 작품의 내적 의미를 천착하는 일이 한층 중요하다. 단지 우주적 연결망 안에 있는 인간의 조건을 탐구하는 데 그치지 않고 그의 지향이 남다른 점은 여기에 연유한다. 플라톤 이래 지속되는 리얼리티 탐구에 착안한 손보미 소설은 진짜/가짜, 참/거짓의 이항 요소를 전복하면서 양자의 접경에서 삶의 본질을 파고든다. 그러면서 소설이 인공품임을 동시에 말하게 되는데 그 어느 것도 진위 여부를 판명할 수 없는 진실 캐기의 방식이라는 점에서는 모순적인 서사다. 하여 과학철학의 관점으로는 도처에서 유사하게 발생하는 사건들을 근간으로 평행우주의 우

2　퍼트리샤 워, 『메타픽션 : 포스트모더니즘 문학이론』, 김상구 역, 열음사, 1989, 197~199쪽.

연성과 다발성을 말할 수 있을 뿐이다. 세계의 본질은 자명하게 드러나지 않으며 그 윤곽이나마 보여줄 수 있는 주체는 작가이기보다 언어의 자의성, 그리고 영어보다는 모국어가 지닌 자발성이며, 이것이 있기에 소설을 쓰기 이전의 준비 단계가 가능하게 된다. 손보미에게 소설은 결코 완성물이 아니기에 작가되기 과정과 소설이 되어가는 과정을 보여줄 수 있을 뿐이다.

2020년 발간 소설 『작은 동네』에 이르면 전작에서 보인 실험정신이 무엇에 기반하는지를 비로소 읽어낼 수 있게 된다. 이 작품에서는 역사 상상력을 구사하는데, 선형의 역사관을 가진 자는 이러한 태도를 의외로 받아들일 만하다. 리얼리즘 문학과 역사성을 동궤에서 사유해온 방식으로는 이러한 역류의 미학이 생소할 뿐만 아니라, 2000년대 이후의 문화 안에서 발화해온 작가 상상력의 급선회만으로도 여하한 이유를 떠나 많은 궁금증을 안긴다. 말하자면 이 작가는 2020년대 들어 자신의 글에 비로소 '탈' 개념을 얹어놓은 셈이다. 이전 것에서 벗어나는 보폭을 보여준 문학 수행이 전하는 바는, 이제껏 써온 작품의 현실 기반과는 확연히 다르다는 점 외에도 이야기를 과거로 회귀하고 있어서 더욱 의외성이 있다. 과거형 인물을 내세워 이전 방식의 삶을 되살려내지는 않는 작가이기에 더욱 그러하다. 그만큼 손보미는 철저하게 2000년대 이후의 감수성으로 당대 문화를 반영하면서 미래의 시간을 더 고안하는 작가로 알려져 있다. 그러던 작가가 변신의 미학을 구가한 작품이 『작은 동네』다.

작가의 상상력이 이렇게 선회한 데에는, 회고 형식의 글쓰기로부터 계산된 거리를 유지해온 그간의 사정을 물려야 하는 이유가 개입해 있다. 그것은 이 세계가 영혼 없는 사물 또는 상품의 형태로 표면화하는 물질과 다를 바 없음에도 끝내 사물일 수 없는 인간의 윤리, 삶이 과연 명백하고 투명한 진짜만으로 구성되는 것인지, 오히려 가짜의 그럴싸한 반영, 진위를 따질수록 진실은 왜곡되는 것이 아닌지 하는 질문들과 결부된다. 「담요」에서부터 들려주는 이야기에서 반복되는 상황들, 두려움의 감정, 문학–문화 텍스트의 상호 교차, 영화·인물·사물이나 상품 등에 담긴 작가의 지향이나 의도는 어느 것 하나 일의적이지가 않다. 텍스트를 통틀어 편재하는 몇 가지의 반복 요소들, 즉 초인종 누르기, 여하한 상황에서 파생하는 두려움이나 거짓말 등은 어떤 경우에도 특별하지가 않다. 유사한 일이 도처에서 일어나고, 그 일은 앞으로도 부단히 발생할 것이므로 초인종을 누르는 행위를 개별화하여 상이한 지평을 열어놓을 수 있을 뿐이다. 이렇게 세계와의 동일성을 깨나가는 인물에 대하여 써온 작가가 2020년대 들어 발표한 작품에서 역사 공간으로 보폭을 옮긴 것은 자못 의미심장하다. 손보미식 2010년대 현상들로부터 벗어난 이 탈구조물의 존재감만으로도 이전에 그가 창안한 구조물들을 반사하는 효과를 낸다. 손보미 소설의 경향을 몇 가지로 좁혀 그 현상을 조망하고, 그렇게 함으로써 2020년작 탈구조물인 『작은 동네』가 이전의 소설 경향과 확연히 달라진 지점, 그러한 선회가 의미하는 바를 추정할 수 있다.

1. 대중문화 : 쇄도하는 낯선 것들

첫 작품집 『그들에게 린디합을』부터 만만찮은 인상을 안기면서 두껍게 읽힌다. 2010년대 손보미 소설에 담긴 낯선 상황들이 이후에 어떤 방식으로 분산될 것인지 예감케 한다. 그동안 우리가 누려온 삶의 방식에서 벗어난 내용들로 이뤄져 있어서 인물들이 이국정서에 침윤된 것처럼 보이고, 이것이 낯설게 다가오기 때문에 나와 무관한 이야기로 느껴진다. 진짜임직한 가짜와 진짜 고유명사들이 외국명으로 튀어나오고, 온갖 가능성과 추정을 바탕으로 서사를 진행하고 있어서 무엇 하나 자명하지가 않다. 묘사에 공을 들이거나 문장의 미학성을 중시하지도 않으며, 주요 인물과 주변부 인물 간 중요도를 굳이 강조하지도 않으므로 인물들 모두가 평등한 지평에서 움직인다. 어떤 이에게는 이러한 낯섦과 불편함이 소설 읽기를 중단할 수 없는 요인이 되기도 할 것이다. 글을 떠날 수 없다는 일종의 강박은, 일단 떠나면 맥락을 찾아 다시 돌아오기 어려운 손보미 소설의 구조가 유발한다. 알 수 없는 세계가 두려워 텍스트를 붙드는 현상을 '사로잡힘'이라 할 수 있다면 얼추 맞는 표현인지도 모른다. 낯선 것이 우리를 붙든다. '매혹'이라는 이름으로 말이다.

손보미 텍스트에서 반복되는 두려움은 매우 지배적인 정조다. 이 감정을 표명할 때마다 작가는 고딕체로 **두려움**이라고 강조해둔다. 그만큼 끝맺을 수 없고 상쇄할 수도 없는 두려움이 낯선 세계와 대면하는 이들의 의식을 지배한다. 등장인물 중 그 누구와도 '나'를 일치시킬 수 없다는 비동일화 감각이 작품을 읽는 내내 탈락하지 않는다. 작품 읽기를 끝까지 포기하지 않더라도 좀처럼 동일화를 이룰 수 없게 하는 손보미 텍스트에는 인물들이 살아가는 세계가 매우 당연하게 "서로 다른 우주"라고 명시되어 있다. '다름'을 불순하고 온전치 못한 것으로 갈래짓는 통합의 윤리는 이 작가에게 생경한 것이다.

> 이 작품집은 「담요」로 시작해서 「애드벌룬」으로 끝난다. 이 두 소설은 서로 다른 우주를 살아간 등장인물 — '장'과 '장'의 아들 — 에 대한 이야기이다. 나는 이런 식의 이야기를 좋아한다. 이 우주 너머의 다른 우주를 살아가고 있는 '나'에 대해 생각하는 걸 좋아한다. 다른 우주에서 열심히, 전력을 다해 내가 살아가고 있다고 생각하면 왠지 안심이 된다. 이곳에서 내가 게으름을 조금 부려도 괜찮을 테니 말이다.(①, 작가의 말)

첫 작품집에서 작가는 맨 앞머리와 뒷머리에 각각 배치한 「담요」와 「애드벌룬」을 양손에 들고 읽어보게 한다. 독립적이면서도 의존적인 두 작품은 텍스트 내 텍스트, 자기 텍스트 인용, 진위 여부가 모호하지만 그것을 가려내는 일마저 큰 의미가 없게 한다. 첫 작품을 기원으로 하여 이후 이것을 쪼갬·확산·연결·중첩·변용·전이·반복 기술 등의 방식으로 원본의 고유성을 부숴 나간다. 이후 장편소설에서도 이어지는 이러한 전략은 2010년대 한국소설이 전개되는 양상 중 매우 독특한 지점에 있다. 통합된 세계를 조각내되 그것을 원용하면서 또 다른 서사로 확장하는 작법은 우주의 팽창 원리와도 유사하다. 이런 점은, 등단작을 자기 텍스트의 기원으로 삼아 그 고유성을 보존하면서도 다양한 변주로 새로운 작품을 제작한다는 의미가 있다. 이처럼 손보미 소설은 후기구조주의자들이 텍스트의 기원을 사유한 방식을 문학적으로 변용한다. 첫 발화를 보존하는 순수성의 텍스트가 대체 있기나 한 것인지, 고유성을 운위하는 일이 과연 무엇을 지키려는 의도인지, 고유성이라는 것은 오히려 부단히 말을 함으로써 유지되는 것은 아닌가 하는 질문 위에서, 발화되지 않은 것은 그 고유성조차 애당초 물을 수 없다는 결론에 도달하게 한다.

앞서 인용한 작가의 말에서 손보미는 '우주' '우주 너머' '다른 우주'로까지 작가인 자신을 타자화한다. 자기 분열에서 생긴 거리감과 광막함에 되레 안도하는 자세도 엿볼 수 있다. 이는 작가로 분열한 또 다른 자아에 대한 안도감으로서 서사 창안자의 직능을 문학 외적인 세계와 적극 결부시키는 발언이기도 하다. 이러한 발상은 인용문에서 언급한 두 작품에 한정되지 않는다. 전작(全作)에 걸쳐 다양한 방식의 분산을 통해 또 다른 서사를 발생시킨다. 이를 몇 가지 경우로 나누어 예시할 수 있다. 우선 첫 창작집 『그들에게 린디합을』에 실린 첫 작품과 마지막 작품부터 보자. 두 작품에서 공통되는 경험은 다음 예문에서 보듯이 아버지 '장'과 '장의 아들'이 록그룹 '파셸'의 공연장에 가 있다는 점이다. 느닷없이 총격 사고가 발생하고, 이것이 아들의 어깨에 두르고 있던 담요가 떨어지는 일로 이어진다.

　　장은 아들이 무대 위로 달려가는 것을 막지 못했다. 그 대신 장은 아들의
어깨 위에서 담요가 떨어지는 것을 보았다. 아들의 어깨 위에서 떨어지는
담요는 장에게 몹시 중요한 물건이 되었다. 그후 장은, 담요를 항상 몸에 지
니고 있게 된다. 담요를 가지고 출근했고, 책상에 앉아 있을 때는 담요로 자
신의 무릎을 덮었다.(①, 「담요」)

　　그의 아버지는 중경상을 입은 열세 명 중 한 사람이었다. 그날 입은 부상
의 여파로 그의 아버지는 죽을 때까지 지팡이를 짚고 살아야만 했다.(중략)
아버지 바로 옆에 있었던 그는 멀쩡했다. 털끝 하나 다치지 않았다. 몇 주
후 아버지가 퇴원하던 날, 그는 아버지가 절뚝거리는 모습을 처음 보았다.
그제야 그는 공연장에서 아버지가 자신에게 덮어주었던 담요를 잃어버렸다
는 사실을 깨닫게 되었다.(①, 「애드벌룬」)

　「담요」와 「애드벌룬」 텍스트는 중첩된다. 전작에 등장했던 인물을 중심
으로 소년기에 관람한 록밴드의 공연장에서 겪은 사고, 이후 청년기에 이
르러 작중 소설 『난, 리즈도 떠날 거야』를 영역하는 일 등을 전이·확장·
변용한 서사다. 그러니까 작중 번역물 『난, 리즈도 떠날 거야』는 손보미의
첫 작품 「담요」의 첫 줄을 기원으로 이후에도 자기 텍스트 인용의 방식으
로 여러 차례 반복 출현하면서 허구 속 사건이자 주석 달기의 문학적 수행
의 증표가 된다. 저러한 번역물이 허구 속 허구로 환기되는 사정은, '필립
말로, 존 치버, M.나이트 샤말란, J.J.에이브럼스' 등이 소설을 쓰는 데 영
감을 주었다는 작가의 고백에서 이해의 지점을 찾을 수 있다. 이들은 추리
소설 속 탐정·영화감독·팬덤(열광자)들이며, 할리우드 영화, 대중문화,
열광적 관중이라는 키워드가 조금도 어색하지 않게 미국문화와 연결되
게 한다. 서구 이론과 문학작품의 번역물, 더빙한 영화 또는 자막이 번역

을 거친 후 문화 대중의 언어 영역을 잠식하기에 이른 2010년대 문화의 흐름을 여기서 어렵잖게 읽을 수 있다. 따라서 손보미 소설이 번역체 문장이고, 국적을 모르는 공간에서 이야기가 펼쳐진다는 평가는 작가 이전의 손보미가 누린 미국문화의 영향을 의식한 결과로 빚어진 것이 아닐까 한다.

손보미 텍스트는 공간의 착시를 유발한다. 이것을 문화 현상으로 해명해볼 수 있다. 첫 창작집에서 록가수의 콘서트, 미국의 대중음악 강연을 들으러 다니는 여자, 포르노 영상 번역자, 스윙댄스 소재의 영화, 스트립 댄서, 아마추어 관현악단의 바이올린 주자, 번역자 등은 미국문화 열광자들이다. 작가가 청년기를 보낸 2000년대에 우리 사회의 대중이 누렸을 정신문화가 이렇게 많은 부분 미국발 콘텐츠에 경도되었다는 방증이다. 이는 대중에게 순수 상태의 자연스러운 정신문화이기보다 자본의 재생산을 꾀하는 문화산업의 주체가 구매와 소비를 촉발케 한 물적인 양식에 속한다. 로열티나 쿼터제 등으로 계급화한 자본이 문화상품으로 포장되어 대중의 여가에 침투한 것이다. 이러한 교환이 일상화된 사회에서 손보미 소설은 태어났다.

이 같은 경로를 거치면서 작가는 첫 작품을 변용하고 확장한다. 이는 써 없애는 소비의 방식이 아니라 자기 발화를 어떻게 변주하느냐는 문제에 속한다. 그의 작품 속 텍스트와 저자의 이름, 대중문화를 주도하는 아티스트들은 많은 경우 진짜임 직한 가짜들이다. 실재하는 텍스트와 허구 속 인물의 창안물인 텍스트를 중첩하여 가짜와 진짜의 구분을 무화하거나, 이를 뒤섞어 진짜라고도 가짜라고도 판명할 수 없게 만든다. 진짜 저자의 등장이 되레 예외로 여겨질 만큼, 가짜들의 세계에서 진짜 텍스트의 지위라는 것은 조금도 특별하지가 않다. 가짜 같은 진짜와 진짜 같은 가짜를 구별하는 일이 쓸모없게 여겨질 때 양자에 대한 우리의 인식은 공평하게 작동한다. 이렇게 보면 손보미는 미국 주도의 문화를 안티 감정 없이 수용한 세대를 대표하는 작가라 할 수 있다. 그는 당대성을 체질로 하이브리드 창안물을 엮어내면서 '당대'라는 현실과 가상이라는 가능성을 혼합한다. 직·간접 경험을 과학 현상과 접속한 상상력을 펼친 「애드벌룬」과 「과학자의 사랑」(①)이 좋은 예다.

두 가지 더 짚어둘 것이 있다. 하나는 등단 이후 1990년대 내내 이어진 진짜/가짜에 대한 작가의 집요한 탐색과 그 이유다. 자명하지 않은 가짜와 진짜의 속성에 대한 작가의 생각, 타자에 대한 관심의 진위 여부가 엄연한 지식이어야 하는지를 그는 질문한다. 다른 하나는 수식 없는 문체로 냉정을 유지하는 것처럼 보이는 작가가 등장인물에 실어낸 온기가 무엇에 기인하느냐는 점이다. 작중 화자가 어린 부부에게 "왜 거짓말을 했는지 모르"(「담요」)게 된 사태 이후에 거짓말은 손보미 작품에서 가짜와 진짜가 맞물려 돌아가는 인간 심리의 저변을 암시하는 기제로 작동한다. 사실(fact)과 허구, 진실과 거짓, 드러내기와 숨기기를 부단히 전복하기 때문에 그의 작품에서는 어린 부부가 상대방에게 지닌 마음도 진정성이 있느냐 거짓이냐를 수시로 의심받는 정황으로 나타난다. 「여자들의 세상」에서 어린 커플이 마주 잡은 손을 목격한 화자의 상상이 곧바로 자기 아내의 손이 피아노 치는 남자의 손등을 문지르는 것으로 전이되면서 아내에 대해 화자의 의심이 깊어지는 형국으로 진전한다. 이처럼 손보미 소설에서 전이 현상은 흔히 발생하며, 진짜/가짜의 상호 기만도 좀처럼 종식되지 않는다.

두려운 감정에 침윤당한 인물, 이웃의 초인종을 누르는 사람 등도 기원을 변형하고 파괴하면서 생성하는 손보미 텍스트의 변이체들이다. 작가는 첫 작품에서 선보인 일화들을 이후의 작품에 전이하는 방식으로 또 다른 변이체를 만든다. 낯선 세계만이 새롭고, 상상에 그치지 않는 다가가기·걸어가기만이 인간을 새로운 세계로 데려간다. 첫 작품에서 보았던 어떤 정황들은 이후 다른 작품에서도 출몰을 반복하면서 우리를 다시금 새로운 세계로 안내한다. 그곳은 무수한 가능성이 잠재하는 지평이며, 손보미 텍스트가 팽창하는 우주의 어느 지점이다.

2. 과학픽션(Si-fi)과 소설가소설의 가능성

Si-fi는 픽션 외적인 요소인 과학과의 결합으로 문학의 과학화를 실험한다. 과학과 접합한 문학 실험에서 과학은 실재이고 문학은 가상이라는 가설을 세울 수 있지만 정작 소설에서는 양자의 상상력이 별개가 아니다. 과학에 지원하는 문학적 허구가 우선인 경우가 많기 때문에 문학은 과학 이전이자 이후의 상상력이다. 이런 점에서 문학과 과학은 분과적 특성을 개별화하기 이전에 하나의 상상력이라는 모태에서 배양된 것임을 부인할 수 없게 된다. 작가가 장편소설 『디어 랄프 로렌』에서 우주적 개념들을 빌려 인간사를 말하는 형식 실험은 현시대인의 상대적 가치관을 여실히 반영한다. 일원적인 세계 인식으로 절대성을 추구하는 관념으로는 도달할 수 없는 세계가 이 작품에서 펼쳐진다. 진위를 전복하는 평행우주의 사건들에 절대성은 없으며 현상세계는 부단히 변형되면서 변화를 이어간다.

소설 쓰기의 준비 단계인 자료 조사·녹취의 과정, 모국어인 한국어로 말을 하는 화자 자신의 목소리를 녹음하는 행위 등을 보면 이 작품은 애초에 소설 쓰기의 고민을 위해 기획된 것처럼 보인다. 게다가 현존재를 죽은 자로 만듦으로써 그 당사자의 증언이 막힌 현실을 설정했다는 점에서 파격적이고 기상천외한 상상력의 산물이다. 소설은 픽션이라는 인식에 익숙한 우리에게 랄프 로렌을 죽은 자로 설정한 상상력은 '소설은 허구'라는 정의에 기표 그대로 복무하는 것처럼 보인다. 우리가 경험하지 못한 세계를 보여주면서 우주적 개념들을 빌려 인간의 존재 조건과 삶의 본질을 말하고 있어서 가외의 파장을 몰아오는 작품이다. 작가는 가짜와 진짜를 전복하는 이야기를 펼치면서 진위 여부를 가릴 수 없는 배타적 항목들을 치밀하게 배치한다. 그중 가장 강력한 기만이 랄프 로렌을 죽은 자로 설정하여 애당초 거짓 서사를 기획한 점이다. 소설의 리얼리티를 의심치 못하게 하는 효과를 위하여 그를 죽은 자로 만들어 자신의 일대기를 말할 수 없는 한계를 설정한 뒤 작중 화자가 그의 생전 자취를 추적하게 한다.

이 서사는 인물 중심으로 보면 100년간의 이야기다. 주인공의 개념마저 부정하는 듯한 인상을 안기면서 랄프 로렌을 말하기 위해 조셉 프랭클이 탄생한 1912년부터 레이첼 잭슨 여사가 사망한 2012년까지를 시간 배경으로 한다. 앞은 랄프 로렌의 스승, 뒤는 그 스승의 집안일을 30년 이상 돌본 여성이다. 이들은 랄프 로렌 비사(祕史)의 처음과 끝인 인물이다. 스승의 집안일을 돌본 여자의 존재감이 절대적인 이유는 그녀만큼 스승의 비사를 잘 아는 사람이 없어서다. 그보다 더 깊은 내막은 스승을 거쳐야만 제자인 랄프 로렌이 시계 제작을 거부하는 이유를 알 수 있다는 데에 있다.

이 작품은 문학과 과학의 중첩 · 얽힘 · 연속성 · 불확정성 등으로 새로운 소설 형식을 낳는다. 동시대 같은 공간에서 발생하는 사건의 일회성으로 단선의 리얼리티를 구축하지 않고 다층의 시공간에서 유사하게 실존하는 인물들을 엮어 우주적 마주침 현상으로 이들의 삶을 구성한다. 표제에서 짐작할 수 있는 내용은 유명 의류 '폴로'의 창업주인 랄프 로렌에게 편지를 쓰는 형식의 작품이 아닐까 하는 것이다. 하지만 이 작품은 여러 국면에서 우리의 상식을 깨버리기로 작정한 듯 보인다. 기원의 디자이너인 랄프 로렌의 비사를 추적하여 그의 비밀을 밝히기 위해 오히려 조셉 프랭클을 부각한다. 어째서 이러한 방법적 도치가 발생한 것일까. 이유는 시계 때문이다. 두 인물의 만남과 헤어짐의 과정에서 강력한 얽힘의 사연은 바로 이 시계에 연유한다. 랄프 로렌 컬렉터인 여고생 '수영'은 시계를 구매

함으로써 컬렉션을 완성하겠다는 포부를 품지만 없는 (것인지 있는 것인지조차 자명하지 않은) 시계 컬렉터의 꿈이 불발하리라는 예측은 너무나 자명하다. 그 없음의 사유가 랄프 로렌 · 조셉 프랭클 두 사람이 각기 지닌 내밀한 사연과 연루된다. 다음 문장은 작가의 SF 상상력의 분수령이라 할 만하다.

> 만약 여러분이 평행우주론이나 상대성이론 혹은 초끈이론이나 양자장론, 이도 저도 아니면 시간여행에 조금이라도 관심이 있어서 관련 다큐멘터리를 찾아본 적이 있다면 아마도 한 번쯤은 그를 봤을 것이다.(16쪽)

평행우주론 · 상대성이론 · 초끈이론 · 양자장론 · 시간여행 같은 상징 개념들로 할 말을 다 해버린 듯 보인다. 청자인 독자와 화자 사이에 있는 '그'를 본 적은 없으나, 화자는 독자가 '그'를 봤을 것이라 추정한다. 더구나 그와 독자의 만남이 미디어 기록물인 다큐멘터리의 매개로 이뤄졌을 것이라는 추정은, '그'가 현실과 허구 사이에서 얼마만큼의 통제력에 의해 유일한 실재 인물 그 자체일 수 있는지를 묻는다. 이는 작가가 자신의 작품 특성을 표명하려고 가져온 과학 개념들로 보이고, 이와 관련한 우주 상상력을 첫 창작집에서도 선보인 바 있다. 이때의 우주는 일원성으로 해석할 여지가 조금도 없는 개념이다. 인용문에서 작가가 쓴 양자장론은, '물질의 최소 단위인 양자(quantum)가 갖는 물리적 특성인 중첩 · 얽힘 · 불확정성을 정보처리나 통신에 활용하는'[3] 양자정보기술이다.

작가는 여기에 영혼이 자유로운 물리학자를 내세워 과학과 허구의 접경

---

3 「양자정보기술 시대 도래…선진 5개국 특허출원 10년간 4배 증가」, 『뉴스1』, 2021.4.1 일 검색. https://www.news1.kr/articles/?4260237

으로 밀착해 들어간다. "러플이 잔뜩 달린 하얀 블라우스와 까만 무용 바지를 입고"(37쪽) "아이스링크장을 누비는 박사"(20쪽), 즉 과학자 미츠오 기쿠다. 그는 지적인 능력이 쇠한 '늙은 여우'라는 평가에 반발하고, 자기 영역에 관한 열망과 자신감을 발산하는 기행의 인물이다. 이러한 파격은 디자이너인 "랄프 로렌에게 창조는 조합에 가까운 것", 그가 "무엇이든 가지고 와서 변형"(64쪽)하는 것처럼 기쿠오 박사가 자발적으로 조성한 것이다. 그의 기행은 과학자에게 요구하는 파격과 의류 디자이너에게 요구하는 그것이 과연 다른 것인지를 묻게 한다. 하여 인용문에 등장하는 과학 개념들을 이해시키기 위하여 작가가 문학 형식 안에서 그것을 풀어내는 작법은 과학의 포유(哺乳) 기능을 문학도 할 수 있다는 가능성을 열어놓는 것처럼 보인다. 의류 디자인이라는 예술 행위와 '시계'라는 무브먼트의 연합으로 예술/과학의 자리를 묻는 것도 마찬가지로 파격이다. 예술적 상상이 과학을 신비의 영역으로 몰아간다는 비판을 감수하고서라도 부단히 물어야 할 것이 예술과 과학의 만남인 것이다.

앞의 인용문을 보면 우주의 중심은 하나가 아니다. 어느 지점에서 보더라도 균등하게 연속적으로 공간이 놓여 있다는 상대성이론도, 물질의 특성을 중첩·얽힘·불확정성으로 정의하는 양자장론도, 이 모든 이론의 한계를 초끈이론으로 보완한 것도 손보미 소설에서는 과학자의 유치한 복장처럼 파격적으로 전유할 수 있는 문학 외적인 질료들이다. 과학자의 정체성을 내·외면의 근엄함과 정확성으로 재단해온 인식을 뒤엎고, 유치 발랄한 어리광쟁이로 둔갑한 과학자가 스케이트를 타도록 장치해놓고서 작가는 예술과 과학의 접촉면에서 이 세계의 의미를 더듬는다. 그리고 이런 점은 랄프 로렌 패션의 단순성과 정확함의 기원을 찾아내려는 탐구욕과, 흙바닥에서 구르며 일을 하더라도 "머리부터 발끝까지 랄프 로렌이되"(102쪽)도록까지 물품을 구매하겠노라는 수영의 소망으로도 추동된다.

그녀는 패션의 세계에서 "탄생? 창조?" 같은 기원의 의미와 순수 창작품의 염결성을 탐닉할 수는 있어도 다량 "생산"은 거부하는 애호가다.

그렇지만 시계가 자신의 패션을 완성해줄 거라고 믿고 이미 사망한 랄프 로렌에게 영문 편지를 쓰는 수영에게는 이 모든 기대가 불가능의 세계로 진입하는 일이다. 죽은 자와 함께 지상의 주소도 사라졌으며, 그녀의 부족한 영어 실력으로는 소망을 기표화할 수 없다는 원천적 한계가 있다. 그런데도 그녀는 왜 고가의 시계를 소유하려 애쓰는 것일까. 이 문제는, 랄프 로렌 패션의 기원을 캐내고자 하는 종수의 궁금증 — 물리학과 유학 중 박사과정에서 쫓겨나 1년간 방황하면서 열패자인 자신에게서 도망치고 싶어 빠져들게 된 관심거리 — 과 만난다. 그가 좇아가본 기원 캐기에서는 무수한 거짓말, 진실 호도, 진실과 진심을 누설하지 않으려는 계산된 발화, 부정확한 해석·진단·추정, 개인사를 들춰내야 하는 난처함, 그런데도 끝내 알 수 없는 기원은 신비로 남는다. 랄프 로렌 패션의 기원은 오직 첫 창조물에서 그 정신이 훼손되지 않을 테지만, 그곳으로 거슬러가는 탐사자에게 기원의 창안물이란 필연적으로 타자와의 영향 관계에서 그것을 알아내려는 시도였다. 그 타자의 개인사를 발설해야만 랄프 로렌의 시계가 부재한 이유를 알 수 있을 것이기에 사실과 허구는 교란되며, 드러냄과 노출 사이에 포진한 거짓과 사실은 랄프 로렌을 끝내 가상세계에 남겨 놓는다.

심지어 화자는 침묵하는 이들에게 '아무 말' 퍼레이드를 조장하며 녹음기를 들이대고, "생략과 강조를 통한 전형적인 거짓말"(240쪽)을 보태기까지 한다. 어떤 이는 진심을 말하게 될까 봐 거짓말을 꾸미고, 이 모든 일들이 "정말로 잘 모르겠"는 어떤 파동 안에서 "언제나 그랬던 것처럼"(213쪽) 연쇄적으로 심상하게 발생한다. 랄프 로렌 마니아인 수영이 영어를 제법 잘하는 종수에게 편지쓰기를 맡기지 않고 자신이 직접 쓴 이름은 "디어 랄프 로렌" 한 구절뿐이다. 이 호명만이 처음부터 마지막까지 유일한 영혼이며 정신이라는 것을 알기까지 화자는 무수한 타자를 만나 녹취하고, 랄프 로렌의 연대기를 작성해야 했다. 그가 시대를 선도한 디자이너가 아닌 그저 시대에 끌려간 사람이라는 혹평이 이야기를 소비하는 일에 열중하는 자에게서 발설되기까지 화자는 그 일을 지속한다. 랄프 로렌의 창발성을 증명하기 위해 벌인 이 모든 작업들은 무수한 인용과 주석 달기처럼 배열되었을 뿐이다. 그 어느 것도 시계 제작을 거부한 이유를 온전히 해명하지는 못한다.

작가는 「과학자의 사랑」(①)에서도 증명 행위에 개입하는 인간의 이야기 본능을 말한다. 이는 과학 현상을 증명하는 일을 허구의 서사처럼 진행하는 것에 대한 발언이자, 과학자의 증명 행위가 이야기 행위로 표명된다는 점과 관련한다. 자신이 연구한 과제를 들어줄 상대가 필요했던 과학자인 고든 굴드에게 가정부는 다음 같은 '자세'에서 유일한 여자다. 이해 불능의 과학 이야기에 귀를 기울이는 그녀는 "이 세상이 신의 섭리에 의해 움직인다고 굳게 믿"(174쪽)는 사람이다. 여기에 의심을 보태자면, 이 여성이 과학자의 난해한 말을 제대로 알아듣기나 하는가라는 점이다. 이해 불능의 이야기에 귀를 기울이는 행위를 과연 '청취'라고 할 수나 있는 것일까? 작가는 이러한 듣기 방식이 진리를 경청하는 윤리적인 자세인지, 그렇다면 무지가 무지를 유발하는, 의심하지 않고 질문도 하지 않는 경청의 자세만으로 듣기의 외형을 보여주는 것이 과연 올바른 경청인지를 다시금 묻는다.

독자의 예상은 적중했을 것이다. 굴드의 이야기 본능이 의미하는 바는 그가 규범을 정의할 수 없는 사랑의 감정에 매몰되었다는 방증이다. 자신의 말을 경청하는 가정부가 사랑에 빠졌다는 가설 아래 굴드는 그 마음을 간파하려고 반복 질문과 확인을 이어간다. 사랑의 감정도 과학적 이성도 이렇게 끝없는 회의와 질문 속에 존속한다. 왜 말을 하지 않았는지, 정말 자신을 좋아하는지, 거짓은 아닌지 하는 사소하고 조잡한 질문들. 이것은 굴드가 가장 하고 싶은 말을 유일하게 경청한 가정부가 거짓으로라도 "선생님을 좋아했어요."라고 고백하게 하여 사랑의 감정을 과학처럼 증명하려는 시도가 아닐까. 참값 또는 거짓 값을 대입하면서 그녀의 대답이 거짓인지 참인지 증명하려는 듯 "정말이오? 그건 거짓말이 아니오?"라고 거듭 의심하는 과학자의 자세로 말이다. 종교 편향의 가정부도, 과학자인 굴드도 사랑의 자세에 대한 의문을 풀지 못하기는 마찬가지다.

따라서 증명을 위한 기본 전제가 그녀의 경청 자세이며, 이것만은 결코 변할 수 없는 상수여야 한다. 의심할 때만 사랑도 과학도 증명의 형식으로 답이 돌아온다는 것. 그래서 굴드는 "당신은 언젠가 중력에 맞서서 날아오를 거요."라면서 그녀에게 "음탕한 여자가 아니"(189쪽)라고 결괏값을 제시했던 것이다. 아이러니하게도 그녀가 믿는 신의 음성을 담아 과학자는 그녀에게 신비로운 언어로 축복을 내린다. 필생의 연구 과업인 중력의 절대성을 파괴하면서 한 여성 앞에서 신비주의의 사도로 전변해버린 그에게 과학은 무엇이었을까? 저 무거운 개념들이 일방향에서 오는 소리에 그친다면 과학을 '참'이라고 할 수는 없을 것이다. 사랑한다는 말, 축복하는 말 한 마디보다 과학이 과연 얼마나 더 정확할 것이며, 당신은 음탕한 여자가 아니라는 말보다 더 윤리적이기나 할 것인가? 사랑의 감정보다 정확하다는 과학이 과연 사랑보다 더 분명하게 인간의 마음을 움직일 수 있을 것인가?

저 멀리, 공중에 접시 모양의 물체가 떠 있었다. 애드벌룬인가? 그는 아무런 설명도 필요 없이, 저 멀리 떠 있는 것이 딸을 마지막으로 데려다주었던 날 간선도로에서 보았던 바로 그 물체라는 것을 깨달았다. 하지만 그 물체는 그때처럼 붉은빛을 발하지도 않았고 일곱 개도 아니었다. 그건 단 하나였다. 그는 그것이 마치, 하나의 눈(眼)으로 이 세상 위에 묵직하게 떠서 움직이지도 않고, 영원히 중력을 거스른 채로 그 자리에서 우리를 응시하고 있는 것 같다고 생각했다.(①, 「애드벌룬」)

중력을 거스르는 일이란 지구 부착자인 인간에게는 잠재적인 해방구, 자유로움, 꿈의 영역이다. 이것은 삶의 바탕이 애당초 부동의 조건이었다는 인식에서 출발한다. 따라서 중력을 거스르는 일은 미확인 물체가 출현하여 그것의 가능성을 역으로 증명할 때만 성립한다. 애드벌룬인가?라고 자문해본 미확정 물체를 유에프오로 확정하기까지 저 물체는 끝내 알 수 없는 것이어야 한다. 불확정성의 세계에서 인간이 "계속 앞으로" 걸어가고 있다는 작가의 발견은, 퇴각 없는 삶에 대한 찬사로 이어진다. 종수가 소설을 쓰기 위한 준비 단계를 거치게 된 것은 갖가지 우연들의 결합으로 생긴 일이다. 의도하지 않았으나 글을 쓰기 위한 자료 찾기에 전념하게 된 것은 전적으로 우연의 능력이다. 그러면서 그는 미래로 진행하는 삶을 살 수 있었고, 랄프 로렌이 끝내 시계를 제작하지 않은 이유가 조셉 프랭클의 진짜 삶을 누설하지 않고 보존해주려 했던 의도였음을 알게 된다.

이렇듯 우리의 삶도 소설도 예외 없이 우연의 결합으로 이뤄진다는 점을 작가는 전한다. 소설가는 객관적 진실의 탐사자로 이 세계의 비밀을 들추는 주체가 아니라 그것을 찾아가는 과정에서 진정한 삶의 이유를 발견하게 된다. 사실이 허위가 되는 경우가 있다면 이것이 누군가에게는 진정 바라지 않는 것일 때가 아닐까. 하여 작가는 객관적 진실을 판별하는 법의 질서를 따르지 않고, 사실과 허구의 구분이 모호해지는 어떤 진실에 밀착한다.

제2부 페이소스의 교차와 얽힘

3. 실존 장소로의 선회와 거짓말의 진실

『디어 랄프 로렌』에서 보듯이 비사의 당사자에게는 거짓말·침묵·사실 흐리기 등이 '참'이 될 수가 있다. 시계 제작을 거부한 랄프 로렌의 심중에는 조셉 프랭클과의 영향 관계를 발설할 수 없는 이유가 내재한다. 시계 장인인 '슈빌라' 제자들의 계보를 따라가다 보면 드러나는 것이 조셉 프랭클의 결혼사와 이것을 역행하는 그의 비밀스러운 연애사다. 이것이 아우슈비츠라는 참혹사와 엮이면서 조셉 프랭클은 불가항력의 운명 속에서 부도덕한 가장이 되어버린 인물이다. 모방에 의한 변형을 부도덕과 일치시키지 않는 랄프 로렌의 패션관대로라면 시계 제작을 거부하는 이유를 스승과의 영향 관계가 노출되는 것에 대한 조바심 같은 것과 결부시킬 수 없게 된다. 그보다 더 사적인 스승의 과거를 누설하지 않기 위해 그는 자신의 관념에 애당초 '지못미('지켜주지 못하여 미안하다'의 축약어)'의 부도덕이 들어앉을 자리를 만들지 않았을지도 모른다. 스승의 암흑사를 누설케 하는 기폭제가 다름 아닌 시계다. 랄프 로렌은 이 시계라는 기표를 영원히 암흑 속에 봉인하고자 했다.

2020년 발표작 『작은 동네』에서 가공한 세계도 거짓말 제조기를 거쳐 나온 것처럼 보인다. 이 서사도 전작에서처럼 거짓말의 진정성을 역설한다. '작은 동네'는 결코 반감되지 않을 관심과 사랑의 공간이다. 오랜 시간 암장되었던 흑역사를 거슬러가면서 마을 공동체에 속한 한 가족에게 발생한 두 개의 사건을 축으로 서사가 진행한다. 하나는 엄마가 태어나고 자란 섬에서 일어난 간첩 조작 사건, 다른 하나는 화자가 7세 때 마을에 발생한 큰 산불이다. 미혼 부부의 딸에서 이혼 부부의 딸로 자격이 변경되는 화자에게 두 개의 사건은 가족사와 흑역사를 은폐한 거대하고 막중한 비밀에 속한다.

『작은 동네』에서 그렸듯이 작가는 초인종을 누르는 인물을 여러 편의 작품에서 변주한다. 「무단 침입한 고양이들」(③)처럼 소리 없이 타자의 영역에 침투하여 초인종을 누르는 인물이 있는가 하면, 같이 울어줄 사람이 필요한 자에게는 "우아하게" 초인종을 누르는 배달부일수록 두려움 없는 소통이 가능하다(③, 「고양이의 보은」). 초인종을 누르지 않고 똑, 똑, 똑… 오래 문을 두드리면서 "종수, 혹시 죽은 거야?"라며 우스꽝스럽게 비감 어린 질문을 하는 이웃도 있다. 그녀는 제자리가 아닌 곳에 어정쩡하게 깃든 불안의 주체에게 소통의 신호를 타전하는 따뜻한 사람이다(②). 인물들이 이웃집의 초인종을 누르고, 어린 부부를 숨어서 바라보고, 거짓말을 하고, 두려운 감정을 안고 살아가는 일들은 개체의 삶이 하나의 끈에 연결된 채 이웃과 함께 진동할 수밖에 없는 조건을 말한다. 그런데 그 끈은 보이지 않는 것이어서 어떤 이는 운명이라고도 신이라고도 하는 현상이다. 수시로 느끼는 두려움, 마음과는 다른 거짓말, 그리고 초인종 누르기는 그 보이지 않는 끈의 떨림 때문에 발생한다. 그래서 단독자들은 무수한 열림의 공간에서 만남의 가능성을 타전하지만, 타자에게는 이것이 난입하는 행태로 비친다.

『작은 동네』에는 숲속의 낯선 집으로 가 초인종을 누르는 화자가 등장한다. 그는 외딴집에 방치된 여성이 궁금하여 그 일을 했던 반면에, 어머니는 남몰래 우정을 나누면서 그녀와 관련한 온갖 구설수를 묵묵히 감내한다. 숲속 여자는 관객이 가공한 이미지대로 가치가 매겨지는 유명 가수 출신이다. 누군가 초인종을 누르거나 노크하지 않아도 투명하게 노출되는 유명세에 저격당해본 인물이다. 때문에 노출되지 않으려 하고, 진짜 알맹이를 지키려 하는 그녀의 심리는 사실을 가공하여 숨기는 행위로 나타난다. 자살한 그녀의 사정을 경찰에 제보하지 않는 어머니의 심리, 그리고 미혼으로 아이를 낳아 언니에게 맡긴 진짜 엄마에 대해 함구한 마을 공동체도 진짜를 노출하지 않고 보호하려는 전략 아래 집행된 것이다. 가짜 되기와 거짓말하기로 "나를 살리기 위해 나의 두 어머니가 한 그 공모"(309쪽)가 실감 나지 않고, 기록물이 없으므로 화재 사건과 사라진 사람에 대한 사실도 증발하고 말지만, 오랜 시간 침묵해온 마을 공동체에서 일어난 저러한 흑역사 속에서 한 생명체는 건재할 수 있었다. 죽기까지 비밀을 가져가려 한 어머니의 침묵과, 기록물이 없으므로 존재하지 않은 사건이 되어버린 큰불은, 끝내 노출하지 못하는 것이 진짜이며, 화자의 후면에 드리운 그림자가 진짜처럼 화자를 증거한다는 사실을 역설로 증명한다.

> 나는 그림자를 지켜봤어.
> 그건 이 우주에서 가장 아름다운 놀이예요. 우우우
> 그건 이 우주에서 가장 슬픈 놀이예요. 우우우
> 우리는 아름다움과 슬픔을 뛰어서 다시 만날 거예요. 우우우
> 우리들의 그림자, 그림자, 그림자 (④, 262쪽)

편평한 지평에 무수히 배열한 것 같은 텍스트들을 경유하여 이 소설『작은 동네』에 이르자 우주의 조각은 다른 모습으로 현상된다. 전작(前作)의 질문들을 다시금 변주하고 있으나 그 내면은 이전 방식을 벗어나 있다. 작가의 상상력은 거대 우주를 가로지르는 무수한 끈들이 구축한 고차원을 벗어나 삶의 현장인 3차원으로 복귀해 있다. 기원을 알고자 하고, 타자에게로 나아가는 지향성은 광대한 우주를 알고 싶은 만큼까지 상상력을 쏘아 올릴 수 있다. 부단히 안부를 묻는 방식으로 그간 타자의 삶에 개입해온 손보미 소설의 인물은, 자신의 보호막이었던 가족들이 침묵과 거짓으로 안전을 조성했음을 알게 된다. 진짜는 발설되지 않는다는 것을, 그 진짜가 있었던 시·공간에서만 그것은 유일한 진리라는 것을, 모든 가짜들

은 그 이후 발생하면서 상상력이라는 형식으로 번식한다는 것을 알게 된다. 그러므로 미혼 동생이 아이를 낳는 시간에 함께한 유일한 증인이자, 그 아이를 떠맡아 엄마가 된 여자에게는 오직 거짓말과 사실 은폐만이 시대와 가족의 흑역사 속에서 그 생명의 존귀함을 지켜줄 수 있는 방편이었다. 모든 것을 말할 수 있다면 그것은 진짜를 제외한 것이었으며, 모든 것을 함구해야 한다면 거기에 가짜가 없기 때문이었다.

그러므로 진짜와 가짜를 혼합하여 모호하게 흐려놓은 소설은 필경 누군가 '진짜' 하고 싶은 말로 채워진 매체가 아닐까. 소설은 누군가의 진짜 삶을 거짓인 듯 발설하는 거짓 고백의 법칙 안에서 발화가 이뤄지기도 한다. 진짜가 누설될까 봐 가슴 졸일 필요가 없는 독자는 남몰래 소설을 읽지 않는다. 그가 소설을 숨겨놓고 읽는 이유 중 하나는 여하한 이유로 부도덕을 자각하거나 간접 경험할 때다. 그렇다면 가짜 장치를 걸어놓고 허구를 기입한 작가는 전략가의 내면을 숨긴 채 두려움에 사로잡혀 글을 쓰는 것일까. 거짓말을 해놓고 안도하는 인류가 창안한 소설의 진실은 진짜와 가짜를 중첩하고, 연결하고, 분산과 결합을 반복하는 과정에 언뜻 내비치는 한 조각의 진실 같은 것인지도 모른다. 그러므로 진실은 반드시 사실일 이유가 없다. 이것만이 명백한 진실이다.

그렇다면 소설은 진짜임 직한 가짜, 가짜임 직한 진짜라는 명제에서 발생하는 우주적 언어로 보인다. 소설가는, 작가의 말에서 썼듯이 "굉장히 좋은 망원경을 가지고 있는 우주인과 비슷한"[②] 존재, 즉 타자가 갈 수 없는 영역에 도달하여 세계를 조망하는 자다. 그렇지만 보아서 알 수 있는 것을 진짜로 규정한다 해도 그것이 가짜가 아니라고 단언하지 못한다. 소설의 언어는 발화하는 순간 이 세계를 가상화하여 가짜로 만들어버리기 때문이다. 오직 침묵함으로써 진짜를 보존할 수 있으나, 언어의 생애는 가짜를 만들면서 시작한다. 손보미는 쪼개기 · 삽입하기 · 변형하기 등으로 평행우주처럼 열린 텍스트를 제작한다. 그의 소설은 기원만이 진짜라고 믿으며 그것을 찾으려 헛되게 사는 자, 가짜 감정에 매몰되어 있으면서 이것을 의심하지 않는 자, 계량 가능한 과학 현상만을 진짜로 아는 자에게 무한 열려 있는, 벅찬 텍스트다. 아울러 이것도 명백한 진실이다. 말하고 싶지 않은 것만이 진짜다. 소설가는 누군가 말하고 싶어 하지 않는 것을 쓴다. 작가는 진실을 탐구하는 자이기에 사실을 발설함으로써 진실을 지켜낼 수 없다면 이것을 되레 허위로 본다.

(『문장웹진』, 2022년 상반기)

우아한 삶을 위한 왈츠

: 한은형의 소설

1. 나는 나를 지지한다

『거짓말』(2015)은 2015년 한겨레문학상 수상작이다. "문화적 풍요로 압축되는 90년대를 10대의 시각으로 다룬다는 점이 흥미"롭지만 "소설 속 고민과 그 시대 사이의 유기성에 대해 의문"[1]을 가질 수밖에 없다는 심사평을 들었다. 이 같은 평가에서 보듯이 허구와 현실의 간극을 메우는 리얼리티에 대한 질문은 이 작품을 읽는 내내 말소되지 않는다. 1990년대의 리얼리티를 표방한 작품이기에 그것을 읽어내려는 시도도 여기에 기인한다. 작품과 시대 사이의 유기성에 의문을 제기한 데서 짐작할 수 있듯이 1990년대 문학은 이전 방식에서 확연히 이탈하는 양상을 보이면서 색다른 감각과 의식을 지닌다.

이 작품은 여전히 종결되지 않는 1990년대 현상 중에서도 그 표피성을 반영한다. 누군가는 이렇게 물을 수 있다. 왜 하필 1990년대로부터 분화인가. 1990년대는 1980년대의 양식을 깨는 것이어서 새로웠으나 이 작품의 사후 변주는 그다지 새롭지 않다고 말이다. 1990년대 양식을 둘러싼 담

---

1 최재봉, 「제20회 한겨레문학상에 한은형 씨 '거짓말'」, 『한겨레』, 2015.5.21.

론이 1980년대 현상을 준거로 논점을 마련할 수 있었던 것과 비교할 때 그렇다는 얘기다. 그러나 낯설지만은 않은 정황에서 분화하는 모종의 충격들이 이 작품에 있는 것만은 분명하다. 여전히 유효한 1990년대 현상의 맥락에서 이 작품에 대한 가치 판단이 이루어져야 하는 건 그런 이유에서다. 이러한 측면에서 1990년대 현상을 두 가지만 요약해보자.

문학 장(場)부터 보면, 문학은 새로운 양식의 출현이 절실해진 시대를 마주하고 있었다. 88서울올림픽을 치르고, 1990년대에 접어들어 문화 자본이 문학을 비롯한 여타의 예술 장르를 문화의 하위 장르로 위치 이동시킨 데 그 이유가 있다. 정부의 힘은 축소되고 세계자본의 능력은 증폭하는 구조 안에서 문학은 미디어 영상매체의 무서운 파급력에 대응해야 했다. 교양에 그치지 않는 실천을 '깨어 있는' 시민의 소양으로 알았던 시대와 작별하고, 시장화한 문화 감각을 피부로 즐거이 체감하게 된 시대였다. 하위 장르들이 문학과 수평적으로 교섭하면서 상상력을 교환하는 체제로 재편되게 한 것이 문화 자본의 거침없는 감염 능력이다.

그렇다 해서 무겁고 진지한 이전의 문학이 사망 일로를 걸었던 것만은 아니다. 급격히 달라진 문화 생태계에서는 문학도 상품이라는 포장을 둘러야 했다. '매혹'은 '유인'의 요소에 사로잡혀버린 결과라는 관점에서 보면 그 시대의 문학도 독자 유인책을 꾀하면서 살아남는 상품으로 변신 중이었다. 이러한 문화 생태계에서 문학은 여성과 소녀, 일인칭 화자의 독백으로 듣는 내면 풍경과 섹슈얼리티, 고상함과 저속성의 중간쯤으로 위치가 조정된 예술에 감각을 접속하는 캐릭터들을 등장시켰다. 개인의 문화 경험, 성에 관한 매우 개별적인 정치가 급진적으로 이뤄지는 작품에서 소녀 또는 여성은 영상매체에서나 볼 법한 극단적인 행동 양태를 보이기도 했다.

다음으로는 1990년대 이전에는 사회·정치와 상보적 관계였던 문학의 실천력을 비운 자리에서 문화의 파급력이 거세어진 점이다. 이전의 문학사는 사회 · 정치에서 파생한 창안물을 기록했으나, 1990년대 문학사는 이전의 방식을 따를 수 없게 되었다. 대중문화가 문학의 상위 개념으로 생산 활동을 펼치는 체제로 재편되었던 것이다. 대중문화에 민감하게 반응한 주체들은 당연히 그 향유자들이고, 이들 중 소녀들의 활약과 약진이 두드러진다.

이러한 국면의 리얼리티를 한은형이 『거짓말』에서 펼친다. 가짜의 진짜화가 가능한 시뮬라크르의 세계에서는 거짓말도 미디어 영상매체가 생산하는 이상형 인간을 닮아가려는 욕망의 발현이다. 전통 사고가 주입한 훌륭함 · 존경의 모델들이 밀려난 자리를 영상매체의 아이콘이 대신한다. 현실에서는 닮고 싶은 이상형이 실종되었으나 가상세계에서는 또 다른 자아가 우아하게 살면서 이전의 자기를 부인한다. 그러나 이것을 패륜이라고 몰아붙일 수만은 없으며, 인간의 성분을 학벌로 판별하는 사회의 일등주의, 관습으로 굳어진 훈육과 규율 체계에 반발하면서 성 의식의 급격한 변화를 반영하고, 자신의 외모를 당당히 경쟁의 자원으로 삼는 외모지상주의(Lookism)의 파생물이라는 점을 시사한다.

보드리야르가 룩(look)의 중요성이 생겨난 배경을 말할 때 강조한 것도 표면의 미학을 중시하는 세태와 관련한다. 지금 이 세계는 자신의 비참과 불행, 불확실성 같은 불행한 의식을 논거로 하는 것이 더 이상 가능하지 않다는 것이다. 동일성의 변증법이 사라진 시대이기에[2] '나는 나'라고 당당하게 자신의 존재 드러내기가 가능해진 시대라고 풀이해볼 수 있다. 이 작품에 흐르는 하루키류의 댄스 감각만 하더라도 일본문화의 매개자이자 전도사로서 우리의 정서를 들썩여놓은 하루키 문학의 파장을 연상하기 어렵지 않다. 기시감을 안기는 클리셰들도 2010년대 대중문화에서 어떤 형

---

2   장 보드리야르, 『보드리야르의 문화 읽기』, 배영달 편저, 도서출판 백의, 1998, 207쪽.

태로든 지속 중임을 보여준다.

최근작 『레이디 맥도날드』(2022)에서는 서양문화에 침윤된 대도시의 홈리스를 등장시켜 일명 '불행 포르노'의 주인공이기를 거부하는 여성의 만년을 그린다. 그래서 우리는 포르노 효과를 자신에게 비추어보면서 처지를 점검하는 일을 늦추지 못한다. 포르노는 영상이지만 소설은 예술이다. 앞은 핵심만을 핍진하게 반복 강조하여 결국에 리얼리티는 묻히고 선정성만 부각된다. 뒤는 핵심을 드러내기 위한 경로를 천천히 밟아가면서 생각할 시간을 준다. 이 작품은 타자의 불행이 반사적으로 나에게 안정의 기쁨을 안겨주는 효과에만 머물지 않는다. 노숙자도 홈리스도 노인도 아니어야 하는 77세 '레이디'의 의식주 문제를 트렌치코트(의), 버터를 녹인 커피에 곁들인 블루베리 케잌(식), 맥도날드 매장(주)으로 상징화하여 그 당사자가 추구하는 우아함의 본질이 무엇을 위한 것인지를 질문한다. 『거짓말』에서도 보듯이 우아한 기품은 당대 문화가 조성해준다. 가난하거나 게으른 자는 여기서 소외될 법하지만 도시 문화의 향유자이기에 그 추레한 것들을 노출하지 않을 만한 비법을 갖고 있다. 외국 문화의 생산물을 판매하는 업장에서 월 20만 원의 가용자금으로 의식주를 해결하는 방법이 그것이다. 이 소설에서 일상의 우아함이라는 미적 가치는 불행 포르노의 주인공이기를 거부하는 여성의 만년 의식과 결속한다.

2. 교육 권력의 가치 전도

『거짓말』의 시간 배경은 1996년, 주인공은 17세 소녀 최하석이다. 한때 수재였던 소녀의 성장 서사를 일인칭 내레이션으로 펼친다. 출생의 비밀을 알게 되면서 긴장도가 급격히 떨어진다는 평가는, 드라마 시청 소감처럼 작품을 평가하는 영상 세대일수록 농후해질 공산이 크다. 그러나 이러한 판단이 이 작품의 성취도를 판별하는 전적인 기준일 수는 없다. 시청 소감 같은 성급한 평가보다는 작품이 종결될 때까지 주인공의 변화를 주시해 보도록 에필로그를 두고 있어서다. 한 인간의 삶을 표면 현상으로만 판단할 수 없듯이 이 소설 읽기에도 표면 기호와 콘텍스트 간 거리 감각이 요청된다.

하석은 다니던 학교를 자퇴하고 "경기도 변두리 어딘가에 있는 학교"(75쪽)에 재입학한다. 집에서 한 시간쯤 걸리는 이 학교의 기숙사에 입소하면서 본거지를 떠난다. 자퇴한 학교인 J고교는 "도내 각 중학교에서 두세 명만 입학할 수 있는 고등학교"(20쪽)인데 1년을 채 못 채우고 말았다. 위 문장을 토대로 정황의 논리를 펼쳐보면, 도청소재지일 법한 도시의 명문고에 입학한 하석의 알몸 일화가 이 서사의 주요 분기점이다. 보는 관점에 따라 경악할 만한 사건의 주인공임에도 학교를 당당히 "거절"한 소녀는 퇴학 처분을 조롱하듯이 학교를 떠나면서 학교에게 버림받은 것이 아니라 자신이 학교를 버렸노라는 자세를 견지한다. 퇴학당하기 전에 서둘러 자퇴한 하석의 행동을 제거·방출로 권력을 행사하는 제도교육의 근대성에 대한 야유로 읽게 한다.

이 작품은 소녀가 맞이한 초경 무렵을 구간화하여 비교적 늦게 온 사춘기에 밀착한다. 한때는 제도권의 수재형 인물이 시스템이 재단하는 문제아가 되어 제도권 바깥으로 방출된다. 삶의 과정에 일정한 수열은 없다는 프롤로그의 선언대로 사건들이 시종 돌연변이처럼 돌출한다. 이 소녀에게 삶이란 일정한 패턴을 기억하면서 그것을 실행하는 과정이 결코 아니다. 되도록 빨리 그것을 잊어야 하는 상황 속으로 계속하여 던져지는 불연속적인 현상이다. 앞뒤에 각각 배치한 프롤로그와 에필로그에서 방송 드라마와 유사한 구성을 취하면서 오롯한 '나'가 되어가는 과정을 그린다. 착시를 유발하는 구성에서도 보듯이 액자 속의 이야기와 액자 바깥의 이야기가 교란된다. 방송 드라마와 소설 간에 경계를 그어 어느 한쪽을 소설이 아니라고 말할 수 없다는 얘기다.

공적인 공간에서 노출된 소녀의 알몸 사건은 두꺼운 해석을 요구한다. 소녀는 알몸에 커튼을 덮고 남자아이와 교실에 누워 있다가 경비원에게 발각되어 퇴학 조치를 당했다. 아무 일도 일어나지 않았다고 말할 수 없는 윤리의 사각지대가 이 사태에 개재한다. '아무 일'의 수위와 그것의 윤리를 판별할 만한 조항은 그 어디에도 없다. 추문과 따돌림이라는 집단윤리가 하석을 오염물로 만들어 학교 공동체에서 방출한 뒤 사건은 일단락된다. 작가는 17세 소녀의 성장 구간을 집중 조명하면서 이후의 삶에서 거짓말을 할 수밖에 없는 이유를 이 구간에서 찾아보도록 한다.

문제아가 되어버린 소녀의 감정과 의식을 공적 공간의 규율과 훈육 문제로 짚어볼 수 있다. 교복과 교실의 상징성과 알몸의 관계를 푸는 열쇠는 화자의 목소리인 '지루해서'다. 공적 공간에 얽힌 소녀의 종잡을 수 없는 감정은 획일주의와 이성주의를 표적으로 한다. 푸코의 지적대로라면 '규율'은 권력의 의도가 몸에 작용하는 것이다. 교육 기관에서 일률적인 규칙들로 학생의 몸을 제어하면서 길들이는 경우도 여기에 속한다.

3. 패자 부활전

작가가 짚어내는 교육제도 문제는, 학교를 뛰쳐나온 소녀가 다시금 그 체제로 돌아간 데서 여실히 드러난다. 학교가 관리 대상을 껴안아 세련되게 정보를 수집하면서 촘촘하게 권력을 행사하는 미시권력이 아니라서가 아니다. 하석이 실토했듯이 학교밖에 갈 곳이 없기 때문이다. 10대들을 정상성의 장소에서 안전하게 훈육하는 곳이 학교이고, 정상성을 벗어났을 때 가차없이 방출·처분 조치를 내릴 수 있는 곳도 학교다. 학령이 올라

갈수록 열등생이 되어가는 교육 체계에서는 최종 목표인 상위 대학으로 진학할 확률이 점차 반감되더라도 또래들이 모이는 곳은 학교밖에 없다. '아무 일'도 일어나지만 않으면 무사·무난하게 졸업은 할 수 있으나, 서열화된 대학에 진학하여 다시금 순차적으로 도태될 것을 예고하는 시스템이다.

작가는 우등생 신드롬을 언니(엄마)와 하석을 대비하면서 보여준다. 최고 학부에 진학했으나 가출·임신·출산을 거쳐 자살로 삶을 마감한 언니(엄마)를 내세워 꿈도 없이 살아가는 우등생의 허상을 들춘다. 언니(엄마)도 하석도 성장기의 신체에서 방출하는 화학작용을 제어할 방도는 없었다. 유순한 학생으로 길들이는 공동체 언어의 기만적인 주입 방식에 신체로 항거하는 몸-언어의 파격적인 표현이 하석의 알몸 사건이다. 훈육 주체의 포지티브한 언어 전략은 실상 교묘하게 가치 전도된 것이다. 오직 살아남기 위하여 자기 가공을 한 하석과 언니(엄마)의 유전자는 동일 계열이 아니다. 하석의 꿈은 여하한 경우에도 살아남기였고, 언니(엄마)는 꿈을 가져보지도 못한 채 세상에 대한 무지와 무서움에 포섭되어 살다가 죽었다. 심지어 자신이 살아야 하는 이유에도 무지했고, 딸을 낳았다는 공포감이 삶의 의지를 꺾는다. 하석을 낳아 두고 사라져버린 언니(엄마), 여동생(딸)인 하석의 이중 정체성이 비화로 숨어 있을 때와 그것이 공개된 뒤의 하석은 확연히 다른 행보를 보인다.

언니(엄마)가 세 번의 가출을 이어가던 중 실종된 시기는 고3부터 대학 1학년 사이에 위치한다. 돌연히 사건 제조자가 되어버린 하석의 '몹쓸' 구간도 몹시 짧았다. 거짓말에서 시작하여 거짓말로 종결되는 삶에 '참'은 없고 거짓이 참이 된다. 속고 속이는 절차 안에서라면 참의 의미는 거짓 없음이 아니다. 자신을 구제하는 거짓말에 누가 과연 엄정한 기준을 들이대어 판결할 수 있을까. 경비원이 두 사람을 발각한 사실을 유포하면서 발각의 메커니즘을 가동한 것이야말로 몹쓸 처방일 수가 있다. 사후의 여파를 고스란히 감내해야 했을 삶에서 거짓말은 하석에게 일관되게 참이었다. 정죄할 윤리적 기준이 모호한 만큼, 밤의 냉기 때문에 교실의 커튼을 뜯어내어 알몸에 덮은 행위는 생명 있는 자의 진정한 몸-언어였다. 소녀의 욕망은 마음만의 불량기라고나 해야 할 성질의 것이고, 이것이 표면화하면서 수치심이 동반되었다면 커튼을 몸에 덮는 일은 반사적 행위일 것이다. 그러므로 죄를 묻는 일은 소녀의 알몸을 발각한 자가 재단한 범주의 것이며, '아무 일'들이 있었던 아슬아슬한 표면은 그녀를 거짓말의 화신으로 만든다.

제도권의 공동체 윤리가 개인의 삶을 압살하는 발각의 메커니즘 안에서라면 알몸 사건 이후 하석의 거짓말은 들키지 않으면 되는 것이었다. 유행처럼 번지는 신분 상승의 꿈속에서 거짓말의 생태는 발각되지 않고 살아남는 것을 목표로 유지된다. 교장은 신입생들에게 귀족화·일류화를 주입하면서 세련된 이미지인 "이튼스쿨"을 들먹인다. 교육의 질보다 건물의 디자인을 내세우는 교육 주체에게 미학적인 감각은 해외의 귀족 학교 이미지를 모방하는 것으로 표명된다. 입시에 실패하여 '나머지' 낙인을 받은 아이들이 입학한 학교이지만 교육 현장의 컨베이어 벨트는 낭만을 싣고 일류대학 쪽으로 작동한다. 이러한 틈서리에서 성장하며 기어이 살아남아 꿈을 이루었다는 하석의 조롱은 단지 만연한 거짓말의 사회를 지적하는 차원에 그치지 않는다. 자신을 먼저 속이면서 기어이 살아남아 바라는 바를 이루게 되는 피교육 계층을 다루고 있어서 이 작품은 1990년대 현상에 새로운 논점 하나를 추가한다. 거짓말의 생존 기간은 그것이 발각될 때까지이지만 소녀의 거짓말 세포는 증식하면서 사멸을 모른다. 제도적으로 재단당한 패자에게 부활전이 부재한 사회라면 거짓말로 점철된 생을 창안하는 일이 문제아·불량아·나머지들의 자기 기만적인 과업일 수가 있다.

작품의 초입에서부터 몰입도가 높은 이유가 있다면 화자의 직업, 이것을 유지하는 데 필요한 남성 편력과 관련한다. 프롤로그 뒤로 이어지는 1장에서부터 28장까지는 '여자아이'였을 때의 이야기, 그 뒤에 위치하는 에필로그는 대학병원 페이닥터인 남편과 두 살배기 아이를 둔 화자의 언술로 종료된다. "속지 않는 자가 방황한다"는 말을 인용하면서, 거짓말로 점철된 자신의 삶에 속지 않는 자야말로 방황이 필연이라면서 패러독스를 날린다. 그토록 당차게 거짓말을 해온 그간의 사정이 있었기에 지금의 안정된 가정이 존재한다는 이 소설의 결말은 역설의 극단을 달린다.

4. 문화 감각을 버무려내는 즐거움

작품에 나타난 1990년대 문화에서 지배적인 요소는 무라카미 하루키로 대표되는 일본문화이다. 책이나 음악 등 하석의 향유물만 보더라도 연대를 알 수 있을 만큼 문화기호의 작용 시기가 선명하다. 하석은 중학생인 1980년대에 서양 문학작품을 이미 상당히 읽어냈다. 근대 이후 200년 가까이 정통문학의 반열에서 탈락하지 않았던 소설들이다. 미미하게 서양식 식단·메탈·IT 요소가 소설에 등장하지만 일상을 지배하는 현상은 아니다. 그리고 이것이 딱히 미국문화만은 아닌 혼종의 문화다. 무라카미 하루키의 중간소설은 1990년대 초반에 독서 대중의 정서에 깊숙이 침투했고, 한국소설에 날렵하고 경쾌한 상상력을 주입하는 계기가 되었다. 한은형 소설은 바로 그 시기를 관류한다.

중산층이 세련되게 일상 문화를 즐기고, 미디어 매체의 현란한 광반사에 들린 시대가 펼쳐진다. 1990년대 현상은 TV 프로그램과 그 배경음악·메탈·왈츠·PC 통신·IT 회사의 구내식당·주상복합 오피스텔 등으로도 추정이 가능하다. 단적으로 프롤로그의 첫 장에서 TV를 시청하는 하석이 등장하는 장면만 하더라도 미디어 영상매체의 일상 침투력을 가뜬히 입증한다. 하석은 두더지를 때리는 TV 리포터의 행동을 바라보면서 내레이터처럼 이야기를 풀어낸다. 그러나 이러한 발상을 1990년대식이라고만 할 수는 없다. 2000년대에도 TV에 빠져 살면서 부모의 냉대로부터 위안을 얻는가 하면 자살을 결심하기도 하는 10대 서사가 있었다(박민규,『지구영웅전설』). 하석의 부모는 품위 있게 사랑을 연출하는 이들이었으나 하석은 그들의 사랑을 얻지 못했고, 수차례 자살을 결심한다.

이 작품은 현대인의 삶을 드라마 같은 대중적 장르 같은 것으로 상상하게 한다. 소리 · 음향 · 냄새 · 색채 · 이미지 · 몸짓 같은 비언어 기호들도 언어만큼 중요하다. 이와 관련하여 작품에 나타난 1990년대 현상 몇 가지를 예시해보면 우선 1992년에 국내에 번역 소개된 무라카미 하루키 소설의 등장이다. 하루키 소설의 중간성은 고급이냐 저급이냐는 이분법에서 벗어나 해방감과 자유로움을 안긴다. 고상한 정신과 저속한 쾌락을 섞어 비벼 어느 쪽으로도 지배적이지 않은 감정을 공유케 한다. 한은형도 온갖 매체의 문화 지배력과 상호 침투 또는 투쟁을 들려주는 것처럼 이야기를 이어간다. 영상매체와 미디어 매체의 영향력, 전통적인 종이책이 공존하는 시대를 말한다. PC 통신에서 만난 프로작과는 말이 잘 통하지만 오프라인에서 그를 만나면 동급생이면서도 다른 세계에서 살아가는 것처럼 무감각해진다. 하석은 왈츠의 론도 형식을 반복 청취하면서 몸으로 즐거움을 발산한다. 세심한 문화 감각의 소지자가 왈츠를 듣는 감정에는 가벼움의 시대가 고스란히 담겨 있다.

혈연 중심의 가족 개념도 해체된다. 소녀의 언니는 엄마였고, 엄마는 외할머니였으며, 언니(엄마)는 외할머니의 딸이 아닐 가능성이 농후하다. 소녀가 떠올리는 가족의 범주에서 첫 순위는 가사를 도우면서 자가용을 운전하는 비혈연 남자다. 부모의 아침 식사는 서양식 샐러드로 구성되고, 이들은 일등주의에 포섭되었으며, 즐기는 예술 행위의 당사자이고, 노동행위가 없이도 부모의 유산인 잉여자본으로 윤택한 삶을 영위한다. 중심 서사에 작용하지 않는 것처럼 보이지만 정작 매우 결정적인 이러한 환경은 1990년대 이전의 문화를 해체하는 자리에 있다. 전통을 잠식한 외국문화의 파장이 작품 전편에 깔려 있고, 중산층의 생활양식은 우아하게 구성된다.

『레이디 맥도날드』에서 만년의 김윤자는 불행 포르노의 주인공인 노숙자이기를 거부하면서 맥도날드 매장에서 밤 시간을 보낸다. 기품을 훼손하는 호칭을 거부하며 "귀족에 준하는 작위를 가진 여자들에게 붙는" '레이디'가 되고자 한다. 의식주와 관련한 언어를 낱낱이 서양문화를 지칭하는 언어로 바꿔 쓰면서 우아함을 조성한다. 외부인에게 잠자리가 노출되지 않도록 맥도날드 매장을 자신의 공간으로 내부화하여 이전부터 누리고 싶었던 삶의 패턴과 취향을 당당히 실행한다. 호텔의 이탈리안 레스토랑에서 두 시간에 걸쳐 천천히 식사를 하고, 스파에서 향신료 세신 서비스를 받고, 맥도날드 매장에서 무전 취침을 한 뒤 교회로 가 새벽 기도를 하면서 편안한 죽음이 곧 구원임을 고백하는 장면에서도 그가 지키려는 존엄은 서양식 생활 패턴에 의거한다.

예측하지 못한 사태 탓에 불량아로 전락한 삶을 전환하려는 욕구는 누구에게나 있을 것이다. 『거짓말』에서 하석의 삶도 존엄과 프라이버시를 지키려는 의지에 맞춰져 있다. 왈츠의 반복 리듬을 따라 몸을 들썩이고 스텝을 밟으면서 경쾌한 춤곡의 분위기를 삶의 기쁨으로 체화한다. 그는 깊은 층위를 지닌 클래식의 7음계와 다층의 옥타브가 조성하는 버라이어티보다 단순한 음조를 즐긴다. 이는 거짓을 품은 달콤하고 우아한 가상을 용인하는 문화인의 반영이자, 즐거움의 양식을 가상적 체험으로 누리는 세대의 반영이기도 하다. 그는 왈츠의 리듬을 자신의 외모 같고 생각 같은 것으로 누리면서 날아갈 듯한 삶의 주인공을 꿈꾼다. 상처와 불행을 의식하는 감정의 비참을 넘어서려는 하석의 외모지상주의는 여기에 기인한다.

레이디는 이와 다른 차원의 우아함과 고상함을 견지하고자 한다. 지적인 풍모를 잃지 않으려 하는 소비 패턴을 보더라도 그의 문화적 취향은 충분히 우아하고 아름답다. 당신도 만년에 이르렀을 때 레이디처럼 자존감을 지킬 수 있는가? 누군가 이렇게 묻는다면 우리는 어떤 답변을 궁리해야 할까. 문화 소비 시대의 고학력 여성에게 닥친 만년의 빈곤을 말하면서 작가는 맥도날드·스타벅스의 격조를 대비한다. 소비 대중에게 격조란 것은 소비자본에 의해 결정되는 것이어서 레이디에게는 스타벅스의 커피에 곁들여 먹는 달콤한 케이크야말로 쉬이 도달할 수 없는 격조다. 그런데도 그는 사흘에 한 번쯤은 그 일을 실현하며, 공원 벤치에 앉아 급작스레 죽음을 맞이함으로써 내일이면 잊힐 또 하나의 이름이 된다.

진실로부터 멀어진 것이 거짓말이라는 관념으로는 『거짓말』의 하석을 이해할 수 없다. 거짓말을 제조하는 감정과, 후기자본주의 시대를 살아가는 자의식은 한 곳에서 만난다. 고상하고 우아하게, 그리고 경쾌하게 진짜처럼 살아가기. 윤리의 사각지대가 그러한 감정을 보호해줄 것이므로 가볍게 거짓말을 날리기. 진짜는 박물관으로나 보내버릴 시대이기에 소비 대중의 일원으로 참여하여 소비 공동체의 가짜 욕망을 몸-언어로 표현하기. 하석의 당당한 삶은 이렇게 진짜 같은 가짜가 돋아나는 자의식에 기반한다.

리얼리즘 이후의 문학은 『거짓말』에서처럼 전변하는 현실 감각을 탑재한다. 이 작품을 포스트모더니즘 문화의 창안물로 볼 때 다음 같은 가치 판단이 가능하다. 『거짓말』은 진짜(진정성)와 가짜(비진정성)를 판별하는 일, 외양이냐 본질이냐를 추구하는 것을 부정하는 문학 수행이다. 이 작품을 1990년대로의 귀환으로 본다면 현재의 일상 문화 패턴이 별반 달라지지 않았기 때문이고, 지금 이 시대의 리얼리티 구현으로 본다면 그 이유가 다른 데에 있을 것이다. 작가는 주입당하는 꿈의 세계를 박차고 나왔을 때 죽었거나

용케 살아 있는 소녀-여성을 대비한다. 그러나 언니(엄마)의 죽음도, 거짓말로 점철된 하석의 생존기도 본연의 자신을 살해한다는 점에서는 별반 다르지 않다. 그럼에도 살아가야만 하는 증표가 하석의 거짓말이다.

1990년대는 여전히 진행 중인가. 그렇다고 답하는 이라면 우등생과 열등생으로 구분하여 훈육하는 교육 환경, 그리고 패자 부활전이 부재하는 사회의 반영물로 이 작품을 읽을 것이다. 그렇지 않다고 답하더라도, 우아하게 살고 싶은 이들의 고상한 언행에 틈입한 가짜를 따질 것이다. 가상의 자신이 진짜 자기가 되어가는 것은 거짓말하기로 달성된다고 말이다. 작가가 드라마의 배경음처럼 깔아놓은 왈츠야말로 1990년대 이후의 대중문화 감각을 우아하게 조성하는 비언어 기호, 즉 감정이 아닐까 한다. 듣는 왈츠에 몸동작을 결합한 감성 분할이 1990년대식 감각이라 할 때, 왈츠를 추는 자의 몸-언어가 발산하는 우아한 이미지는 충분히 현재적이다. 1990년대식 내면 지향의 내레이션이 아닌 과감히 까발리는 발칙함으로 우리에게 온 하석의 감수성은 그래서 2015년식이다. 유일한 진짜 앞에서 내내 불편해지기보다 흔한 '짜가'를 소유하여 진짜다워지는 삶을 그는 택했다.

『거짓말』에 편재한 문화기호들은 하석에게 경쾌하게 살아갈 힘을 불어넣는다. 『레이디 맥도날드』에서 문화기호는 인간의 존엄을 물을 때 빈곤 문제를 돌아보게 한다. 중산층 가정 출신의 하석에게도, 지난 시절에 엘리트였던 레이디에게도 문화 권력은 똑같이 엄연한 현실이다. 가짜를 좇으면서 그것을 진짜로 만들어놓은 하석의 빤빤한 기만도, 레이디가 자타를 기만하지 않고 진정성을 좇았던 만년의 삶도 문화의 권력을 서로 다른 방식으로 구가한 것이었다. 거기에 내재한 자본의 힘을 알고 있기에 레이디는 이탈리안 레스토랑에서 우아한 자태로 식사를 즐기며 방송 프로그램의 취재 카메라를 직업인인 양 감당한다. 그 누구라도 추레하고 비천한 자신의 모습이 송출되는 방송 프로그램에서 불행 포르노의 주인공이 되고 싶지는 않은 법이다. 2020년대의 레이디가 1990년대의 하석과 만나는 지점에서 빈곤의 리얼리티는 우아해 보이도록 장치된 표면의 문화에 은폐된다. 하석의 거짓말과 기만적인 문화의 내면은 같은 지점에서 만나고, 레이디와 하석의 문화 감각은 서로 달라 보이지만 지향은 같다. 누군가에게 사랑받는다는 믿음이 그들의 존엄을 지켜주지만 불행과 비참이 그것을 막아서기 때문에 사랑받는다는 느낌을 유지하는 일은 자기 연출 또는 거짓말로나 달성이 가능한 것인지도 모른다.

(『백조』, 2023년 봄호)

음악과 소리에 침전된 암호들

: 2020년 신춘문예 당선 소설

1. 장(field)의 번식

작가가 신인일수록 이중 플레이를 꿈꾸는 시대다. 문단도 다양한 필드를 용인하기에 이르렀다. 생존 문제보다 창작을 앞세워 몰입할 수 없는 작가들에게 문단문학은 일부만의 리그일 수가 있다. 이러한 현실 바탕을 뒤집을 수 없으므로 작가들은 영민한 플레이어가 된다. 문단문학으로는 문예 미학을 발휘하여 명예를 얻고, 필명으로 장르소설을 쓰면서 당당하게 생존 정치를 해나간다. 이것은 작가의 위상과 관련한 사안이 아니다. 지금은 아마추어와 등단 작가를 판별할 수 없는 글들이 온라인에 같이 뜨는 시대다. 그 주체들은 문단문학이 요구하는 형식에 과도하게 열중하지 않음으로써 생존법을 놓고 극단적으로 허둥대지는 않으려 한다. 이 문제가 신춘문예의 쇠퇴와 직결되면 거기에 인터넷 소설만 남는다. 작가의 존재 확인과 관련되면 신춘문예와 인터넷 소설이 서로 다른 무게로 나란히 놓인다. 신춘문예 쇠퇴론이나 무용론에 여전히 힘이 실려 있는 것은, 등단 후 건재해야 할 작가들이 문단이라는 필드에서 사라져버린 것과 무관치 않다. 그 이유를 문화 코드에서 찾아낼 때 문학은 하위 개념으로 밀린다. 대체 그들은 모두 어디로 갔는가라는 물음이 그 모든 정황을 압도해버린다.

하여 그들의 생존법은 적어도 두 개의 필드를 갖는 것이다. 2020년에 등단한 정무늬로부터 이 시대 문학의 상징기호들을 읽는다. 그동안 인터넷 소설을 써오면서 40대를 바라보는 작가가 신춘문예의 관문을 욕망했고, 그것을 통과했다는 사실은 신춘문예 당선 작가들이 문단문학에 발붙이지 못하고 인터넷 소설을 발표하는 현상을 생각해보게 한다. 어느 현역 작가는 이렇게 말한다. 40세를 넘긴 작가의 소설을 독자들이 외면한다고 말이다. 독서 현장의 목소리를 전하는 이 발언은 소설 쇠퇴의 이유 중 하나를 작가의 생물학 나이에 두고 있다. 이 말은 나란히 걸어오던 독자와 작가 중에서 작가만이 어느 날 우뚝 멈춰 섰다는 인상을 남긴다. 작가가 나이를 먹었다는 이유로 별안간 문학성이 붕괴하지는 않을 것이므로, 독자와 작가가 소통해온 문학이 그토록 허약한 것이었는지 의심하기란 어렵다.

이렇게 급작스레 작가에게 닥치는 곤경이 독자와의 동반 죽음이 아니라는 점에서 오롯이 작가의 문제로 돌아온다. 왜 작가만 죽어야 하는지 묻는 자라면 그는 생계문제에 들이닥친 위험까지 같은 강도로 체감할 것이다. 그때 변화를 꿈꾸지 않는 작가가 과연 있을까? 변장만이 사멸의 위험을 피하는 방법이라면 작가는 마땅히 변신의 주체가 되어야 한다. 그런 차원에서라면 문단에서 인터넷으로, 인터넷에서 문단으로의 이행 중 어느 쪽이 순행이고 어느 쪽이 역행인지 알 수 없어진다. 그들은 어느 쪽으로도 전향하지 않았다. 어느 쪽도 버리지 않았기에 두 개의 필드는 작가가 문학에 무책임하지 않으면서 문학 바깥의 현실을 살아내는 바탕이 된다.

정무늬의 문학 수행이 남다른 것은 위와 같은 경우에 한정되지 않는다. 인터넷이라는 필드에서 활동하다가 문단이라는 필드로 이동하면서 몸 바꾸기를 한 작품이 「터널, 왈라의 노래」다. 이 소설은 과감한 장르 교배로 형식 변주를 꾀한다. 이는 작가의 몸살이거나 몸부림에 가까워 보인다. 「전자시대의 아리아」(신종원)의 상징기호들은 당혹스럽고 의미가 끝없이 분화한다. 이것을 좇을 때 우리는 족집게와 송곳의 감각을 세워야 한다. 이 접근 도구들은 동시에 실패의 척도가 될 가능성이 높지만, 소설은 진실의 불투명성에 어떻게든 관여하므로 소설 읽기는 필연적으로 방황의 체험이다. 좋은 소설은 독자의 향유에만 종사하지 않으므로 고통스럽게 읽히기도 한다. 초월할 수 없으므로 끝내 어떤 소용돌이이기도 하다. 「균열 아카이브즈」(전미경)는 매끄러운 문체와 당대 감각으로, 공적 공간에서의 지위 문제를 음악 홀의 전자음을 배경으로 심도 있게 구성한다. 대중 가수의 예명을 빌려온 「버스커, 버스커」(이은향)에서는 음악을 순수성의 예술로 승화한다. 예술의 신비와 주술을 믿는 이들은 사회 구조의 경직성을 음악 미학으로 극복해 나가기도 할 것이다.

최근 10년간 신춘문예 당선 소설의 경향을 소재의 특성으로 압축해볼 때 2020년도만큼 여러 편에 음악사회학을 담아낸 때는 없었다. 「당신의 자장가」(김은아, 2010), 「문」(정영서, 2011), 그리고 이 경우들과는 구별되는 문화 코드로 음악 모티프를 탑재한 「담요」(손보미, 2011)가 있었으나, 이번만큼 내적 인과성을 갖고 있지는 않았다. 이 글이 소설의 음악적 사건에 관한 궁금증으로부터 출발하는 만큼, 올해 당선작 중 네 편이 제각기 독특한 사건 안에 음악 상상력을 장착한 경우를 작품의 가장 세부적인 특성으로 꼽을 수 있다. 위 작품들은 2010년대 당선 소설의 소재들 — 실종, 죽음, 질병, 장애, 폭력, 노동·소통 문제, 가족 해체, 실직, 청년 실업, 독거노인, 자폐증, 불륜, 동거, 살처분, 외모 문제, 자살 등 — 로부터 적극적이고 독창적으로 갈라져 나온다.

그런 측면에서 네 편의 소설은 당대적 감수성으로 읽어야 하는 지금 이곳의 서사다. 등장인물들은 음악마저 아름다운 향연이 아니라는 것을 잘 안다. 음악이 인간에게 해방적 잠재성으로 끝나버릴 때 그들은 노래 한 소절 때문에, 노래가 되지 못한 소리 때문에, 그리고 소리를 목적적으로 사

제2부 페이소스의 교차와 얽힘

용한 음향 때문에 나쁜 징후들과 투쟁해야 한다. 더구나 여기에 사회적 내용이 침전되어 있다는 해석을 올해 등단작들은 하고 있다.

2. 기억을 저장하는 방식과 시간의 절단면에서 울려 나오는 진실들 : 「전자시대의 아리아」

역사를 담은 서사는 기억을 저장하거나 전수하는 방식으로 당대인이 받은 상처에 관하여 말을 한다. 매체의 저장 기능으로 가능한 기억의 전수에서 문자 기록물은 시대를 막론하고 가장 강력한 증거였다. 그러나 음향·영화 필름·사진 등이 문자 기록을 능가하는 사실성을 담보하면서부터 책 중심의 기억 작용은 절대성을 지닐 수 없게 되었다. 전자매체의 시대에 이르러 기록 보관소의 전자 기록물은 「전자시대의 아리아」에서처럼 고통받는 인간의 목소리를 핍진하게 재현한다. 지난 시대의 암흑사를 들추는 작업에서 전자 기록 시스템은 이전 시대와는 다른 방식으로 진실 캐기에 기여한다. 작가가 그렸듯이 의미를 확정하기 어려운 단말마조차 가감 없이 전달하면서 그 의미를 캐내게 한다. 작가는 그 소리들이 재현되는 상황을 기술하면서 시간이 과연 전체적인 적이 있느냐고 묻는다. 시간의 절단면들로부터 기억의 파편을 건져올릴 때 전체의 부분인 사건들과 상징들 속에서 시간은 결합·착종·분열한다. 붙잡아둘 수 없고 객관화도 불가능한 것이 기억이지만 공간(체적을 지닌 모든 구조물을 포함하여)이 시간의 자취를 소환한다. 그런 측면에서 이 소설은 역사적이며, 의식이 팽창한다는 점에서는 심리적이다.

이 소설은 서사가 쉬이 잡혀 오지 않기 때문에 조금은 친숙한 방식으로, 시간을 선형적으로 밟아볼 필요가 있다. 1908년. 이야기가 출발하는 이때는 대한제국이 기울어가던 무렵이자 일제가 한국 최초의 근대식 감옥을 개소한 해다. "그대로 버려진 쇠사슬들"과 "백 년 만에 면회객을 맞는"을 단서로 연대를 추정하면 해방 후 100년인 미래까지 시간이 직진한다. 최초의 근대식 감옥이 "소음이 주는 부정적 영향과 병증" 연구를 위한 건축물이라는 점을 인지해야 한다. '그'라고 호명하는 박지형, '너'라고 부르는 건물 '니쿠야'도 구별해야 한다. 초반에 '그'였던 박지형을 후반에 '당신'이라 부르고, 사물을 의인화하고, 생물은 때때로 사물이 된다는 점도 알아두자. 아울러 박지형을 '당신'이라고 부르는 화자가 누구인지 의문을 가져보기로 한다. 이 모호한 화자가 우리를 더욱 방황하게 만들지만 헤매면서 더 많은 생각을 하게 된다. 폴 리쾨르가 이르기를 투명한 화자는 작품과 독자의 정서적 거리를 좁혀놓아 반성적 계기를 앗아간다고 한다. 그러니 마음껏 방황의 길을 열어놓고 불투명한 화자를 좇아가면서 1908년 이후 일제강점기, 해방, 전쟁, 군부 시대, 현대, 미래로 이어지는 시간과 거대 사건들을 적극 떠올려보자. 시간의 적층을 보면 몇 개 지점 사이에 배열된 사건들이 튼실한 인과의 사슬로 엮여 있다. 하지만 오해는 없어야 한다. 이 서사는 픽션이다. 소설 속 시간과 사건들을 실제의 그것과 일치시키지 말아야 한다. 그리고, 파편들을 꿰어맞추듯이 퍼즐놀이를 하듯이 읽어야 한다.

혼합된 시간 안에 크게 두 부류의 인물이 분포한다. 하나는 연구자와 군인들, 다른 하나는 제국과 군부 국가의 연구 자료로 제공된 목소리들이다. 앞은 현재와 미래에 출몰하고, 뒤는 과거의 비극을 몸에 새겨넣었다. 이들의 목소리는 절단면 또는 파편으로 미래적 시간에 재생된다. 인간은 발등의 미시사를 놓고 아파하는 종족이지만 이 소설은 우리의 통각을 보다 크고 넓은 고통의 자리로 끌어낸다. 온전한 국면이 절단된 역사의 단면들은 직선으로 정렬되어 있지 않다. 점(點)으로 놓인 시간 간 접합부는 인간의 기억밖에 없다. 하지만 과연 누가 죽지도 않고 영원히 살면서 현재 안팎의

제2부 페이소스의 교차와 얽힘

두 지점을 자유롭게 왕래할 수 있을까. 그런 이유이겠지만 이 소설은 역사적 진실을 추궁하는 방법으로 기억 문제를 변주하여 현존하는 건물에 이것을 심어놓는다. 죽지도 않는 무의식처럼 기억은 그 건물에 심어져 있다. 기억에 대한 염원은 처음부터 최종까지 결코 탕진되지 않는다. 먼 과거의 '니쿠야'(경성군사통신연구소)의 도면과, 근과거의 군후원연구소인 '이름 없는 건물'을 존치시키는 방법이 그것이다. 각기 제국의 시대, 군인의 시대를 대표하는 건물이며, 미래의 어느 시점에 붕괴하기까지, 고문당하는 이들의 육성 녹취록들을 연구용으로 청취한 공간이다. '너'인 니쿠야와 '그' 또는 '당신'인 박지형을 자주 호명하는 이유가 여기에 있다. 그가 근무 중 미쳐서 연구직을 떠날 수밖에 없는 이유를 작가는 감옥 같은 건물 구조, 건물 내부에서 울리는 초저주파 음향의 폐해로 증명해 나간다.

　작품의 초반부터 어떤 국면으로 육박해가는 보법이 심상찮다. 작가가 어떻게 끝까지 고투할지 정신을 방류하지 않으면서 긴장하게 된다. 적당한 고공(高空)에 매달려 화각 안의 반경을 촬영하는 카메라의 시선 같은 것이 처음부터 의식된다. 그러나 이렇게 성급하게 재단하면 이 소설의 영혼은 간단히 잘려 나간다. 작가가 과거·현재·미래의 접합부를 오가며 시간의 단면들을 날렵하게 배어내고 있어서다.

　　1-13연구실에서 도합 열일곱 개의 몸이 1층 복도 안에 나란히 늘어선다. 낱말과 낱말을 이어주는 보조사처럼, 느슨한 인체 사슬은 건물 바깥에 쌓인 화물들과 연결되어 있다.

　영혼을 지닌 건물을 상상할 수 있다면, 젊은 병사들을 사물화한 위 문장도 같은 감각으로 대할 수 있다. 물질적으로 보면 이 소설은 고문당하는 자들의 비명을 녹취하여 이것을 연구하는 건물에 초점을 맞추고 있다. 그

건물을 세밀한 표정과 감정, 심지어 말도 할 줄 아는 존재로 의인화한다. 건물의 육체화로써만이 저 엄청난 사건들은 과거가 되어버린 시간을 깨고 나와 현재적으로 살아난다. 이때 지나쳐서는 안 될 것이 있다. 하나는, 육체가 단지 존재의 표지에 머물지 않고 수행성을 띤다는 점이다. 언어와 감각을 지닌 육체로서의 건물이 수행하는 일을 보면 알게 된다. 둘째는, 일제의 설계로 태어난 감옥을 "너의 아버지"라 부르는 목소리의 정체를 아는 일이다. '나의 아버지'라 말하지 않는 이 목소리는 결코 타국의 영혼이 아니다. 감옥 설계자를 '너의 아버지'라 부르는 자라면 그를 '나'의 아버지로 자격 지정하지는 못한다. 그렇다면 비명과 애원을 거듭하는 자들의 고통을 보여주기 위해 니쿠야를 불러내는 초점화자는 누구일까. 흔히 유령으로 해석하지만 지금도 1908년을 배회하는 어떤 정신이나 영혼과 관련한 현상, 즉 판타즈마로 봐도 무리가 없겠다. 승화되지 않고 계속 번창하는 것을 현대판 유령에 관한 믿음으로 본 사유가 여기에 부합한다.[1]

사물의 영혼을 인정할 때 다음 용어는 한층 육감적으로 다가온다. 전기적 음성을 측정하는 개념이 '음향(volume)'이다. 그러니까 니쿠야는 그 전자적 형태(파)의 크기(양)를 실험하는 공간이다. 아시아 침략을 앞두고 정보 전쟁을 예감한 제국이 '온전치 못한 음성'들을 통신용 암호 부호로 실험했던 곳이다. 다음 같은 끔찍한 음향들을 감방으로 흘려보내고, 거기에 반응하는 재소자들의 육성을 녹취, 이것을 니쿠야로 이송했다. 재소자들의 수면 질환을 부추기는 소리. 층간 소음 만들기. 고문 도구에 반응하는 인물의 비명과 신음을 감방으로 흘러들도록 하기. 한 번 시작된 소음을 멈추지 않게 하기⋯. 이 소리들은 제국 확장의 야심과 침략 전쟁, 정보 전쟁, 재소

---

1 Th.W.아도르노 · M.호르크하이머, 『계몽의 변증법』, 김유동 역, 문학과지성사, 2016(초판 16쇄), 321쪽.

자들의 정신질환을 부추긴다. 여기서 작가는 니쿠야의 야만성에만 집중하지 않고 근현대 역사의 야만성 속으로 침투한다. 군이 후원하는 소리공학연구소로 비밀리에 유지되어온 '이름 없는 건물'에 영혼과 목소리를 부여한다. 제국이 패망한 뒤에도 이 건물에서 지속되어 온 또 다른 국가 폭력을 환기하려는 것이다.

이렇게 우리가 돌아 나온 제국의 시대와 군부 시대의 고통은 미래적 사건인 건물 붕괴로 어느 정도 해소된다. 고통의 역사를 파헤쳐 기억하는 단계에서 연구원과 군인들이 또다시 국가 폭력에 동원되어온 기억을 그 건물이 갖고 있다. 먼 과거의 고통스러운 기억을 재생산하는 근현대의 건물이 스스로 무너지는 사태를 상상이나 할 수 있는가? 화재가 발생했는데도 군 비밀이 누설될까 두려워 신고조차 못 하는 연구원을 상상할 수 있는가? 신종원은, 군부 시대는 인간이 사물화하고 건물마저 규율에 길들어 공포에 떨었던 때로 본다. 이는 추상명사인 제국과 국가를 건축물로 상징화하여 물화된 기억을 생생한 목소리로 증언하려는 시도다.

> 남아 있는 소리는 하나뿐이다. 어둡고 넓은 지하층 로비 안에 울려 퍼지는 단음절의 노래. 녹음된 음성의 가느다란 떨림을 건물은 가만히 듣고 있는지도. 이 합성 사운드는 20세기 초, 본토에서 작곡된 유행가의 소절 일부를 누군가 고의로 늘린 것이다. 건물의 지하 시설 안으로 풍부한 음량의 주파수가 일정하게 이어지도록.

이 문장은 제국의 부도덕성을 단순 모음으로 좁혀놓고 폭로한다. 음향기기로 자행했던 먼 과거의 폭력을 현대식 연구소 건물이 스스로 발설한다. 시간이 가면서 잊히는 것들 중 마지막 남은 사랑 노래는 「달맞이꽃」이다. 이것을 재소자의 질병을 매개하는 음원으로 사용하였고, 총체성에 복종하는 인간을 만드는 데 동원하였다고 저 목소리는 전한다. 2분 54초대의

'테'만 잘라내어 3분으로 늘이면 '1l∼∼∼∼' 소리가 광적으로 지속된다고 작가는 상상한다. 낮고 음침하게 깔린 여성의 목소리에서, 들숨 없는 날숨의 음향만 재생된다고 본다. 이것은 언제 끊길지 모를 비명 같은 단모음이다. 물론 이러한 상상은 허구적 가설에 속한다. 소리의 최소 단위인 '1l'만 이어 붙여 3분간 녹음하면 파장과 진폭을 가진 음향으로 구성되는지는 알 수 없으나, 다음같이 추정할 수는 있다. 전자시대의 아리아는 시도 노래도 모조리 파괴할 수 있다는 것, 최소한의 음성 신호만을 선병질적으로 잡음처럼 반복하게 만들 수 있다는 것이다.

"알파벳은 짖음으로부터 분리된 언어"[2]다. 이데올로기가 인간의 정신을 불모로 만들었던 시대, 음원을 목적적으로 변형시키는 전자 기기의 시대에는 저렇듯 분리되고 찢어진 음소들이 강박적으로 시대의 희생자들을 광기와 죽음의 음역에 매장할 수 있다. 총체성에 희생된 자들 중에는 비밀 유지에 복무했던 연구원들도 있었다고 신종원은 쓴다. 하여 '당신'은 연구원들까지 미치게 만든 연구소 건물이 박지형을 호명하는 소리로 들린다. 작가의 감각은 이렇게 국가–이성이 조작하고 남용한 음향 속으로 침투한다. 그런 뒤에는 수감자와 다름없이 괴음향에 시달리며 연구를 수행했던 이들을 만난다. 작품 초반에서부터 우리를 괴롭혔던 정체 모를 화강암 기념비는 다양한 시간대를 몸에 새기고 있다. 여기에 음각된 문자 기호들이 풍화되고 있어서 기억 문제는 역으로 더 강하게 밀려 올라온다. 그러므로 비석은 "상복" 차림으로 온 국민이 슬퍼했던, 제국이 개입한 어느 근대의 비극성의 비유로 읽힌다. 기억의 죽음과 망각 앞에서 당황하지 않으려면 마지막 기억을 망각의 시간에서 서둘러 빼낼 때라고, 입 벌려 말을 할 때라고 작가는 쓴다. 그래서 연구소의 판타즈마가 박지형의 행적을 처음부

---

2   파스칼 키냐르, 『음악혐오』, 김유진 역, 프란츠, 2017, 78쪽.

터 끝까지 좇았던 것이 아닐까. 개개인의 자율을 '국민'으로 통합하여 국가의 기능을 강화하는 일에 참여하도록 획책했던 그 시대의 인물 중 하나인 그를 말이다.

3. 시스템의 틈에서 역량을 키우는 자들
: 「균열 아카이브즈」, 「버스커, 버스커」

숨기고 드러내기가 절묘한 소설은 우리의 이마에 등(燈) 하나를 달아준다. 더 밀착해서 보게 하는 탐조등이다. 「균열 아카이브즈」는 공간으로 보면 고전음악 연주 홀이, 구조적으로 보면 외부 요인으로 균열되는 조직의 내부가, 자본 측면에서 보면 불평등이, 사회적 시각으로 보면 지배 욕망 때문에 자기기만에 빠진 인물이 상대적 약자의 일자리를 위협하는 이야기다. 이 소설은 서양 고전음악을, 「버스커, 버스커」는 이 시대의 대중음악과 연계되어 있어서 청년 세대가 처한 현실을 양방향에서 등거리로 바라보게 한다.

전미경은 「균열 아카이브즈」에서 공연 홀의 벨을 눌러 자멸 위기에 처한 안내원의 이야기를 들려준다. 벨 누르기는 그가 이제껏 유지해온 근무 방식이어서 해고의 이유가 될 수 없다. 그런데도 현실은 역방향으로 움직여간다. 휴대폰을 단속하라는 뜻으로 전자적 전화 음을 울리자 한 남자가 초대석에서 벌떡 일어나 주위를 둘러봤을 뿐인데 이 일이 안내원 해고와 직결된다. 단순한 제스처가 언어 기능보다 더 막강한 것은 이 두 인물에게 공통되는 점이다. 그 이유를 알기 위해서는 그 남자를 발끈하게 만든 피해의식이 어떤 심리에서 유발하는지부터 심문해야 한다. 나아가 인간의 목소리 대신 도입한 벨 소리가 공적 공간의 지위를 바꿔놓는 사태까지도. 남자는 초대되었다. 연주 홀의 전자 시스템이 바뀐 뒤로는 처음 왔거나, 초대석이라는 자리도 연주 홀이라는 장소에도 처음 왔을지 모른다. 청중들의 자리가 사회적 지위로 결정된다는 사실은 누구든 체감하는 것. 게다가 초대석은 표를 구매하지 않아서 되레 지위가 공고한 자리라는 것쯤도 누구나 안다.

반면에 우리가 모르는 것도 있다. 그 남자가 끈덕지게 안내원의 잘못을 추궁하지만 세부 내용을 구체화하지 않아서 해고 사태가 어떤 암투처럼 명쾌하지가 않다. 이 문제를 표면으로 읽으면 노동자와 고객 간 갑질 문화를 감정 문제로 변주한 지금 이곳의 현실이 보인다. 고전음악으로 청중을 장악하려는 지휘자의 권위 작동법이 여기에 포개진다. 청중에게 목 캔디를 나눠주고서 소리를 내지 않도록 하는 것은 연주 음악의 내적 질서를 흩뜨리지 않으려는 통제력에서 온다. 관람객 남자의 일화는 상위 구조의 지배 형식을 초대권으로 결정화(結晶化)하면서 비화한다. 그렇다면 청중은 왜 낯선 소리에 불복종하는가?

라틴어 '귀 기울임(audientia)'은 복종(obaudientia)에서 파생했다. 지휘 동작을 여기에 빗댄 아도르노는 엘리아스 카네티를 인용하여, 지휘자를 '권력을 구현하는 힘의 성상(imago)'[3]이라고 쓴다. 관현악 소리에 복종하라는 지휘 제스처와 전자 벨 소리에 복종하라는 안내원의 심리는 그 출처가 동일하다. 교양 있는 관객들은 그 전자 벨 소리에서 '하라'의 명령을 들었을 것이나 남자는 알아채지 못했다. 여기에 날카로운 예각이 자리한다. 주변의 초대석을 의식하는 남자의 심리가 안내원 해고 사태에 폭풍을 몰아온다. 상대적 약자는 "어떤 사과로도 복구가 안 될 피해"를 안겼다고 "포괄적인 사과"를 하면서까지 잘못 없는 잘못을 자인해야 한다. 이 에피소드에는 "누구보다 잘 교육받은 관객"의 정체가 반어적으로 숨어 있다. 이 남자는

---

3 Th.W. 아도르노, 『음악사회학』, 권혁민 역, 문학과비평사, 1989, 119쪽.

자신의 미숙함과 실수를 인정해야 하지만 지금 그에게 유일한 진리는 초대석이라는 위상이며 이것이 자본의 위계로 결정된다는 사실은 결코 변하지 않을 진실이다. 안내원의 '단정한' 근무 방식을 단죄하고 일자리를 파괴하는 일들도 모두 여기에서 비롯한다. 지금 그 남자에게는 수치심 확산이야말로 가장 무서운 현실이다.

전미경은 의도를 드러내지 않는 기호에 비판의 말을 심어놓는다. 일화에 사회심리를 반영하여 심층 구조로 그것을 엮어낸다. 예컨대 "초대석에 앉은 어떤 남자"가 "자리에서 벌떡 일어나 주위를 살"폈다는 묘사만으로도 익명성, 선병질적인 성향, 질서와 도덕에 대한 강박증, 통제력을 행사하려는 자로서의 면모를 충분히 전달한다. 나아가 작가는 전자 벨 소리를 바탕으로 인간의 목소리 대신 지위를 획득한 전자음을 해부한다. 이 전자음은 아래 예문에서처럼 음악 홀의 구조를 안정적으로 유지하는 데 사용해온 도구다.

> 그러나 마침내, 그녀가 계산기에 마지막 숫자를 두들겼을 때 그녀는 떠올리고 말았다. 살라는 꼭 그런 움직임으로 공연장 내부에 벨 소리를 울려왔었다. 벨을 재생하는 버튼은 부드러웠지만 동시에 묵직했다. 살라가 버튼을 누를 때면, 그녀는 그녀도 모르는 기쁨에 살짝 빠져들곤 했다. 누구보다 잘 교육받은 관객들이 살라의 손짓 한 번에 당황했다. 맡겼거나 챙겨오지도 않은 휴대폰을 찾느라 빈 허벅지를 찰싹 때리기도 했다. 안전한 유리창 너머로 살라는 그들을 천천히 내려다보았다.

교육받은 관객보다 높은 위치에서 유리창 너머로 통제력을 발휘하는 '살라'는 지금 자신의 근무 환경인 음악 홀이라는 구조에 갇혀 있다. 이러한 통제 기능에 균열을 낸 자본 주체의 갑질 문화가 그 구조와 충돌한다. 지배력과 복종 문제를 음향의 파장 원리로 추적하면서, 언제든 교체 가능한 하위 주체의 자리와, 들통 나선 안 될 상위 주체의 품위 문제를 짚어본다는 점에서 이 작품은 문제적이다. "당신은 전혀 모르는군."이라는 말을 끝으로 사라지면서 무지와 수치를 안내원에게 되돌려주는 남자의 말에서는 가장된 품위가 넘쳐난다. 이 남자의 사회적 지위에 관객 집단은 테러를 가하지 않을 것이다. 살라가 속한 사회 구조는 남자가 속한 자본 구조의 하위체계에 있기 때문이다.

요약해보자. 전자 벨 소리는 공연 홀에서의 지위를 암시한다. 이제까지 인간의 목소리가 행사해온 통제가 이 소리로 대체되었으나 남자는 남자대로 살라의 지위와는 또 다른 구조 안에서 막강한 지위를 견지하고 있다. 그것은 초대석으로 표상되는 자본의 권력이며 게다가 그는 전자 시스템이 관객의 복종을 견인하는 현실을 아직 받아들이지 못하거나, 뒤늦게 알아챘다 할지라도 자신의 미숙을 용납하지 못한다. 음악을 듣는 귀는, 대화에서는 담화의 상대역과 마찬가지의 역할을 한다. 작가는 이 문제를 다시금 변주하여 듣기를 강제하면서 말하는 자유를 용납하지 않는 권위적 소통 방식으로 오케스트라 음악을 등장시킨다. 듣기는 복종을, 복종은 불평등을 생산해낸다. 이때 복종은 음악과 소리의 명령에 의한 것이다. 연주 시간 내내 관객에게 사탕을 입에 물도록 한 것도 입을 벌리지 말도록 하면서 오케스트라의 구조적 통제에 복종케 하는 방편이다.

이렇게 이 작품은 하위 주체가 과연 자유의지로 닫힌 구조에 저항할 수 있을지, 우발적인 사고에 책임을 물을 수 있을지를 질문한다. 안내원의 벨 누르기는 통상 해오던 일이기는 하나 초대석 남자의 우발 행위로 일자리를 잃게 된 것에 대하여 책임을 물을 수 있느냐는 것이다. 구조주의자들의 결정론에 따르면, 인간의 자유의지나 행위는 결국에 구조의 효과에 귀속된다. 구조의 주인은 행위 주체가 아닌 바로 그 구조 자체다. 강제력을 가진 구조 안에서 개인의 선택은 무력해지거나 무효가 된다. 따라서 저항이나 반발도 불가능하다. 우리가 지금 당연하게 여기는 것들은, 보이지 않지만 막강한 그 구조 안에서 흐려지거나 무화되어버린 것일 수가 있다. 이소설에서 음악 홀의 직원들은 물론 청중조차 그러한 강제력 안에서 구조적 당연성과 안전에 포섭되어 있다. 이러한 체제는, 반발하는 개인을 배제한다. 범주 자체는 보이지 않지만, 벨 누르기의 통제 행위, 오케스트라 지휘자의 상위 구조인 자본에 이러한 체제는 굳건히 자리한다. 이 같은 구조문제를 작가는 주선율을 변주하면서 악기를 갈아치우는 음악 '볼레로'로부터 이끌어낸다.

> 주말이 찾아오자 살라는 여분의 돈을 더 지불한 후 수도관 수리공을 불렀다. 수리공은 수도관이 아주 꽝꽝 얼었기 때문에 수도관을 모두 들어내야한다고 주장했다. 그녀는 알겠다고 대답했다. 수리공에게 몇 개의 전화번호를 얻은 후, 그녀는 시장에서 채소 몇 종류와 붉은 고기를 사왔다. 그녀는그것들을 모두 끓여 먹었다. 그 다음주에 살라는 그 관객에게 사과하기로결심했다.

위의 문장은, 구조 문제는 그 내부에서는 볼 수 없다고 한 데리다의 사유를 빌려 읽을 수 있다. 내부 구조의 맥락을 당연시할 때는 현실 인식조차 그 범주 안에서 하게 되므로 이것마저 맥락에 포섭된다. 그런 이유로구조 바깥에서 살라의 실제 삶이 전개되는 양태를 바탕으로 구조를 비판적으로 바라보아야 한다. 수리공은 "수도관이 아주 꽝꽝 얼었기 때문에 수도관을 모두 들어내야 한다"고 말한다. 이 말은 구조의 내·외부를 연결하는 통로가 막혔음을 시사한다. 말하자면 작가는 음악 홀과 관련한 구조 문제를 그 외부에서 자본의 구조로 전환하여 바라보고 있다. 음악 홀의 구조에 갇혀 식별하지 못하는 구조 문제를 동결된 수도관을 교체하는 사태로암시한다. 하지만 이는 구조를 바꿀 수 없는 살라의 현실적 무능을 확인시킬 뿐이다. 그녀는 수도관의 구조를 들어낼 만한 자본력에 무능한 안내원에 불과하다. 따라서 자신도 알지 못하는 잘못을 사과한 후 이전의 구조로 복귀해야 한다. 이것이 작가가 "주선율"(A, 구조의 맥락)과 "반복한 선율"(A', 변주)로 표현한 사회 구조의 역학이다.

「버스커, 버스커」에는 영혼이 맑은 버스킹 가수가 등장한다. 그는 전자드럼과 일렉 기타, 염색머리로 헤드뱅잉하는 하드락 가수들 틈에서 통기타를 연주하며 자신의 노래를 지켜내려 고투한다. 서정이 죽은 시대에 그가 부르는 발라드곡은 그 자체 한계로 돌아온다. 무명가수로 노래하다 죽은 아버지가 대체 어떤 예술혼으로 견디어 냈을까라는 의문이 시위 현장에서 불리는 아버지 작품의 존재감으로부터 해결되지 않았다면, 그리고 경쟁자인 락 멤버가 박수를 쳐주지 않았다면, 이 무명가수 2세는 노래 부르기를 긍정적으로 지속하지 못했을 것이다. 이 소설은 드러내기와 숨기기 전략에서 해말간 개방 쪽을 택하여 풋풋해 보인다. 음악을 지켜내려는 자기 신뢰와 열정이 드물게 아름다운 점을 표층에 실어낸다. 그에게 음악은 정신이 더 이상 쇠약해지지 않게 하려는 힘에서 나온 것이다. 그는 자신이 쓴 곡을 역 광장에서 부르면서 모조품으로 전락한 대중 노래의 물신주의를 극복해 나간다. 아버지도 이 같은 이유로 노래를 불렀다. 역사의 질곡을 헤쳐 나가는 젊은이들이 모여서 불렀던 아버지의 곡을 2세대가 받아 안아 다시 부른다. 따라서 지금 그의 노래 부르기는 아버지를 불러내는 일이자, 자신의 꿈과 기대가 좌절되지 않게 하려는 표현 방식이다. 이전 세대의 노래가 그 이후 세대에게는 광장의 응집력을 추동하지 못한다 할지라도, 그의 노래 부르기가 매우 개별적인 방식으로 이 시대의 대중문화에 풋풋함을 불어넣는 상징적 예술 행위인 것만은 분명해 보인다.

4. 개념의 자유를 즐기는 이상한 자유 : 「터널, 왈라의 노래」

안녕을 꾀하는 자들은 이 소설에서 진리 개념을 모순적으로 사용한다. 이들은 거짓말하기를 암묵적으로 약속한다. 이른바 공범들이다. 성찰에 무지한 그들은 진실이라는 절대 개념을 쉬이 무화시킨다. 정무늬는 거짓과 속임수로 유지되는 안전을 '패킹' 상징으로 전한다. 강력한 이 상징이 네 차례의 "탄내", 즉 살인 사건과 연루된다. 아버지가 아들에게 폭력을 행해놓고선 '무얼 배웠느냐'고 피드백하고, 아들은 그때마다 온전하고 이상적인 개념들의 본질을 뒤집어버린다.

> 나를 실컷 팬 뒤에 아버지는 물었다. 무얼 배웠느냐고. 그럴듯한 목적 때문에 주먹을 휘두른 사람처럼 턱을 쳐들고 있었다. 나는 터진 눈두덩이를 누르면서 어디선가 들었던 단어들을 주워섬겼다. 겸손을 배웠습니다. 인내를 배웠습니다. 포용을 또 용기를, 때로는 사랑을 배웠노라고 대답했다. 부끄럽지는 않았다. 무엇보다 사는 게 중요했고, 살자면 뭐든 답해야 했다. 곰곰이 따져보면 그때 배운 것이 없지 않았다. 이 여자도 뭔가를 배울 수 있지 않을까. 내가 도와준다면 말이다.

거짓과 비행을 일삼는 자가 안전한, 이상한 일들이 일상적으로 일어나는 아버지의 집. 그리고 안전을 유지하기 위해 진리의 원본을 파괴하는 화자의 생존 전략은 냉담하고 이성적이다. 관(棺)의 이음새를 막아 내부의 냄새나 물기가 누출되지 않도록 완전밀폐하는 물건인 패킹, 그리고 패킹 작업. 이것은 다음처럼 시작된다. 아버지가 아들을 벽장에 가둬놓고 테이프로 문을 밀봉한 뒤 포만한 웃음을 날린다. 아들이 패킹의 재료가 되어줘야만 안전이 유지되는 정황이다. 여기에 외방의 여자인 왈라의 등장과 사라짐이라는 사태가 징후로 기입된다. 아버지의 법 중 제1조는 순응이다. 약속된 거짓이 진실을 훼손해야만 안전이 유지되는 이상한 세계다. 이들은 시스템의 법도 상황 가변적이라는 것을 잘 알고 있다. 그러므로 홀로 죄의 청정 지대를 갈망할 이유가 없다. 여기에다 정무늬는 왈라가 부른 노래 한 소절을 써넣는다. "네가 가야 하는 곳이 어디든지 우린 항상 문을 열고 널 기다리고 있단다." 화자에게 몸의 기쁨을 일깨웠던 여자 왈라는 어느 날 죽어 사라졌다. 그녀가 불렀던 고향 노래 한 소절이 화자의 기억에 남아 해방과 자유의지를 강화시킨다. 왈라도 이 세상이 끔찍하고 잔인했으므로 의식적으로 아름다운 출구를 노래했었다.

가사는 낭만적이지만 안전에 처한 인간을 말하려는 것이 아니다. '항상 열린 문'의 유혹은 위험이 도사려 있는 가상에 불과하다. 그런데도 왈라와 화자는 그 거짓을 노래한다. 작가가 이 소설에 기호화한 이상적이고 온전한 가치들 — 겸손·인내·포용·용기·사랑·순응·책임 — 은 이익 소집단의 공범 의식 안에서 통용되는 아름다운 표상들이다. 아버지가 아들에게 가르쳐주는, 진리를 배반하라는 내용이자 표적 자체이기도 하다. 이것을 절대도덕으로 알게 하는 자와, 이를 받아들이는 자는 이 기호의 아름다움을 표층의 의미로 정의하여 속이고 속는다. 그들은 이것을 몸소 배움으로써 안다. 자유와 안전 같은 개념은 아버지의 법을 익숙하게 따라갈 때에만 주어진다고 믿는다. 때문에 잘못 가르치고 잘못 배우면서 만들고 세운 형식들이 그들 삶의 진리 내용이 된다.

정무늬는 이 문제를 가족사에 묶어두지 않는다. 각각의 국면을 가졌으면서 같은 의미를 띤 두 개의 세계를 중첩시킨다. 표면 서사는 나—왈라—아버지의 가족 구도에서, 이면 서사는 느닷없이 닥친 혹한과 폭설 때문에 다섯 시간 동안 터널에 갇힌 자들의 불만과 불편에서 읽을 수 있다. 작가는 거짓 가족이라는 알레고리로부터 보다 크고 심각한 사회 구조 문제를 이끌어낸다. 추리식 구성으로 기이한 페이소스를 유발하면서 하위 주체의 순응이 상위 주체의 안전에 기여하는 절차를 폭로한다. 시스템에 사용되는 패킹 인간들을 작가는 터널 구조물에 가둔다. 범죄를 보고 익혀온 학습자인 화자가 지금 공범자를 물색하는 것처럼 터널 속 패킹들은 상위 주체가 밀봉한 객체들이다. 패킹의 대상이 패킹의 주체가 되는 방법은 간단하다. "긴 머리를 하나로 묶은 여자"가 떨어트리지도 않은 손수건을 화자가 건네면서 '네 것'이라고 말하면 이들은 그 즉시 공범으로서 체계의 일속이 된다. 이 행위의 암묵적 진의인 거짓에 여자가 동일화를 꾀하면 그 작업은 성공적이다. 진실보다 거짓이 그들의 욕망을 보호해준다. 그들은 그 거짓을 나쁘다고 단정하지 않으며 이유를 따져 묻지도 않는다. 암묵적인 동의, 이것만이 진실이다. 데리다가 썼듯이 거짓은 지식 너머에, 이론적 대상이 될 수 없는 곳에서,[4] 기존 개념을 훼손하면서 활동한다. 거짓에 능숙한 이들에게 그 시효를 묻는 일은 어리석다. 진실을 뒤집어쓴 거짓도 그 시효가 다할 때까지는 진실일 것이므로 그때까지만 유기체로서 관계하면 그만이다.

구조 문제를 이렇게 소집단으로부터 질문하는 방식은 낯이 익다. 작가가 썼듯이 불안에 사로잡힌 자들은 무슨 말이건 할 수 있고, 재난에 처한 자신의 위치를 외부에 알릴 채널인 손전화를 쥐고 있으므로 터널은 지금 양방향으로 뚫린 문이어야 맞다. 그러나 시스템은 저들만의 방식으로 의연히 작동한다. 방관자와 공범자의 일치가 가능하다면 바로 그 구조에 기인한다. 여기까지의 서사는 터널 같은 시스템의 공동(空洞)에서 터져버린 2016년의 참사를 상기시킨다. 염화칼슘 몇 봉지로 도착한, 늦은 응답 방식도 낯설지 않다. 정무늬 소설의 미적 변주는 이러한 현실 바탕에서 이루어진다. 역설적이게도 화자는 자신에게 닥친 재난의 시간이 지속되어야 한

---

4   자크 데리다, 『거짓말의 역사』, 배지선 역, 이숲, 2019, 119쪽.

다고 말한다. 악행과 폭력, 밀봉된 범죄의 냄새는 화자 홀로 감당해야 할 문제가 결코 아니라는 것이다. 왜 그런가.

　잘못 가르친 자에게서 배운 내용이 한 인간의 행위를 결정한다면 자유 의지는 대체 어떤 때 발현하는지를 작가가 묻는다. 어떤 논리를 갖다 대도 해방구가 없는 자유는 논리 그 자체로서만 존속하는 것이 아닌가, 그 논리라는 것이 그저 질문하게 만들 뿐이 아닌가 하는 물음들. 작가는 타자의 불행과 허둥거림을 보면서 즐기는 구경꾼들만 득실대는 사회를 터널 상징으로 좁혀 보여준다. 작가가 창안한 인물들에게서 그 자유 개념의 혼돈과 자기식 이해를 읽을 수 있다. 다음과 같은 저주에서, 그 자유 개념이 역전된 경우를 보게 된다. 강요당해온 복종이 억울하므로 당신도 나와 같은 처지가 되어보기를. 내가 불행한 만큼 당신의 안전도 파괴되기를. 차를 버리고 도망가지 못하는 차주들이 더 오래도록 비참해지기를. 그렇게 인내하면서 상부의 시스템에 순응하기를. 그래야만 폭행 뒤 아버지가 화자에게 물었던 '무얼 배웠느냐'는 물음에 가장 아름답고 정의로운 어휘들로 답변해야만 하는 이유를 그들도 배우게 될 테니까. 그래야만 그 타자들에게도 패킹의 고통이 공평하게 분배될 것이므로.

　그래서 왈라가 노래한 '항상 열린 문'은 삶이 재난 그 자체인 자들에게는 터널 안의 외침에 불과하다. 인간의 자유가 어떨 때 그 선천적 본성을 구가하는지 누군가 묻는다면 '거짓을 행할 때'라고 답하는 자도 있을 것이다. 이익 집단은 진리 개념에마저 자기식 자유를 부여하면서 유지될 테니 말이다. 이것이 「터널, 왈라의 노래」가 전하는 '자유' 개념의 이율배반이다. 차를 훔친 화자가 지문을 지워 범죄의 흔적을 없애려는 목표에 매진하는 행위만 보더라도 그렇다. 그는 긴 머리 여자에게 자기 의지로 일자 드라이버를 손에 쥐도록 만들어 아버지 살해를 조성해주는 절차에 골몰한다. 타자에게 자기 의지로 살인하도록 환경을 조성해주고 범죄 구성에서 몸을 빼내는 그. 자신의 분노와 자유의 문제가 직결되지 않는다는 점에 무지하다는 것을 그는 알지 못한다.

(『실천문학』, 2020년 봄호)

1. 기본자료

백민석, 『장원의 심부름꾼 소년』, 문학동네, 2001.

_____, 『헤이, 우리 소풍 간다』, 문학과지성사, 2013(재판 4쇄).

_____, 『16믿거나말거나박물지』, 문학과지성사, 2013(초판 3쇄).

_____, 『목화밭 엽기전』, 한겨레출판, 2017(초판 1쇄).

_____, 『죽은 올빼미 농장』, 작가정신, 2017(개정판 1쇄).

_____, 『내가 사랑한 캔디/불쌍한 꼬마 한스』, 한겨레출판, 2018(초판 1쇄).

정무늬, 「터널, 왈라의 노래」

_____, 『디어 랄프 로렌』, 문학동네, 2017.

_____, 『우아한 밤과 고양이들』, 문학과지성사, 2018.

_____, 『작은동네』, 문학과지성사, 2020.

손보미, 『그들에게 린디합을』, 문학동네, 2013.

신종원, 「전자시대의 아리아」

전미경, 「균열 아카이브즈」

한 강, 『소년이 온다』, 창비, 2016(초판 26쇄).

_____, 『작별하지 않는다』, 문학동네, 2021(1판 7쇄).

한은형, 『거짓말』, 한겨레출판, 2022(개정판).

2. 단행본

권택영, 『후기구조주의 문학이론』, 민음사, 1992.

기형도 전집 편집위원회 편, 『기형도 전집』, 문학과지성사, 2016(초판 28쇄).

김병익, 『새로운 글쓰기와 문학의 진정성』, 문학과지성사, 1997.

김욱동, 『전환기의 비평 논리』, 현암사, 1998.

박준상, 『떨림과 열림』, 자음과모음, 2015.

서영채, 『문학의 윤리』, 문학동네, 2005.

송효섭, 『문화기호학』, 아르케, 2001(2판 2쇄).

신혜경, 『대중문화의 기만 혹은 해방』, 김영사, 2009.

오생근, 『미셸 푸코와 현대성』, 나남, 2013.

윤호병, 『현대문학 이론과 비평』, 소명출판, 2021.

이숭원, 『김종삼의 시를 찾아서』, 태학사, 2015.

이원조, 『이원조 비평선집』, 양재훈 편, 현대문학, 2013.

이정호, 『영미 시의 포스트모던적 읽기』, 서울대학교출판부, 1994.

전문영, 『담론분석과 담론연구』, 푸른사상, 2021.

전치영·홍성욱, 『미래는 오지 않는다』, 문학과지성사, 2019.

한 강, 『흰』, 난다, 2016.

현기영, 『順伊삼촌』, 창비, 2020.4.3(한정판 1쇄).

구니야스 도쿠마루(國保德丸), 『디지털 혁명과 매스미디어』, 김재봉 역, 나남출판, 2000.

롤랑 바르트, 『카메라 루시다』, 조광희 역, 열화당, 1994(초판 4쇄).

리처드 도킨스, 『이기적 유전자』, 홍영남 역, 을유문화사, 2005(개정판 12쇄).

마단 사럽, 『후기구조주의와 포스트모더니즘』, 전영백 역, 서울하우스, 2012(3쇄).

미셸 푸코, 『미셸 푸코의 문학비평』, 김현 편, 문학과지성사, 1999(6쇄).

_____, 『담론의 질서』, 이정우 역, 새길, 2011(개정판 1쇄).

_____, 『말과 사물』, 이규현 역, 민음사, 2016(개역판 8쇄).

발터 벤야민, 『기술복제 시대의 예술』, 최성만 역, 도서출판길, 2017(제1판 13쇄).

베르너 융, 『미학사 입문 — 미메시스에서 시뮬라시옹까지』, 장희창 역, 필로소픽, 2021.

볼프강 카이저, 『미술과 문학에 나타난 그로테스크』, 이지혜 역, 아모르문디, 2011.

수전 손택, 『해석에 반대한다』, 이민아 역, 도서출판 이후, 2002.

스티븐 미스, 『노래하는 네안데르탈인』, 김명주 역, 뿌리와이파리, 2013.

오늘 빛 미래

올리버 지몬스, 『한 권으로 읽는 문학 이론』, 임홍배 역, 창비, 2020.

움베르토 에코, 『열린 예술작품 : 카오스모스의 시학』, 조형준 역, 새물결, 1995.

_____, 『기호 : 개념과 역사』, 조형준 역, 열린책들, 2009(마니아판 1쇄).

_____, 『해석의 한계』, 김광현 역, 열린책들, 2009(마니아판 1쇄).

윌프레드 L. 게린 외, 『문학비평의 이론과 실제』, 최재석 역, 한신문화사, 2000.

유리 로트만, 『기호계 : 문화연구와 문화기호학』, 김수환 역, 문학과지성사, 2008.

자크 데리다, 『거짓말의 역사』, 배지선 역, 이숲, 2019.

자크 랑시에르, 『문학의 정치』, 유재홍 역, 인간사랑, 2011(제2판 1쇄).

장 보드리야르, 『보드리야르의 문화 읽기』, 배영달 편저, 도서출판 백의, 1998.

장 프랑수아 리오타르, 『포스트모던의 조건』, 유정완 외 역, 민음사, 1994.

조르조 아감벤, 『아우슈비츠의 남은 자들』, 정문영 역, 새물결, 2019(1판 4쇄).

클로드 레비스트로스, 『야생의 사고』, 안정남 역, 한길사, 2014(1판 9쇄).

Th.W.아도르노, 『음악사회학』, 권혁민 역, 문학과비평사, 1989.

Th.W.아도르노 · M.호르크하이머, 『계몽의 변증법』, 김유동 역, 문학과지성사, 2016(초
판 16쇄).

파스칼 키냐르, 『음악혐오』, 김유진 역, 프란츠, 2017.

퍼트리샤 워, 『메타픽션 : 포스트모더니즘 문학이론』, 김상구 역, 열음사, 1989.

폴 비릴리오, 『소멸의 미학』, 김경온 역, 연세대학교 출판부, 2004.

프리드리히 니체, 『머리맡에 — 니체』, 함헌규 역, 다른상상, 2018.

프리드리히 키틀러, 『축음기, 영화, 타자기』, 유현주 · 김남시 역, 문학과지성사, 2019(2
판 1쇄).

_____, 『기록시스템 1800 · 1900』, 윤원화 역, 문학동네, 2020(1판 3쇄).

피에르 부르디외, 『텔레비전에 대하여』, 현택수 역, 동문선, 1998.

피에르 빌루에, 『푸코 읽기』, 나길래 역, 동문선, 2002.

피터 페리클레스 트리포나스, 『바르트와 기호의 제국』, 최정우 역, 이제이북스, 2003.

휴 J. 실버만, 『텍스트성 · 철학 · 예술 — 해석학과 해체주의 사이』, 윤호병 역, 소명출판,
2009.

Charles Sanders Peirce, selected and edited with an itroduction by Justus Buchler, *Philosophical
Writings of Peirce*, Dover Publications, Inc., New York, 2021.

3. 논문 및 평론

김근호, 「문명의 변증법과 문학 — 백민석의 『목화밭 엽기전』에 비친 문명과 문학의 실체」, 『작가세계』 53호, 2002년 여름호.

김남희, 「키치와 관련한 1990년대 소설 연구」, 강남대학교 대학원 석사학위 논문, 1999.

김동식, 「코믹하면서도 비극적인 괴물의 발생학 : 백민석론」, 『문학동네』 2000년 봄호.

_____, 「전기(電氣)와 문학적 무의식 : 젊은 작가들의 상상 세계에 대한, 지극히 시험적인 고찰」, 『냉소와 매혹』, 문학과지성사, 2002, 283쪽.

김병익, 「컴퓨터는 문학을 어떻게 변화시킬 것인가」, 『새로운 글쓰기와 문학의 진정성』, 문학과지성사, 1997, 63쪽.

김연수, 「백민석 : 소설체로 쓴 백민석론」, 『문학동네』 2000년 봄호, 224쪽.

김영찬, 「분열의 얼룩, 불쌍한 녀석 백민석」, 『문학동네』 2017년 가을호.

김윤식, 「계간 『문학동네』의 '자전소설'과 그 소설사적 의의」, 『문학동네』 2012년 가을호, 434쪽.

김형중, 「소설과 SNS — 백민석, 『버스킹!』(창비, 2019) : 이장욱, 『에이프릴 마치의 사랑』(문학동네, 2019)」, 『문학과 사회』 2020년 봄호.

김화선, 「어른/작가되기의 고통, 그 지독한 아픔의 얼룩」, 『한국문학이론과 비평』 제8권, 한국문학이론과 비평학회, 2000.

박진, 「백민석 소설의 자기분석적 글쓰기와 전이(transfert) 공간의 서사화」, 『현대문학이론연구』 제73집, 현대문학이론학회, 2018.

박홍규, 「음악은 사회성을 띠고 있어…」, 에드워드 사이드, 『음악은 사회적이다』, 박홍규·최유준 역, 이다미디어, 2008.

백민석, 「그래서 그 책은 하드코어로 갔다」, 『작가세계』 1999년 봄호, 329쪽.

백지연, 「소설을 욕망하는 소설 — 배수아와 백민석의 작품을 중심으로」, 『동서문학』 2000년 여름호.

복도훈, 「포스트모던 문명의 불만, 괴물들의 이상한 가역반응 — 백민석의 『목화밭 엽기전』 『러셔』 『죽은 올빼미 농장』을 중심으로」, 『문학동네』 2005년 겨울호.

_____, 「1990년대 묵시록 서사와 밀레니엄의 상상 — 박상우의 『블랙리포트』와 백민석의 『러셔』를 중심으로」, 『비평문학』 제77호, 한국비평문학회, 2020.

서영채, 「공생의 윤리와 문학 : 민주화 이후의 한국문학」, 『문학동네』 2008년 봄호,

오늘 빛 미래

359~360쪽.

성민엽, 「포스트모더니즘 담론과 오해된 포스트모더니즘」, 『문학과 사회』 1998년 겨울호.

신현준, 「20세기의 대중문화 ─ 기록의 상품화로부터 문화의 재산화까지」, 『문학과 사회』 1999년 가을호, 1091쪽.

양가영, 「백민석 소설 연구 ─ 민담과의 친연성을 중심으로」, 고려대학교 대학원 박사학위 논문, 2013.

_____, 「백민석 소설의 서사 양태와 근대의 민담」, 『한민족문화연구』 제53권, 한민족문화학회, 2016.

_____, 「현대 소설에서 민담의 미학의 의미 ─ 이상의 「지주회시(蜘蛛會豕)」와 백민석의 「음악인 협동조합 3」을 중심으로」, 『국제어문』 제86집, 2020.

양준영, 「백민석 소설에 나타나는 반(反)-오이디푸스적 사유와 분열증적 글쓰기」, 조선대학교 대학원 석사학위 논문, 2020.

우찬제, 「오감도 · 95」, 『타자의 목소리』, 문학동네, 1996, 73~75쪽.

위수정, 「1990년대 소설과 '비성년(非成年)' ─ 장정일 · 백민석의 작품을 중심으로」, 동국대학교 대학원 석사학위 논문, 2018.

이광호, 「'90년대'는 끝나지 않았다 ─ '90년대 문학'을 바라보는 몇 가지 관점」, 『문학과 사회』 1999년 여름호, 757~762쪽.

_____, 「키치를 먹고 자라는 문학」(1999), 『움직이는 부재』, 문학과지성사, 2001.

이성욱, 「문학과 키치」, 『문학과 사회』 1998년 겨울호.

이용군, 「문화 소비 주체의 괴물적 상상력 ─ 백민석의 〈목화밭 엽기전〉 연구」, 『숭실어문』 제18집, 숭실어문학회, 2002.

이진우, 「기술 시대의 생명 윤리 ─ 한스 요나스의 생태학적 존재론을 중심으로」, 『문학과 사회』 1996년 봄호, 279쪽.

이택광, 「글쓰기의 욕망과 글쓰기의 권력」, 『오늘의문예비평』 2000년 봄호.

정준영, 「하위문화 · 스타일 · 저항」, 『문학과 사회』 2000년 겨울호, 1700쪽.

최성민, 「그로테스크와 엽기의 주제사」, 『현대문학이론연구』 제39호, 현대문학이론학회, 2009.

최성실, 「하위문화와 새로운 문학적 글쓰기 ─ 몇 개의 블록, 혹은 나쁜 유토피아」, 『문학과 사회』 2000년 겨울호, 1724쪽.

최애영, 「엽기의 미학적 개념화를 위한 탐색 — 잔혹성과 공포에 대한 정신분석적 접근을 향하여」, 『대중서사연구』 제20호, 대중서사학회, 2008.

＿＿＿, 「공포와 잔혹성의 판타지, 그리고 그 형상화 — 백민석의 『목화밭 엽기전』에 대한 정신분석적 독서」, 『한국문학과 이론비평』 제44집, 한국문학과이론비평학회, 2009.

＿＿＿, 「'모자이크 처리된' 목화밭의 수수께끼 — 공포와 잔학성의 판타지」, 『시학과 언어학』 제17호, 시학과언어학회, 2009.

하상일, 「하위문화와 우리 소설의 미래 — 백민석 소설의 엽기와 SF」, 『실천문학』 2000년 겨울호.

홍웅기, 「현실을 향한 공허한 시선 — 백민석의 '목화밭 엽기전'을 중심으로」, 『문예시학』 제15권, 문예시학회, 2004.

황정아, 「사실주의 소설의 정치성 — 자끄 랑시에르의 소설들」, 김경식·황정아 외 편, 『다시 소설 이론을 읽는다』, 창비, 2015, 164쪽.

황종연, 「팝모더니즘 시대의 비평 — 문학과지성 비평 집단을 보는 한 관점」, 『문학과 사회』 2016년 봄호, 255~257쪽.

장 벨맹-노엘, 「자가 전이로서의 독서와 비평적 (다시) 글쓰기」, 최애영 역, 『문학동네』 2003년 가을호, 442~446쪽.

4. 기사·대담·사전

균, 「신인 창작극 3편 무대 오른다」, 『서울신문』, 1993.11.21.

김광일, 「서로의 피를 빨아먹으며 사는 인간들」, 『조선일보』, 2000.3.10.

김동식, 「프리즘 2000(11) '엽기' 판치는 세상」, 『조선일보』, 2000.4.18.

박해현, 「우리는 新신세대작가」, 『조선일보』, 1997.3.13.

＿＿＿, 「신(新)신세대 작가 몰려온다」, 『조선일보』, 1997.9.11.

백민석, 「그래서 그 책은 하드코어로 갔다」, 『작가세계』 1999년 봄호.

백민석·장은수 대담, 「인공 현실과 비선형 서사의 출현」, 『문학과 사회』 1997년 가을호.

손정수, 「종말에의 상상력이 불러낸 가상현실의 세계 — 백민석론」, 『조선일보』, 1998.1.8.

손정숙, 「문화 무크지 「이다」 창간호 발행」, 『서울신문』, 1996.8.8.

오늘 빛 미래

_____, 「요즘 신작소설 퇴폐·암울… 세기말 증후」, 『서울신문』, 1996.9.19.

_____, 「백민석 씨 장편『내가 사랑한 캔디』」, 『서울신문』, 1996.10.17.

우찬제, 「이제 문학의 흐름을 바꿔주마」, 『조선일보』, 2000.5.30.

이준호, 「새로운 10년 맞아 문학 활로 모색」, 『조선일보』, 1998.2.5.

장은수, 「새 문학 위한 치열한 모험정신 필요한 때」, 『조선일보』, 2001.4.23.

정호웅, 「상징과 구체성의 조화 ─ 李箱의 기법 돋보여」, 『조선일보』, 2000.10.3.

최재봉, 「제20회 한겨레문학상에 한은형 씨 '거짓말'」, 『한겨레』, 2015.5.21.

최홍렬, 「만화처럼 그려낸 '현실과 환상세계'」, 『조선일보』, 1996.10.22.

황국명·하상일·백민석 대담, 「젊은 소설의 새로운 길 찾기 ─ 위반과 전복의 그로테스크」, 『오늘의문예비평』 2000년 여름호.

한국문학평론가협회 편, 『문학비평용어사전 상』, 국학자료원, 2006.

한국문화예술위원회 편, 『100년의 문학용어사전』, 도서출판아시아, 2008.

「양자정보기술 시대 도래…선진 5개국 특허출원 10년간 4배 증가」, 『뉴스1』, 2021.4.1일 검색. https://www.news1.kr/articles/?4260237.

용어

오늘 빛 미래

오늘 빛 미래

인명

작품 및 도서

오늘 빛 미래

오늘 빛
미래

김효숙 평론집

삶다운 삶의 내막을 제대로 알 턱이 없는 나는 소설을 읽으면서

소설이 그림자처럼 내 옆에 놓여 있음을 알게 된다.

삶의 그림자가 소설이므로 소설은 누군가의 삶을 반영하는 게 필연이다.

하여 소설을 읽은 사람이 누군가의 삶을 읽었다는 말은 틀림없는 진실이다.